RICHARD W. EICHLER

Verhexte Muttersprache

RICHARD W. EICHLER

Verhexte Muttersprache

Das Deutsch von heute
als Spiegel der Torheiten

Mit 16 Bildtafeln

ADAM KRAFT VERLAG
München

ISBN 3-8083-1273-4

Printed in Germany
Umschlag: Herbert Holzing · Druckstöcke: Foto-Print Frankfurt/M.
Satz: Kurt Strugalla Mannheim · Druck: druckpress Leimen
Bindearbeiten: Fritz Wochner, Horb/Neckar

In der Muttersprache ehrt sich jedes Volk; in seiner Sprache Schatz ist die Urkunde seiner Bildungsgeschichte niedergelegt.

Dieses Jahn-Wort muß uns erröten lassen, wenn wir die Gegenwartsprache zum Gradmesser unseres Kulturzustandes machen. Die Überfremdung, Verfälschung und Verlotterung des Deutschen ist schon vom Geschmacklichen aus gesehen tief betrüblich; tragisch wird der Verlust unserer Hochsprache als des letzten Gemeinsamen in einer Zeit der Spaltung unseres Volkskörpers.

Über die Sprache fließen heilsame wie verhängnisvolle Vorstellungen in unser Denken ein. Heute sind es vorzugsweise die Bereiche des Rohen, Gemeinen und des Gewinndenkens, die sich in Neuwörtern kundtun. Die reichere Welt des Edlen, Schönen und der Selbstlosigkeit trachtet man zu entwerten, indem man ihre Begriffe lächerlich macht.

»Verstand ist stets bei wen'gen nur gewesen«, sagt Schiller im Demetrius, und auch heute folgt die Mehrheit den Tagesmoden bereitwillig. So ist auch die Sprache in unseren Tagen auf das Wirken einer Minderheit von Sprachbewußten angewiesen, damit die Dummheiten von heute nicht zu Regeln von morgen werden.

Die kulturellen Äußerungen eines Zeitalters können nur als Ganzes verstanden und beurteilt werden. Kunst, Religion, Sprache sind Glieder eines Leibes, und die Verletzung eines Teiles trifft sie alle. Darum begrüßen wir Sprachwissenschaftler das Buch Eichlers, der sich als kenntnisreicher und mutiger Kritiker des Verfalls in den Künsten ausgewiesen hat. Seine ganzheitliche Sicht führt uns zum Wesentlichen, zu den Ursachen und den Wirkungen in die Zukunft. Wir freuen uns an seinem Freimut und der Gabe, Zusammenhänge zu erkennen und auch Schwieriges verständlich und anschaulich zu machen. Möge sein Buch die Erkenntnisse der Sprachkunde, die ja nicht Selbstzweck ist, möglichst vielen Gebildeten bewußt machen.

Weidling bei Wien, 3. Juli 1973

Univ.-Prof. Dr. Erwin Mehl

GLIEDERUNG DES INHALTS

Es ist ein großes Wunder in der Welt:
ich fühle: alles Leben wird gelebt.
Wer lebt es denn? Sind das die Dinge, die
wie eine ungespielte Melodie
im Abend wie in einer Harfe stehn?
Sind das die Winde, die von Wassern wehn,
sind das die Zweige, die sich Zeichen geben,
sind das die Blumen, die die Düfte weben . . .?
Wer lebt es denn? Lebst du es, Gott, - das Leben?

Rainer Maria Rilke

Vor dem Wort

Von Anbeginn war das All nicht lautlos. Unsere menschlichen Sinne reichen allerdings nicht aus, um Sphärenklänge zu erfassen; nur die Dichter und unser ehrfürchtiges Empfinden schenken uns Ahnungen von der erhabenen Harmonie, mit der die Gestirne den Weltraum durchziehen.
Doch nur in diesem poetischen Sinne ist das All von Tönen erfüllt. Geräusche und Stimmen sind an Träger und Mittler - vorzugsweise die Luft - gebunden. So weit auch das menschliche Auge über unseren Planeten hinausreicht, Meßgeräte elektrische Zeichen und Strahlungen aus dem Weltraum aufzuspüren vermögen, Schallschwingungen bleiben auf die Atmosphäre angewiesen. Auch die Raumfahrer müssen etwas von der irdischen Lufthülle in ihren Fahrzeugen und Helmen mitnehmen, damit ihre Stimmen hörbar und übertragbar werden. So ist das Hören weit mehr als das Denken und Sehen ein erdgebundener Sinn.
Das brausende Meer, Waldesrauschen, Sturm und Donner, das sind irdische Stimmen, die den Menschensinnen zugänglich sind. Seit je haben wir in den Naturkräften schicksalhafte Gegenspieler gesehen, aber auch Spiegelungen unserer Leidenschaften. Epos, Drama und Lyrik sind in weiten Bereichen vom Naturgeschehen erfüllt und getragen.
Nahezu geschwisterlich verbindet uns der Laut mit den Tieren. Mit ihrem Zirpen verständigen sich die Grillen. Die Funkpeilung der Fledermäuse ist für unser Ohr unhörbar. Die Urlaute röhrender Hirsche

dagegen ›verstehen‹ wir. Was uns im Geschlechtlichen vom Tier unterscheidet, ist die Überhöhung, die Vergeistigung in der Gefühlssprache. Im Gesang der Vögel nähert sich der Tierlaut der Harmonie, dem Künstlerischen. Die Stimme gewinnt eine reiche Gliederung, die zwar nicht die Merkmale der Sprache erfüllt, jedoch Gesetzlichkeiten der Form zeigt.

In ähnlicher Weise, wie neben der Urgestalt und den unendlichen Naturformen das bewußt gestaltete Bildwerk aus der Menschenhand wächst, bildet sich neben und über den kosmischen Urlauten, dem Zwischenbereich der Tierstimmen, die menschliche Sprache; beides sicher nicht nach den plumpen Vorstellungen eines mechanischen Fortschrittes. Ein göttlicher Funke war vonnöten, den einen Zweig zum Blühen, den anderen nur zum Knospen zu bringen.

Nie gehobene Schätze an ungesprochenen Wörtern liegen in den Tiefenschichten menschlichen Bewußtseins. Das Streben, die andrängenden Gedankenbilder in Sprache zu formen, mag lange Zeit unerfüllt bleiben; in einer Sternstunde triumphiert die Sprachkraft eines begnadeten Menschen und schenkt uns ein Stück Ein-Sicht in unser Wesen, unser Dasein - durch Sprache.

Jene poetischen Empfindungen dürfen uns nicht täuschen: Das All tönt, der Wald rauscht, das Tier ›spricht‹ zu uns Menschen nur, weil wir selber Sprachfähige sind. Ja, in Wahrheit sprechen die Dinge nur zu jenen unter uns, die das Licht höchsten Verständnisses - Gemüt - ihr eigen nennen. Nur der Beseelte vermag das Unbelebte und Kreatürliche zu beseelen. Dem Stumpfen bleibt die Natur stumm. Sein Sprechen wird nur ein Zeichengeben sein, dem die erhellenden Ober- und Untertöne fehlen.

Unsere Sprache hat alle Tiefen und Weiten der Unendlichkeit, sie ist tragfähig für alles, was Menschenfreude und Schmerz, was Erkenntnis und Erfahrung und Wissen all unserer Vorfahren, die in der Sprache ewiges Leben haben, aus unserer Seele klingen, singen und donnern lassen ...

Nur der, welcher seine Sprache jenseits allen Zeitgeschmackes erlebt und aus sich dauernd neu gebärt, um möglichst ganz laut werden zu lassen, was ihm Herz und Sinne bewegt, lernt denken.

Walter von Molo ›Volkstum und Dichtung‹

Vincent van Gogh · Landschaft

Die Sonne tönt nach alter Weise
In Brudersphären Wettgesang,
Und ihre vorgeschriebne Reise
Vollendet sie mit Donnergang . . .
Johann Wolfgang von Goethe · Faust I · Prolog im Himmel

Sowenig ein Mensch seiner natürlichen Geburt nach aus sich selbst entspringt, sowenig ist er im Gebrauche seiner geistigen Kräfte ein Selbstgeborener.
Johann Gottfried Herder

Der Mensch ist nur Mensch durch die Sprache, um aber die Sprache zu erfinden, mußte er schon Mensch sein.
Wilhelm von Humboldt

SPRACHE BEDEUTET MENSCHWERDUNG

Seit wir Menschen uns in die Alleinheit der Welt eingefügt empfinden, vermögen wir unseren Platz neben den Bereichen des Unbelebten, des Pflanzenhaften und des Tierischen gerechter zu bestimmen. Wir pochen nicht mehr auf ererbte Herrschaftsansprüche, sondern leiten unsere Rechte und Pflichten innerhalb des Ganzen aus unserer Verantwortung ab - oder sollten es zumindest tun.
Allzusehr haben die Naturwissenschaftler bisher äußere Merkmale der Menschwerdung betont, den aufrechten Gang, den Gebrauch von Werkzeugen, die Beherrschung des Feuers. Uns erscheinen andere Kennzeichen der Menschheitsentwicklung noch bedeutsamer: die Ausbildung der reichgegliederten Sprache, eng verknüpft damit die Fähigkeit zu überliefern; als zweites das bildnerische Schaffen. Zwar kennt das Tier Nestbau und ähnliche Formen der Umgestaltung seiner Umwelt, niemals jedoch hat ein Tier zweckfreies Bildwerk geschaffen. Nur nebenbei sei darauf hingewiesen, daß sich in der Hieroglyphe wie im Verkehrsschild ›Sprachzeichen‹ und ›Bild‹ verbinden.
Zu denken sollte uns geben, wie sehr die Begriffe Kunst und Sprache dem Versuch der Aushöhlung unterworfen werden. Durch mißbräuchliche Verwendung trachten manche Zeitgenossen sie so zu entleeren, daß ihre wahre Bedeutung nicht mehr bemerkt wird.
Auf dem Gebiet der Sprache sind es die ›Informationstheoretiker‹, die den Schwerpunkt auf die vordergründige Fähigkeit, mitzuteilen, legen. Vermöchte indes der Mensch nichts anderes auszusagen als lebensnotwendigste Forderungen, dann hätte er sich damit noch nicht über das Tier erhoben. Wenn ein Menschenkind »Ich mag dich« flüstert oder »Bier her!« ruft, so ist es damit noch nicht zwangsläufig ein

homo loquens, ein sprechender Mensch, denn vergleichbare Geständnisse und Wünsche äußern können auch Kuckuck und Esel.
Tasten wir uns erst einmal in die übergroße Fülle der möglichen Blickrichtungen hinein, von denen wir die eine oder andere für bedeutsam genug erachten, sie in dem hier naturgemäß beschränkten Rahmen noch eingehender zu untersuchen.
Daß sich viele Lebewesen zu verständigen vermögen, weiß man seit langem, die Verhaltensforschung hat uns in letzter Zeit neue Einblicke geschenkt. Wenn wir uns scheuen, von Tiersprachen zu reden, dann nur, weil wir nicht um einer romantischen Vorstellung willen wesenhafte Grenzen verwischen möchten.
Mit ehrfürchtigem Erstaunen erkennen wir die Vielfalt der Mittel, die den Tieren zur Verständigung innerhalb ihrer Art wie auch mit anderen gegeben wurden. Prächtiges Gefieder und die Farbsignale der Schmetterlinge, Leuchtstoffe und vielerlei Gesten, elektrische Signale, mannigfache Geruchstoffe, Tänze, Schreie, Klopfzeichen und Gesang. Und wie viele Zeichen mag es noch geben, die auch der forschende Mensch nicht bemerkt hat!
Bäumer hat 1964 nicht weniger als dreißig verschiedene Laute unseres Haushuhns erkannt und glaubt Warnungen vor Feinden am Boden und aus der Luft unterscheiden zu können. Lorenz hat die jeweils anders klingenden Rufe der Dohlen für ›Ausfliegen‹ und ›Heimfliegen‹ erforscht, mit denen sich eine Schar verabredet. Ein wahres Wunder sind die Schwänzeltänze der Honigbiene, mit denen sie ihren Genossinnen die Richtung und die Entfernung eines gefundenen Futterplatzes bezeichnet - wie ein Pilot mit Hilfe des Sonnenstandes.
Für uns Menschen am eindrucksvollsten ist wohl das Verhalten der Delphine. Welche Genauigkeit die Lautsignale dieses Tieres erreichen, wurde bewiesen, als man sie über Funk aus einem Becken in Kalifornien nach Florida übertrug und dort bei den Delphinen die gleichen Wirkungen beobachten konnte.
Wäre das »Hallo!« und das »Nu auf Wiedersehen!« eines Papageis noch so verständlich und käme es auch zeitlich richtig beim Läuten des Fernsprechers oder beim Weggehen des Gastes - es ist keinesfalls Mitteilung, sondern Lautnachahmung, nicht vergleichbar dem Lautzeichen des Delphins. Die Fähigkeit vieler Tierarten, sich zu verständigen, ordnet sie besser in ihre Umwelt ein; die Sprachfähigkeit des

Menschen erlaubt ihm, Einsichten und Erfahrungen zu vermitteln und weiterzugeben. Das Tier kennt seine Umwelt, der Mensch schafft sich ein Bild der Welt.

In diesem anspruchsvollen Sinne ist der Mensch das zur Sprache fähige Wesen - zur ›Sprache‹ als einem Werkzeug zum Ordnen der Welt; er ist befähigt, aber nicht bestimmt; denn wir müssen eingestehen, daß nicht alle Aufrechtgehenden jene wesentliche Eignung der Sprache zu nutzen vermögen.

(Zur besseren Verständlichkeit sei hier vermerkt: Wir verwenden den Begriff Sprache für zwei Erscheinungen: einmal allgemein für die Fähigkeit, sich sprachlich mitzuteilen; zum anderen für eine besondere, ausgeprägte Sprechweise [die deutsche, französische, englische Sprache]. Walter Porzig[1] verdeutlicht den Unterschied mit einer Anekdote. Eine Frau sagt zu der Nachbarin: »Denken Sie nur, der Professor nebenan, der zehn Sprachen spricht, hat vor Schreck die Sprache verloren!« Die Nachbarin: »Ach, welche denn?«)

Das Wort, ein Menschheitsrätsel

Was war zuerst da, das Denken oder das Sprechen? Es ist ausgeschlossen, daß jemand zu sprechen vermag, der nicht denken kann. Wir wissen aber auch, daß unser Denken ein lautloses Sprechen ist, daß es, wenn überhaupt, nur kleine Bezirke außersprachlichen Denkens geben kann. Die Frage nach dem Zuerstdagewesensein bleibt demnach so unbeantwortbar wie im Falle Huhn und Ei.

Schon Herder hatte diese gegenseitige Abhängigkeit von Wort und Gedanke ausgesprochen: »Ich kann nicht den ersten menschlichen Gedanken denken, nicht das erste besonnene Urteil reihen, ohne daß ich in meiner Seele dialogisiere, oder zu dialogisieren strebe; der erste menschliche Gedanke bereitet also seinem Wesen nach, mit anderen dialogisieren zu können. Das erste Merkmal, was ich erfasse, ist Merkwort für mich und wird Mitteilungswort für andere[2].«

Diese Einsicht wird durch Wilhelm von Humboldt bestätigt und vertieft: »Die Sprache muß, meiner vollsten Überzeugung nach, als unmittelbar in den Menschen gelegt angesehen werden; denn als Werk seines Verstandes in der Klarheit seines Bewußtseins ist sie durchaus unerklärbar. Es hilft nicht, zu ihrer Erfindung Jahrtausende und abermals Jahrtausende einzuräumen. Die Sprache ließe sich nicht erfinden, wenn nicht ihr Typus schon in dem menschlichen Verstande vorhanden wäre ...« Und an anderer Stelle: »Durch die gegenseitige Abhängigkeit des Gedankens und des Wortes voneinander leuchtet es klar ein, daß die Sprachen nicht eigentlich Mittel sind, die schon erkannte Wahrheit darzustellen, sondern weit mehr, die vorher unerkannte zu entdecken ...«

Der Ursprung der Sprache bleibt Geheimnis wie der Ursprung des Lebens. Die Ursprache ist auch nicht nachzubauen, da die ältesten Sprachzeugnisse nicht weiter zurückreichen als etwa 5000 Jahre. Auch vermögen wir Sprechenden uns nicht freizumachen vom sprachbezogenen Denken.

In der Sprache vereinen sich Natur und Geist. Bereits Herder hatte erkannt, daß zwischen der Körperbeschaffenheit und Sinnesausstattung des Menschen einerseits und seiner Sprachfähigkeit andererseits ein Zusammenhang besteht. Der Mensch ist weder schnell noch kräftig noch scharfäugig noch hellhörig genug, um sich in feindlicher Umwelt behaupten zu können. Allein seine Sprachbegabung verschafft ihm Überlegenheit. Nur die Vorteile, die ihm die Sprachfähigkeit bringt, sichern ihm als Gattung das wirklich überdauernde Leben.

Sosehr der Vorgang der Sprachentstehung im dunkeln liegt, eines ist gewiß: Es bedurfte des menschlichen Gehirns und auch des menschlichen Mundes - das heißt des Kehlkopfes, der Stimmbänder, des Zäpfchens, der Zunge, der Zähne, die erst gemeinsam imstande sind, den Luftstrom zu lenken und zu formen.

Da die Darstellung der körperlichen Vorgänge beim Sprechen hier nicht Platz finden kann, sei nur eine Ortsbestimmung der beteiligten Organe in aller Kürze gegeben. Im Jahre 1861 wurden durch Broca jene Teile der Großhirnrinde abgegrenzt (bei Rechtshändern die linke dritte untere Stirnwindung), die als motorisches Sprachzentrum arbeiten, 1874 durch Wernicke der Sitz des sensorischen Sprachzentrums (die linke obere Schläfenwindung). Das motorische Zentrum befähigt uns zur Lautbildung und zur akustischen Wortformung, kurz, zum Sprechen, das sensorische Zentrum zum Speichern der von uns erworbenen Wortsymbole; es ist das Sammelbecken unseres Wortschatzes.

Wir können nur vermuten, daß der Pithekanthropus pekinensis vor mehr als 500 000 Jahren zu sprechen begonnen hat; daß Gesten und

verdeutlichendes Mienenspiel lange Zeit das Sprechen begleitet haben (wie sie es auch heute noch tun). So ist die Ausbildung der Sprachen am besten vorstellbar: als Verbindung von hinweisender Gebärde und zugehörigem Laut. Durch die verdeutlichende Geste festigte sich die Aussage der Lautgruppen so, daß allmählich die Gebärde überflüssig wurde.
Ähnliches geschieht ja noch heute. Wenn wir auf einem Spaziergang den Begleiter auf ein Tier aufmerksam machen wollen, ohne es zu verscheuchen, dann fassen wir ihn am Ärmel und zeigen in die entsprechende Richtung. Oder: Ein Herr geht auf eine Dame zu und verbeugt sich - im Zusammenhang mit dem Ort der Handlung ist die Bedeutung klar: »Darf ich Sie um diesen Tanz bitten?« Solche wortlose Übereinkunft findet aber auch ständig mit sichtbaren und hörbaren Zeichen statt. Das »Ta-tü-ta-tü« eines rotlackierten Wagens ist für den Menschen von heute unmißverständlich: »Platz machen, wir eilen zur Brandstätte!« Jegliche Steuerung geschieht durch Signale. Wichtig ist nur, daß uns bewußt bleibt: Wir bewegen uns hier noch in dem auf Mitteilung beschränkten Vorhof der Sprache.
Das Wirken einer solchen lediglich als Willenswerkzeug genutzten Sprache ist in einer einfachen Formel zu fassen:

Sprachloses Handeln:
Das Kind erblickt eine Erdbeere, pflückt und ißt sie.
Handeln mittels Sprache:
Das Kind erblickt eine Kirsche, kann sie aber nicht erreichen.
Das Kind ruft den Vater, spricht seinen Wunsch aus.
Der Vater pflückt die Kirsche, reicht sie ihm, das Kind ißt sie.

So selbstverständlich dieser Vorgang klingt - wie sehr erweitert er doch die menschlichen Möglichkeiten! Durch Sprache wird der Mensch zum geselligen Wesen in einer Weise, wie es das Tier im Rudel niemals zu werden vermag. Preisen wir also auch diese Eigenschaft der Sprache, wie es schon Simon Dach getan:

Die Red' ist uns gegeben,
damit wir nicht allein
vor uns nur sollen leben
und fern von Leuten sein.

Unsere Sprache bewahrt Errungenschaften aus allen Zeitaltern auf. So dürfen wir vermuten, daß gefühlsbetonte Ausrufe, wie »oh!«, »ah!«, »uiii!«, die Enttäuschung, Staunen und Überraschung ausdrücken, einer sehr frühen Sprachstufe angehören. Aber auch Laute des Behagens (»hm!«), des Abscheus, wenn man einen bitteren Geschmack auf der Zunge hat (»brrrh!«) oder die Aufforderung zum Stillschweigen (»pst!«) könnten dieser ältesten Schicht entstammen. Auch heute werden solche Zeichen, verbunden mit einer Geste (Zeigefinger an die Lippen), meist auch dann verstanden, wenn eine sprachliche Übereinkunft unmöglich ist.

Ein anderer ›Fingerzeig‹, Lichtblick in die Dunkelkammer der Sprachentstehung sind die Lautnachahmung und Lautmalerei. Jeder von uns kennt Dutzende von Wörtern, die ihre Herkunft vom Naturvorbild offen zeigen:

platsch - plätschern, zwitschern, quietschen, schnarren, murmeln, flüstern, summen, brummen, knipsen, muhen, meckern, gurren ...

Ist es nicht tröstlich zu wissen, daß die alten Griechen unseren Kuckuck kokkux nannten, seinen Ruf also sehr ähnlich verstanden? Nicht immer stimmt die Benennung so gut überein, manchmal werden verschiedene Klangelemente erkannt oder betont. Im Altindischen wurde der Häher kikison genannt, im Bernerland heißt er Härregägger. Auch unsere Glucke hat sich ihren Namen selbst gegeben.

Die Freude an der Geräuschnachahmung durchzieht nicht nur die deutsche Dichtung wie ein roter Faden. Ein Paradebeispiel bleibt Goethes ›Hochzeitslied‹:

> Da pfeift es und geigt es und klinget und klirrt,
> Da ringelt's und schleift es und rauschet und wirrt,
> Da pispert's und knistert's und flüstert's und schwirrt.
> Das Gräflein, es blicket hinüber,
> Es dünkt ihn, als läg er im Fieber.
> Nun dappelt's und rappelt's und klappert's im Saal ...

Doch auch in einer verhalteneren Weise spielen Laut und Wortklang in der Poesie mit. Hier genüge nur die Andeutung, wie die fast ausschließlich dunklen Vokale, aus denen die beiden i nur gleich Streiflichtern aufblitzen, die Stimmung des von Todesahnung erfüllten Gedichtes ›Wanderers Nachtlied‹ des Sprachzauberers Goethe wiedergeben:

Über allen Gipfeln
Ist Ruh;
In allen Wipfeln
Spürest du
Kaum einen Hauch;
Die Vöglein schweigen im Walde.
Warte nur, balde
Ruhest du auch.

Wieweit über solche einleuchtende Lautnachahmung und Lautmalerei hinaus zwischen dem Charakter der bezeichneten Dinge und der Lautgestalt der Bezeichnungen eine Beziehung erkannt werden kann, ist schwer zu entscheiden. Neben Wilhelm Jordan und Wilhelm Wundt hat sich auch Ludwig Klages[3] mit dieser Frage beschäftigt; ob seinen Wörtergruppen tatsächlich ein Gemeinsames zugestanden werden kann, wird dem Betrachter anheimgestellt werden müssen.

Sprache erfordert ein bestimmtes Maß an Bewußtheit und Beherrschung. Gehen uns beide verloren, dann fallen wir in den vorsprachlichen Zustand zurück.

Unter der Macht des hereinbrechenden Schicksals erstarrt, erstirbt das Wort. Nur noch der Laut, der Schrei, bricht sich Bahn. Der Weg von der Empfindung zum Ausdruck ist kurzschlußartig verkürzt, der Umweg über die gedankliche, vernünftige Schaltung aufgegeben.

»Vielleicht haben wir sie in ihrer vollen Stärke zum ersten Male wieder im Kriege vernommen - auf den nächtlichen, von den Rufen der Verwundeten erfüllten Schlachtfeldern, auf den großen Verbandsplätzen und in der Erstarrung des jähen Todesschreies, dessen Bedeutung niemand verkennt. Das Herz empfindet diese Laute anders als Worte; es wird gleichsam durch Wärme und Kälte unmittelbar berührt. Die Menschen werden sich hier sehr ähnlich; durch den großen Schmerz wird die Eigenart dessen, der ihn empfindet, zerstört. Ebenso werden die Besonderheiten der Stimme zerstört. Die Konsonanten werden verbrannt, die Laute des höchsten Schmerzes sind rein vokalischer Natur.

Aber nicht nur der Schmerz besitzt seine Lautsprache, sondern die Leidenschaft überhaupt. Liebe, Haß, Wut, Entsetzen, das Geschlecht, der Triumph des Sieges, die Klage des Untergangs, die hohe Begeisterung - sie alle haben ihre Laute, deren Kenntnis und Anwendung uns auf natürliche oder übernatürliche Weise durch Geburt gegeben ist.« (Ernst Jünger[4])

Edvard Munch · Der Schrei

Eine auffällige geistige Leistung der Hochsprachen ist das Vermögen, Erscheinungen mit gemeinsamen Merkmalen zu Oberbegriffen zusammenzufassen.

Wie ein solches Ableiten geschieht, können wir an spöttisch vertraulichen Benennungen wie ›Onkel Sam‹ für den Amerikaner, ›Tommy‹ für den englischen Soldaten ablesen (in dessen Soldbuch der Name ›Thomas Atkins‹ als Muster für die Unterschrift eingedruckt war). Der Name Caesar wurde zum Begriff Kaiser; die Slawen nahmen ihr ›korol‹ (russisch) und ›král‹ (tschechisch), wie die Ungarn ihr ›kiraly‹ vom Kaisernamen Karl, das mit Kerl verwandt ist; der Name Roentgen wurde zum medizinischen Fachwort.

Diese geistige Bewältigung der Welt durch den Menschen in seiner Sprache ist ein so weites Feld, daß hier einige Hinweise genügen müssen. Bedenken wir nur, wie wir, unabhängig von der botanischen Ordnung, verschiedenartige Früchte als ›Beeren‹ zusammenfassen, doch offenbar anschaulich genug, daß selbst das Kind die Beere von der Schote zu unterscheiden imstande ist.

Oder man betrachte das Tierreich: Unabhängig von der wissenschaftlichen Gliederung der Arten legt der Mensch eine kaum übersehbare Zahl von ›Schnitten‹ durch diesen Bestand - Männchen / Weibchen - Jungtier (Kitz, Fohlen, Ferkel) / ausgewachsenes Tier - Raubtier / Haustier - Pelztier / Geflügel - Pflanzenfresser / Fleischfresser ... bis hin zu Sonderformen in verschiedenen Tierarten wie Albino, Bastard und Wallach.

»Pflanzen- und Tierreich sind in den Mitteln des Wortschatzes weder einfach photographiert noch mit bloßen Erkennungsschildern versehen. *Kraut* ist kein mit botanischen Merkmalen bestimmbarer Ausschnitt aus dem Pflanzenreich. Noch viel weniger *Unkraut,* wo ein jeder zugeben wird, daß es *Unkraut* im Bereich der Natur selbst gar nicht geben kann, sondern nur in der Sicht des Menschen, der die ihm begegnenden Erscheinungen ordnet und wertet und so aus den ›Sachen‹ erst ›Gegenstände des Geistes‹ gestaltet.« (Leo Weisgerber[5])

Wie sich aus vielgliedrigen, unmittelbar zugeteilten Benennungen die ordnenden Oberbegriffe herausgebildet haben, läßt sich am Wandel der Verwandtschaftsbezeichnungen verfolgen. Naheliegend war es, für jede Art verwandtschaftlicher Beziehung ein eigenes Wort zu bilden. So steht auch im Mittelhochdeutschen noch für

Vaterbruder *vetere*	Mutterbruder *oheim*
Vaterschwester *base*	Mutterschwester *muhme*

dementsprechend gibt es

veternkinder	*ohmenkinder*
basenkinder	*muhmenkinder*

Der verstandesmäßige Schritt zur Verallgemeinerung und Abstraktion bringt die zusammenfassenden Gruppenbezeichnungen hervor - im Neuhochdeutschen ›*Onkel*‹ und ›*Tante*‹, ›*Vetter*‹ und ›*Base*‹ - und damit die Notwendigkeit, gegebenenfalls die Beziehung näher zu erläutern: ›*... ein Vetter von Mutterseite*‹.
Auch der Bedeutungswandel vieler anderer Wörter unserer Sprache geht in diese Richtung. Aus anschaulich-vordergründigem Wortsinn wird oft ein übertragener. So bedeutete ›lästern‹ ursprünglich nur ›zerfetzen‹; ›Vergehen‹ und ›Übertretung‹ waren ursprünglich nur ›Fehltritte‹ und wurden wie letztere mit neuer, überlagerter Bedeutung versehen.

Gedanke, Selbstgespräch, Zwiegespräch

Folgt nicht schon dem ersten Aufleuchten eines Gedankens seine sprachliche Gestaltung? Ist Denken ohne ›inneres Sprechen‹ überhaupt möglich? Vielleicht in nebelhaften Empfindungen. Immer dann jedoch, wenn uns weder Schlaf noch Übermüdung noch Rausch hindern (ja selbst bis in diese Zustände verminderter Selbstkontrolle hinein), wirkt die ordnende Kraft der Sprache, zwingt uns, die andrängenden Empfindungen zu fassen, zu formen und zu prüfen.
Nur hingewiesen sei auf das ›Sich-Versprechen‹ und den Sprachschnitzer bei nachlassender Aufmerksamkeit. Rudolf Merzinger erzählt den heiteren Fall, wie ein Redner zunächst von Vorgängen sprechen wollte, die ihm als *Schweinerei* erschienen, dann aber im Geiste abschwächte und sagen wollte: »... dabei sind Dinge zum Vorschein gekommen, die ...«, tatsächlich aber sagte: »... dabei sind Dinge zum Vorschwein gekommen ...«
»So müssen wir die Formen des Sprachhandelns bereits dort aufsuchen, wo es um ganz innere Vorgänge geht, um das *Auffassen* der

Erscheinungen, um das *Beurteilen* von Erfahrungen und *Begründung eigenen Handelns,* um das *›bloße‹ Denken,* bei dem eine Sprechäußerung gar nicht beabsichtigt ist; und dann erst kommen die sinnlich faßbaren Formen des *Sprechens* und *Schreibens,* die erst von jenem ganzen Untergrund aus verständlich werden.« (Leo Weisgerber[5])
Der *Ruf* als Einleitung der Ich-Du-Beziehung, Wechselspiel von Anruf und Antwort, Aufruf und Warnung, wird von Li-Tai-Po in seinem Gedicht ›Die beiden Flöten‹ dichterisch beschrieben.

Durch die Blütenluft,
durch der Blätter Duft
trug des Frühlings letzter Abendhauch
einen Flötenton,
ferner Flöte Ton
mir zitternd zu.
Weiß nicht, wie es kam.
Einen Zweig ich nahm,
Flöte schnitt ich mir vom Weidenstrauch.
Bebte feucht und bang
leisen Widerklang
dem fernen Du.
Nacht seitdem um Nacht
hören, halberwacht,
Vögel ein Gespräch nach Vogelbrauch.
Zwillingszwitscherlaut
sucht sich süßvertraut
und immerzu.

Wer hätte nicht schon an sich selbst erfahren, wie förderlich ein Gespräch mit einem vertrauten Menschen, dem Freunde, sein kann, ›wenn man nicht weiter weiß‹. Neben der empfangenen Anregung ist da noch ein anderes, das hilft: der Zwang, in der sprachlichen Darlegung (mehr noch als in der gedanklich-›innersprachlichen‹) diszipliniert zu folgern, Unentschiedenheiten aufzulösen, sich gegen den möglichen Einwand vorsorglich zu wappnen.
Heinrich von Kleist hat die gleiche Erfahrung gemacht: »Wenn du etwas wissen willst und es durch Meditation nicht finden kannst, so rate ich dir ... mit dem nächsten Bekannten, der dir aufstößt, darüber zu reden ... Weil ich doch irgendeine dunkle Vorstellung habe,

die mit dem, was ich suche, von fern her in einiger Verbindung steht, so prägt, wenn ich nur dreist damit den Anfang mache, das Gemüt, während die Rede fortschreitet, in der Notwendigkeit, dem Anfang nun auch ein Ende zu finden, jene verworrene Vorstellung zur völligen Deutlichkeit aus, dergestalt, daß meine Erkenntnis zu meinem Erstaunen mit der Periode fertig ist... Die Sprache ist alsdann keine Fessel, etwa wie ein Hemmschuh an dem Rade des Geistes, sondern ein zweites, mit ihm parallel fortlaufendes Rad an einer Achse.« Kleist hat hier ganz nebenbei wesentliche Einblicke in den Ablauf geistigen Schaffens gegeben.

Bei Novalis[6] finden wir denselben Gedanken: »Jede Rede setzt die Gedanken erst in Bewegung und ist so eingerichtet, daß man die Gedankenfinger in der leichtesten Ordnung auf bestimmte Stellen setzt.«

Die Schrift hat das Geheimnisvolle, daß sie redet.
Paul Claudel

Schreiben ist ein Mißbrauch der Sprache, stille für sich lesen ein trauriges Surrogat der Rede.
Johann Wolfgang von Goethe

Die Schrift - geronnene Sprache

Am 12. Juli 1562 ließ der Bischof von Yucatan alle erreichbaren Schriften der unterworfenen Maya verbrennen. Der Erzbischof von Mexiko übergab die Handschriften der Azteken dem Feuer. Nur siebzehn Bilderhandschriften aus dem mexikanischen und sieben aus dem Maya-Kulturkreis blieben durch glückliche Umstände verschont. Die älteste Maya-Handschrift aus dem Jahre 1305 befindet sich jetzt in der Österreichischen Nationalbibliothek, der Eroberer Cortez hatte sie Kaiser Karl V. geschenkt.

Die Großtat der Ausbildung von Schriften war für die Kulturvölker eine folgerichtige Ergänzung der Sprache. Sie verliehen dem flüchtigen Hauch des Wortes Bestand, gleich ob sie Lagerverzeichnisse in der Keilschrift, Mythen und Genealogien in Hieroglyphen oder astrologische Kalender in der Bilderschrift der Maya schufen.

Die Wissenschaft hat längst Brücken zwischen diesen einander so fern liegenden Welten gebaut. Die Entzifferung der altpersischen Keilschrift gelang 1802 dem Sprachwissenschaftler Georg Friedrich Grotefend;

zur Deutung der ägyptischen Hieroglyphen führte das Auffinden des dreisprachigen Inschriftensteines von Rosette durch Napoleons Expeditionstruppen. Die mittelamerikanische Bilderschrift hingegen bereitet den Gelehrten noch immer Kopfzerbrechen. Hier wirkt sich die Engstirnigkeit der Männer verhängnisvoll aus, die als erste der indianischen Hinterlassenschaft begegneten. Jetzt muß versucht werden, aus den geringen Resten etwas mehr über den geistigen Hintergrund jener Völker zu erfahren. Das Experiment der Russen, mit Hilfe von datenverarbeitenden Maschinen in der Entzifferung weiterzukommen, ist gescheitert. Als brauchbarer hat sich ein einfühlsames Vergleichen, Schließen und Raten erwiesen. Ein tröstliches Zeichen für die Begrenztheit der Maschinenleistung.
Auch in den beiden letzten Jahrzehnten waren der deutschen Schriftforschung hervorragende Erfolge beschieden. Hier muß besonders der Völkerkundler Thomas Barthel genannt werden, jetzt Direktor des Ethnologischen Instituts der Universität Tübingen, dem schon in jungen Jahren - 1954/55 - das Eindringen in das Geheimnis der Osterinsel-Schrift gelang. Auf dem Amerikanisten-Kongreß 1970 in Lima sorgte er für die große Überraschung: Ihm war die Entzifferung der Zeichenschrift der Inka gelungen. Bisher waren nur die Schriften der Azteken und Maya bekannt, bei den Inka sah man die geknoteten Schnüre (Quippas) als einzige Form der Mitteilung an. Professor Barthel gelang es, die 400 verschiedenen geometrischen Zeichen auf Geweben und Tongefäßen als Wortzeichen lesbar zu machen. Diese Bilderschrift wurde noch etwa 200 Jahre nach der Eroberung Perus durch die Spanier verwendet, und Barthel hofft, nun auch die frühen Selbstzeugnisse der Inka lesbar zu machen.
Die meisten Schriften haben wohl eine Entwicklung durchlaufen, die vom Ideenzeichen (etwa einer Felszeichnung) zum Wortzeichen (Hieroglyphe), das nur ein Allgemeines, einen Gattungsbegriff bezeichnen kann (Hund, Haus, gehen), über Silbenzeichen zum Buchstaben führt. Der Buchstabe kann dann als Baustein für unendlich viele Wörter und Wortgebilde dienen. Damit ist eine großartige Möglichkeit der verfeinerten Unterscheidung geschaffen.
Mehr noch als die Sprache selbst wurde die Schrift zur Bewahrerin der Erkenntnisse und Erfahrungen und damit zur Begründerin und Wuchskraft der Kulturen, Gefäß und auch Urkunde des Geistes.

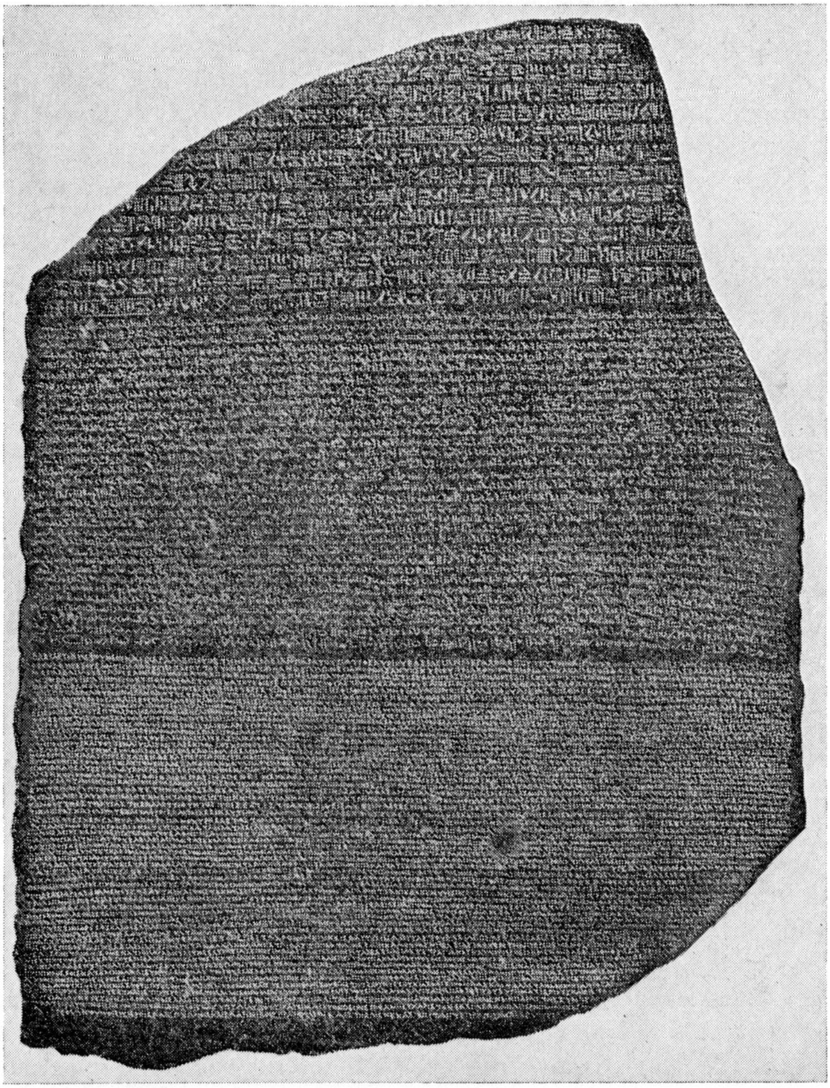

Nach dem Auffinden des ›Steins von Rosette‹ durch Napoleons Expeditionstruppen in Ägypten gelang Jean François Champollion die Entzifferung der Hieroglyphen. Der Stein enthält den gleichen Text in drei Schriften: Hieroglyphen, demotischer und griechischer Schrift.

Der Niederschlag in der Schrift hat auf die Sprache eine ordnende und verfestigende Wirkung: Das Triebhafte an der Rede wird in die Form gezwungen, das Wuchernde gebändigt. Landschaftliche Besonderheiten und Abweichungen werden geebnet.

In der Gestalt der Schriften, den Formen der Buchstaben wie im Schriftbild lebt ein Stück Kulturgeschichte fort. Soviel auch weitergegeben und übernommen wurde - es wurde immer zur ›Handschrift‹ der Schreibenden umgeformt. Darum ist es ein Verlust, daß unsere schöne und charaktervolle deutsche Schrift - Gotische, Schwabacher, Fraktur, Sütterlin-Schreibschrift -, die unserer Sprache angemessen ist, besser erfaßbare Wortbilder ergibt und auf vielen Zeitungsköpfen des Auslands prangt, immer mehr in den Hintergrund tritt. Zur Entlastung unseres Gewissens haben wir ihr auf den Vorsatzblättern dieses Buches Raum gegeben.

Dem Buchhersteller und dem Drucker obliegt es, etwas vom Geist des Verfassers in die Gestalt des Druckwerkes einfließen zu lassen. Die bedeutenden Schreibmeister und Stempelschneider bieten ihnen Schriftformen vielfältigster Wirkung: Einige sind voll Würde (etwa die Unziale), klassischer Strenge (Trajanus-Antiqua), volksliedhaft (Unger-Fraktur) oder von heiterer Gelöstheit (neue Schreibschriften).

Innerhalb der gewählten Druckschrift sind in begrenztem Maße Betonungen, Hervorhebungen und Gliederungen möglich durch Schrägschrift (Kursive), Versalien und Kapitälchen, durch halbfette Lettern und Sperrungen.

Daß unsere Möglichkeiten, uns durch Schrift zu verständigen, noch durch eine Menge Sonderzeichen, etwa chemische Formeln, Aussprachebezeichnungen, technische Kürzel (über die internationale Einigung weitgehend erzielt wurde), erweitert sind, sei nur am Rande vermerkt. Erwähnt werden müssen auch die Sonderformen, wie unsere Kurzschriften (deren grundlegende Form Franz Xaver Gabelsberger schuf) und die Blindenschrift des Franzosen Louis Braille; nicht zuletzt die Notenschrift, die unsere Musik in die Welt getragen hat.

Die vollkommene, weil lebendigste Mitteilungsweise ist die zwischen Menschen persönlich gesprochene Rede. Zu ihr gehören Gestik und Mimik und all das unbeschreibbar Mitschwingende, das nur die Unmittelbarkeit beschert.

Welche wesentlichen Einbußen das geschriebene Wort gegenüber dem

Die angeblich schwer leserliche Bruchschrift ist noch immer als schön empfundene Schrift in in- und ausländischen Zeitungsköpfen beliebt.

gesprochenen erfährt, sei am Beispiel der Betonung gezeigt. Selten nur wird im geschriebenen oder gedruckten Satz der betonte Teil bezeichnet - doch wie wandelt sich die Bedeutung, wenn ich zu wählen habe zwischen:

Er ist der Herr. Er ist *der* Herr.
Er *ist* der Herr. Er ist der *Herr.*

»Wir sprechen uns noch!« kann Verabredung oder auch Drohung bedeuten.

Wie viele andere Stimmungselemente und Hintergründigkeiten aber schwingen in der freien Rede sonst noch mit! Persönlicher Lautklang und Stimmlage, Lautstärke, Geschwindigkeit und Unterteilung (äußerster Grenzfall falscher Phrasierung: Herbert Wehner). Man kann von einer ›Vertonung des Wortes‹ durch den Redenden sprechen.

Tonfall, Sprechmelodie und Gesichtsausdruck können den Worten einen besonderen Sinn, eine zusätzliche Bedeutung geben. Marcel Proust schreibt in der ›Herzogin von Guermantes‹:

»Sooft meine Großmutter zu mir sprach, hatte ich das, was sie zu mir sagte, in der offenen Partitur des Gesichtes, in dem die Augen viel Platz einnahmen, verfolgt - ihre Stimme aber hörte ich heute durch das Telephon zum ersten Male. Und da diese Stimme, da sie ein Ganzes war, in ihren Verhältnissen verändert erschien und ganz allein und ohne die Begleitung der Gesichtszüge zu mir kam, entdeckte ich, wie über alle Maßen sanft sie war.«

Das geschriebene Wort hat es schwerer, das Stimmungsmäßige wiederzugeben. Es gehört Persönlichkeit und Begabung dazu, durch das Niedergeschriebene zu wirken. Durch den Verzicht auf die handschriftliche Form geht noch einmal eine Schicht der Unmittelbarkeit verloren (obgleich mancher maschinegeschriebene Brief noch dies und das über den Schreiber aussagt, auch über Inhalt und Stil hinaus, durch seine Form). Der gedruckte Text lebt im wesentlichen von der geistigen und sprachlichen Kraft seines Verfassers. Und nicht zuletzt vom Rang des Lesers.

»Alles, was wir lesen, sagt uns immer nur so viel, als wir schon selber wissen, denn über alles, wofür wir noch nicht reif sind, lesen wir hinweg, auch beim besten Willen: Bücher können uns eigentlich nur Hebammen sein.« (Hermann Bahr[7])

Die Muttersprache ist die unschuldigste Philosophie und Besonnenheit - Übung für Kinder. Sprecht recht viel und recht bestimmt, und haltet sie selber im gemeinen Leben zur Bestimmtheit an.
Jean Paul

... die Kraft der Muttersprache erfaßt jeden einzelnen in frühester Kindheit, lange bevor er andere Bewußtheit in der Welt besäße; und unter ihrer Wirksamkeit entfaltet sich nun der kindliche Sprachbesitz, er wird in Laut und Inhalt so früh und nachdrücklich geprägt, daß die muttersprachliche Welt zur Selbstverständlichkeit wird.
Leo Weisgerber

DAS KIND EROBERT SICH DIE WELT DURCH SPRACHE

Wenn auch der Vorgang der Sprachentstehung für uns im Dunkel bleibt, so kann uns doch die Betrachtung des kindlichen Spracherwerbs manchen Hinweis auf Antriebe und Abläufe geben.
Das Sprechenlernen des Kindes ist etwas grundsätzlich anderes als etwa die Dressur eines Tieres: Vormachen - Nachahmen - Belohnen. Es beruht auch nicht auf einem Vorgang wie: Versuchen - Irren - erneut Versuchen - Gelingen. Ein Lehrgang des Auswählens zwischen Möglichkeiten - vertreten insbesondere von angelsächsischen Verfassern wie E. L. Thorndike, C. L. Hull und am abwegigsten durch B. F. Skinner -, das geht an den Erfahrungen vorbei. Das Kind bringt auf der Stufe des Sprechenlernens nicht wahllos zufällige Lautgruppen hervor, aus denen es die bedeutungshaltigen auszuwählen hätte.
Auch die Steuerung der Umwelt als Antrieb zum Erlernen sinnhaltiger Worte (namentlich von R. W. Brown und D. E. Dulaney angenommen) überzeugt nicht ausreichend. Denn die Bedürfnisse dieser Altersgruppe werden ebenso dem nichtsprechenden Kind befriedigt, überdies bildet das Kind gleichzeitig Worte, die nicht irgendwelcher ›Steuerung‹ dienen.
Aus all dem dürfen wir schließen, daß das Kind schon im vorsprachlichen Alter, ja ›von Anbeginn‹ zu stetigem, unbemerktem Lernen fähig ist, das dann mit dem ersten gesprochenen Wort ans Licht kommt. Das Lallen war vor und bleibt neben dem Sprechen eine Einübung der Sprechwerkzeuge.
Die Sprachbefähigung ist ganz offenbar so stark im Menschenwesen

angelegt, biologisch bedingt (auch wenn das einige Rationalisten der Spätaufklärung, die nur mechanistisch zu denken vermögen, nicht erkennen wollen), daß sich diese Sprachfähigkeit auch dann mit der Kraft eines Naturereignisses entfaltet, wenn die Eltern ganz ungeeignete Sprech-Lehrer sind.

Schon vor seinem vierten Lebensmonat antwortet das Kind mit Lauten auf Laute seiner Mitmenschen. Zwischen dem fünften und siebenten Monat läßt seine Bereitschaft nach, und wir dürfen vermuten, daß das Kind in dieser Phase mit der Ausbildung seines Bewußtseins beginnt, daß es jetzt den Stimmen der Umwelt bestimmte Ereignisse und Zustände zuordnet; durch diese Leistung wird es vielleicht gehindert, zugleich in der früheren Weise zu antworten.

Wir dürfen Frühformen kindlichen Verstehens schon in der Zeit kurz vor der Mitte des ersten Lebensjahres annehmen. Die Spracherlernung beginnt zwischen dem 8. und 15. Lebensmonat. Diese erstaunliche Leistung des Kindes zu einer Zeit, da es körperlich noch höchst unbeholfen ist, wird im unsystematischen, weitgehend unbewußten Vorgehen vollbracht.

Unter den Lallworten, mit denen das Kind etwa vom achten Lebensmonat zur Freude seiner Eltern spielt, nimmt das ›ma-ma‹ einen besonderen Platz ein. Die Kinderpsychologen vermuten, daß das dazugehörende ›m‹ als frühester Laut vom zum Saugen geschlossenen Mund herrührt, zu dem ein Nasenvokal tritt.

Die ersten Lall- und Stammelworte, wie jenes ›ma-ma‹, sind nicht etwa klare Begriffsbezeichnungen, wie für ›Mutter‹, sondern Sammelnamen für Empfindungen und Wünsche; Signale, die Wohlbehagen und Erwartung zugleich meinen. ›Nahrungswunsch‹, ›Ärger‹, ›Wohlbefinden‹, ›Mutter‹, alle diese Regungen werden noch mit der gleichen Lautgruppe ausgesprochen. Ähnlich unbestimmt werden noch manche der folgenden Wörter sein, erst allmählich setzt das Abgrenzen und Festigen der Bedeutung ein.

Oft ist die Vaterbezeichnung durch ›pa-pa‹ die erste klar hinweisende Sprachregung, der erkennbare Übergang vom Gefühlsausdruck zum ersten Begriff.

Fast in allen Sprachen ist die Reihenfolge der Laute, die vom Kind beherrscht werden, ähnlich. Zuerst formt es Lippenlaute (zum Beispiel ›m‹, ›b‹), dann Zahnlaute (›s‹), später Gaumenlaute (›g‹), zuletzt

Reibelaute (›r‹). Bei den Selbstlauten ist die Abfolge etwa a - i - u - e - o - Umlaute.
»Zur Sprache treibt nun ... das fragende Staunen. Neben dem Ruf ›Ich will essen‹ tönt, erst schwach, dann aber kräftiger und häufiger: ›Ich will wissen‹.« Hans Hörmann[8] bringt auch ein anschauliches Beispiel für diesen entscheidenden Schritt vom vorsprachlichen Zeichen zum eigentlichen Sprechen:
»Das Kind sitzt in seinem Ställchen und kann den nach draußen gefallenen Ball nicht erreichen. Es streckt die Hand nach dem Ball aus und wimmert. Das ist einerseits ganz emotional, andererseits liegt hierin der Anfang der Prädikation: Die Geste der Hand präzisiert, wie Brown sagt, die Funktion des Wimmerns. Das Zusammenspiel von Geste und Laut bedeutet ›bitte, liebe Mutter, gib mir den Ball‹.
Des Cassirerschen Satzes von der Grenze zwischen tierischem und menschlichem Leben eingedenk fragen wir, ob es zu diesem Vorgang noch eine Parallele im Tierreich gibt. Sie ist etwa darin zu sehen, daß der Hund, der hinaus will, zur Tür läuft und winselt.
Auf der nächsthöheren Entwicklungsstufe wimmert das Kind nicht mehr, sondern es sagt ›Ball‹, oder es sagt ›ha'm‹.
Zum ersten Male wird hier ein Wort verwendet, um die Lücke zwischen zwei praktischen Ereignissen (Sehen des Balles draußen und Hereingeben des Balles durch die Mutter) exakt zu überbrücken. Wir haben zum erstenmal ein verbales Ereignis vor uns, das man als Satz bezeichnen kann, einen Satz allerdings, in welchem der Gegenstand (Ball) oder nur das Prädikat (ha'm) in sozial verbindlicher Weise encodiert [entziffert] ist.«
Mit solchen ›Ein-Wort-Sätzen‹ beginnt das große Abenteuer: Unser Kind ist ein Sprechender unter Sprechenden geworden - weil es von Anfang an zum Sprechen bestimmt war. »Ausgangspunkt kann also nicht sein: hier das Kind und dort eine Welt, die im Kind abgebildet und von ihm benannt werden soll; sondern: eine Gesamtdynamik, welche die Pole Kind und Welt umfaßt.« (Hörmann)
Da vielen Worten eine Zeige-Bedeutung innewohnt und das Kind im Wiedererkennen von Gegenständen, Tätigkeiten und Eigenschaften Freude empfindet, wird das Sprechen zu einem begeisternden Spiel. So formt und festigt sich im Kind der mit dem Wort verknüpfte Begriff. »Hier, diese (und keine andere) Lautfolge soll in Zukunft das,

was ich sehe, fühle, höre, rieche, empfinde, wiedergeben!« (Lutz Makkensen, ›Auf den Spuren des Wortes‹[9])

Man bedenke die Leistung, die ein Kind beispielsweise bei der Einordnung der Erscheinung ›Hund‹ vollbringt. Als erstes lernt es ein Einzeltier, vielleicht Nachbars ›Hasso‹, kennen und nennt es ›Wauwau‹. Dann begegnet es ganz anders aussehenden Tieren vom Bernhardiner bis zum Dackel und muß sie aufgrund einzelner übereinstimmender Tatsachen - einige bellen, andere haben ähnliche Augen, einige tragen Halsbänder - zum Oberbegriff ›Hund‹ zusammenfassen. Beim ersten Zoobesuch muß dieses Kind lernen, den so ähnlich aussehenden Wolf, den Schakal und den Fuchs wieder aus der Hundefamilie auszuordnen; später wird es weiter unterteilen nach Geschlecht und Rasse, zugleich wieder eingliedern in die wissenschaftlichen Ordnungen der Wirbel- und Säugetiere ...

Schon im zweiten Lebensjahr beginnt ein spielerisch-übender Umgang des Kindes mit den Wörtern. Zugleich mit der Wiedergabe von geordneten Sätzen - etwa vom 18. Lebensmonat an - lassen Kinder ihre Freude am Reim erkennen. Das Entzücken des Kindes am Reim liegt in einer dem Zauber ähnlichen Wirkung: Das Gesagte scheint eine Bestätigung zu erhalten durch die ›Schlüssigkeit‹ der Reimpaare - sie passen zusammen wie zwei Hälften, wie Schloß und Schlüssel und müssen darum wohl ›stimmen‹.

Mit vier Jahren spricht ein Kind in unseren Breiten durchschnittlich 10 000 Wörter am Tag, mit sechs Jahren hat es einen Wortschatz von mindestens 2500 Wörtern. Das Kind hat seine Sondersprache der Umwelt, seiner Familie, deren Stand, seiner Landschaft und seinem Volk angeglichen. Im Umgang mit seinen Eltern und den Spielkameraden berichtigt und verbessert es ständig seinen Wortgebrauch. Daß das Kind vom Sprachklang her umzudeuten versucht, wenn es einen Begriff nicht kennt oder nicht versteht, liegt nahe. Der Verfasser erinnert sich, daß eines seiner Kinder das Gebot »Du sollst nicht ehebrechen« aufsagte: »Du sollst nicht erbrechen.« Ein anderes sang stets und nicht ganz ohne Sinn: »O du fröhliche, o du selige, *knaben*bringende Weihnachtszeit.«

Beim frühen Menschen wie beim Kind steht das Erkennen und Benennen der Umwelt vor dem Erkennen und Benennen der Innenwelt. Was dem naiven Menschen sinnenhaft entgegentritt, ist ihm zugänglicher als die unheimlichen Empfindungen in ihm selbst. Darum personifiziert er das Unfaßbare, stellt es sich gegenüber als Dämonen, gute und böse Mächte.

Einsicht in die Sprache wie in die Entwicklung des Kindes finden wir in den Werken Jean Pauls. Hier nur eine Probe:

»Hat doch das Kind überhaupt eine solche Hörlust, daß es euch oft über eine ihm bewußte Sache nur befragt, damit es euch höre; oder daß es euch eine Geschichte erzählt, damit ihr sie ihm wiedererzählt! Durch Benennung wird das Äußere wie eine Insel erobert, und vorher dazu gemacht, wie durch Namengeben Tiere bezähmt. Ohne das Zeige-Wort - den geistigen Zeigefinger, die Rand-Hand (in margine) - stehet die weite Natur vor dem Kinde, wie eine Quecksilbersäule ohne Barometer-Skala ... Die Sprache ist der feinste Linienteiler der Unendlichkeit, das Scheidewasser des Chaos, und die Wichtigkeit dieser Zerfällung zeigen die Wilden, bei denen oft ein Wort einen ganzen Satz enthält. Das Dorfkind steht dem Stadtkinde bloß durch seine spracharme Einsamkeit nach. Dem stummen Tiere ist die Welt *ein* Eindruck, und es zählt aus Mangel der Zwei nicht bis zur Eins.

Alles Körperliche werde, geistig wie leiblich, zerteilt und analysiert vor dem Kinde im ersten Jahrzehnt, aber nur nichts Geistiges; dieses, das nur einmal da ist, nämlich im Kinde selber, stirbt leicht ohne Auferstehung unter dem Zertrennmesser[10] ...«

Welch schwere Beschuldigung liegt in diesem Satz angesichts der Torheiten unserer Tage!

Eine Unart, die bereits Jean Paul bemerkt hat, ist bis heute nicht ausgestorben: das kindliche Stammeln mancher Mütter und Verwandten, wenn sie mit kleinen Kindern sprechen. »Wenn das achtjährige Kind mit seiner ausgebildeten Sprache vom dreijährigen verstanden wird: warum wollt ihr eure zu seinem Lallen einengen? Sprecht immer einige Jahre voraus (sprechen doch Genies in Büchern mit uns Jahrhunderte voraus); mit dem einjährigen sprecht, als sei es ein zweijähriges, mit diesem, als sei es ein sechsjähriges.«

Wer hat nicht schon Deutsche in einem verballhornten Deutsch Ausländern Auskunft geben hören, als ob jene solches Radebrechen besser verstünden?

Unser Kind hat seine Sprache seiner Einbildungskraft dienstbar gemacht, hat Wortspiele und Geschichten erfunden. Zugleich gelang ihm schon ein gut Teil Einsicht in Leben und Welt mittels Sprache. Durch den Schulbesuch und seinen normenbildenden Einfluß wird der junge Mensch endgültig in die Sprachgemeinschaft einbezogen. »Die Muttersprache ist die Urwissenschaftslehre, die Sinnlichkeit und Geistigkeit vermittelt, Sinne und Denkvermögen gattet«, schrieb Friedrich Ludwig Jahn[11], und das gilt auch heute noch.

Man hat im Spätmittelalter einmal ein sehr grausames Experiment gemacht. Man hat neugeborene Kinder bei bester leiblicher Pflege, aber ohne jedes Wort aufzuziehen versucht, neugierig, welche Ursprache (welche heilige, von Gott selbst vor der Sprachverwirrung dem Menschen geschenkte Sprache) sie sprechen würden. Aber sie starben alle am Mangel an sprachlichem Kontakt. Sprachfähigkeit ist dem Menschen zwar eingeboren, indes um sprechen zu lernen, bedarf es des anderen, der ihn anredet. Als nach dem letzten Krieg von den Müttern getrennte Säuglinge in Findelhäusern ohne liebevolle Betreuung aufgezogen wurden, lernten sie erst mit vier Jahren mühsam und unvollkommen sprechen, als sie von ihren neuen Pflegemüttern angesprochen wurden. »Nichts nützt es, daß die modernen Säuglingsheime medizinisch und hygienisch einwandfrei geführt sind. ›Sie bringen ja doch seelisch deformierte Kinder hervor‹, warnt Professor Sylvia Bayr-Klimpfinger[12].«

Die Inhaberin des Lehrstuhls für Entwicklungspsychologie und pädagogische Psychologie an der Wiener Universität hat mit ihrer Forschergruppe nahezu 70 000 Heimkinder untersucht. Das Ergebnis ist erschreckend: 98 von 100 Anstaltszöglingen bleiben in ihrer geistig-seelischen Entwicklung weit hinter Gleichaltrigen zurück, die in der Familie aufwachsen. Im Durchschnitt gleicht das Heimkind von neun Monaten in der Körperbeherrschung dem Familienkind von acht Monaten, in den geistigen Fähigkeiten dem von siebeneinhalb Monaten, im Umweltverhalten dem von sieben Monaten; das eineinhalbjährige Heimkind steht auf der Stufe des Einjährigen, das in der Familie aufwächst; im Durchschnitt zeigen bereits die acht Monate alten Anstaltskinder Schäden, die nicht mehr beseitigt werden können. In der keimfreien Luft der Heime wachsen Kinder ohne ausreichende Erfahrung und mit unzulänglichem Willensantrieb heran.

Neben angeborener Begabung und späterer schulischer Ausbildung ist dies die dritte die Entwicklung des Menschen schicksalhaft bestim-

mende Größe: in welchem Maße in seiner frühkindlichen Zeit durch verständnisvolles Ansprechen und Entgegnen die in ihm schlummernden Anlagen gefördert wurden. Hier ist die Rolle der Eltern - es müssen nicht immer die natürlichen Eltern sein, denn wie oft nehmen Großeltern, sonstige Verwandte oder Pflegeeltern diesen Platz in bester Weise ein - durch nichts zu ersetzen. Wenn sich Vater und Mutter durch Überbewertung ihrer Berufe dieser Aufgabe entziehen, wird kein Kinderhort und keine vorschulische Erziehung diesen Verlust an Persönlichkeitsbildung des Kindes je ganz wettmachen können.
Da der Begriff ›Begabung‹ eng mit ›Vererbung‹ verknüpft ist und nach einer gewissen Ideologie diese biologische Tatsache im Geistigen nicht gelten soll, behalf man sich mit dem Hinweis auf ›Umweltfaktoren‹; ihre Wirkung soll das unbestreitbare Vorhandensein unterschiedlicher Geistesgaben erklären. Da jedoch diese Unterstellung im Zeitalter des Wohlstandsproletariats kaum noch den Anspruchslosesten überzeugt, wird neuerdings nicht sosehr die materielle und gesellschaftliche Benachteiligung verantwortlich gemacht als vielmehr die sprachliche: Kinder aus bürgerlichen oder gar Intelligenz-Familien lernen von Anbeginn eine anspruchsvolle Sprache, und nur deshalb sei ihnen der Zugang zum Wissensgut erleichtert. Dabei wird aus einer Halbwahrheit ein Dogma gemacht, dessen Anwendung gespenstische Folgen haben würde; denn aus diesem Zwangsglaubenssatz wird die Forderung nach einem möglichst früh einsetzenden vorschulischen Sprach- und Denktraining abgeleitet, das die häuslichen Unterschiede einebnen soll. In einer Zeit wie der unseren, die voll unerkannter, weil unterschwelliger Ideologieeinflüsse ist, würden uns solche Zuchtversuche lauter in ihrer seelischen und Persönlichkeitsentfaltung gestörte, einseitig dressierte kleine Gehirne bescheren. Bevor Kinder zur selbständigen kritischen Bewertung fähig sind, sollten anschauliches Erleben und Familienbezogenheit Vorrang vor äußeren Beeinflussungen haben. Sonst werden die heute noch vereinzelten weltfernen Radikalen bald in der Mehrheit sein.

Der Fall Helen Keller

Kein Kind vermag uns das Geschehen seines Spracherwerbs mitzuteilen, kein Erwachsener den Vorgang dieses frühen Erlebnisses in die Erinnerung emporzuheben. Wir können aber an einem eindrucksvollen Beispiel etwas von dem Drama erfassen, das sich in einem Menschen abspielt, der erstmals durch Sprache - hier blitzartig dank voller Bewußtseinsbereitschaft! - eine Umwelt erkennt.

Helen Keller hatte mit eineinhalb Jahren Augenlicht und Gehör verloren und war ohne Sprache aufgewachsen. Als sie sieben Jahre alt war, nahm sich die Lehrerin Anne Sullivan ihrer an und brachte ihr das Fingeralphabet bei, ohne daß dem Kind bewußt wurde, daß dieses Spiel zur Sprache und zu den bezeichneten Dingen führt. Helen konnte zwar Zeichenfolgen nachvollziehen, hatte aber Schwierigkeiten mit der Zuordnung von Sachen und Tätigkeiten. Hören wir den Bericht der Lehrerin Anne Sullivan:

»Die Wörter mug und milk machten Helen mehr Mühe als alle übrigen. Sie verwechselte die Substantiva mit dem Verbum drink. Sie... half sich damit, daß sie die Pantomime des Trinkens machte, sooft sie mug oder milk buchstabierte...

Wir gingen zu der Pumpe, wo ich Helen ihren Becher unter die Öffnung halten ließ, während ich pumpte. Als das kalte Wasser hervorschoß und den Becher füllte, buchstabierte ich ihr w-a-t-e-r in die freie Hand. Das Wort, das so unmittelbar auf die Empfindung des kalten über ihre Hand strömenden Wassers folgte, schien sie stutzig zu machen. Sie ließ den Becher fallen und stand wie angewurzelt da. Ein ganz neuer Lichtschein verklärte ihre Züge. Sie buchstabierte das Wort water zu verschiedenen Malen. Dann kauerte sie nieder, berührte die Erde und fragte nach deren Namen, ebenso deutete sie auf die Pumpe und das Gitter. Dann wandte sie sich plötzlich um und fragte nach meinem Namen. Ich buchstabierte ihr ›teacher‹ in die Hand[13].«

Helen Keller selbst schreibt weiter: »Ich wußte jetzt, daß water jenes wundervolle kühle Etwas bedeutete, das über meine Hand hinströmte. Dieses lebendige Wort erweckte meine Seele zum Leben, spendete ihr Licht, Hoffnung, Freude, befreite sie von ihren Fesseln! Zwar waren ihr immer noch Schranken gesetzt, aber Schranken, die mit der Zeit hinweggeräumt werden konnten. Ich verließ den Brunnen voller Lebensgier. Jedes Ding hatte eine Bezeichnung, und jede Bezeichnung erzeugte einen neuen Gedanken. Als wir in das Haus zurückkehrten, schien mir jeder Gegenstand, den ich berührte, vor

Durch Umwandlung der akustischen Schwingungen der Sprache in Vibrationen können gehörlose Kinder die Sprache regelrecht ›ertasten‹. Für dieses neue Verfahren entwickelte Siemens den Poly-Fonator, mit dem nach einigem Training das Sprechen möglich ist.

verhaltenem Leben zu zittern. Dies kam daher, daß ich alles mit dem seltsamen neuen Gesicht, das ich erhalten hatte, betrachtete... Ich lernte an diesem Tage eine große Menge neuer Wörter, die die Welt für mich erblühen machten...«
Helen Keller studierte in ihrem Heimatstaat Alabama und promovierte 1904 - vierundzwanzigjährig - zum Dr. phil., wurde eine erfolgreiche Schriftstellerin, sie starb 1968.

Der Mensch ohne die Flügel der Sprache

Helen Keller war eine überdurchschnittlich begabte Frau und deshalb imstande, die Einbuße an Sinneswahrnehmung wettzumachen. Sie war eine Sprechende im höheren Sinne, wie sie, dank ihrer Sensibilität, eine Hörende und Verstehende war.
Auch die Taubstummen unter uns finden mehr oder minder befriedigenden Ersatz für ihre untauglichen Sinnesorgane. Widmen wir ihren Schwierigkeiten noch einige Überlegungen.
Wie eng das geistig-seelische Reifen des Kindes, seine Begriffsbildung und Welterfahrung mit dem Sehen und Sprechen verknüpft sind, erkennen wir an solchen Grenzfällen in ganzer Deutlichkeit; wenn etwa ein Blindgeborener durch ärztlichen Eingriff zum Sehenden wird.
Seine erste Empfindung ist starker körperlicher Schmerz, hervorgerufen durch die hereinbrechende Flut des Lichtes und der Farben. Dann braucht es lange Zeit, um die Erscheinungen zu ordnen. Dieser Mensch muß mühsam die Licht-Zeichen mit Vorstellungen verbinden lernen, da sein Gehirn hierfür keine gespeicherten Erfahrungen enthält. Die Botschaft des Auges findet erst allmählich verstehendes Erkennen. »Ich kann mit den Fingern mehr leisten«, sagte ein auf solche Weise sehend Gewordener - denn für die Mitteilungen des Tastsinns war sein Hirn empfänglich geworden.
Untersuchungen an jugendlichen Gehörlosen haben ergeben, daß Zwölf- bis Sechzehnjährige im Durchschnitt kaum die Denkfähigkeit von sechs- bis achtjährigen Gesunden erreichen (W. Frohn[14]). Vor die Aufgabe gestellt, aus den Begriffen Dieb, Leiter, Fenster, Geld, Uhr einen Text zu bilden, formten die Taubstummen Sätze wie: »Der Dieb hat viel Eier und Geld gestohlen. Der Dachdecker legt die Leiter auf das Dach. Die Mutter putzt die Fenster. Die Fenster sind sauber. Der

Mann arbeitet in der Fabrik. Er verdient viel Geld.« Zwölfjährige Hörende hingegen vermochten jene Wörter in einem einzigen Satz zusammenzufassen, etwa so: »Wenn der Dieb stiehlt, klettert er die Leiter hinauf durch das Fenster und nimmt das Geld und die Uhr.« Zum Schicksal der Taubstummen gehört es, daß viele von ihnen mißtrauisch sind, da sie sich - oft mehr als Blinde - von der Umwelt abgeschlossen fühlen.

Über das schulmäßige Sprachenlernen

Die Schwierigkeit, eine weitere Sprache neben der Muttersprache zu erlernen, besteht nicht sosehr in der Mühe, sich einen neuen Wortschatz anzueignen, als vielmehr in der Notwendigkeit, Tausende Anwendungsformen dieser Wörter zu beherrschen - Formen, die der muttersprachlichen Gewohnheit widersprechen (oder, was oft noch schlimmer ist, ihr ähnlich sind).

Sind intelligente Menschen beim Sprachenlernen im Vorteil? Das Gegenteil scheint der Fall zu sein. Zum Trost für alle, die ihn nötig haben: »Die höhere Bildung bringt es fertig, daß normalbegabte Schüler nach vielen Jahren Sprachstudium die Sprache immer noch nicht beherrschen. Demgegenüber habe ich analphabetische Indianer gekannt, die mit ihren Verwandten aus verschiedenen Stämmen in vier oder fünf ganz verschiedenen Sprachen fließend konversierten.« (Hansjakob Seiler[15])

Wenn ich die nachtwandlerische Sicherheit junger, ebenfalls analphabetischer Inder, die ihre Landrover über halsbrecherische Paßstraßen jagen, mit den Fahrleistungen unserer Intellektuellen vergleiche, dann scheint mir, als ob ein tieferer Zusammenhang bestünde. Instinktverlust durch Bewußtseinsgewinn?

Im übrigen zieht Seiler einen unzulässigen Vergleich. Jene Indianer erlernten die verschiedenen Stammessprachen sicher nicht in der Schule, sondern im lebendigen Gespräch. - Als meine Großeltern ihr neues Haus inmitten einer Siedlung mit tschechischen Beamten bezogen, die man zwischen den Kriegen in die sudetendeutsche Stadt eingeschleust hatte, lernte der vierjährige Enkel das Tschechische in wenigen Monaten fließend. Sosehr sich unser Tschechischlehrer an der Oberschule auch mühte - alle Mitschüler, die diese slawische Sprech-

weise nicht ›von der Straße‹ her kannten, konnten meist nur auf einen Gnaden-Vierer in der Pflicht-Staats-Sprache hoffen.
Es steht außer Zweifel, daß uns jede Sprache, die wir außer unserer Muttersprache beherrschen, das Tor auftut in eine neue Welt. »Wie wunderbar ist es, in eine andere Sprache einzutauchen! Es ist, als ob man von seiner Heimat einen Ausflug in fremdes Land machte, um dann mit erfrischten Augen sich der heimischen Schätze zu erfreuen.« (Emanuel von Bodmann) Mit gleichem Recht jedoch bemerkt Wasserzieher[16], daß Sprachenlernen noch nicht ohne weiteres sprachliche Bildung mit sich bringt; erst das Erkennen der ursächlichen Zusammenhänge der Erscheinung wie auch der Gegensätze, das Empfinden für das Weltbild einer Sprache schenkt sie uns.
Es erscheint verlockend, ein Kind gleichsam mehrsprachig aufwachsen zu lassen; denn eben in der frühesten Jugend lernt es ›spielend‹. Dieses Ziel wird heute verschiedenenorts - man denke an die Schulen für die Kinder der Beamten der europäischen Behörden in Luxemburg und Brüssel - erreicht, und wenn man es oberflächlich betrachtet, mit Erfolg.
Es ist nicht leicht, heute solchem ›kosmopolitischen‹ Streben zu widersprechen. Den Einwendungen der Fachleute sollte man indessen Beachtung schenken. »Jede neue Sprache wird nur durch Verhältnis und Angleichung mit der ersten verstanden, das Urzeichen wird nur wieder bezeichnet; und so bildet sich die neue Nachsprache nicht der neuen und eine der andern, sondern alle sich der ersten Vorsprache nach.« (Jean Paul[10]) »Doppelsprachigkeit stört ... das Kind beträchtlich bei der Aufstellung der begrifflichen Ganzheiten, die zum denkenden Erfassen der Welt nötig sind. Es wird unsicher bei der Einordnung der Welterscheinungen in die begrifflichen Vergleichseinheiten. Dabei leidet das Denken mehr, als es unmittelbar schon fürs Auge erkennbar ist...« (Georg Schmidt-Rohr[17]) Zum gleichen Ergebnis kamen Fachleute auf der internationalen Tagung ›Le Bilinguisme et l'Education‹ in Luxemburg (2. bis 5. April 1928).
Diese Bedenken gelten nicht für das Verhältnis von Mundart und Schriftsprache: »Die deutsche Schriftsprache ist unserer Mundart doch so eng verwandt und so ähnlich, daß wir sie nicht wie eine fremde Sprache *erlernen, sondern mit dem Gefühl erfassen.«* (Blocher über Schweizer Mundarten)

Unsere Prägung durch die Sprache

Wilhelm von Humboldt hatte schon 1820 als Kern seiner Einsichten festgestellt, daß die Sprachen offenbar zu den hauptsächlich schaffenden Kräften in der Weltgeschichte gehören.

Die Sprache ist der Kristallisationspunkt, an dem sich das Erleben eines Volkes niederschlägt. Was flüchtig bliebe, weil es ungestaltet auftritt, was zufällig erschiene, weil es nicht eingeordnet werden kann - das gewinnt in der Sprache Form und Dauer. Am ehesten ist die Sprache der Pflanze vergleichbar: Sprache ist wuchshaft, ja, sie vermag zu wuchern, immer aber nach einem ihr innewohnenden Bauplan. Sie verzweigt sich, trägt Blüten und Früchte, wirft vertrocknete Äste ab, ist sonnenhungrig und schattenbedürftig, zeigt in jedem ihrer Teile die Struktur des Ganzen.

Die Sprache - besonders eine hochentwickelte und durch die Geistigkeit verwandter Völker geläuterte - ist ein Extrakt und zugleich eine Verdichtung der Welterfahrung. Sie ist Teilhabe am Weltgeist für jeden, der sie spricht. Als in sie Hineingeborene sind wir alle Erben, nur auf diesem Grund vermögen wir unsere bescheidenen geistigen Heimstätten zu errichten.

»Es liegt im Wesen der Sprache, daß sie der wirklichen Erfahrung schon immer voraus ist. Schon der Umkreis der Wörter, die der Mensch gehört hat und vom Hören her auch versteht, ist größer als seine konkrete Erfahrung ... darüber hinaus entfaltet die Sprache ein Ganzes des Weltverständnisses, eine ›Weltansicht‹ (Humboldt), die dem die Sprache lernenden Menschen vorgegeben ist, in die er langsam hineinwächst und die er niemals vollständig erfüllen kann; denn immer ist der in der Sprache ausgebreitete Weltraum weiter als der aktuell erfüllte Lebensraum eines einzelnen, diese Sprache sprechenden Menschen .« (Otto Friedrich Bollnow[18])

Jegliches Gefühl, das uns überfällt - sei es Freude, Schmerz, Empörung - mündet sehr rasch in eine gedankliche und sprachliche Form ein. Wann immer wir uns einer Empfindung, eines Erlebnisses erinnern, geschieht es über sprachliche Vorstellungen, Festlegungen, Bilder. So erkennen wir die Bedeutung der Sprache als der Mittlerin zwischen Gefühl und wertendem Verstand, Ereignis und Erinnerung, auch zwischen Vergangenheit und Gegenwart, Gegenwart und Zukunft.

Jedem Menschen steht als solche Mittlerin nicht Sprache schlechthin, sondern *eine* Sprache zu Gebote - seine Muttersprache. Auch wenn er noch so viele Sprachen beherrscht, ihn selbst beherrscht nur diese eine, in der zu denken ihm vorbestimmt ist. Die Muttersprache macht ihn in ganz bestimmter Weise voreingenommen im Betrachten der Welt und des Lebens. Neben der Gemeinsamkeit des Blutes und des Schicksals ist es die Gemeinsamkeit muttersprachlicher Bindungen, die uns zu einem Volk werden läßt. »Die Sprache, die uns unsere Mütter gelehrt haben - ich bitte das zu bedenken, daß uns die Mütter und nicht die Väter die Sprache lehren, daß sie also auch eine Muttersprache in diesem allerengsten Sinn ist -, diese Sprache läßt sich nicht ablegen wie ein Gewand. Es gibt nichts Eingeboreneres als die Sprache.« (Josef Weinheber[19])
Innerhalb dieser Bindung gibt es Freiheit; die Sprache ist etwas Lebendiges, das der geschichtlichen Entwicklung folgt, im Guten wie im Bösen. Der sprachbestimmte Mensch wiederum hat die Möglichkeit, als ein Sprachmächtiger zur Gestaltung seiner Zeit beizutragen - zum Besseren wie zum Schlechteren hin; denn die Gegenwartsprache ist die Summe aus dem Wortgebrauch aller Sprechenden. Mit der Unterrichtung in der Muttersprache ist es nicht getan. »Darum sind Nachlässigkeiten in der Sprache und besonders jargonhafte Wendungen so gefährlich, weil sie die Wirklichkeit in einem ›herabziehenden‹ Sinn behandeln; denn die Sprache, die mit einem Kind gesprochen wird, bestimmt nicht nur die Weise, wie dieses die Welt aufnimmt, sondern darüber hinaus die Weise, wie es sich selber in seinem Verhältnis zur Welt entwickelt. Jede Nachlässigkeit in der Sprache bedeutet zugleich eine Nachlässigkeit der gesamten Lebenshaltung, und umgekehrt wirkt sich zugleich jede Disziplinierung der Sprache in einer Disziplinierung der gesamten Lebensführung aus.« (Bollnow[18])
Das ganze Leben hindurch sollte uns ein wachsames Sprachbewußtsein begleiten, es ist mit bestimmend für die Formung der Persönlichkeit. Wir Deutschen bedürfen dieses Vorsatzes mehr als andere, denn der Spielraum für Neuschöpfungen wie für krankhafte Wucherungen ist in unserer Sprache am größten; wir werden im Abschnitt ›Garten und offene Landschaft‹ noch darauf zu sprechen kommen.

Die Sprachen sind die Scheiden, darin die Schwerter des Geistes verborgen stecken. *Martin Luther*

Von einem bewegten Lüftchen hangt alles ab, was Menschen je auf Erden Menschliches dachten, wollten und tun werden ... Nur die Sprache hat den Menschen menschlich gemacht ... sie, die große Gesellerin des Menschen. Durch sie vereinigten sie sich bewillkommnend einander, und schlossen den Bund der Liebe. Gesetze stiftete sie und verband Geschlechter; nur durch sie ward eine Geschichte der Menschheit in herabgeerbten Formen des Herzens und der Seele möglich. *Johann Gottfried Herder*

LEISTUNGEN DER SPRACHE

Wir sprechen nahezu mit der gleichen Selbstverständlichkeit, mit der wir auch atmen. Es gilt als höchster Grad der Selbstbeherrschung und Kasteiung, wie ein Trapist sich des Sprechens zu enthalten.
Sprache ist etwas Umfassendes und Durchdringendes. Sie umgreift alle Menschen, den Mann, die Frau, das Kind; den Klugen wie den Einfältigen; den Künstler und den Techniker. Sie umfängt Menschen verschiedener Bewußtseinsstufen. Dem einfach Angelegten ist sie hauptsächlich Verständigungsmittel und macht ihn zum geselligen Wesen; dem denkerisch Begabten ist sie unentbehrlich zum Ordnen und Bezugnehmen, dem Gemüthaften als Stoff für das dichterische Bild. Dem Empfänglichen ist die Sprache Vermittlerin zur Einsicht und Erkenntnis, dem Schöpferischen Mittel der Aussage. Der Tatkräftige wird in der Sprache befehlen, ein anderer durch sie gehorchen. Diese ans Wunder grenzende Erscheinung ›Sprache‹ hat so viele glanzvolle Seiten, daß jeder Versuch einer Gliederung ihrer Wirkungen unzulänglich bleiben muß.
Wir erwähnten bereits, daß wir auch unser Denken als ein lautloses Reden sehen müssen. Schleiermacher nennt Denken ein ›inneres Sprechen‹ und will damit sagen, daß es kein Denken ohne Worte gibt. Sprache andererseits ist gestaltetes Denken und schließt den Zwang ein, die flüchtige und ungenaue Eingebung in verbindliche Form umzuschmelzen.
Ein nicht unbeträchtlicher Teil unserer geistigen Entwicklung wird durch den Widerstreit zwischen dem Gedanken und seiner sprach-

lichen Formung vorangetrieben. Was wir schon von der Fruchtbarkeit des Gespräches sagten, gehört auch hierher. Wer in einer Frage nicht ›ins reine‹ zu kommen vermag, dem kann man raten, seine Gedanken niederzuschreiben. Es ist doch etwas schwieriger, sich in der festgelegten Sprache als in Gedanken etwas ›vorzumachen‹.

Denn die Sprache ist auch eine strenge Richterin. Wir werden im Abschnitt über die deutsche Sprache noch darauf eingehen müssen. Sätze in Schillers ›Wallenstein‹: »Leicht beieinander wohnen die Gedanken . . .«, »Schnell fertig ist die Jugend mit dem Wort . . .« weisen in diese Richtung, und Albrecht Goes sagt es mit ganzem Ernst: »Die Sprache ist von Gott und übt ein strenges Gericht.« In unserem ›verbalen‹ Zeitalter, da der Wortschwall das Denken überschwemmt, ist kritische Besinnung dringend notwendig.

Die Hochsprachen sind überdies und vornehmlich Trägerinnen und Mittlerinnen des Geistes. Wenn erst eine Sprache tauglich geworden als Spiegel aller dem Menschen zugänglichen Vorstellungen, dann strahlt sie diese Erkenntnisse zurück und entzündet neue. Es liegt nahe, diese Leistung an unserer Muttersprache zu zeigen und Männer zu Zeugen aufzurufen, die noch unbefangen genug waren, den eigenen Besitz zu rühmen.

». . . zum Exempel, wenn etliche hebräische, griechische oder lateinische Wörter würden hierfür gesucht, welche in deutscher Sprache mit einem Worte nicht könnten nachgesprochen werden, so müßte daraus folgen, daß die deutsche Sprache nicht so reich an Worten und geschickt wäre, als jene - wohlan, sage ich, wann solcher Schluß soll gelten, so ist die deutsche Sprache alleinig und unfehlbarlich die allerwortreichste (wie sie dann ohne das ist) und über alle die vollkommenste. Dann nicht nur etliche, sondern ein tausend oder paar tausend Wörter können ohne Mühe hervor gelegt werden, welche kein Grieche, Hebräer, Lateiner etc. nachreden oder in ihrer Sprache geben wird: und zwar dasselbe kraft unserer deutschen Vorwörter, wie auch der wunderreichsten Arten zu verdoppeln. Aber ein solcher gesetzter Schluß schließt solchermaßen gar nicht, sondern dieses soll und muß das rechte Kennzeichen sein: dieselbe Sprache, welche die Dinge und dero Eigenschaften, auch sonsten das, was Gott und die Natur dem Verstande offenbart, hat, kann aufs eigentlichste, deutlichste und reinlichste ausdrücken, aussprechen, ausbilden, dieselbe Sprache ist ohn

allen Zweifel die wortreichste und beste: weil sich deroselben Wörter durch Kraft eingepflanzter Schicklichkeit können der Natur gleich strecken, und alles, was die Natur wirket, in unseren Verstand legen. Dasselbe aber vermag aufs beste, eigentlichste und deutlichste einzig unsere, noch nie genugsamlich gerühmte, noch bis anhero völlig erkannte deutsche Hauptsprache.« (Justus Georg Schottel[20])
»Weiln die Deutschen sich über alle anderen Nationen in den Wirklichkeiten der Natur und Kunst so vortrefflich erwiesen, so würde ein deutsches Werk der Kunst-Worte einen rechten Schatz guter Nachrichtungen in sich begreifen, und sinnreichen Personen, denen es bisher an solcher Kunde gemangelt, oft Gelegenheit zu schönen Gedanken und Erfindungen geben. Denn weil die Worte den Sachen antworten, kann es nicht fehlen, es muß die Erläuterung ungemeiner Worte auch die Erkenntnis unbekannter Sachen mit sich bringen.« (Gottfried Wilhelm Leibniz[21])
Wer meint, die altväterliche Sprache und das Pathos belächeln zu müssen, der lese zuvor den letzten Satz von Leibniz noch einmal. »Denn weil die Worte den Sachen antworten ...« - wann ist eine Einsicht verständlicher, schöner und bescheidener ausgesprochen worden? An einem solchen Satz gemessen, sinken die Ergüsse vieler geschwätziger, hochmütiger Schreiber und Redner ins Bedeutungslose.
Doch die Sprachen sind nicht nur Schwertscheiden des Geistes. Sie sind auch Gefäß unserer Empfindungen. Wenn ich ›Wien‹ denke, dann sehe ich vor dem inneren Auge den Stephansdom, Türkenzelte vor der Stadt, Prinz Eugen erscheint mir, ein Kaffeehaus mit Marmortischplatten, Fanny Elßler und das Burgtheater, ein Kaiser mit Backenbart und Tschako, ein Raunzer vor seinem Heurigen und ... und ... Wie viele solcher Vorstellungsketten speichert jeder von uns in seinem Gedächtnis! Im Wort verdichtet und vergeistigt sich eine Fülle gedanklicher Verkettungen.
Leo Weisgerber, der die Humboldtschen Einsichten vielleicht am folgerichtigsten weitergeführt hat, nennt als Entfaltungsformen der muttersprachlichen Wirksamkeit deren *geistschaffende Kraft,* die aus dem ›Sein‹ und dem menschlichen Geist unsere Gedankenwelt formt; ihre *kulturtragende Kraft,* da sie als Vorbedingung menschlichen Schöpfertums dessen Ergebnisse mitprägt; ihre *geschichtsmächtige Kraft,* da sie als Gemeinsames einer Menschengruppe diese umgreift

und bewegt; demnach »ein Wirkungszentrum, in dem die gesammelte Sprachkraft der Sprachgemeinschaft Zusammenhalt, Dauer und Richtung gewinnt«; und nach Humboldt der Weg, um mit der unserer Muttersprache innewohnenden Kraft die Lebenswirklichkeit in das Eigentum des Geistes umzuschaffen.

Die Verfestigung einer Anschauung, Vorstellung oder Eingebung im Wort ist Gewinn und Verlust zugleich. Gewinn deshalb, weil uns mit dem gefundenen, entsprechenden Wort eine Formel, ein Zeichen zur Verfügung stehen, die es uns ermöglichen, den damit verknüpften Wortsinn nach Belieben in unsere Erinnerung zu rufen, einen Gedanken festzuhalten, uns mit leidlicher Übereinstimmung zu verständigen. Ein Verlust ist die Verfestigung im Wort insofern, als der vielfältige, schwebende Gedanke mit der wörtlichen Umschreibung auf die Erde heruntergeholt, seiner Vielgestalt zum Teil beraubt, handlich gemacht worden ist. Aus einem Bewohner der freien Wildbahn und der Lüfte ist ein Haus- und Nutztier geworden. »Sprache [ist] ein historisch gewordenes, schichthaft übereinandergebautes, unvollkommenes System, das in steter Spannung lebt zwischen Kräften, die es ganz ins Geschlossene, Systematische ziehen wollen.« (Hans Glinz)

Der Mensch beherrscht die Sprache, und er wird zugleich von ihr beherrscht. Die Gedanken formt er zu Sprachstempeln, die wiederum ihn prägen. Man erinnere sich der wechselnden Rolle, die der Begriff ›Freiheit‹ in der Geschichte gespielt hat, in wie widersprüchlicher Weise er heute verwendet wird.

Welt und Wort hätten längst in tiefer Unwahrhaftigkeit auseinanderbrechen müssen, fände nicht ständig eine wechselweise Erneuerung und Belebung statt. Der Schatz an Weltweisheit wie vordergründiger Erfahrung, der in unserer Sprache gespeichert ist, besteht nicht aus leblosem Erz. Er ist ein Hort aus Keimzellen, die krankhafter Wucherung ebenso wie darbenden Überlebens, wie reichster Entfaltung fähig sind. ›Liberal‹ und ›demokratisch‹ ist die Sprache insoweit, als sie jedem zur Verfügung steht. ›Aristokratisch‹ und ›elitär‹ bleibt an der Sprache, daß sie die Menschen unserer Gesellschaft mit einer Schärfe unterscheidet, wie es Stand und Vermögen nicht tun.

»Früher gab es ›oben‹ und ›unten‹. Jetzt gibt es ›rechts‹ und ›links‹. Bis die Leute den Mund aufmachen. Dann gibt es wieder ›oben‹ und ›unten‹ . . .« (Oliver Hassencamp im ›Münchner Merkur‹ München)

Die Sprache selbst kennt - wie alles Große - keinen Dünkel. Sie erfüllt ihre Alltagspflichten so gut wie ihren Gottesdienst. An die Sprache werden vielfältige, oft genug einander widersprechende Anforderungen gestellt. Der Wissenschaftler fordert Genauigkeit und Eindeutigkeit der Begriffe; der Dichter Geschmeidigkeit, Wohlklang, Vielschichtigkeit und schwebende ›Überbedeutungen‹ des Ausdrucks; die Sprachgemeinschaft eines Volkes verlangt mit Recht das Bekanntsein der verwendeten Wörter und eine ausreichende Übereinstimmung der mit ihnen verknüpften Vorstellungen. Sprachbegabung des Sprechenden und Schreibenden einerseits und das Sprachverständnis der Hörenden und Lesenden anderseits müssen einander begegnen.

Hindeuten und Benennen

Der Sinn der Sprache liegt auch im Hindeuten auf die Wirklichkeit. Die Rede deutet auf einen Wirkungsablauf hin. Der Satz schildert ihn in Sinnbildern. »Der Satz ahmt symbolisch die gedankliche kategoriale Zerlegung der Vorgänge nach.« (Richard Graßler)

Niemals wird es gelingen, zwischen den meisten Lautgruppen, die wir Wörter nennen, und den von ihnen gemeinten Dingen schlüssige Verbindungen herzustellen (Lautnachahmungen wie ›Glucke‹ und ›krachen‹ selbstverständlich ausgenommen). Und doch sind die Benennungen durch die Sprache nicht willkürlich erfolgt. Nur eine kurze Wegstrecke der Entwicklung ist erforschbar, aber schon sie schenkt uns bereichernde, geistesgeschichtliche Ausblicke: viele in unsere Volksgeschichte, einige in die Menschheitsgeschichte.

Was die gewachsene menschliche Sprache allein im sachbezogenen Bereich leistet, sei hier nur angedeutet. Sie ist imstande, Feststellungen zu treffen: »Der vergangene Winter brachte viel Schnee.« Sie kann werten: »Vom Standpunkt des Gärtners aus gesehen, ist der Kohlweißling schädlich.« Sie gibt Erfahrungen weiter: »Es lohnt sich, Vorräte für Notzeiten anzulegen.« Sie hilft unterscheiden: »Der Winterpelz vieler Tiere ist dichter als ihr Sommerfell.« Sie hält Zusammenhänge fest: »Wenn wir das ganze Korn aufessen, wird es uns an Saatgetreide fehlen.«

Unsere Sprache ist auf eine praktische Art folgerichtig und schlüssig. Sie gleicht dem Leben selbst, denn sie spiegelt es. Was an der Sprache

›krumm‹ ist, bildet die Krümmungen des menschlichen Lebens ab. »Die Logik ist nicht die Herrin der Sprache; sie ist ihr unterstellt. Sie hält die Worte zusammen wie der Schäferhund die Herde: nicht mathematisch, sondern nach Bedarf.« (Ernst Jünger[4]) Sprache schließt Mißverstehen nicht aus, sie weist aber Wege, um das Mißverstehen aufzulösen.

Mit dem Benennen der Dinge durch den Menschen ist es eine geheimnisvolle Sache. Wir nehmen längst die Namen für die Sachen selbst. Das Wort indessen ist nur ein Zeichen für den Gegenstand, den es meint. Das Sprechen und Schreiben ist der Gebrauch dieser Zeichen, um damit die Welt abzubilden. Wenn ich von ›Onkel Fritz‹ spreche, ist die Beziehung zwischen Namen und dem Benannten unmittelbar. Spreche ich dagegen von ›einem Baum‹, dann ist kein bestimmter gemeint, sondern ein Vertreter der Gattung Baum. Es besteht also in diesem Falle zwischen Bezeichnung und Bezeichnetem eine geistige Zwischenwelt, die solche allgemeinen Begriffe wie ›Vogel‹ hervorbringt, während es doch in Wirklichkeit ›den Vogel‹ nicht gibt, sondern nur den Kanarienvogel ›Hansi‹ (neben ungezählten anderen Einzelwesen).

Von der kleinen Wortgruppe, die ihre Herkunft durch Lautnachahmung (Kuckuck) selbst angibt, sprachen wir schon. Die Entstehung der meisten anderen bleibt in Dunkel gehüllt. Wie sehr wir an die ›natürliche‹ Geburt der Wörter glauben, das beleuchtet ein Geschichtchen, das im sprachkundlichen Schrifttum öfter erzählt wird. Nach dem Vortrag eines Astronomen über die Fortschritte auf seinem Wissensgebiet meldet sich eine alte Dame zu Wort: »Herr Professor, daß Sie die Entfernungen und die Geschwindigkeiten der Gestirne messen und berechnen können, kann ich mir gerade noch vorstellen, aber - wie in aller Welt haben Sie herausgefunden, wie die einzelnen Sterne heißen?«

Wir wissen natürlich, welche Genugtuung es einem Forscher bereitet, einen bisher unbenannten Berg, Mondkrater oder ein neuentdecktes Element benennen zu können und sich damit ein kleines Stückchen Unsterblichkeit zu erwerben.

Daß bei der Namensgebung auch einmal der Zufall mitspielen kann, soll uns ein Beispiel zeigen. Als der Chemiker Emil Fischer sich mit einigen Mitarbeitern über den Namen eines neuen Schlafmittels beriet, sagte er plötzlich: »In einer halben Stunde geht mein Zug. Ich habe in Verona schon ein Zimmer bestellt.« Man einigte sich daraufhin rasch auf den Namen ›Veronal‹.

Unterscheiden und Normen

Das Deutsche als die wohl wortreichste Sprache stellt für viele Begriffe mehrere Bezeichnungen zur Wahl. Man schlage in einem Verdeutschungsbuch unter einem beliebigen Fremdwort nach. Fast immer können wir Wörter mit feinabgestufter Bedeutung aussuchen. Andererseits gibt es Wörter mit mehrfachem Sinn, und erst der Zusammenhang in der Anwendung legt ihre Bedeutung fest. Nehmen wir als Beispiel ›unerhört‹. Es kann bedeuten ›nicht erhört‹ wie ein verschmähter Liebhaber. Weiterhin kann es den Sinn von ›erstaunlich‹, ›außerordentlich‹, aber auch von ›empörend‹ annehmen.

Eine Gruppe für sich bilden jene Schwammwörter, die durch gedankenlose Verwendung entleert und mehr Verlegenheitszeichen als brauchbare Begriffe sind (Interesse, Problem, Idee); wir werden uns im Abschnitt über das Fremdwort mit ihnen beschäftigen.

Hingegen sind Wörter mit doppelter Bedeutung (Vogelbauer - Almbauer, Schiffsmast - Schweinemast) oder auch nur solche mit gleicher Lautgestalt (ist - ißt, Last - laßt) kein Zeichen der Armut einer Sprache, wenngleich sie den um Normung Bemühten ein Greuel sein mögen. Sie zwingen auch den geistig sonst kaum Beweglichen, die richtige Wahl aus dem Zusammenhang der Verwendung des mehrdeutigen Wortes zu treffen - eine kaum noch wahrgenommene, doch nicht unerhebliche Leistung.

Dies gilt in gleicher Weise für Redensarten: »Eine schöne Bescherung!« kann sich sowohl ernsthaft auf eine geglückte Weihnachtsfeier als auch im übertragenen Sinne auf eine unangenehme Überraschung beziehen.

Wortspiele beruhen häufig auf der Mehrdeutigkeit mancher Wörter: Treitschke zum Studenten, dem er einen Rüffel erteilen wollte: »Sie sollten doch in meinem Dienstzimmer vorsprechen!« »Das hab ich ja getan, aber an Ihrer Tür war angeschrieben, Sie seien in Indien.« »Ich in Indien?« »Ja, auf dem Zettel stand: Befinde mich jenseits des Ganges.«

Eine Beobachtung ist köstlich: Alle, die sich ernsthaft mit der Sprache beschäftigt haben, sprechen von ihr wie von einer Geliebten, deren Tugenden man mit Begeisterung rühmt, deren Fehler man zwar kennt, jedoch mit wohlwollender Nachsicht betrachtet:

»Wohin uns aber ihre Geschichte den Blick auftut, erscheinen lebendige Regungen, fester Halt und weiches, nachgiebiges Gelenk, unablässiges Recken und Falten der Flügel, ungestillter Wechsel, der noch nie zum letzten Abschluß gelangen ließ; alles verbürgt uns, daß die Sprache Werk und Tat der Menschen ist, Tugenden und Mängel unserer Natur an sich trägt.« (Jacob Grimm)

»Das lebendige Element des Miteinander, in dem Vieldeutigkeit und Achtsamkeit sich nicht ausschließen - im Grunde ist dies die Sphäre, in der ›Logos‹ und ›Pneuma‹ gleicherweise wirksam sind - ›Logos‹ nicht nur als Wort, sondern auch als Sinn, ›Pneuma‹ nicht nur als Geist, sondern auch als Atem. Es ist die Sphäre des vollen Austausches, der nur dann zustande kommt, wenn die Worte, die ihn tragen sollen, weder der Gewalt unterliegen noch dem voreiligen oder dem ichverhafteten Gebrauch: wenn die Sprache, dieses hinfällige, gebrechliche, armselige Werkzeug, das nichts genau und sicher zu nehmen vermag, dennoch als kostbarer Besitz verstanden wird ...« (Wilhelm Höck[6])

Seit es Schrift gibt, gleichen sich die persönlichen Sprachgewohnheiten des einzelnen einer Sprechnorm verstärkt an. War die Sprache vordem nur an das Verstandenwerden gebunden, so erhält sie mit der schriftlichen Festlegung das regelnde Maß, sie wird gesetzmäßiger. Wörterbücher und Sprachlehren tun ein übriges. Vornehmlich in Frankreich widmet sich die Académie française der ständigen Durchforstung des sprachlichen Bestandes.

Wovon wir hier sprechen wollen, geht über solche Bemühungen hinaus. In einer Zeit, da wir uns besonders im Technischen über ungezählte Fachbegriffe verständigen müssen (man denke allein an die Unzahl von Schraubenarten, die es heute auf dem Markt gibt!), ist eine Absprache über die Bezeichnungen und ihre Abgrenzung unerläßlich. Schon 1917 wurde im Deutschen Reich der ›Normalienausschuß für Maschinenbau‹ gegründet, der seit 1926 den Namen ›Deutscher Normenausschuß‹ führt und seinen Sitz in Berlin hat.

Nicht nur für Ingenieure ist die Verständigung mit eindeutigen Begriffen wichtig, auch im Wirtschaftsleben ist eine gewisse Einheitlich-

Erster Schritt:

Wegfall der Großschreibung

einer sofortigen einführung steht nichts im weg, zumal schon viele grafiker und werbeleute zur kleinschreibung übergegangen sind.

zweiter schritt:

wegfall der dehnungen und schärfungen

diese masname eliminirt schon die gröste felerursache in der grundschule, den sin oder unsin unserer konsonantenverdopplung hat onehin nimand kapirt.

driter schrit:

v und ph ersezt durch f; z ersezt durch s; sch ersezt durch s

das alfabet wird um swei buchstaben redusiert, sreibmasinen und sesmaschinen fereinfachen sich, wertfole arbeitskräfte könen der wirtsaft sugefürt werden.

firter srit:

q, c und ch ersest durch k; j und y ersest durch i; pf ersest durch f

iest sind son sechs bukstaben ausgesaltet, die sulseit kan sofort von neun auf swei jare ferkürst werden, anstat aksig prosent rektsreibunterikt könen nüslikere fäker wi fisik, kemi, reknen mer geflegt werden.

fünfter srit:

wegfal fon ä, ö und ü seiken

ales uberflusige ist iest ausgemerst. di ortografi wider slikt und einfak. naturlik benotigt es einige seit, bis diese fereinfakung uberal riktig ferdaut ist, fileikt sasungsweise ein bis swei iare. Anslisend durfte als nakstes sil di fereinfakung der nok swirigeren und unsinigeren gramatik anfisirt werden.

›Progressive Orthographie‹. Wie die Schriftform unserer Sprache nach stufenweiser ›Vereinfachung‹ unserer Rechtschreibung aussehen könnte, hat die Zeitschrift ›Nation Europa‹ in zwar spöttischer Weise, aber durchaus vorausschauend und mahnend dargestellt.

keit der Bezeichnungen von Vorteil. Im Alltag mögen wir ›Glühbirne‹, ›Taschenlampe‹ und ›Kronleuchter‹ sagen, für den Fachmann, der über diese Dinge kurz und unmißverständlich sprechen muß, sind Begriffsbestimmungen wertvoll. Um bei unserem Beispiel zu bleiben - im Mai 1955 wurde mit DIN 5059 Klarheit geschaffen:

2 Lampen
Lampen sind technische Ausführungsformen von künstlichen Lichtquellen, die in erster Linie zur Lichterzeugung bestimmt sind, also leuchten oder beleuchten sollen. Fackeln, Kerzen, Leuchtstoffe u. dgl. werden nicht als Lampen bezeichnet. Die Lampen werden nach der in ihnen umgesetzten chemischen oder elektrischen Energie, dem Sprachgebrauch folgend, eingeteilt in *Verbrennungs-Lampen* und *elektrische Lampen.*

3 Leuchten
Leuchten sind Geräte, die zur Verteilung, Filterung oder Umformung des Lichtes von Lampen dienen, einschließlich der zur Befestigung, zum Schutz oder auch zum Betrieb der Lampen notwendigen Bestandteile.
Einteilung der Leuchten
3. 1 Die Leuchten werden unter Berücksichtigung der Anwendung von Verbrennungs-Lampen oder elektrischen Lampen und der jeweiligen Schutzart . . . eingeteilt . . .

Auch die Rechtskundigen haben im Laufe der Jahrhunderte formelhafte Begriffe ausgebildet, die dem Laien nicht ohne weiteres zugänglich sind, auch wenn sie zum Teil aus Wörtern unserer Muttersprache abgeleitet sind.
Das begreifliche Bemühen um Normung hat gottlob seine Grenzen im lebendigen Sprachgebrauch. E. T. A. Hoffmann hat an einem derben Beispiel deutlich zu machen versucht, daß ›sachliche Richtigkeit‹ keineswegs ›wesenhafte Benennung‹ zu sein braucht: Edlen Wein als Alkohol zu bezeichnen sei ebenso roh, wie wenn man die geliebte Frau als Säugetier kennzeichnen würde.
Erwähnt sei noch: Es gibt in manchen Berufen so viele besondere Wörter, daß man beinahe von einer Fachsprache reden könnte. Dazu gehören die Seeleute (aufklaren = aufräumen, Ordnung schaffen), die Bergleute (aufwältigen = eingestürzte Grubenbauten wieder aufrichten), die Steinmetzen (aufbänken = den Block auf die Haubänke legen), die Jäger (schweißen = bluten) und noch viele andere Berufe.

Wir empfinden das besondere Gewicht des Wortes nicht nur bei der weihevollen Handlung des Priesters, sondern auch im Urteilsspruch des Richters, bei der Verkündung eines schicksalhaften Ereignisses durch einen Staatsmann oder den Vater in der Familie. Auch der schlichte Mensch kann unter dem Eindruck des Geschehens sprachmächtig werden.

Die Wurzeln der bewußten Redekunst reichen in Griechenland bis ins fünfte vorchristliche Jahrhundert. Schon in Hellas war aus der kraftvollen Sprache der zehn großen attischen Redner später eine mehr der reinen Form, der Spitzfindigkeit und oft genug dem Trugschluß huldigende Rhetorik geworden.

Rom war auch hier Erbe der Hellenen. Cato und Cicero führten die Redekunst zu neuen Höhepunkten. Das römische Recht, die Klarheit der lateinischen Sprache und die Schlüssigkeit geschulter Beredsamkeit haben uns Perlen der Prosakunst geschenkt.

Während das Gespräch ein Geben und Nehmen darstellt, ist die freie Rede die Einwirkung eines einzelnen auf eine Gruppe: betont sachlich im Bericht (Referat), stärker persönlich geprägt im Vortrag, vom gesellschaftlichen Anlaß bestimmt in der Ansprache, auf die Beeinflussung, Umstimmung des Hörers zielend oder sogar zur Tat anspornend in der Rede.

Die mitreißende Rede kann durch günstige Voraussetzungen gefördert, aber nicht bis ins letzte geplant und vorausberechnet werden. Aufrichtigkeit, Leidenschaft, Klugheit und Einfühlung können ebenso helfen wie behindern. Unerläßlich sind allein Einfachheit und Bildhaftigkeit.

Zu allen Zeiten besaß das Gleichnis eine wirkungsvolle Anschaulichkeit und verstärkte die Glaubhaftigkeit einer Aussage. Schwierige Gedankengänge werden am sinnhaften Beispiel ›einleuchtend‹. Die Bibel bedient sich zahlloser Gleichnisse (»Es ist leichter, daß ein Kamel durch ein Nadelöhr gehe, denn daß ein Reicher ins Reich Gottes komme.« Matthäus 19, 24), und unsere Alltagssprache gebraucht sie (»Die Schreckensnachricht traf ihn wie ein Blitz aus heiterem Himmel«). Heute ist es insbesondere die Lehre Mao Tse-tungs, die sich die Beweiskraft solcher schlichter gleichnishafter Bilder zunutze macht.

Ständig werden die Aussagen wiederholt und so zum Glaubenssatz erhoben (›Mao-Bibel‹). Dabei wird oft die altchinesische Überlieferung der Parabel mit ideologischer Agitation verbunden:
»›Yü Gung versetzt Berge‹. Darin wird erzählt, daß in alten Zeiten im Norden Chinas ein Greis aus den Nördlichen Bergen namens Yü Gung (Närrischer Greis) lebte. Den Weg, der von seiner Haustür nach Süden führte, versperrten zwei große Berge: der Taihang und der Wangwu. Yü Gung faßte den Entschluß, zusammen mit seinen Söhnen die Berge mit Hacken abzutragen. Ein anderer Greis namens Dschi Sou (Weiser Alter) lachte, als er sie sah, und meinte: ›Ihr treibt aber wirklich Unfug, ihr paar Leute könnt doch unmöglich zwei solche riesigen Berge abtragen.‹ Yü Gung antwortete ihm: ›Sterbe ich, bleiben meine Kinder, sterben die Kinder, bleiben die Enkelkinder, und so werden sich die Generationen in einer endlosen Kette ablösen. Diese Berge sind zwar hoch, aber sie können nicht höher werden; um das, was wir abtragen, werden sie niedriger. Warum sollten wir sie da nicht abtragen können?‹ Nachdem Yü Gung die falsche Auffassung Dschi Sous widerlegt hatte, machte er sich, ohne auch nur im geringsten zu schwanken, daran, Tag für Tag die Berge abzutragen. Das rührte den Himmelskaiser, und er schickte zwei seiner Götter auf die Erde, die beide Berge auf dem Rücken davontrugen. Gegenwärtig lasten ebenfalls zwei große Berge schwer auf dem chinesischen Volk. Der eine heißt Imperialismus, der andere Feudalismus. Die Kommunistische Partei Chinas ist schon längst entschlossen, diese beiden Berge abzutragen. Wir müssen unseren Entschluß beharrlich in die Tat umsetzen, wir müssen unermüdlich arbeiten, und wir werden die Gottheit ebenfalls rühren; und diese Gottheit ist niemand anderer als die Volksmassen Chinas. Und wenn sich das ganze Volk erhebt, um mit uns zusammen diese Berge abzutragen, sollten wir sie da etwa nicht abtragen können[22]?«
Es ließe sich eine Weltgeschichte aus Schlagworten schreiben, aus Losungen, mit denen Völker bewegt wurden. Von Catos haßerfülltem Satz »Ceterum censeo Carthaginem esse delendam« (»Übrigens bin ich der Meinung, daß Karthago zerstört werden muß«), mit der er alle seine Senatsreden geschlossen haben soll, über den Schlachtruf »Freiheit, Gleichheit, Brüderlichkeit« bis zur Verbal-Politik unserer Tage reicht der Bogen der Parolen und angewandter Wort-Magie.

Lucas Cranach der Ältere · Martin Luther · Kupferstich von 1520
»Doch das deutsche Gepräge für alle Zeiten drückte (der Sprache) der außerordentliche Mann auf, der in anderer Hinsicht eine neue Weltepoche begründete, D. Martin Luther in Wittenberg. Was auf deutsch lieblich oder furchtbar, donnernd oder säuselnd, mild oder rauh, stark oder weich, zornig oder freundlich geredet und geklungen werden kann, das hat dieser seltene Mann uns in einem großen Vorbilde hinterlassen, in seiner Bibelübersetzung und in seinen deutschen Schriften. Das Grade, Runde, Volle, Einfältige, stracks zum Ziel Gehende und keine langen Flechtungen und künstlichen Verschlingungen und Windungen Vertragende, kurz das Deutsche in Sinn, Art und Klang hat Luther getroffen, und wer je gut deutsch schreiben und reden lernen will, der muß ungefähr empfinden lernen, was in ihm gelebt hat; denn nachahmen läßt sich das Außerordentliche nicht.« E. M. Arndt

Wir beobachten ein Schauspiel, das zugleich erregend und beängstigend ist: Am Ende des zwanzigsten Jahrhunderts wird ein wesentlicher und tätiger Teil der Menschheit von verbalen Zauberformeln des neunzehnten Jahrhunderts - deren Versagen in der Lebenswirklichkeit längst erwiesen ist - beherrscht. »Der Mensch ist zwar einerseits frei geworden zu autonomem geschichtlichem Handeln. Andererseits aber kann und darf er keineswegs willkürlich handeln, sondern empfängt immer noch ›Befehle‹ und ›Weisungen‹ aus einer unerkennbaren, unbeweisbaren Sphäre, die außerhalb aller raumzeitlich empirischen Relationen in dem absoluten Reich ›objektiver‹, für das menschliche Erkennen unerreichbarer ›Dinge an sich‹ liegt und den ›Befehl‹, den ›kategorischen Imperativ‹ erteilt, nach unbedingten Maßstäben menschliches Dasein zu formen ... Das gilt für den Absolutismus wie für das sittlich begründende Handeln der liberalen Demokratie, für den Faschismus wie für die in der ›Dialektik‹ der geschichtlichen Widersprüche sich bewegenden Taten und Lebensformen des Kommunismus, der seine dialektische Meisterung der geschichtlichen Widersprüche orientiert am absoluten Postulat eines zur vollen Selbstverwirklichung gelangten autonomen, vernünftigen und freien Menschen. Das heißt: Auf der Spitze moderner Rationalität und Logizität selber entsteht unausgesetzt aufs neue eine ›mythische‹ Bewußtseinslage, die den Menschen zum ›Opfer‹ einer paradoxen, unauflöslichen Widersprüchlichkeit macht ...« (Wilhelm Emrich[23])
Diese bedrohlichste Zeiterscheinung, die sich im Wortgebrauch spiegelt, wird uns noch im Abschnitt von der unmenschlichen Sprache beschäftigen.

Versprechen, Beschwörung und Fluch

Wir betreten jene Räume des Sprachlabyrinthes, die von der Magie beherrscht werden. Wo beginnt und wo endet der Zauberbereich in der Sprache? Stehen nicht alle Worte in gewisser ungewisser Weise auf geisterhaftem Grund?

Ach wie gut, daß niemand weiß,
daß ich Rumpelstilzchen heiß'!

Im Märchen findet sich noch viel von jener Wortmagie, mit der das Benennen und das Preisgeben des Namens verknüpft ist. Der Amazonas-Indianer hält den Namen seiner Sippe vor Fremden geheim, weil er fürchtet, sie würden Macht über ihn gewinnen, sobald sie diesen Namen kennen.

»Es gibt kein Volk auf dieser Erde, das nicht an die Zauberkraft des Wortes geglaubt hätte und glaubte. Besprechen und Beschwören, die Überzeugung, daß man durch Wort und Namen eine bezeichnete Sache in die Gewalt bekäme, gehört zu den ältesten und allgemein verbreiteten Riten und Kulten der Völker.« (Josef Nadler[19])

›Jemandem sein Wort geben‹ (besser als ein Ehrenwort), ›versprechen‹, ebenso ›geloben‹ (zusagen, beipflichtend versprechen), ›schwören‹ (Rede stehen, vor Gericht aussagen) - alle diese Begriffe gehen sonderbarerweise auf ›sprechen‹ zurück - auf das Wahr-Sprechen im Sinne des Eintretens für zurückliegendes oder künftiges Tun.

In dem Wort ›wahrsagen‹ bekommt der ursprüngliche Begriff eine neue Bedeutung im Sinne von voraussagen, prophezeien.

Daß es ein Göttliches binde,
hebt sich das Wort zur Beschwörung,
aber, statt daß es schwinde,
steht es im Glühn der Erhörung,
singend und unversehrt. Rainer Maria Rilke

Auch das Wort ›beschwören‹ hat durch den Bedeutungswandel an Gewicht verloren: Es bedeutet jetzt in den meisten Fällen ›dringlich, flehentlich bitten‹, daneben weiterhin ›durch Eid bekräftigen‹ und ›herbeizaubern, die Geister rufen‹. Auch hier sind es Märchen und Sage, die die älteren, stärkeren Wortbedeutungen bewahren.

Ähnlich erging es dem ›Fluch‹. Durch den Sprachgebrauch der Kirchen wurde das Magische auch hier zurückgedrängt und der Fluch auf das Herabrufen göttlicher Strafe oder den lästernden Mißbrauch geheiligter Begriffe eingeengt; im Alltag rechtfertigt es heute schon der Gebrauch von Kraftausdrücken, von ›fluchen‹ zu reden.

»Der Fluch ist keine Voraussage des späteren Schicksals, in diesem Sinn keine Prophezeiung; denn das Vorausgesagte geschieht von selbst, auch ohne Beteiligung des Voraussagenden, während durch den Vollzug des Fluchs das spätere Ereignis erst heraufbeschworen wird. Der Fluch ist darum auch kein bloßer Wunsch, daß etwas Bestimmtes geschehen möge; denn der Wunsch ist ohnmächtig, aber der Fluch ist ein handelndes Eingreifen in die Wirklichkeit, er schafft das spätere Ereignis. ›Wahr zu werden, sich zu erfüllen wird hier in die Kraft des Wortes selber gesetzt.‹ Dazu ist dann erforderlich, daß der Fluch in besonderer, feierlicher, sich seiner Tragweite bewußter Form ausgesprochen wird, sowie daß derjenige, dem er gilt, diesen Fluch auch annimmt. Der Fluch ist in dieser seiner reinen Form ein Phänomen des magischen Bewußtseins. Vom feierlich gesprochenen Wort geht eine unwiderstehliche Gewalt aus. Der Fluch schafft das Schicksal.« (Otto Friedrich Bollnow[18])

Das macht die dramatische Wirksamkeit des Fluches aus - man denke an Verdis ›Rigoletto‹ -, daß der Fluchende unter dem Zwang des Schicksals die Schuld des Fluchens auf sich nimmt, weil er keine andere Möglichkeit sieht, der Gerechtigkeit zum Sieg zu verhelfen. Dem antiken Menschen stand der Fluch noch zu Gebote, durch die christliche Anschauung - die nur die gegensätzliche Geste des ›Segnens‹ zuläßt - gerät der Fluchende in schuldhaft-tragische Verstrickung.

Der Dichter ist nicht eher imstande zu dichten, bis er begeistert worden ist und außer sich, und die Vernunft nicht mehr in ihm wohnt ... Daher auch der Gott die Dichter gebraucht, nachdem er ihnen die Vernunft genommen, damit wir Hörenden gewiß sein können, daß nicht jene es sind, die das sagen, was so wertvoll ist, sondern daß Gott selbst es ist, der spricht ... *Plato*

Was bleibt aber, stiften die Dichter. *Hölderlin*

DAS WORT DES DICHTERS

»Die Sprache ist ein Herbarium verwelkter Metaphern«, schreibt Jean Paul, und wir dürfen hinzufügen: Die verwelkten Blüten duften noch. Unsere Sprache ist eigentlich ein einziges großes Volkslied - ungezählte Geschlechter haben an ihm gedichtet. Ein Antlitz ›blüht‹ oder ›leuchtet‹, das Feuer ›wütet‹, Flammen ›lecken‹, ein Wissenschaftler ›krönt‹ sein Lebenswerk durch eine Entdeckung ... Nur der Blinde ›begreift‹ wirklich, wir tun es im übertragenen Sinne. Wir sprechen vom ›Lebensabend‹, vom ›Katzentisch‹ (an dem ja keine Katze sitzt) und vom ›Hagestolz‹. Bilder über Bilder in der Sprache. Darunter gibt es solche, die zu Mißverständnissen führen, weil der Zeitabstand die ursprüngliche Bedeutung vergessen ließ. Unser Maulwurf wirft die Erde nicht mit dem Maul, sondern mit seinen dafür eingerichteten Pfoten; darum heißt er in Wahrheit ›Molt-wurf‹ (= Erdwerfer), und dieses ›Molt‹ ist mit unserem ›Müll‹ verwandt. Die Studentensprache deutschte ›Katarrh‹ zu ›Kater‹ ein, der Volksmund machte aus dem ›Dromedar‹ ein ›Trampeltier‹. Wenn jemand die Wendung ›am Hungertuche nagen‹ im Sinne von ›darben‹, ›hungern‹ verwendet, dann wird er kaum daran denken, was sie ursprünglich besagte: ›an der Altardecke für die Fastenzeit nähen‹.
Auch unsere Alltagsreden sind voll solcher sprachlicher Bilder: vor Schmerzen die Wand hochgehen, jemandem aufs Dach steigen, einen Dummen auf den Arm nehmen, sich leise weinend damit abfinden, die Pferde scheu machen, jemandem auf den Leim gehen und unzählige andere. So lebt in diesen Redensarten auch manches Verlorengegangene weiter, wie zum Beispiel die Leimrute des Vogelfängers.

Die Dichtung hat viel Anschauliches aus solchen volkstümlichen Prägungen entlehnt. In fruchtbarer Wechselwirkung haben die Dichter wiederum der Sprache eine Unzahl schöner, bereichernder Worte geschenkt; sie haben zudem ihre Geschöpfe zu Begriffen gemacht: Gretchen, Diotima, Michael Kohlhaas.
So steht über dem Sprachbereich der lebensnotwendigen Verständigung die Sphäre höchster sprachlicher Entfaltung im Dichterischen. Der Mensch allein hat dieses Reich der sprachlichen Obertöne ausgebildet, und keineswegs jeder, der Menschenantlitz trägt, ist fähig, sie zu vernehmen.

O namenloses Glück, sich mitzuteilen!
Du Gnade, von der Gottheit schön geschickt!
Du wahres Wunder! Ihr halb blinden, trägen
Gefühle, du Geschautes in und um:
Nun laßt ihr euch vergleichen und bewegen
Und ordnen nach der Worte Mittlertum.
Das meisterliche Ich zerschlägt die Schranke
Und löst das Du aus seiner stummen Qual.
Ein strenges Üben fügt im Bild zusammen,
Was sonst in Bildern flüchtig war und Dunst.
Entflammt am Geist, darf es den Geist entflammen ...

Josef Weinheber

In derselben Weise, wie man aus Ton Krüge oder Götterbilder formen kann, dient der gleiche Wortschatz dem Alltag wie dem geistigen Höhenflug. Aus dem nämlichen Stoff der Sprache, der zur nüchternen Mitteilung dient, Wege der Verständigung zwischen den Menschen schafft, baut der Dichter gewichtlose Brücken, die ins Unendliche reichen.

Schläft ein Lied in allen Dingen,
Die da träumen fort und fort,
Und die Welt hebt an zu singen,
Triffst du nur das Zauberwort.

Joseph von Eichendorff

Was Eichendorff in gebundener Sprache sagt, finden wir bei Novalis in Prosa: »Die Sprache ist ein musikalisches Ideeninstrument. Der Dichter, Rhetor und Philosoph spielen und komponieren grammatisch ... Poesie ist Darstellung des Gemüts - der inneren Welt in ihrer Gesamtheit. Schon ihr Medium, die Worte, deuten es an, denn sie sind

ja die äußere Offenbarung jenes inneren Kraftreichs.« Und er klagt in den ›Lehrlingen zu Sais‹: »Unsere Sprache - sie war zu Anfang viel musikalischer und hat sich nur nachgerade so prosaiert, so enttönt ...« Die ideale Sprache des von ihm gedachten Urvolks »war ein wunderbarer Gesang, dessen unwiderstehliche Töne tief in das Innere jeder Natur eindrangen und sie zerlegten. Jeder ihrer Namen schien ein Losungswort für die Seele jedes Naturkörpers ...«
Was der Romantiker ersehnte, ist ja, wenn auch in unvollkommener Weise, unserer Sprache gegeben. Der Grad der Verwirklichung hängt vom schöpferischen Menschen ab.

Was taugt unsere Sprache in der Dichtung?

So wichtig das Erbgut für den Menschen wie für die Sprache ist, so gibt es doch noch eine Größe, für die wir selbst verantwortlich sind - die Entwicklung vorhandener Anlagen, ihre Ausbildung und Formung. Keine Sprache ist etwas Endgültiges, Fertiges, sie ist immer ein Werdendes.
Wilhelm von Humboldt hat es gewagt, das Deutsche mit den höchsten Leistungen abendländischer Geistigkeit zu vergleichen. In den Anmerkungen zu ›Aeschylos Agamemnon metrisch übersetzt‹ schreibt er: »Hierin aber war den Griechen das glücklichste Los gefallen, das ein Volk sich wünschen kann, das durch Geist und Rede, nicht durch Macht und Taten herrschen will. Die deutsche Sprache scheint unter den neueren allein den Vorzug zu besitzen, diesen Rhythmus nachbilden zu können, und wer Gefühl für ihre Würde mit Sinn für Rhythmus verbindet, wird streben, ihr diesen Vorzug immer mehr zuzueignen. Denn er ist der Erhöhung fähig; eine Sprache muß, gleich einem Instrument, vollkommen ausgespielt werden.«
In einem Brief an Goethe schreibt Humboldt: »Die italienische Sprache bewundere ich mit jedem Tag mehr. Ich halte sie für bei weitem dichterischer als die lateinische, und so ohne Vergleich über die französische und selbst die spanische erhaben, daß sie allein eine Vergleichung mit unserer aushält. Allein dennoch, bei allen großen, unglaublichen Vorzügen fehlt ihr etwas und (ich scheue mich fast, es auszusprechen) gerade das, was das innerste und geheimste Wesen des Dichterischen ausmacht. Es bleibt doch immer mehr römischer Geist in ihr

übrig, und sie ist nicht um den zehnten Teil der griechischen so nahe als die deutsche. Bei aller Freiheit der Konstruktion, aller unendlichen Fülle ihres Wortreichtums, aller Mannigfaltigkeit dichterischer Formen und alles so überaus großen Wohllautes paßt sie sich der wahren Dichtkunst weniger an als unsere; sie behält immer eine Neigung zum Epigrammatischen, läßt mehr den Dichter sehen, als die Dichtung, mehr die Kunst, als die Natur.«

An den klassischen Philologen Friedrich August Wolf schreibt er: »Unsre Poesie ist, ihrem Wesen nach, von Musik entblößt, ja, unsere Sprache ist so wenig sinnlich-vollkommen, daß sie einer metrischen Behandlung große Schwierigkeiten entgegensetzt und dafür durch geringeren Wohllaut entschädigt. Dagegen ist sie ihrer Materie und ihrer grammatischen Form nach so reich, so dichterisch, so bestimmt und so geschmeidig zugleich, daß sie sich auch den feinsten Wendungen der Phantasie und des Gefühls und dem mannigfaltigsten Periodenbau anschmiegt.«

So befangen wir im Bewerten der Sprachen sein mögen, einen Anhaltspunkt besitzen wir in der Frage: Wie ausgewogen ist das Verhältnis zwischen Vokalen und Konsonanten? Wir wollen im Abschnitt ›Stimmen der Völker‹ näher darauf eingehen.

Die Vokale sind der weichere Stoff, sie können sich im Verlaufe der Sprachentwicklung verändern, dagegen sind die Mitlaute das beständigere Gerüst, dem Wandel weniger unterworfen. Jacob Grimm nennt die Selbstlaute den weiblichen, die Mitlaute den männlichen Teil des Wortes. Ernst Jünger spricht in seinem Aufsatz ›Lob der Vokale‹ davon, daß diese dem Wort Farbe, die Konsonanten ihm Zeichnung geben.

Das lyrische Gedicht wird stärker von den Vokalen, die Ballade mehr von den Konsonanten bestimmt. Der Stabreim, mehr von den Mitlauten gebildet, wirkt männlicher als der vom gleichen Selbstlaut getragene Endreim.

> Weil dir ein Vers gelingt in einer gebildeten Sprache,
> Die für dich dichtet und denkt, glaubst du schon Dichter zu sein.
>
> Friedrich von Schiller

Dichtkunst ist nicht etwa eine späte Blüte an der Nutzpflanze Sprache. Sie wächst bereits aus den Mythen in der Morgenfrühe der Völker. Da es mir nicht zukommt, eine vollständige Würdigung der Leistungen künstlerischer Sprache zu bieten, sollen nur wenige Beispiele die Tauglichkeit des Deutschen im poetischen Bereich dartun.

Bis ins dritte vorchristliche Jahrtausend weist das großartige Gilgamesch-Epos zurück. Es enthält noch nicht die Sintflut-Sage und ist in seinem tiefen Ernst und seiner gebändigten Sprache von einsamer Größe, die noch in der Übersetzung spürbar wird:

Als die Götter
den Menschen schufen,
setzten sie den Tod ein
für die Menschheit,
das Leben aber behielten sie
in der Hand.

Diese ursprüngliche Wortgewalt lebt noch in einem Rilke-Gedicht:

Der Tod ist groß.
Wir sind die Seinen
lachenden Munds.
Wenn wir uns mitten im Leben meinen,
wagt er zu weinen
mitten in uns.

Solcher Ergebenheit in ein Unabwendbares steht in der griechischen Tragödie schon das Vertrauen in die göttlichen Gesetze gegenüber, auch wenn der Mensch sie nicht zu durchschauen vermag. So der Chor im ›Agamemnon‹ des Aeschylos:

Zeus, wer Zeus auch immer sei, mit dem
Namen ruf ich jetzt ihn an,
Hört er sich so gern genannt.
Wäg ich alles sinnend ab,
Keinen weiß ich auszuspähn, keinen als Zeus,
Auf den ich die nichtige Bürde der Sorge
Werfen mag mit Zuversicht.
Denn zur Weisheit leitet uns Zeus und heiligt
Als Gesetz, daß in Leiden Lehre wohnt.
Auch in Träumen wallt ja vor das Herz
Schuldbewußt Seelenangst, und es keimt
Wider Willen weiser Sinn.
Huld der Gottheit ist es, die gewaltig
Hoch am Weltenruder thront.

Für den germanischen Kulturkreis sollen hier wenige Zeilen aus der ›Edda‹ stehen. Trotzig und traurig klingt hier das Lied der Helden:

Gut haben wir gekämpft:
Wir stehen auf Gotenleichen,
aufrecht, ob schwertmüde,
wie Aare im Gezweig.
Heldenruhm gewannen wir,
sterben wir heut oder morgen -
niemand sieht den Abend,
wenn die Norne sprach.

An einer Stelle nur ist mit lichteren Worten die tröstende Kraft des Liedes beschworen, so wie der heitere Volker im Nibelungenlied den Gegenpol zum blutig-düsteren Geschehen vertritt:

Allen Männern mindre den Harm,
allen Weibern wende das Leid
der Trauer Trost, der ertönt ist.

Das episch Breite der frühen Wortkunstwerke mündet in den Prosaroman, manches ist aber auch in die moderne Versdichtung eingeflossen. Das Trotzige jener Edda-Strophe finden wir als Auflehnung gegen das Schicksal beispielsweise bei Bogislav von Selchow:

Du glaubst nicht, was ein Mensch vermag
Mit heißem Blut
Und harten Händen.
Er kann durch einen starken Schlag,
Er kann an einem starken Tag,
Hat er nur Mut,
Das Schicksal wenden.
Du glaubst nicht, was ein Mensch vermag.

Neben solcher kämpferischer Unmittelbarkeit steht die Fähigkeit des Gedichts, eine Einsicht im poetischen Bild auszusagen, sozusagen Gedankenlyrik wie in Nietzsches ›Pinie und Blitz‹:

Hoch wuchs ich über Mensch und Tier;
Und sprech ich - niemand spricht mit mir.
Zu einsam wuchs ich und zu hoch -
Ich warte: worauf wart ich doch?
Zu nah ist mir der Wolken Sitz. -
Ich warte auf den ersten Blitz.

Gleichnis, Beschwörung, Gebet verschmelzen im reinen Wortkunstwerk in eins. Eduard Mörike ›Abbitte‹:

Heilig Wesen! Gestört hab ich die goldene
Götterruhe dir oft, und der geheimeren,
Tiefern Schmerzen des Lebens
Hast du manche gelernt von mir.
O vergiß es, vergib! Gleich dem Gewölke dort
Vor dem friedlichen Mond, geh ich dahin, und du
Ruhst und glänzest in deiner
Schöne wieder, du süßes Licht!

Weinheber sagt in seinen ›Vorträgen über Sprache‹ nach der Anführung des Abendlieds von Matthias Claudius ›Der Mond ist aufgegangen . . .‹: »Hören Sie nicht an diesen spärlichen Beispielen schon, daß eine Sprache schön sein kann, ohne den geringsten rhetorischen Aufwand, daß ein Gedicht Gedicht sein kann ohne den Aufwand schwieriger Versformen und gehäufter Reime?«

»Wenn irgend einer Sprache Biegsamkeit eignet, ja, die Möglichkeit, in Zungen zu reden - ich finde da keinen anderen Ausdruck -, so ist es die deutsche. Keine Sprache - und darin liegt ein großer Teil ihrer Schönheit - hat eine ähnlich souveräne Klaviatur wie die deutsche. Ist es nicht bemerkenswert, zu beobachten, wie etwa der lesbische Vers von den Deutschen gehandhabt zu werden vermag? Sowohl sein heroisches wie sein satzmelodisches Element kommen an ihm - fast möchte ich das sagen - im Deutschen besser zum Ausdruck als im griechischen Original! Ein deutscher Dichter, ich glaube Hofmannsthal, hat irgendwo gesagt, in ihren höchsten Leistungen wird die deutsche Sprache zur griechischen. Ich bitte Sie, sich Hölderlins Gedicht ›An die Parzen‹ anzuhören:

Nur *einen* Sommer gönnt, ihr Gewaltigen!
und einen Herbst zu reifem Gesange mir,
daß williger mein Herz, vom süßen
Spiele gesättigt, dann mir sterbe!

Wo hat ein Horaz, der es auch den Griechen nachgemacht hat, Ähnliches zustande gebracht? Wo nehme ein heutiger Italiener diese karge Haltung, wo ein Franzose diese Sprachflüssigkeit, wo ein Engländer diese heiligmäßige Poesie her?!«

Im Bücherschrank meiner Töchter steht die Gedichtsammlung ›Der ewige Brunnen‹, zusammengestellt von Ludwig Reiners. Auf dem Vorsatzpapier stehen stenographierte Hinweise auf einzelne Gedichte, neben den Gedichten geheimnisvolle Zeichen. In welchen Gemütslagen mögen die Verse Trost gebracht, freudige Empfindungen bestätigt haben? Ich will es nicht wissen, es beglückt mich, daß es so ist. Nicht immer trifft der Satz von Feuchtersleben zu »Die Kunst kann nicht trösten; sie verlangt schon Getröstete.«

Ein Wort, ein Satz -: Aus Chiffren steigen
erkanntes Leben, jäher Sinn,
die Sonne steht, die Sphären schweigen
und alles ballt sich zu ihm hin.
Ein Wort - ein Glanz, ein Flug, ein Feuer,
ein Flammenwurf, ein Sternenstrich -,
und wieder Dunkel, ungeheuer,
im leeren Raum um Welt und Ich.

Gottfried Benn

In dem durch Gewohnheiten und Erfordernisse verstellten Leben des Menschen ist die Dichtung eines der Fenster, das den Blick wieder freigibt auf das Gesamtmenschliche, das Überzeitliche und das Überirdische. Wir erkannten das Wort als Zwang, hier ist es Freiheit.

Wunder von ferne oder traum
Bracht ich an meines landes saum
Und harrte bis die graue norn
Den namen fand in ihrem born -
Drauf konnt ichs greifen dicht und stark
Nun glüht und glänzt es durch die mark ...
Einst langt ich an nach guter fahrt
Mit einem kleinod reich und zart
Sie suchte lang und gab mir kund:
›So schläft hier nichts auf tiefem grund‹
Worauf es meiner hand entrann
Und nie mein land den schatz gewann ...
So lernt ich traurig den verzicht
Kein ding sei wo das wort gebricht.

Stefan George

»Wie die Seele eines Kindes im Rahmen der genetischen Anlage ihre ersten Prägungen durch die frühen Worte und Lieder der Mutter in ihrer Eigenart erfährt, so formt auch das Wort der Dichter in seiner Besonderheit des Klanges, der Farben, der Rhythmen, in seinen prägenden Bildern und deren Sinnbedeutung den emotionalen Urgrund der Seele des Menschen bis in die Bewußtwerdung zum Werten zur eigenen schöpferischen Schau und Gestaltungskraft.
›Das ist das Merkmal großer Dichtung‹, sagte einst Adalbert Stifter, ›daß sie uns Flügel ansetzt und uns zu Dichtern macht, im Genießen dichten wir das Namenloseste hinzu.‹
In der gekonnten Handhabung des Künstlers und durch die Transparenz für sein höheres Weistum wird die Sprache zu einem Mittel der Innewerdung des im Menschen Angelegten und zu dessen Ordnung nach dem heimlichen Gesetz des gebundenen Wortes und des gestalteten Bildes.
Es geht ein auf freiwilliger Übernahme beruhender Zwang von Form und Harmonie des sprachlich verdichteten Kunstwerks aus, wodurch die ›innere Wahrheit‹ des Dargebotenen wie ein Blitz das Unterbewußtsein des Aufnehmenden erhellt und wie ein Magnetstrich die ungeordneten Teile seiner Empfindungen zu einer absoluten Gewißheit zusammenfügt. Aus dem Chaos den Kosmos zu schaffen war noch immer das hohe Siegel wahren Dichtertums. Hieraus erst erhalten die Beiworte des Göttlich-Schöpferischen, des Heiligen für den dichterischen Seher, den Durchdringer der Welt, ihr Recht.
Darum ruft Hölderlin im Gedicht ›An die Parzen‹ aus:

›Doch ist mir einst das Heilge, das am
Herzen mir liegt, das Gedicht, gelungen,
Willkommen dann, o Stille der Schattenwelt!
Zufrieden bin ich, wenn auch mein Saitenspiel
mich nicht hinabgeleitet; einmal
lebt ich wie Götter, und mehr bedarfs nicht.‹

Wie arm doch ist unsere Gegenwart an Schenkenden und Beschenkten geworden! Es ist nur ein Trost, daß die Gossenliteratur an den meisten Menschen abrieselt wie ein trüber Guß aus aufgejagten Pfützen. Sie erreicht die Herzen nicht und ist vom Ursprung her zur Be-

langlosigkeit verurteilt. Von all diesen verkrampften Moden spricht nach der ersten Mitteilung niemand mehr.« (Karl Günther Stempel)
Ein Gedicht in jenem höheren Sinn kann das Eingefügtsein des einzelnen in einen unverlierbaren inneren Lebensraum nicht nur aufhellen, sondern bei dem dafür aufgeschlossenen Menschen auch erst heilend bewirken. Es mag dies Herbert Böhmes ›Mythos der Landschaft‹ (aus dem Gedichtband ›Anruf und Gesang‹) aufzeigen:

> Aus uferlosem Dasein hebt der Mond
> des Berges Haupt, und von gewölbten Schultern
> greift er mit blanken Armen in das Land.
> Der mächtige Geist, der in den Nebeln wohnt,
> schwingt seinen Mantel und verwandelt schweigend
> die Erde unter seines Zaubers Hand.
> Da knistern Winde überm Flußgeäst,
> die Weiden stehn im bleichen Licht wie Besen
> struppiger Hexen, und es tanzt der Strom,
> indessen sich die Häuser und der Dom
> aufmühn, in Sternen Gottes Schrift zu lesen.
> Einsam im Licht der Schöpfung blüht ein Mensch.

Der norddeutsche Dichter Siegfried Bokelmann schreibt dazu: »Lesen wir uns die erste Strophe noch einmal halblaut vor: Ein zaubermächtiges Bild steigt auf; der Mond hebt aus grenzenloser Höhe des Berges Haupt so weit empor, daß der Gipfel klar aus der gestaltlosen Masse herausragt. Doch das Licht, indem es über die Schultern des Riesen in die Schluchten der Achseln und schließlich bis in die Ebene herabgreift, vollbringt ein zweites Wunder; es verwesentlicht den Berg und - rückt ihn in eine geistmächtige Sphäre.
In der zweiten Strophe erleben wir mit, wie dieser Geist zu schwingen und zu wirken beginnt. Plötzlich sind andere Laute wach, hellere, knisternde; niedere Wesenheiten werden lebendig; und der angrenzende Strom bleibt davon nicht unberührt; er beginnt zu tanzen.
Der Nebel verzieht; nur die Weiden am Fluß, Besen struppiger Hexen ähnlich, verraten dem hohen Betrachter, welche Dämonie noch vor wenigen Augenblicken diese Landschaft beherrschte.
Alle Dinge, alle Bilder scheinen zu fließen; doch da werden Häuser sichtbar, vertraute Umrisse: die Wohnungen der Menschen und der Dom. Sie alle, aus festem Stoff geformt, schätzen das Bestimmte und

erwarten, daß auch die ferngerückten Dinge einmal bestimmbar sind. Die letzte Strophe indessen deutet an, daß mit des Menschen Werken, die sich ›aufmühn, in Sternen Gottes Schrift zu lesen‹, die Gestalt des homo sapiens selbst noch nicht festumrissen ist; ›einsam im Licht der Schöpfung blüht ein Mensch‹ schließt das Gedicht. Daß da ein Wesen unserer Art ist, das im Lichte steht und so, der Zukunft harrend, blüht, dieses Bild sollte in uns Freude entfachen; noch braucht die Menschheit nicht am Ende ihrer Entwicklung zu stehen, wenn irgendwo einer den harmonischen Schwingungen des Kosmos sich offenhält! Dieser Mythos, den der Dichter besingt, hat nichts mehr mit vergangenen Göttern und ihren Tempeln gemein, die in der Endzeit ohnehin nur formal gewürdigt werden können; der Mythos der Landschaft reicht so weit in die Schöpfung zurück, daß er fern im Ur wieder der Zukunft begegnet.«

Ich fürchte mich so vor der Menschen Wort,
sie sprechen alles so deutlich aus:
Und dies heißt Hund
und jenes heißt Haus
und hier ist Beginn
und das Ende dort.
Ich will immer warnen und wehren:
bleib fern!
Die Dinge singen hör ich so gern.
Ihr rührt sie an - sie sind starr und stumm -
Ihr bringt mir alle die Dinge um.

Rainer Maria Rilke

Sprachscheu

Der Freude des Menschen am Hindeuten und Benennen, die wir auf unserem Streifzug durch die Sprachgeschichte kennengelernt haben, steht eine Scheu vor der Sprache gerade bei den Einfühlsamsten gegenüber. Es ist die Erkenntnis von der Unzulänglichkeit des Wortes im Vergleich zu unseren Empfindungen, die Goethe im ›Faust‹ aussprechen läßt:

Und wenn du ganz
in dem Gefühle selig bist,
Nenn' es dann, wie du willst.
Nenn's Glück! Herz! Liebe! Gott!
Ich habe keinen Namen dafür!
Gefühl ist alles,
Name ist Schall und Rauch,
Umnebelnd Himmelsglut.

Die Sprache des Menschen hat sich bis in das Nichtvorstellbare gewagt. ›Das Nichts‹, ›die Ewigkeit‹ und ›das Göttliche‹ sind zwar aussprechbar geworden, aber unvorstellbar geblieben. Es ist sehr fraglich, ob solche Errungenschaften wirklich zur Vertiefung unseres Bewußtseins beigetragen haben oder ob sie nicht vielmehr als praktische Formeln die Gedankenlosigkeit fördern.

Es muß indes auch eingestanden werden, daß all die feinen und heiklen Empfindungen und Regungen, die im menschlichen Seelengrunde sprachlos eingeschlossen sind, nicht mitgeteilt und nicht überliefert werden können. »Kein Ding sei, wo das Wort gebricht.« Auch Schiller hat es empfunden: »Spricht die Seele, so spricht, ach schon die Seele nicht mehr.«

Sprechen verlangt Besonnenheit und ein Maß an geistiger Anspannung, auch an seelischer Gelassenheit. Immer wieder geschieht es dem Menschen, daß er ›keines Wortes mächtig‹ ist, daß seine Gefühle das bedachte Wort überrennen, daß der solcherart Aufgewühlte schweigen muß; das Erschrockensein, das Überwältigtsein. das Trunkensein lassen uns die Sprache verlieren - wie sich uns in einem anderen Falle, wir sprachen davon, der Schrei entringt. Diese Stille ist nicht stumm, unsere Sprache weiß das und spricht von ›beredtem Schweigen‹.

Schweigen, wenn die Stunde zu groß
und das Wort zu gering.
Lautloser Dialog. Schweigen.
Es schließt dein stärkstes Bekenntnis ein.

Elfriede Brandler

Das Schweigen und die Volkssprache - zwei Jungbrunnen der Poesie. Wie der Dichter verborgenes Geschmeide ans Licht hebt, sagt Rilke:

Die armen Worte, die im Alltag darben,
die unscheinbaren Worte lieb' ich so.
Aus meinen Festen schenk' ich ihnen Farben,
da lächeln sie und werden langsam froh.
Ihr Wesen, das sie scheu in sich bezwangen,
erneut sich deutlich, daß es jeder sieht;
sie sind noch niemals im Gesang gegangen,
und schauernd schreiten sie in meinem Lied.

Dem Nordländer geht das Wort nicht so leicht von der Zunge. Er fürchtet wohl auch den Worttrug, während der mittelmeerländische Mensch im schönen Wohllaut seiner geschmeidigen Sprachen schwelgt.

Die Geisteseigentümlichkeit und die Sprachgestaltung eines Volkes stehen in solcher Innigkeit der Verschmelzung ineinander, daß, wenn die eine gegeben wäre, die andere müßte vollständig aus ihr abgeleitet werden können. Denn die Intellektualität und die Sprache gestatten und befördern nur einander gegenseitig zusagende Formen. Die Sprache ist gleichsam die äußere Erscheinung des Geistes der Völker; ihre Sprache ist ihr Geist und ihr Geist ihre Sprache, man kann sich beide nie identisch genug denken. *Wilhelm von Humboldt*

Wir zerlegen die Natur entsprechend den in unseren Muttersprachen angelegten Richtlinien.
Benjamin Lee Whorf

STIMMEN DER VÖLKER

Der Begriff Etymologie für die Lehre von der Wortbedeutung geht auf das griechische Wort ›etymos‹ = ›wahrhaft‹ zurück. Schon sehr früh schenkte man dort der Frage nach der ›wirklichen‹ Herkunft der Wörter Beachtung. Wahrscheinlich wurde im fünften vorchristlichen Jahrhundert in den griechischen Niederlassungen an der Küste Kleinasiens erstmals die Frage nach der Geltung überkommener Benennungen gestellt. Die weltbefahrenden Jonier brachten damals die ererbten Bezeichnungen vor den Richterstuhl der Vernunft. Waren das alles willkürlich gewählte Namen, oder bestand zwischen Bezeichnung und Bezeichnetem ein Wesenszusammenhang?
Als Frühester hatte wohl Herakleitos von Ephesos Beziehungen zwischen Geschehnissen und der Dingwelt vermutet: Das Brennen erzeugt die Flamme (den Brand), das Strömen bestimmt den Fluß (den Strom), das Wachsen die Pflanze (das Gewächs). Er unterschied bereits nach Wortstämmen und Ableitungen.
Die Sophisten genannten Schüler des Herakleitos fanden Widerspruch bei den Denkern in Athen, im besonderen bei Sokrates und seinen Schülern. Diesen schien jenes Streben die Auflösung der Begriffe zu fördern. Vor allem Platon hat in seinem Zwiegespräch ›Kratylos‹ dagegen gesprochen. Seit damals ist das Gespräch über den Bedeutungsgehalt der Dingnamen nicht mehr verstummt.
Im Jahre 1786 hatte der Richter in Fort William bei Kalkutta, Wil-

liam Jones, einen Vortrag gehalten, in dem er feststellte, daß das Sanskrit, die heilige Sprache der Inder, »vollkommener als das Griechische, reicher als das Lateinische . . ., mit allen beiden näher verwandt sei, sowohl in den Wurzeln der Verben als auch in den Formen der Grammatik, als durch Zufall habe bewirkt werden können . . . Ein ähnlicher Grund, wenn auch nicht ganz so zwingend, bestehe für die Annahme, daß sowohl Gotisch als auch Keltisch, wenn auch mit einer abweichenden Sprache vermischt, denselben Ursprung wie das Sanskrit hätten.«

Franz Bopp aus Mainz studierte und übersetzte seit 1812 Sanskrit-Handschriften in Paris und London und wurde zum Begründer der modernen Sprachwissenschaft, namentlich der indogermanischen. Friedrich Schlegel, der Bruder des Shakespeare-Übersetzers August Wilhelm, erweiterte das Verfahren auf den gesamten Bau der Sprachen und sprach erstmals von ›vergleichender Grammatik‹. Der Däne Rasmus Rask vollendete Schlegels Forderung nach einer Herausarbeitung der Gesetze des Lautwandels in den indogermanischen Sprachen.

Sanskrit	*Griechisch*	*Lateinisch*	*Gotisch*	*Deutsch*
sapta	hepta	septem	sibun	sieben
nava	ennea	novem	niun	neun
pitar	pater	pater	fadar	Vater
duhitar	thugater	(filia)	dohtar	Tochter

Das Vergleichen der Sprachen öffnete ein Fenster in die geschichtliche Frühzeit, deckte Schicksalszusammenhänge auf, gab Hinweise auf den Ursprung des Denkens. Die Herkunft des Menschengeschlechtes vermochte es nicht zu erhellen, dazu reicht das Alter der überlieferten sprachlichen Zeugnisse nicht aus.

Wie die Sprachforschung anderen Wissenschaftsbereichen Hilfen geben kann, sollen zwei Beispiele zeigen.

Die Buche trägt einen gemeingermanischen Namen: althochdeutsch ›buchha‹, englisch ›beech‹, altnordisch ›bok‹; das lateinische ›fagus‹ bedeutet Buche, dagegen das griechische ›phagos‹ Eiche! Das der ›Buche‹ stammverwandte kurdische ›buz‹ bezeichnet die Ulme! Und das russische ›buz‹ den Hollunder! Da die Buche nur in Mittel- und Westeuropa heimisch ist, muß das indogermanische Wort dort entstanden sein, und die nach Osten wandernden Völker haben den Namen beibehalten dann dort auf andere Baumarten übertragen.

Wilhelm von Humboldt (1767 bis 1835) Gemälde von Franz Krüger
»Wenn wir uns - nach einem ›grammatischen‹ Jahrhundert, das wenig Blick für das Weltbild der Sprache und erst recht nicht für ihre weltgestaltende Kraft hatte - wieder auf echte Sprachvergleichung besinnen, so können wir weithin an Humboldt anknüpfen. Und so sind auch die Ansätze, mit solchen Zielen wieder die geistige Gestaltung der Muttersprache zu erforschen, vielfältig durch Humboldts geniale Einsichten bestimmt.« Leo Weisgerber[5]

Dem lateinischen ›mare‹, altslawisch ›morje‹, entspricht bei den Küstendeutschen eigentlich ›die See‹. Mit ›Meer‹ bezeichnen sie Binnengewässer: Steinhuder Meer. Als die Zuiderzee durch einen Damm von der offenen See getrennt wurde, erhielt sie den Namen Ijsselmeer. Im Litauischen bezeichnet die Mehrzahlform ›mares‹ das Haff. Das altslawische ›morje‹ und das gallische ›mori‹ werden ebenfalls für Binnengewässer und Moore gebraucht und sind mit unserem ›Moor‹ verwandt. »Man muß sich also fragen, in welcher Richtung die Übertragung erfolgt ist. Haben die Leute Binnenseen und Sümpfe ›kleine Ozeane‹ oder haben sie das Weltmeer ›großer Teich‹ genannt? Die Wahrscheinlichkeit scheint für die zweite Annahme zu sprechen. Daß auch dieser Ansatz für die Heimatfrage wichtig ist, versteht sich von selbst.« (Walter Porzig[1])

Vom Leugnen der Lebenswirklichkeit

Das Bemühen der Nur-Verstandesmenschen ist darauf gerichtet, ›Leben‹ in ›Mechanik‹ aufzulösen. Für sie ist alles Lebendige, insbesondere in seinen geistigen, mehr noch in seinen seelischen Bereichen, wegen seines Geheimnisses geradezu etwas Widerwärtiges. Sie trachten, es in gewagter Klügelei (die oft schon wieder unvernünftig ist) mit mechanistischen und chemischen Abläufen zu erklären. Da sie indes den ›Anlasser‹ und ›Konstrukteur‹ (den wir Schöpfer nennen) ihrer ›Maschine Leben‹ nicht kennen, wird es wohl noch lange - wir meinen immer - beim großen Geheimnis bleiben.
Sprache ist ein Teil des Lebens, und zwar von jener Art, die kreatürlich, geistig und gefühlsbedingt zugleich ist. Lebendige Sprachen gleichen Landschaften, in denen Urschlamm sich wälzt, gestaltete Gartenflächen prangen, Kristalle aus Logik und strenger Ordnung sich erheben und daneben Ausbrüche frühmenschlicher Kraft mitgestalten. Hier ist - neben Religion, Bildkunst, Musik - ein Gefilde, auf dem die Planierraupen der Gleichmacher und Entmythologisierer jeder ihrer Anstrengungen zum Trotz versagen.
Alle, die jenen Lebensfeinden Glauben schenken und deren Ziele für ›Fortschritt‹ halten, bezahlen ihre Leichtgläubigkeit mit schweren ›Dimensionsverlusten‹, um es einmal mit diesem Modewort zu bezeichnen, denn wenn wir treffender von ›Verarmung‹ sprechen, hat

das für manche Zeitgenossen nicht die gleiche Überzeugungskraft. Der ›Dimensionsverlust‹ in den vom Menschlichen und vom Lebendigen losgelösten ›Künsten‹ ist nicht zu übersehen. Eine aufs Formelhafte herabgeminderte, konstruierte Musik und Bildnerei erfüllt unseren Anspruch nicht, ebensowenig eine auf ›Information‹ geschrumpfte Sprache ohne mitschwingende Ober- und Untertöne. Reines H_2O ist für den Chemiker von Interesse, für den Menschen schal, ja geradezu giftig. Frisches Quellwasser ist für Mensch und Tier Erquickung, weil es nicht chemisch rein ist, sondern Spurenstoffe enthält, kurz gesagt, lebendig ist. Natürlich ist Sprache auch Mitteilung, aber sie ist es nicht allein.

Unter den Sprachforschern vermögen wir drei grundverschiedene Einstellungen zu erkennen.

Zur ersten, und sicher allein in die Zukunft weisenden Gruppe gehören Wilhelm von Humboldt und seine Nachfolger. Es war die Blütezeit der Sprachwissenschaft, da man erkannte, einer geistigen Erscheinung von großer Tiefe und weiter Ausstrahlung begegnet zu sein, und den Mut und Schwung besaß, Folgerungen aus den neuen Einsichten zu ziehen. Keine andere Betrachtungsweise wird dem Natur-Geist-Wesen Sprache gerecht. Wilhelm von Humboldt hat ein wissenschaftliches Gebäude errichtet, in dem sich alle späteren Einzelerkenntnisse unterbringen lassen. Daß er überdies eine schöne, jedermann verständliche Sprache schreibt, hebt ihn aus der Menge der Gelehrten wohltuend heraus.

Die bahnbrechenden Gedanken Wilhelm von Humboldts, niedergelegt vor allem in seiner Akademieabhandlung von 1820 ›Über das vergleichende Sprachstudium in Beziehung auf die verschiedenen Epochen der Sprachentwicklung‹ und in seinem grundlegenden Werk von 1835 ›Über die Verschiedenheit des menschlichen Sprachbaus und ihren Einfluß auf die geistige Entwicklung des Menschengeschlechts‹, weisen auf den allein fruchtbaren Acker weiterer Forschung; es gehört zu den Torheiten der Zeit, daß ein Teil der Linguisten bevorzugt auf dem Treibsand lebensferner Ideologien zu pflügen versucht.

Schon 1804 schrieb Humboldt, daß die Beschäftigung mit der Sprache für ihn ein Weg sei, um »das Höchste und Tiefste und die Mannigfaltigkeit der ganzen Welt zu durchfahren«.

1820 schreibt er: »Die ursprüngliche Übereinstimmung zwischen der

Welt und dem Menschen, auf welcher die Möglichkeit aller Erkenntnis der Wahrheit beruht, wird also auf dem Wege der Erscheinung stückweise und fortschreitend wiedergewonnen.« Das will sagen, daß wir zur wahren Einsicht nur gelangen werden, wenn wir alle unsere Sinne für die Äußerungen des Lebens, also auch die lebendige Sprache, öffnen.

»Die Sprache, und nicht nur im allgemeinen, sondern jede besondere, auch die ärmste und roheste, ist an und für sich ein des anstrengendsten Nachdenkens würdiger Gegenstand. Sie ist nicht bloß, wie man gewöhnlich zu sagen pflegt, der Abdruck der Ideen eines Volkes, für viele ihrer Zeichen lassen sich die Ideen gar nicht abgesondert von ihr aufzeigen; sie ist die gesamte geistige Energie desselben, gleichsam durch ein Wunder in gewisse Töne gebannt . . .

Durch die Mannigfaltigkeit der Sprachen wächst unmittelbar für uns der Reichtum der Welt und die Mannigfaltigkeit dessen, was wir in ihr erkennen; es erweitert sich zugleich dadurch für uns der Umfang des Menschendaseins, und neue Arten zu denken und zu empfinden stehen in bestimmten und wirklichen Charakteren vor uns da. Da die Sprachen immer das Eigentum ganzer Nationen sind, so dürfen wir in ihnen nie die Spitzfindigkeiten oder die Ausschweifungen der Phantasie befürchten, deren sich oft einzelne schuldig machen. Was sie uns darbieten, ist volle, reine und schlichte Menschennatur . . .

[Welch seherische Erkenntnis, zugleich Trost angesichts unserer scheinintellektuellen, ideologischen Phrasendrescher!]

Das Studium der Sprachen des Erdbodens ist also die *Weltgeschichte der Gedanken und Empfindungen der Menschheit.* Sie schildert den Menschen unter allen Zonen und in allen Stufen seiner Kultur; in ihr darf nichts fehlen, weil alles, was den Menschen betrifft, den Menschen gleich nahe angeht.«

Die sich nüchtern gebende Einstellung mancher sogenannter moderner Schulen ist der Humboldtschen Universalität gegenüber unzulänglich. Jene ihren Vernunftstandpunkt betonenden Forscher verdrängen in Wahrheit alle grundwichtigen Tatsachen, weil sie ihnen nicht in ihren vorgezeichneten Denkplan passen. Sie mindern die Sprache absichtlich zum bloßen Informationsmittel herab, um all ihren - von den Gleichmachern als lästig empfundenen - Unwägbarkeiten zu entgehen. Sie sehen in der lebensvollen Sprache »Feindesland« (Hans Hörmann[8]

über B. F. Skinner, einen der zum Äußersten entschlossenen Sprachverneiner):
»Skinner vermeidet in seinem ganzen Buch [›Verbal behavior‹ London 1957] Bezeichnungen wie Sprache (language), ja sogar Sprachverhalten (language behavior), weil dabei der Gedanke an eine *Sprachgemeinschaft* naheliegen könnte, also an ein überindividuelles Etwas ... Sprache ist für ihn keine Entität [Dasein eines Dinges]; es gibt für ihn nur Verhalten, und als eine spezielle Form des Verhaltens das verbale Verhalten.«
In einer Erwiderung enthüllte N. Chomsky die Unzulänglichkeit solchen Verfahrens: »Die Größe des Versagens dieses Versuchs, verbales Verhalten in den Griff zu bekommen, ist ein Maß für die Wichtigkeit jener Faktoren, die Skinner übersehen hat, und ein Hinweis darauf, wie wenig über dieses bemerkenswert komplexe Phänomen Sprache bekannt ist[25].«
Während dieses untaugliche Unterfangen noch eine gewisse Folgerichtigkeit des Starrsinns aufweist, ist Sprachforschung unter marxistisch-leninistischem Vorzeichen in sich selbst gebrochen. Einerseits will auch sie vernunftbetont erscheinen und sich den Anstrich der Wissenschaftlichkeit geben (in Wahrheit errichtet sie ›Sprachbarrieren‹ aus Fremdwörtern und rechnet mit der Zauberformel-Wirkung bei den Naiven); andererseits zollt sie den taktischen Notwendigkeiten des politischen Alltags Tribut, paßt sich den sich wandelnden Erfordernissen an.
Nikolaus Marr, ein russischer Sprachwissenschaftler, vertrat in den zwanziger Jahren die Meinung, daß die Sprache von der Gesellschaftsform abhängig sei, also von der Tatsache, ob die Sprechenden (wie er sich ausdrückt) in der Horde, einer Stammesordnung, der Sklavenhaltergesellschaft oder der Feudal- und kapitalistischen Gesellschaft leben. Er sprach die Erwartung aus, daß die ›klassenlose sozialistische Gesellschaft‹ eine eigene, wesensgemäße Sprachform hervorbringen werde. Diese von der Sowjetideologie übernommene Theorie wurde von den meisten Sprachwissenschaftlern abgelehnt, selbst im kommunistischen Lager fand sie Widerspruch. Die Wiedererweckung des russischen Nationalgefühls in der Sowjetunion nach dem Zweiten Weltkrieg führte auch dazu, daß Stalin 1950 durch einen Aufsatz in der ›Prawda‹ die Frage löste - also durch eine Entscheidung ›höchster Instanz‹; Marrs Sprachtheorie wurde verworfen.

Bezeichnenderweise kommt im programmatischen mitteldeutschen Beitrag von Georg Klaus[26] der Name Humboldt kein einziges Mal vor (die Ostberliner Universität schmückt sich noch mit seinem Namen), dagegen der Name Marx zehnmal, der Name Lenin siebzehnmal. Statt einer Erörterung sei hier eine Kostprobe gebracht:
»Es sei ›p‹ die Aussage ›Streikbrecher sind Verräter ihrer Arbeitskollegen‹. Diese Aussage nützt den Werktätigen des Betriebes und schadet dem Kapitalisten, der den bestreikten Betrieb besitzt. Selbst die Formulierung ›p ist nützlich für x‹ ist syntaktisch nicht korrekt, da ein und dieselbe Aussage für x zu einer bestimmten Zeit bzw. unter bestimmten Umständen nützlich und zu einer anderen Zeit bzw. unter anderen Umständen schädlich sein kann. Folglich muß die korrekte syntaktische Formulierung lauten: ›p ist nützlich für x bezüglich z.‹ z ist hier eine Leerstelle für die Zeit bzw. für bestimmte Umstände ... Agitationslosungen müssen auch die Gefühle des Menschen ansprechen und nicht nur dessen logische Denkfähigkeit. Sie müssen nicht nur eine semantische, sondern auch eine pragmatische Wertigkeit besitzen.«
Womit aus der ganzen ›Wissenschaftlichkeit‹ wiederum eine Agitationsanweisung mit uralten Binsenwahrheiten geworden ist.
Es liegt etwas Erbarmungswürdiges im selbstquälerischen Umgang der Rationalisten mit der Sprache, ein verbissenes Leugnen des Organischen, Lebendigen, Geheimnisvollen an ihr. Was uns Reichtum bedeutet, ist ihnen Ungenügen. Aber um überhaupt über die unzulängliche Sprache nachdenken zu können, müssen sie sich eben ihrer Unzulänglichkeit bedienen. Selbst der nüchternste ›Sprachrealist‹ muß mit den vielschichtigen Metaphern seiner lebensvollen Muttersprache arbeiten, ist auf ihre vorgeprägten Begriffe festgelegt. Je unbefangener jemand der Sprache gegenübertritt, um so tiefer, undurchschaubarer wird sie ihm erscheinen, desto ungenügender wird ihm die mechanistische Methode sein.
Für das, was uns die Sprachwissenschaft dem Wesen ihres Gegenstandes gemäß an Lösungen vorenthalten muß, entschädigt sie uns in vielfacher Weise. Sie führt uns zu höherer Aufmerksamkeit und Bewußtheit, läutert und bestätigt manches gefühlsmäßig Empfundene, strahlt auf viele Wissensgebiete und Lebensbereiche aus.
Wäre die Sprache allein aus der geschichtlichen Entwicklung des Menschen und seiner Dialektik erwachsen, wie die Marxisten meinen, dann

Jacob Grimm (1785 bis 1863) nach einem Gemälde von Karl Begas
»Aus der Vielheit unserer Mundarten haben wir allmählich eine Sprache gewonnen, die ohne Pracht und Eitelkeit ihren Grundzug, das ist schlichte Treue, festhält, die schon im Mittelalter liebliche Frucht getragen und nach langer Versäumnis regeste Verjüngungskraft bewahrt hat. Seit Luther ist die Herrschaft des hochdeutschen Dialekts unabänderlich festgestellt, und willig entsagen alle Teile Deutschlands einzelnen Vorteilen, die jede vertrauliche Mundart mitführt, wenn dadurch Kraft und Stärke der aus ihnen allen aufsteigenden gemeinschaftlichen und edelsten Schriftsprache gehoben wird.« (Jacob Grimm)

könnten wir sie getrost sich selbst überlassen, weil sie ja zwangsläufig der Spiegel irgendwelcher ökonomischer Zustände bliebe, auch wenn sie verödet und erstarrt.
Da wir aber wissen, daß in der Sprache noch ganz andere Kräfte wirksam sind und sich aussprechen, wollen wir die bewußte Betrachtung keinesfalls den Informations- und Agitations-Technikern in West und Ost überlassen. Die Welt wird nur menschlich bleiben mit menschlichen Sprachen.
Unter den zeitgenössischen Sprachforschern ragt Leo Weisgerber mit seinem Lebenswerk hervor, und viele der anspruchsvollen unter den jüngeren Gelehrten gehören zu seinen Schülern. Mit heute seltenem Bekennermut hat Weisgerber seine von ›progressiver‹ Seite sicher nicht gerne gehörten Einsichten ausgesprochen[5]:
»Die Sprache umgibt den Menschen mit der Selbstverständlichkeit der geistigen Lebensluft, vorgegeben, nicht wegdenkbar, daher auch den nachdenkenden Fragen weithin entrückt.«
»Am charakteristischsten ist schließlich das Umschlagen mancher der entschlossensten Versuche, sprachunabhängige Denkprozesse aufzuweisen und zu realisieren, in eine *verstärkte Anerkennung sprachlicher Bedingungen.«*
»Da die Vorbedingungen der Sprachgemeinschaft irgendwie im ›Natürlichen‹ wurzeln, hat das zur Folge, daß im soziologischen Denken viele der Funktionen der Sprachgemeinschaft unerkannt hingenommen werden in das, was beim Denken in anderen Gemeinschaftsformen vorausgesetzt wird. So wird es also dringend nötig, die wirkliche Tragweite dieser ›Selbstverständlichkeit‹ der Sprachgemeinschaft herauszuheben.«
Mit seinem ›Menschheitsgesetz der Sprache‹ hat uns Weisgerber ein Werk geschenkt, das sich in der Klarheit seines Denkens und der Sprache würdig in die Nachfolge Humboldts einreiht.

Wir hören gelegentlich die Behauptung, daß die in der Welt bestehenden Spannungen auch eine Folge der Verständigungsschwierigkeiten seien - bedingt durch verschiedene Sprachwelten. Auch Stuart Chase ist dieser Meinung:
»Einige Schwierigkeiten liegen ... in der Struktur der Sprache, die wir sprechen. Chinesisch und die Sprache der Hopi haben nach Ansicht der Linguisten eine Struktur, welche das Begreifen vielwertiger Ereignisse leichter macht.
Vielleicht könnte man den indo-europäischen [der Begriff ist ungenau und aus der Abneigung einiger Franzosen gegen den Germanen-Begriff entstanden; die europäischen Finnen, Esten, Ungarn, Basken und Lappen gehören dieser Sprachengruppe keineswegs an] Sprachen mehr Biegsamkeit geben; aber es bleibt noch eine andere Schwierigkeit. Jede Sprache neigt dazu, temporal und linear zu sein; ein Wort muß dem anderen folgen. Aber die Raum-Zeit-Welt, die wir erfassen müssen, die Welt draußen, ist bucklig; der Prozeß der Ereignisse verläuft spiralförmig. Daher entsprechen sich Wirklichkeit und Sprache nur in sehr beschränktem Maße ...«
»Hier sind einige Vorschläge, wie und wo man die Forschung heute dringend ansetzen müßte: die Erfindung einer einfachen, leicht zu erlernenden und allgemein willkommenen internationalen Sprache.«
Mr. Chases ›Eine-Welt‹-Ideal in allen Ehren, allein Versuche in dieser Richtung sind schon mehrfach gescheitert. Und selbst wenn sich der Traum ›Eine Welt - eine Sprache‹ erfüllen würde, es bliebe alles beim alten. Chase liefert selbst den Beweis: »Mein Freund, Richard C. Tolman, der verstorbene Physiker, erzählte mir einst von einer anderen Kommunikationsfehlleistung auf internationalem Gebiet. Als Mitglied des Atom-Energie-Ausschusses der Vereinten Nationen versuchte er 1946, die Russen zu überreden, den Lilienthal-Acheson-Baruch-Plan für die Kontrolle der Atom-Energie anzunehmen. Sie lehnten ab, sagte Tolman, weil sie nicht glauben konnten, daß ein so generöser Vorschlag, der in gewissem Umfang von den USA eine Preisgabe ihrer Souveränität verlangte, ernst gemeint sein könnte. Es mußte irgendwas dahinterstecken[27].«
Es lag also keineswegs an der Sprache, wenn die Sowjets mißtrauisch

blieben. Sie konnten sich einfach nicht vorstellen, daß Vertreter eines Volkes so handeln würden. - Mao spricht gut Russisch, und dennoch führt dies nicht zum Verstehen.
Die Bemühungen um eine künstliche Welthilfssprache gehen bis auf Descartes und Leibniz zurück. Eine gewisse Bekanntheit, wenn auch kaum praktische Bedeutung gewann das ›Volapük‹ (= ›Weltsprache‹ aus ›world speak‹) des badischen Pfarrers Johann Martin Schleyer, entworfen 1879. Das ›Esperanto‹ vom Warschauer Arzt Dr. Ludwig Zamenhof 1887 veröffentlicht, hat den grundlegenden Nachteil, daß es die Bildung zahlreicher Wörter gleicher Bedeutung zuläßt, daher von Sprachbastlern bevorzugt wird. Eine Instanz muß entscheiden, welche Neubildungen anerkannt werden.
Der Italiener G. Peano bot 1903 ein vereinfachtes Latein (Latino sine flexione) unter dem Namen ›Interlingua‹ an. Das Streben des Baltendeutschen E. von Wahl ging seit 1922 dahin, das gemeinsame Wortgut westeuropäischer Sprachen in einer ›Occidental‹, später ›Interlingue‹ genannten Welthilfssprache zusammenzufassen. Belastet wird diese Konstruktion dadurch, daß selbst gemeinsame Vokabeln wie ›natur(e)‹ nicht in jeder Sprache dasselbe bedeuten, womit die Gefahr des Mißverstehens erheblich ist.
Alle erklügelten Hilfssprachen haben ihre Nachteile gemeinsam: Sie bleiben ›unwissenschaftlich‹ wie die Volkssprachen auch, sie wachsen nicht aus sich selber, sondern bedürfen des ›Konstrukteurs‹, der als autoritär bestimmende Instanz über sie wacht; sie sind häßlich, weil ihr Wortstoff zusammengeklaubt ist und ihr Gefüge erzwungen wirkt; und sie haben nach bisherigen Erfahrungen keine Aussicht, von einer ausreichenden Zahl von Menschen erlernt zu werden.
Der wirklichkeitsnähere Versuch von C. K. Ogden, ›Basic-English‹ (*B*ritish-*A*merican-*S*cientific *I*nternational *C*ommercial English) als allgemeine Verkehrssprache neben die Volkssprachen zu stellen, hat allerdings auch seine Tücken. Um die Vergangenheitsformen der vielen starken Verben zu vermeiden, mußte Ogden Umschreibungen empfehlen, die wiederum gelernt werden müssen - auch vom Angelsachsen! Mit 850 Wörtern alles sagen zu wollen kann anstrengender werden als 4000 Vokabeln zu lernen.
Es bleibt uns nur noch, einen Blick auf die Programmier›sprachen‹ der Datenverarbeitung zu werfen: ›Algol‹, ›Syntol‹, ›Fortran‹ und an-

dere. Diese Systeme werden innerhalb menschlich überschaubarer Zeiträume Hilfsmittel der Fachleute bleiben. Computer sind keine ›Denkmaschinen‹ in höherem Sinne, denn sie speichern, wählen aus und setzen in Bezug, was ihnen der Mensch ›zugedacht‹ hat.
Der Computer engt den Wirkungsbereich lebendiger Sprachen nicht ein. Im Gegenteil, er befreit sie von Aufgaben, die ihrer Lebendigkeit widersprechen. So wie die algebraischen Zeichen und technischen Symbole eine eigene, genaue und eindeutige ›Sprache‹ darstellen, werden die Formeln der datenverarbeitenden Maschinen die Sprache von einer sklavenhaften Arbeit befreien. Das Maschinenwort wird genau, schnell, auswechsel- und speicherbar sein, dienstwillig; es wird dem Menschen Unterlagen liefern für Überlegungen, Pläne und Entscheidungen, für die er letztlich wieder des lebendigen Wortes bedarf.
Des Nachdenkens wert ist die Tatsache, daß es zwar Sprachen ohne zugehörende Wissenschaft gibt - aber keine Wissenschaft ohne Sprache. Sprache ist wie Erde, ohne die es weder Brot noch Blume gäbe.
Dem Deutschen vermittelt seine Muttersprache dank zahlreicher Übersetzungen das Wissen auch der anderen Völker, durch sie ist er Teilhaber am Weltgeist. Das Deutsche steht in der Reihenfolge der Verbreitung an fünfter oder sechster Stelle, die Zahl der in deutscher Sprache gedruckten Bücher dagegen ist annähernd ebensogroß wie die der englisch- und russischsprachigen.
Die Flut von Fachschrifttum läßt es wünschenswert erscheinen, auf elektronischem Wege wenigstens das Übersetzen in andere Sprachen zu versuchen. Die Firma IBM führte bereits 1960 dem amerikanischen Kongreß ein Gerät vor, in dem 300 000 Wörter gespeichert waren. Zur Probe wurde der Text einer Ansprache Nikita Chruschtschows aus dem Russischen ins Englische übersetzt, die er aus Anlaß des Abschusses des Piloten Powers vor dem Obersten Sowjet gehalten hatte. Naheliegenderweise ist der Text in dieser mechanischen Übersetzung oft entstellt, doch bleibt die Maschinenleistung bemerkenswert:
»Comrade deputy! Aggressive act, complete American aviation in respect to Soviet Union, call/caused true disturbance deputies and all Soviet people. In address session and Soviet government act numerous interrogation and inversion/address. In connection with this solve/ permit me once again on this question and bring certain new date...«
Nur ein Heer von Robotern könnte auf gleiches ›Denken‹ und gleiches

›Sprechen‹ programmiert werden. Lebendige Menschen werden immer ein persönliches Denken und eine Muttersprache besitzen. Ebensowenig wie die Religion durch Naturwissenschaft und Psychologie entbehrlich wurde, wie die bildenden Künste nicht durch Photographie und Gipsabguß abgelöst wurden, so ist auch die Sprache nicht in Gefahr, durch Maschinensignale ersetzt zu werden. Huxley geht noch weiter: »Daß die gereinigte Sprache der Wissenschaft oder sogar die reichere geläuterte Sprache der Literatur je der Gegebenheit der Welt und unseres Erlebens gewachsen sein wird, ist schon der Natur der Dinge nach unmöglich. Das mit heiterer Gelassenheit hinnehmend, wollen wir, die literarisch und die wissenschaftlich Tätigen, gemeinsam zuversichtlich weiter und weiter in die sich immer mehr ausdehnenden Regionen des Unbekannten vordringen.«

Die Welt besteht aus Organischem und Anorganischem, aus Mikrokosmos und Makrokosmos, aus Gewußtem, Erahntem und Unerahntem. Der Mensch selbst bleibt sich im wesentlichen ein Rätsel. Müssen nicht auch die Sprachen von all dem etwas besitzen, wenn sie etwas über Welt und Mensch aussagen wollen? Was Chase an den Sprachen ›bucklig‹ nennt, das ist ihr Bestes. In der Formenvielfalt der Sprachen spiegelt sich die Mannigfaltigkeit des Lebendigen.

Wenn es gelänge, eine ›Weltsprache‹ durchzusetzen, sie würde ebensorasch in zahlreiche ›Mundarten‹ und bald in neue Sprachen zerfallen. Den Beweis erbringt C. D. Darlington in seinem neuen Buch ›The Evolution of Man and Society‹. Er weist darauf hin, daß die englische Sprache, wenn sie innerhalb fremdvölkischer Gruppen längere Zeit ohne Einfluß durch Engländer gesprochen wird, fast bis zur Unverständlichkeit entstellt wird. Er macht dafür Verschiedenheit im Bau der Sprechwerkzeuge verantwortlich. Die Londoner ›Sunday Times‹[28] bekräftigte diese Annahme: Ein englisch sprechender Singhalese aus Ceylon könne einen englisch sprechenden Nepalesen kaum verstehen, insbesondere, wenn beide von einheimischen Lehrkräften unterrichtet wurden. So dürfte auch zu erklären sein, daß zwar die Zeitungen in Marokko wie in Syrien in der gleichen arabischen Schrift gedruckt werden, ein Syrer aber das gesprochene Arabisch des Marokkaners nicht versteht.

Sprache ist ein wesensgemäßes Ordnen der Welt

Der Mensch ist sprachfähig, das grenzt ihn wesenhaft gegen das Tier ab; er hat seine Muttersprache, das gliedert ihn in eine Gemeinschaft ein; innerhalb der muttersprachlichen Ordnungen vermag er seine Eigenart zu entfalten - die bis ins Sprachschöpferische reichen kann -; das macht ihn zur Persönlichkeit.

Die Sprache verbindet die Menschen im Vordergründigen - durch Verständigung; sie unterteilt sie in Gruppen im wesentlichen - durch Mißverstehen.

Das Wissen vom Zusammenhang zwischen Volksgeist und Sprache reicht weit zurück, doch keiner hat es vor Wilhelm von Humboldt, dem universalen Denker, klarer ausgesprochen. Die moderne Sprachforschung hat diese Grundeinsicht nur an Hand immer neuer Belege bestätigen können. Leo Weisgerber[29] schrieb 1931: »Man erkennt, wie durch den Anteil an der Sprache der Gemeinschaft der einzelne Mensch diesen geistigen Besitz übernimmt, durch ihn geformt wird in einer Weise, daß sein geistiges Tun stärker durch das Weltbild der Muttersprache als durch seine Eigenpersönlichkeit bestimmt ist.« Zur selben Zeit schrieb der Amerikaner Edward Sapir: »Die Beziehung zwischen der Sprache einerseits und der Erfahrung und Erkenntnis (experience) andererseits wird oft falsch gesehen. Die Sprache ist nicht ein mehr oder minder vollständiger Katalog der verschiedenen Gegenstände der Erfahrung . . ., sondern sie ist auch eine selbständige, schöpferisch sinnbildhafte Ordnung, die sich nicht nur auf die ohne ihre Hilfe gemachte Erfahrung bezieht, sondern in Wirklichkeit Erfahrung für uns deutet mittels ihrer formalen Vollständigkeit und weil wir die in die Sprache eingeschlossenen Erwartungen unbewußt auf das Feld der Erfahrungen übertragen.« (Nach Hörmann[8])

Im Mittelpunkt der Forschung stand die Sprache-Volk-Beziehung für den genialen Außenseiter Benjamin Lee Whorf. Bei der Erforschung der Indianersprachen gewann er Einsichten, die mit jenen Humboldts deckungsgleich sind: »Wir zerlegen die Natur entsprechend den in unseren Muttersprachen angelegten Richtlinien. Die Kategorien und Typen, die wir aus der Welt der Erscheinungen herauslesen, finden wir dort nicht darum, weil sie jedem Beobachter augenfällig wären; im Gegenteil, die Welt stellt sich dar als ein Kaleidoskop von Eindrücken, welche erst geordnet werden müssen durch unseren Geist - und das heißt im wesentlichen durch die unserem Geist innewohnenden sprachlichen Systeme[30].«

Hier empfängt Humboldts erhellende Einsicht, daß Sprache nicht ein abgeschlossenes Werk, sondern eine fortwirkende Kraft (energeia) ist, ihre Bestätigung durch die Forschung - falls es ihrer noch bedurft hätte. Muttersprache ist die »gemeinsame Entfaltungsform der Sprachkraft einer Menschengruppe«. »... gerade die Vielfalt der Sprachen [ist] das deutlichste Warnzeichen vor dem Rechnen mit allgemeinmenschlichen Begriffen und Denkweisen ...« (Leo Weisgerber[5])

Unsere Sprache ist weder die Leistung der Menschheit noch die eines Einzelmenschen. Die Menschheit arbeitet nicht als *ein* Wesen an *einem* sprachlichen Weltbild, sondern zahlreiche Menschengruppen (Sprachgemeinschaften, Völker, Stämme) schaffen an ihren Gedankenwelten. Ebensowenig vermöchte ein einzelner einen so unüberschaubaren Vorrat an sprachlich-geistigem Gut in seinem Leben anzuhäufen; hier sind wir alle Erben, Nehmende, und nur die Begabten vermögen bescheidene Beiträge hinzuzufügen. Unser ererbtes Vermögen Muttersprache, das wir uns erwerben müssen, um es zu besitzen, vermehrt sich (oder verdirbt) im Weiterreichen von Generation zu Generation innerhalb der Sprachgemeinschaft. Unser Sprachgebrauch ist immer das Sichtbarwerden des gegenwärtigen Weltbildes und Kulturzustandes der Muttersprache.

Das Gemeinsame

Es wäre nicht schwer, jedes Kapitel mit Humboldt zu beginnen und zu schließen. »Die Sprache entspringt zwar aus einer Tiefe der Menschheit, welche überall verbietet, sie als ein eigentliches Werk und als eine Schöpfung der Völker zu betrachten. Sie besitzt eine sich uns sichtbar offenbarende, wenn auch in ihrem Wesen unerklärliche Selbsttätigkeit und ist, von dieser Seite betrachtet, kein Erzeugnis der Tätigkeit, sondern eine unwillkürliche Emanation [Äußerung, Verkündung] des Geistes, nicht ein Werk der Nationen, sondern eine ihnen durch ihr inneres Geschick zugefallene Gabe. Sie bedienen sich ihrer, ohne zu wissen, wie sie dieselbe gebildet haben[31].«

»Wortformen [sind] nicht nur ebenso beständig wie Stein, Erz und

Kalksteinplatte mit Sabäischer Schrift
Südarabien zur Zeit der Königin von Saba

Knochen, sondern sie sind darüber hinaus lebendige Erbstücke, die von konkreten Beziehungen zwischen Menschen durch viele Geschlechter Zeugnis ablegen ... Danach waren geschichtlich verwandte Sprachen Fortentwicklungen derselben ›Ur‹- oder ›Grund‹-Sprache, die sich unter dem Einfluß historischer Bedingungen umgestaltet hatten.« (Walter Porzig[1])

Den gemeinsamen Ausgangspunkt aller Sprachen - wenn es ihn gäbe - könnten wir uns nur als ein Denkmodell schaffen. Denn das, was allen Sprachen gemeinsam ist, bleibt allgemeiner Natur: alle Sprachen bestehen aus einer begrenzten Zahl von Lautgruppen, einigen Gesetzlichkeiten der Wortabwandlung, einer überschaubaren Zahl von Satzbauregeln, etwa Satzgegenstand und Satzaussage, der Möglichkeit zu fragen und zu antworten.

Die theologische Vorstellung von der *Sprachverwirrung* als einer göttlichen Strafe fußt auf der Erwartung, daß eine vollkommene Menschheit nur *eine,* dann ebenfalls *vollkommene* Sprache besäße. Das Alte Testament sah in der Vielfalt der Sprachen ein Hindernis für die Alleinherrschaft seines Gottes. Immerhin hat schon der christliche Kirchenmann Jakob von Batnae um 500 n. Chr. Zweifel am Wert solcher Gleichschaltung ausgesprochen: »Bedeutet die Sprachverwirrung wirklich eine Strafe und nicht vielleicht ein Gnadengeschenk voll des Reichtums?« Das sollten auch unsere Utopisten bedenken.

Die farbige Vielfalt der Sprachen, Kulturen und Völker ist ganz offenbar das Ursprüngliche, Natürliche, wenn man so will das Gottgewollte. Die Sprachgemeinschaften sind die ältesten Gruppierungen oberhalb der Familien, Sippen und Stämme, reichen wie diese weit in die vorgeschichtlichen Zeiträume zurück. Sie sind weniger von den Machtverhältnissen abhängig als staatliche Ordnung.

Die Zahl der lebenden Sprachen wurde 1950 auf 3000 geschätzt, ihre Zahl nimmt ab. Von der Erdbevölkerung spricht knapp die Hälfte eine der indogermanischen, ein weiteres Viertel spricht tibetochinesische Sprachen.

Jedes Volk besitzt nur einen Auszug, nur eine Teilhaberschaft am gesamten Wortschatz der Menschheit. Nur eine Schicht von Begriffen (dazu gehören: Hand, essen, schlafen, Mutter, Sonne und andere) ist in allen Sprachen vorhanden. Ihren verschieden stark ausgebildeten Belangen in den einzelnen Lebensbereichen entsprechend haben die

Sprachen sehr verschiedene Wortbestände. Wir werden in einem eigenen Abschnitt darüber zu sprechen haben.
Viele Sprachen bieten *viele einseitige* Ansichten von der Welt. *Eine* Sprache ergäbe *ein einseitiges* Bild der Welt.

Fruchtbare Vielfalt

Der Beginn und die entscheidende Phase unseres Spracherwerbs liegen vor unserer Erinnerung. Mit der Kraft eines Naturgeschehens wirkt die Muttersprache auf uns ein. Eltern und Gespielen vermitteln uns die Grundlage unserer Sprache, die Schule entwickelt sie planmäßig, und darauf fußend schafft sich jeder von uns durch Sprachübung ein verschieden hohes Maß sprachlicher Eigenständigkeit. Dabei bestehen Verknüpfungen zwischen Denkkraft und Sprachmächtigkeit - zugleich aber auch Rückwirkungen des durch die Sprache erschlossenen Geistesgutes auf jeden von uns. Jegliche Bildung ist nur über das sprachliche Zwischenreich möglich. Selbstverständlich tragen nicht alle Menschen, die eine Sprache sprechen, auch zur lebendigen Sprachentwicklung - im guten wie im bösen - sichtbar bei; und doch ist die Sprechweise jedes einzelnen von uns ein Tropfen im Strom der ›wirklich gesprochenen Sprache‹ (im Sinne des französischen ›parole‹ im Gegensatz zum abstrakten Begriff ›langue‹).
In der gleichen Weise, wie wir mit unserer ererbten Leiblichkeit an die Natur gebunden sind, sind wir durch die Muttersprache an eine Gemeinschaft gebunden. Der Hochmut auch des Eigenwilligsten wird an dieser Bindung zuschanden. Mit der Übernahme der muttersprachlichen Prägungen unterwirft sich jeder von uns den ihnen eingeschlossenen Haltungen und Denkformen. Daraus wiederum ergibt sich die Verknüpfung Sprache - Denkart - Handeln. So bestimmt uns die Sprache bis in unser Tun, ohne daß es uns bewußt würde.
Spracherbe ist indes nicht nur Zwang. Durch die Eingliederung in die Sprachgemeinschaft gewinnen wir auch Anteil an der Sprachmacht, wirken wir mit am Deuten der Welt mittels Sprache, wie an der Formung der Sprache durch Erkenntnis. Aus allen anderen Hochsprachen strömt der unseren ständig neue Welteinsicht zu, unsere Volks- und Muttersprache ist zugleich Geistsprache für die anderen. Mit jeder Sprache, die wir lernen, öffnen sich uns nie beschrittene Räume.

Über die Zeiten hinweg bleibt gerade das erhalten, was sich innerhalb seiner Art zu wandeln vermag. Innerhalb der Familien, Stämme und Völker gibt es eine Vielfalt ausgeprägter Einzelwesen, die jedoch alle zugleich Träger nichtauswechselbarer Merkmale sind. So ist es auch mit den Sprachen. Um im Kern eigenständig, wahr und lebendig bleiben zu können, müssen sie sich in ihren äußeren Schichten erneuern können, müssen neue Triebe entfalten und vertrocknete Zweige abwerfen.

Es gleicht einem Abenteuer, wenn wir versuchen, den Weg unserer Sprachen in die Vorzeit zurückzuverfolgen. Denn auch die gemeinsame Wurzel der indogermanischen Sprachen kennen wir nicht, wir können nur Rückschlüsse wagen aus dem Wort- und Lautbestand der Zweige.

Um uns vor Augen zu führen, wie gesprochener Laut und geschriebenes Zeichen sich im Laufe der Zeit ändern, ist Walter Porzig der Frage nachgegangen, wie die Römer den zum Titel geworden Namen ›Caesar‹ wohl ausgesprochen haben mögen. Wir lesen ihn als ›Tsäsar‹, die Franzosen als ›Sésar‹, die Italiener als ›Tschesar‹, die Angelsachsen als ›Siser‹. - Die Griechen schrieben damals ›ΚΑΙΣΑΡ‹, übertragen KAISAR, sprachen den Namen mit Sicherheit am Anfang mit ›k‹. Im Althochdeutschen erscheint das Wort als ›keisur‹. »Wir erschließen also für die Schreibung CAESAR zur Zeit des Augustus die Aussprache *kaisar* - eine beträchtliche Abweichung von der Schulüberlieferung[1].«

Das achtzehnte und das neunzehnte Jahrhundert waren voll Begeisterung beim Heben verborgener Schätze. Insbesondere Jacob Grimm überhöht seine wissenschaftliche Arbeit durch seherische Ausblicke in Bereiche, die der strengen Forschung nicht mehr zugänglich sind - ohne im wesentlichen durch spätere Erkenntnisse widerlegt zu werden. So schildert er die Sprache der Frühe, sozusagen im Kindesalter der Menschheit:

»Anfangs entfalteten sich, scheint es, die Wörter unbehindert in idyllischem Behagen, ohne einen andern Halt als ihre natürliche, vom Gefühl angegebene Aufeinanderfolge; ihr Eindruck war rein und ungesucht, doch voll und überladen, so daß Licht und Schatten sich nicht recht verteilen konnten ... Den Stand der Sprache im ersten Zeitraum kann man keinen paradiesischen nennen, in dem gewöhnlich mit diesem Ausdruck verknüpften Sinn irdischer Vollkommenheit; denn sie durchlebt fast ein Pflanzenleben, in dem hohe Gaben des Geistes noch schlummern oder nur halb erwacht sind ... Ihr Auftreten ist einfach, kunstlos, voll Leben, wie das Blut in jugendlichem Leib raschen Umlauf hat. Alle Wörter sind kurz, einsilbig, fast nur mit kurzen Vokalen und einfachen Konsonanten gebildet, der Wortvorrat drängt sich schnell und dicht wie Halme des Grases ... Die Verhältnisse der Wörter und Vorstellungen sind naiv und frisch, aber ungeschmückt durch nachfolgende, noch unangereihte Wörter ausgedrückt. Mit jedem Schritt, den sie tut, entfaltete die geschwätzige Sprache Fülle und Befähigung, aber sie wirkt im Ganzen ohne Maß und Einklang. Ihre Gedanken haben nichts Bleibendes, Stetiges, darum stiftet diese früheste Sprache noch keine Denkmale des Geistes und verhallt wie das glückliche Leben jener ältesten Menschen ohne Spur in der Geschichte[34].«

Die Mehrzahl der etwa dreitausend Sprachen unserer Erde ist in diesem Zustand verblieben, einzelnen war der Aufstieg ins Geistige und Transzendente vorbestimmt. Sie waren fähig, jener Kindheit zu entwachsen, entfalteten dann in ihrer Jugend den Reichtum ihrer Anlagen - bei aller Kargheit ihres Wortbestandes. Josef Weinheber beschreibt diese Frühzeit der Kultursprachen so: »Junge Völker haben einen kleineren, aber vermöge der Dingnähe seiner Worte edleren Sprachschatz als ältere, in Zivilisationen verbrauchte. Die Sprache steigt noch auf, geht aus der Tiefe der Intuition erst allmählich in die Breite einer fertigen Gebrauchssprache über und verliert nur langsam und wenige ihrer Begriffe, schafft jedoch aus der Genialität eines ganzen Volkes noch neue Lautbilder nach, zeichnet sich aus durch großen Formenreichtum und ist von der Sprache der Dichter nur wenig unterschieden. In ihnen hat sie große Festiger und Bewahrer, denen die Übereinstimmung von Wort und Ding noch nicht die Sicherheit geraubt hat. Es sind die frühen großen, naiven Dichter der Menschheit. Sie schaffen ganz als Volk, sie sind nur Sprachrohr der volklichen Einheit. Noch ist in der Sprache eine geheimnisvolle Beziehung zwischen Mensch und Welt. Allmählich freilich geht diese mystische Beziehung verloren.« (›Buchstabenmystik und Lautsymbolik[32]‹)

Welche Kräfte bestimmen den Entwicklungsgang einer solchen dynamischen Sprache?

Als wichtigste die Vorstellungs- und Denkweise jener Menschengruppe (des Volkes oder Stammes), die mit dem Bezeichnen, dem ›Worten‹, die Welt nach ihrer Sicht ordnet. »Geht man weiter und nimmt an, daß der Mensch durch Erkennen und Benennen die Wirklichkeit erst schafft, und zwar gemäß seiner eigentümlichen Art, zu denken und sich etwas vorzustellen, so kommt man ohne Schwierigkeit zu dem Schluß, daß jeder für sich selber, daß wenigstens jede Sprachgruppe eine eigene Weise entwickelt, die Dinge zu benennen und durch die Sprache Wirklichkeit zu schaffen. Denn es gibt ja dann keine feststehende, allgemeinverbindliche, objektive Realität mehr.« (Wilhelm Höck[6])

Dann ist es das Schicksal dieser Gemeinschaft, das sich im Sprachwandel abzeichnet. »Die Sprache ist kein freies Erzeugnis des einzelnen Menschen, sondern gehört immer der ganzen Nation an; auch in dieser empfangen die späteren Generationen dieselbe von früher dagewesenen Geschlechtern. Dadurch, daß sich in ihr die Vorstellungsweise aller Alter, Geschlechter, Stände, Charakter- und Geistesverschiedenheiten desselben Völkerstamms, dann durch den Übergang von Wörtern und Sprachen verschiedener Nationen, endlich, bei zunehmender Gemeinschaft, des ganzen Menschengeschlechts mischt, läutert und umgestaltet, wird die Sprache der große Übergangspunkt von der Subjektivität zur Objektivität, von der immer beschränkten Individualität zu alles zugleich in sich befassendem Dasein.« (Wilhelm von Humboldt[33])

In geschichtlicher Zeit erkennen wir die Einflüsse sprachmächtiger Männer, die den Wortbestand ihrer Sprache bereichert haben. Jedes dieser Einzelwesen ist bei aller Einzigartigkeit nur Vertreter der Gruppe, auch bei aufgehobener Namenlosigkeit fließen seine Beiträge dem Strom der Muttersprache zu. Für den Kreis des Deutschen sei an die sprachschöpferischen Leistungen Luthers, Goethes, Campes und vieler anderer bis hin zu Heidegger erinnert.

Der natürliche Sprachwandel ist Ausdruck der Auseinandersetzung zwischen Geist und Umwelt, Überzeitlichem und Zeitbezogenem, überkommener Eigenart und den Leistungen anderer, wesensverwandter Sprachen. Das Angemessene wird eingefügt, das Überholte abgestoßen. - Erwähnt muß auch die bewußte Sprachlenkung werden, für die unsere Gegenwart unerfreuliche Beispiele bietet. Diese für unsere Gegenwart so bedeutungsvolle Erscheinung muß späterer Betrachtung vorbehalten bleiben.

Wir haben bewußt einsichtsvollen Männern das Wort gegeben, um zu zeigen, daß über den Vorgang der Sprachentfaltung Einmütigkeit besteht. Und so soll hier auch das mit Recht vielzitierte Wort Wilhelm von Humboldts stehen: »Die Sprache ... ist kein Werk (Ergon), sondern eine Tätigkeit (Energeia). Ihre wahre Definition kann daher nur eine genetische sein. Sie ist nämlich die sich ewig wiederholende Arbeit des Geistes, den artikulierten Laut zum Ausdruck des Gedankens fähig zu machen.«

Gibt es eine ›schönste‹ Sprache?

Nur Einfältige streiten darum, welche Sprache die klangschönste sei. Hier wird jeder das ihm Gewohnte oder von ihm Beherrschte für besonders hochwertig halten.

Wie vermöchten wir Europäer gerecht zu urteilen über ein Satzgebilde der Ureinwohner der Vancouver-Inseln, das etwa folgendermaßen ›lautet‹:

»namamamamahln'igk'okmaquama« (= Weil sie den Weißen so ähnlich sind, handeln sie auch so).

Das Tschechische, an dessen Ausbildung zur Schriftsprache Deutsche maßgebend beteiligt waren, kennt eine Reihe Wörter ohne Vokale: ›vlk‹ (Wolf), ›srn‹ (Reh), sogar einen ganzen Satz kann man mit solchen selbstlautlosen Wörtern bilden: ›Strč prst skrz krk!‹ (Steck den Finger in/durch den Hals!)

»Ein Zuviel von Konsonanten beraubt das Knochengerüst der Sprache des blühenden und schwellenden Fleisches, ein Zuviel an Vokalen, besonders unreinen und gemischten, hat Knochenlosigkeit zur Folge. Dort nähert sie sich dem Geräusch, hier nicht etwa dem echten Singen, wohl aber einem weinerlichen Geplärr. Zu viele Kehllaute und Hintergaumenlaute lassen sie zum Gurgeln und Räuspern entarten, zu viele Zahnlaute zum dünnen Gelispel, zu viele Lippenlaute zu schwerverständlichem Fauchen und mattem Gemurmel; zu viele Reibelaute machen sie rostig und knarrend. Zu viel Nasalieren oder wenigstens

Näseln führt zur Vermischung und lautlichen Unform (ein beliebtes Darstellungsmittel vornehmtuerischer Blasiertheit). Zu viele Zisch- und Schnalzlaute scheinen das Sprechen - mindestens für uns Europäer - zurückzuwerfen in die Welt des Ausdrucksgetöns der Tiere, wie denn das Hottentottische, das der Verfasser einmal zu hören Gelegenheit hatte, an das Durcheinanderzwitschern der Vögel des afrikanischen Waldes gemahnt. Volle Vokale können zu wohllautärmeren Diphthongen zerdehnt, Konsonanten überschärft werden. Mit zu vielen i wird die Sprache spitzig, mit zu vielen e wird sie farblos. Ein Zuviel an Druckgebung bewirkt Verschluckung von Silben, ja ganzer Worte, ein Zuwenig (soweit nicht Tonhöhenwechsel einspringt) vernebelt das Artikulieren und läßt das Sprechen absinken in einschläferndes Geleier. Verlust des h-Lautes bedeutet Verlust an Pathos.« (Ludwig Klages[3])

Die Kultursprachen bilden verfeinerte, mehrschichtige und vielfach verknüpfte Ordnungen aus. Davon werden die Wortgattungen, Wortverbindungen, Beugungen und Satzbaupläne ebenso betroffen wie die zunehmenden Unterscheidungen in den Wort- und Wortgruppenbedeutungen. Die so ausgebildeten Sprachen haben die Fähigkeit erworben, auch schwierige Fragen der Wissenschaft und Philosophie wiederzugeben. Je reicher an Ausdrucksmöglichkeiten eine Sprache ist, desto seltener muß sie zu Umschreibungen greifen.

Es ist durchaus keine zwingende Grundregel, daß der Formgewinn einer sich entwickelnden Hochsprache mit einem fortschreitenden Verlust an Anschaulichkeit bezahlt werden müßte. Einbuße an Bildhaftigkeit scheint vielmehr auf einer Schwäche der jeweils betroffenen Sprache zu beruhen, die allerdings keine ursprüngliche sein muß, sondern eine erworbene Schwäche sein kann. Eine solche Verarmung kann insbesondere in der Preisgabe des ursprünglichen und bildsamen Wortschatzes zugunsten eines bereits ausgeformten fremden oder verwandten Sprachbestandes ihre Ursache haben.

»Beispielhaft mag hier auf das Lateinische als Eroberersprache hingewiesen werden, die über eine große Zahl von Volkssprachen gebreitet wurde und teilweise - wie im Französischen unter Verlust der gallischen Volkssprache - übernommen wurde.

Die romanischen Sprachen haben insgesamt weit mehr als das Deutsche die Verbindung zu den volkhaften Sprachwurzeln und Sprech-

weisen verloren, um eine mehr zweckgerichtete, größere Räume überdeckende Hochsprachenfamilie zu werden, die sich zwar durch abstrakte Begriffsbildungen und strengen Formensinn auszeichnet, aber im Ursprünglichen, in der Anschaulichkeit und in der fruchtbaren Nachzeugung den germanischen Sprachen nachsteht.
So dürfen wir gerade den Umstand als eine besondere Bevorzugung durch das Schicksal empfinden, daß wir aus den gewachsenen eigenen Volkssprachen in einem nichtunterbrochenen Werdegang unsere deutsche Hochsprache entwickeln konnten. Dies schenkt uns gleichzeitig mit der Vergeistigung die einzigartige Fülle anschaulicher Bildhaftigkeit und tiefer, oft mehrschichtiger Bedeutsamkeiten, dazu die nie versiegende Quelle der Spracherneuerung.
Es sind vornehmlich die Dichter und Schriftsteller, die sprachwandelnd und sprachschöpferisch unserer durch die Forderungen des Alltags und durch eine nüchterne Sachwelt beanspruchten Sprache ihre Bildhaftigkeit wiedergeben und sie zu den Ursprüngen geistiger Schau zurückführen.« (Karl Günther Stempel)
Wichtiger als die Frage nach dem Ästhetischen ist wohl jene nach der Bewährung auf dem großen Feld sprachlichen Ausdrucks. Einige Gedanken wurden schon im Abschnitt über das dichterische Wort ausgesprochen. Aber es gibt noch mehr Gesichtspunkte als das Poetische. Weil die Erscheinung Sprache so zahlreiche Facetten aufweist, werden die Urteile je nach Blickpunkt des Betrachters verschieden lauten. Das Englische hat durch den Geschichtsablauf in der Neuzeit eine Geltung als am weitesten verbreitete Weltsprache erlangt. Prüfen wir an den Aussagen urteilsfähiger Männer, welchen Rang sie auch ohne Rücksicht auf diese erreichte Wirkung beanspruchen kann!
Voll des Lobes ist Jacob Grimm[34]: »Keine unter allen neueren Weltsprachen hat gerade durch das Aufgeben und Zerrütten alter Lautgesetze, durch den Wegfall beinah sämtlicher Flexionen eine größere Kraft und Stärke empfangen als die englische ... Die ganze überaus reiche geistige, wunderbar geglückte Anlage und Durchbildung war hervorgegangen aus einer überraschenden Vermählung der beiden edelsten Sprachen des späteren Europas, der germanischen und romanischen, und bekannt ist, wie im Englischen sich beide zueinander verhalten, indem jene bei weitem die sinnliche Grundlage hergab, diese die geistigen Begriffe zuführte ... an Reichtum, Vernunft und

gedrängter Fuge läßt sich keine aller noch lebenden Sprachen ihr an die Seite setzen, auch unsere deutsche nicht, die zerrissen ist, wie wir selbst zerrissen sind, und erst manche Gebrechen von sich abschütteln müßte, ehe sie kühn mit in die Laufbahn träte: doch einige wohltuende Erinnerungen wird sie darbieten, und wer möchte ihr die Hoffnung abschneiden?«

Anderer Meinung ist Georg von der Gabelenz, wenn er feststellt, daß im Englischen durch Abnutzung »die markigen Züge des Angelsächsischen ... in wenigen Jahrhunderten zum Englischen verblichen« sind, die Engländer hätten »die zahllosen Fremdwörter ihrer Sprache rücksichtslos anglisiert.., als gelte die Importware erst, wenn sie mit britischer Emballage und Marke versehen ist[35]«.

Härter noch urteilt Jean Paul: »Wie fremd durchwachsen und verwildert wird ... nach einigen Jahrhunderten z. B. die englische Sprache dastehen mit dem vaterländischen, aber kraftlosen Stamm voll eingeimpften Wortgebüschen, keines Schaffens, nur des Impfens fähig, und aus dem doppelten Amerika mehr neue Wörter als Waren abholend[36]!«

Georg Schmidt-Rohr zieht Vergleiche zwischen den beiden meistgesprochenen germanischen Sprachen[17]:

»Das Englische als geistiges Werkzeug, das zu höheren Denkleistungen taugt, ist, diese Behauptung spreche ich mit aller Entschiedenheit aus, für den Engländer schwerer zu erwerben als für den Deutschen. Die Baugestalt der deutschen Wörter, die Ableitung des Abstrakten aus dem Konkreten, gibt sehr häufig die Möglichkeit, den Sinn eines unbekannten Wortes aus verwandten bekannten Worten zu erschließen. Dem Englischen fehlt diese Möglichkeit sehr häufig (vgl. Preface - Vorrede). Daher hat das englische Kind unter sonst gleichen Bedingungen bedeutend größere Schwierigkeiten, den vollen Begriffsschatz seiner Muttersprache zu erwerben als das deutsche ...

Wir wollen es nicht abstreiten, daß ein dürftiges Alltagsenglisch als Zweitsprache für den Fernwohner leichter zu erlernen ist als ein entsprechend ›richtiges‹ Deutsch... Aber in dem, was die eigentliche, wesentliche Leistung der Sprache anlangt, für das *Erkennen der Welt* bedeutsame und nützliche Gesichtspunkte zu schaffen, dem Geist eine eigenständige Welt von eigentümlicher Schönheit und Prägung zu schenken, die Übermittlung vielfältiger Erkenntnisse an die Vielen zu erleichtern, kann ich eine Überlegenheit des Englischen gegenüber dem Deutschen nicht anerkennen, so gern ich eine tiefe Liebe zur Sprache und zum Schrifttum der Angelsachsen bekenne.«

Indem wir die Leistungen und Vorzüge anderer Eigenarten anerkennen und verständnisvoll betrachten, sind wir berechtigt, uns des Wertes unserer Muttersprache zu erinnern.

»Auch andere Sprachen gibt es, reich an Werken des Geistes; wer möchte das in Abrede stellen? Ich am allerwenigsten, der ich von Kindheit an und bis zur Stunde im Englischen und im Französischen daheim bin, so daß Shakespeare, Hume und Sterne, Ronsard, Pascal und Rousseau meinem Ohre und meinem Verstande in ihren ureigenen Worten und in den unübertragbaren Redewendungen der schillernden, aus Geschichte und Klang entstehenden Beziehungen ebenso nahe und vertraut sind wie Luther, Herder, Goethe. Auch besitze ich wenigstens eine Art Ahnung von dem Gefüge und der Kraft der alten Sprachen, kann Italienisch lesen und verdanke dauernde Eindrücke dem Studium des Spanischen und des Serbokroatischen. Auf Grund dieser Kenntnisse und auch anderer, aus den Ergebnissen der vergleichenden Sprachwissenschaft gewonnenen, behaupte ich: Unter lebenden Sprachen steht fraglos die deutsche einzig da, in einer Majestät und einer Lebensfülle, die jeden Vergleich ausschließen. Dies liegt zum Teil in der Struktur dieser Sprache begründet, wie sie sich aus ihrer Geschichte ergibt, zum Teil in dem Inhalt, den sie durch eine beispiellose Reihe tüchtiger, bedeutender, hervorragender, zum Teil heroischer Geister gewonnen hat.«

»Die Katastrophe, die alle jene Sprachen - die englische nicht ausgenommen - vom Leben abgeschnitten hat, entstand dadurch, daß sie auf fremden Wurzeln, also aus totem Material, aufgebaut sind; darum waren sie von Anfang an künstliche, nicht naturgeborene Sprachen; jene Völker haben, sagt Fichte mit Recht, ›genau genommen eine Muttersprache gar nicht‹, eine Tatsache, für welche Richard Wagner den schlagenden Ausdruck fand: ›Ihre Sprache spricht für sie, nicht aber sprechen sie selbst in ihrer Sprache.‹ Sobald nämlich alle Wörter, die nicht bloß greifbare Dinge bezeichnen, sondern dem Denken und Mitteilen des Gedachten dienen, nicht mehr dem sinnlich Bekannten entstammen - wenn z. B. Erfolg ›succés‹ heißt, und somit an Stelle der lebendigen Vorstellung eines Hinrennens auf ein Ziel zu, gekrönt durch das den Abschluß andeutende ›er‹, zwei Silben ›suc‹ und ›cés‹ stehen, die beide für den heutigen Franzosen keine Bedeutung besitzen - sobald das geschieht, sind die Wörter nur mehr abstrakte Rechenpfennige, keiner Steigerung, keiner Modulation, keiner Verbindungen fähig; und das Volk, das eine solche Sprache redet, kennt dann keine Stufenleiter des Verständnisses: der gemeine Mann denkt gar nicht, das Genie findet kein Organ vor, woraus es Neues gestalten könnte; la médiocrité est de rigueur - Mittelmäßigsein ist Pflicht. Hingegen in einer lebendig gebliebenen Sprache, wie der deutschen, ›der übersinnliche Teil sinnbildlich ist, zusammenfassend bei jedem Schritte das Ganze des sinnlichen und geistigen in der Sprache niedergelegten Lebens der Nation in vollendeter Einheit, um einen, ebenfalls nicht willkürlichen, sondern aus dem ganzen bisherigen Leben der Nation notwendig hervorgegangenen Begriff zu bezeichnen‹.«

»Die deutsche Sprache lebt, und weil sie lebt, ist sie geeignet, einem Göttlichen zum Gefäß zu dienen.«

»Mag der Historiker Deutschlands Zerrissenheit beklagen, sowie die unsäglichen von ihr in früheren Zeiten verursachten Leiden; das Geistesleben gewann daraus die unvergleichliche Mannigfaltigkeit der Lebensbedingungen und daher auch die Verschiedenheit der richtenden Einflüsse innerhalb der durch die Sprache gegebenen Einheit des Erlebens und Denkens. Die Sprache wurde hierdurch und wird noch heute beständig in Fluß gehalten.« (Houston Stewart Chamberlain[37])

Das Recht der Muttersprache

Im Gegensatz zum modernen Nationalismus, der in Italien seinen Anfang nahm (im ›sacro egoismo‹ als Widerspruch gegen die universalen Vorstellungen des Mittelalters), war die deutsche Sehnsucht lange Jahrhunderte auf ein Umfassenderes gerichtet. Mit unserem Traum vom Reich waren wir Deutschen Erben des römischen Weltgefühls. Dante Alighieri allein vertrat in Italien mit seinem Werk diese größere Weltsicht.

Es sollte auch bemerkt werden, wie ungewöhnlich die Art ist, mit der sich die deutschen Altmeister der Sprachforschung ihrem Arbeitsgebiet widmen. Sie beschränken sich nicht auf Erforschung und Lob ihrer Muttersprache, sie stellen sie vielmehr in den allgemeinen Zu-

Johann Gottfried von Herder (1744-1803) nach einem Gemälde von Anton Graff (Gleim-Haus in Halberstadt)

»Der Mensch hat nur durch die Sprache Vernunft, weil nur das Wort in dem ganzen Ozean der Empfindungen eine Welle abzusondern und anzuhalten imstande ist.« Herder

sammenhang mit den anderen Kulturen. Herder, Wilhelm von Humboldt, die Brüder Grimm, die Brüder Schlegel bis hin zu Weisgerber haben nicht aus enger nationaler Sicht betrachtet und gearbeitet (wie es für Forscher anderer Völker selbstverständlich wäre), sondern sie haben sich den fremden Sprachen einfühlsam zugewandt und haben oft genug anderen Völkern zum Sprachbewußtsein und damit zum Selbstbewußtsein verholfen. Ihr Stolz auf das Eigene ruhte stets auf der Achtung vor dem Fremden.

»Angeregt durch das Beispiel der Brüder Grimm, begannen auch tschechische, serbische, polnische und russische Gelehrte die Vorzeit, die Sprache, die Volkslieder und Märchen ihrer Nationen zu erforschen. Die Ursprünglichkeit ihrer Eigenart und zugleich die Einheit aller slawischen Völker wurden erkannt, gepflegt, gepredigt. Aus andächtiger Erinnerung der *völkischen* Vergangenheit gingen stolze Hoffnungen und politische Ansprüche für die Zukunft hervor. Stille Gedanken, fromme Kinder der deutschen Philologie, wurden groß, bewaffneten sich und erhoben das Feldgeschrei des Panslawismus. Selbstverständlich entzündete sich an diesem prasselnden Jugendfeuer seinerseits wieder der Nationalismus der älteren Kulturvölker, die schon im Begriffe waren, in einem aufgeklärten, übernationalen Menschheitsbewußtsein sich zu beruhigen, und jetzt erst entbrannten in allen Grenzländern die leidenschaftlichen Sprachkämpfe von gestern und heute.« (Karl Vossler[38])

In einer Zeit, da soviel von den Menschenrechten die Rede ist, zu denen das Recht auf die angestammte Sprache, ihre Erlernung und ihren ungehinderten Gebrauch ausdrücklich gehört, heute, da die Völker Europas zu größerer Gemeinschaft streben, dürfte es sprachliche Benachteiligung von Volksgruppen nicht mehr geben. ›Sprachimperialismus‹ sollte endgültig der Vergangenheit angehören. Daß ein gerechter Ausgleich aller Interessen bei gutem Willen möglich ist, dafür ist die Schweiz, mit deutschsprachiger Mehrheit und höchster Duldsamkeit allen Minderheiten gegenüber, ein ermutigendes Beispiel.

Was geschieht, wenn Deutschsprachigen durch schulpolitischen Zwang die schriftsprachliche Ausbildung vorenthalten wird? Adam Müller-Guttenbrunn bringt in seinem Buch ›Die Schwaben in Südungarn‹ ein Beispiel. Ein Banater Schwabe schreibt im Ersten Weltkrieg an einen Wiener Instrumentenmacher: »Libe Her Johan. israjbine, Daß Sze mir siken Ajne Harmonie fun 35 Krone, 60 Heler, Hoh 25 Centimeter, 14 brajd, 19 Klape, 14 eken. Beslagen, 8 bössze, Stal Stim, Mid Rimen, Grine Rim, Fun Lajwand, und fiszeken Svinder cu siken Gleijh Kringszgelt, Per nahname, Szaans Szogut . . .«

Der Soldat schreibt seine deutsche (immer nur gehörte und gesprochene) Muttersprache mit den Schreibkenntnissen der magyarischen Schule. Das ›deutsche‹ Haus Habsburg war also nicht in der Lage, den Deutschen im ungarischen Reichsteil ein Mindestmaß an muttersprachlichem Recht zu sichern.

Österreich, die Bundesrepublik und die Schweiz vertreten 72 Millionen Deutschsprachige im Europarat, also die größte Sprachgruppe. Doch das Deutsche ist als Verhandlungssprache nicht zugelassen. Allein Österreichs ehemaliger Außenminister Dr. Kurt Waldheim hat im Frühjahr 1969 auf diesen »unmöglichen Zustand« hingewiesen, aber offenbar keine Unterstützung gefunden.

Auf die Bewohner gemischtsprachiger Landschaften wirken widersprüchliche Kräfte ein. Darum ist es so nötig, daß eine Sprache als Muttersprache so vollkommen wie möglich erworben wird - wir verweisen auf das Bekenntnis Albert Schweitzers.

»Der Elsässer, der sagt: ›Ich habe einen Hausschlüssel *gefragt*‹, wird dazu durch den Bedeutungsumfang des französischen ›demander‹ verführt. Wenn er sagt: ›*Jette*-le loin‹, verführt ihn wieder der deutsche Sprachgebrauch.« (Georg Schmidt-Rohr[17])

Die Mißachtung des Naturrechts der Sprachen, das Hervorkehren der Staatsmacht, die Unterwerfung von Volksgruppen unter fremde Hoheit waren die Ursachen der meisten gewalttätigen Auseinandersetzungen der jüngeren Geschichte. Höhepunkt dieses Gewaltdenkens war die Vertreibung vieler Millionen deutscher Menschen aus ihren Heimatgebieten am Ende des Zweiten Weltkrieges.

An der Quelle abendländischen Denkens

In der Sprache der Hellenen ist wissenschaftliches Denken in des Wortes voller Bedeutung ausgebildet worden. Jene Völker, die zur Übernahme dieser Art, die Welt zu betrachten, fähig waren, besitzen die abendländische Form der Wissenschaft und Kunst.

Zu den frühesten gedanklichen Wagnissen der Menschheit gehört das griechische Wort ›Apeiron‹ für das Unendliche. Bereits in der Ilias wird es angewandt im Sinne von ›grenzenlose Erde‹. Der Philosoph Anaximander führt den Begriff des Unendlichen als eine ›bestimmte‹ Größe ein. Daß die Fähigkeit, in solchen abstrakten Begriffen zu denken, durchaus nicht selbstverständlich ist, erkennen wir unter anderem daran, daß Missionare berichten, Eingeborene übersetzten ›vita aeterna‹, ›ewiges Leben‹, hartnäckig mit ›lange Gesundheit‹.

Im frühen Griechischen sind das ›Sehen‹ und das ›Denken‹ noch verschwistert. Im Deutschen ist dieser Bezug ebenfalls vorhanden in Wendungen wie ›einsehen‹, ›ins Auge fassen‹, ›in Betracht ziehen‹, ›durchschauen‹. Auch der Hellene vergleicht seine Erlebnisse mit dem schon einmal Geschauten.

»... die Griechen haben ein naturwissenschaftliches Sprechen dadurch entwickelt, daß sie Abstrakta gebildet haben.« (Bruno Snell[39]) Ares ist der Kriegsgott, aber in dem Satz ›Ares kommt über uns‹ wird der Name schon zum Begriff für Krieg. Im Zusammenhang mit Honig ist das Eigenschaftswort ›süß‹ noch nicht abstrakt, jedoch in der Form ›das Süße‹ oder ›die Süße‹.

Die altgriechische Sprache ist in solchem Sinne Mutter der abendländischen Wissenschaft, da sie das geeignete und förderliche Gefüge besitzt. Sie erleichtert, ja ermöglicht überhaupt erst das Bestimmen, Ordnen und Schließen. Schlüsselworte wie ›Logos‹ und ›Methodik‹ konnten nur hier entstehen.

»... eine wahrhaft und in Freiheit metaphysisch gebildete Sprache, in der Art wie es die griechische war, ist zur Erreichung der höchsten Intellektualität in einer Nation eine unerläßliche Bedingung. Die Philosophie, in deren Bestreben es liegt, immer das einzelne an Allgemeines zu knüpfen und endlich in die Tiefe hinabzusteigen, wo der Mensch und die Natur sich in Einheit zusammenschließen, ist zugleich der Mittelpunkt, von dem jedes wissenschaftliche, ja überhaupt jedes nur irgend auf innere Zwecke gerichtete menschliche Bemühen seine Richtung und sein geistiges Leben empfängt. Es gibt daher kaum einen Punkt, wo die Sprache ihres wohltätigen Einflusses entbehrt. Je wahrhafter philosophisch der Charakter der wissenschaftlichen Bildung in einer Nation ist, desto fördernder wird er in der Sprache. Es wäre ein Irrtum zu glauben, daß darum die Dichtung in ihr verlöre.« (Humboldt ›Über die Verschiedenheit des menschlichen Sprachbaues‹)

Daß dieser einsichtsvolle Denker eine »metaphysisch gebildete Sprache« als unerläßliche Bedingung für die Tauglichkeit in der Wissenschaft, Philosophie und Dichtung fordert, verdient unsere Aufmerksamkeit. Das bedeutet doch, daß eine Sprache, die das Unerfahrbare, auch das Mythische einbezogen hat, sich ebenso im Erfahrbaren, in der exakten Wissenschaft zu bewähren vermag.
Der Leser möge nicht glauben, das seien nur noch kulturhistorisch interessierende Fragen. Gerade in den letzten Jahrzehnten wurde in zunehmendem Maße darüber gestritten, ob die Logik des Aristoteles für die ganze Menschheit Gültigkeit beanspruchen könne oder ob sie nicht vielleicht doch eine nur dem Indogermanischen angemessene Denk- und Sehweise sei. Denn die Sprachen dieses Kulturkreises sind Entsprechungen zu der in Hellas ausgebildeten Logik.

»Überall Täter und Tun . . .« (Nietzsche)

Oswald Spenglers Begriff ›Stilprinzipien‹ ist auch auf die Sprachen anwendbar. Wenn er davon spricht, daß unsere Art geschichtlichen Denkens und unser Streben, alle Geschehnisse möglichst gradlinig und ursächlich zu verknüpfen, für andere Völkergruppen keineswegs selbstverständlich sind, dann hat er auch unsere Sprachfamilie gekennzeichnet.
Friedrich Nietzsche betont einen anderen Bestandteil unserer - auch sprachlichen - Wesensart: »Das sieht überall Täter und Tun . . . das glaubt ans ›Ich‹, ans Ich als Sein, ans Ich als Substanz und projiziert den Glauben an die Ich-Substanz auf alle Dinge - es schafft erst einmal den Begriff ›Ding‹ . . .«
Und Whorf, der Mann unserer Zeit, erkennt als Merkmal der europäischen Sprachfamilie, daß sie den Kosmos als eine Ding-Welt begreift, aus dem Formlosen durch Gesetzlichkeiten gestaltet.
Es liegt nahe, daß jede eigengesetzliche Menschengruppe ihre Weltsicht, ihre Ordnungsgrundsätze, ihren Lebensrhythmus, ihre Sprache als das Selbstverständlichste, ›Natürlichste‹ auf Erden betrachtet. Ist es nicht auch eine der Eigentümlichkeiten der indogermanischen Sprachen und Völker, daß sie über sich selbst nachzudenken wünschen, aus ihrem eigenen Standort herauszutreten versuchen, Vergleiche mit anderen Wesenheiten anstellen, um ein Bild von sich selber zu gewinnen?

»Was *besagt* diese ganze Kontrastierung? Besagt sie dieses: Wir Europäer sind in die Eigensinnigkeit einer bestimmten Erfahrungsaufschlüsselung gebannt, und dies seit Zeiten, da sich die Formenwelten unserer Sprachfamilie herausbildeten, - also ungeheuer lang vor dem Beginn wissenschaftlichen und kritischen Denkens? Diese Eigensinnigkeit könnte nach einem *pragmatischen* Auswahlprinzip das Rennen gemacht haben. Sie *bewährte* sich besser bei der Durchorganisierung der gesamten terrestrischen Wahrnehmungswelt, einschließlich der in letztere hereinscheinenden außerterrestrischen Phänomene. Bürgt diese Bewährung für Wahrheit? Nein! Was unsere ›Hilfslinien‹ der zu erkennenden Sache *an-tun,* muß in einer *höheren, kritischen* Einstellung *erwogen* werden.« (Hermann Wein[40])

Wir Indogermanen, Europäer, Deutschen sind nicht allein auf der Welt. Doch ehe wir versuchen, etwas vom Geist anderer Sprachwelten zu erahnen, stehe hier die Frage nach der Wesensart der unseren.

Die germanischen sind wahrscheinlich unter allen Sprachen die am weitesten ausgreifenden, ›tätigsten‹. Die Aktiv-Formen herrschen vor, Passiv-Formen sind Ausnahmen. Unter den germanischen Sprachen wiederum fällt die deutsche durch besondere Tatfreude auf. Wo der Engländer sagt: »I *am* well«, sagen wir: »Es *geht* mir gut.« Wir sprechen davon, ein Problem »anpacken« zu wollen, eine Arbeit »in Angriff zu nehmen«.

Von der ausgeprägten Neigung unserer Sprache zum Ordnen und Gliedern sprachen wir bereits - sie ist dafür auch bestens ausgerüstet dank ihrem Gefüge und der Fähigkeit, Oberbegriffe zu bilden.

Die Freiheitsliebe der indogermanischen Völker spiegelt sich in ihren Sprachen. Sie kennen keine Sondersprache für Herrschende und Unterworfene, ›gehobene‹ Sprache ist eine Bildungs- und Geschmacksfrage. In den europäischen Sprachen gibt es auch kaum einen Niederschlag tiefreichender Verachtung und ernsthafter Abwertung anderer Völker. Ebenso offenbaren sie die Achtung vor der Frau.

Am Beispiel von Goethes ›Faust‹

Wie in einem Kristall ist die abendländische Gesittung und Sprachgesinnung in jenem Drama Goethes eingefangen, das nicht zufällig *das* Buch der Deutschen wurde. Alle Facetten unseres Wesens funkeln darin.

Im ›Studierzimmer‹ greift Faust nach dem Neuen Testament:

> Mich drängt's, den Grundtext aufzuschlagen,
> Mit redlichem Gefühl einmal
> Das heilige Original
> In mein geliebtes Deutsch zu übertragen.

(Er schlägt das Volum auf und schickt sich an)

> Geschrieben steht: ›Im Anfang war das *Wort*!‹
> Hier stock' ich schon! Wer hilft mir weiter fort?
> Ich kann das *Wort* so hoch unmöglich schätzen,
> Ich muß es anders übersetzen,
> Wenn ich vom Geiste recht erleuchtet bin.
> Geschrieben steht: Im Anfang war der *Sinn.*
> Bedenke wohl die erste Zeile,
> Daß deine Feder sich nicht übereile!
> Ist es der *Sinn,* der alles wirkt und schafft?
> Es sollte stehn: Im Anfang war die *Kraft!*
> Doch, auch indem ich dieses niederschreibe,
> Schon warnt mich was, daß ich dabei nicht bleibe.
> Mir hilft der Geist! Auf einmal seh ich Rat
> Und schreibe getrost: Im Anfang war die *Tat!*

Als ich bei meinem Grazer Festvortrag im Frühjahr 1970 auf das tief Sinnbildhafte dieser Übertragung Goethes hinwies, erzählte mir anschließend Professor Dr. Erwin Mehl, daß er ebenfalls vor kurzem dieses erhellende Beispiel erläutert habe. Es ist für mich eine achtungsvolle Geste dem verdienstvollen Wiener Sprachkundler gegenüber, wenn ich hier seine Ausführungen wiedergebe:

»Man hat diese Worte nicht übel die Übertragung eines magisch-morgenländischen Gedankens in das Germanisch-Abendländische genannt. Aber - eine richtige *Über*-setzung enthält die Stelle nicht, sondern eine *Er*-setzung eines dem Dichter nicht zusagenden Gedankens durch einen ihm besser erscheinenden, jedoch leider im ›Grundtext‹ *nicht* ent-

haltenen. Es kennzeichnet Goethes tiefdringenden Blick und seine abendländische Schau, daß er sich mit der magischen Wirkung des *Wortes* (wie sie in verschiedenen Zauberformeln erscheint) nicht befreunden konnte . . , sondern daß er nach etwas Einleuchtenderem suchte. Leider hat er nicht das Zunächstliegende und von ihm selbst Empfohlene getan und zum ›heiligen Original‹ gegriffen, also zur *hellenischen Urschrift;* denn dort hätte er [im Logos] alle seine Zweifel gelöst gefunden. Anstatt dessen ist er bei der fehlerhaften lateinischen *Übersetzung* [verbum statt ratio divina] stehen geblieben. Das konnte nicht befriedigend ausgehen. Beim ›Sinn‹ war er schon nahe am nous-logos und bei der ›Kraft‹ am logos spermatikos der Stoiker, aber - er kannte die hellenischen Begriffe nicht oder fand keine Brücke zu ihnen und ist daher wieder abgeglitten. ›Im Anfang war die Tat‹ ist natürlich etwas ganz anderes als ›Im Anfang war die (göttliche) Weltvernunft‹, die die Welt schuf und in Gang erhielt und erhält[41].«
Da Goethe den ›Grundtext‹ und seinen Begriff ›Logos‹ nicht kannte, hat er mit den drei Begriffen *Sinn - Kraft - Tat* das Gemeinte eingekreist. Daß er der *Tat* den Vorzug vor den anderen Möglichkeiten gibt, zeigt nur, daß hier einer der Züge seines Wesens, die Tatfreude, über andere, etwa die Besinnlichkeit, die Oberhand gewinnt.
Kaum je ist das schöpferische Zusammenwirken von ordnendem Geist und tatkräftigem Willen mit solcher Begeisterung gefeiert worden:

Was ich gedacht, ich eil' es zu vollbringen . . .
Auf strenges Ordnen, raschen Fleiß
Erfolgt der allerschönste Preis;
Daß ich das allergrößte Werk vollende,
Genügt *ein* Geist für tausend Hände.

Goethe spricht die allein beständige und menschenwürdige Form der Freiheit, die Freiheit durch Verantwortung, an:

Im Innern hier ein paradiesisch Land,
Da rase draußen Flut bis auf zum Rand,
Und wie sie nascht, gewaltsam einzuschießen,
Gemeindrang eilt, die Lücke zu verschließen.
Ja! diesem Sinne bin ich ganz ergeben,
Das ist der Weisheit letzter Schluß:
Nur der verdient sich Freiheit und das Leben,
Der täglich sie erobern muß. (Faust II)

Hab nur den Mut, die Meinung frei zu sagen und ungestört!
Es wird den Zweifel in die Seele tragen dem, der es hört.
Und vor der Lust des Zweifelns flieht der Wahn.
Du glaubst nicht, was ein Wort oft wirken kann.

Johann Wolfgang von Goethe

Lange, bevor es einen Kampf um Frauenrechte gab, waren im Germanischen Wert und Geltung der Frau gesichert.

Das Ewig-Weibliche
Zieht uns hinan.

Dieses Wort als Schluß eines großen Dramas ist in keiner vorderasiatischen oder fernöstlichen Sprache, nicht im Urchristlichen und kaum im Romanischen vorstellbar.

Ein Haupt-Wort im Werk Goethes heißt Streben. »Der Verfasser gehört zu denjenigen, die aus dem Dunkeln ins Helle *streben,* ein Geschlecht, zu dem wir uns auch bekennen.« (Schriften zur Literatur, über F. Ch. Schlosser) »Doch Forschung *strebt* und ringt, ermüdend nie, / Nach dem Gesetz, dem Grund, Warum und Wie.« (Chinesisch-Deutsche Jahres- und Tageszeiten) »Nach Freiheit *strebt* der Mann, das Weib nach Sitte.« (Tasso) »Doch wo einzelne Gesellen / zierlich miteinander *streben,* / Sich zum schönen Ganzen stellen, / Das ist Freude, das ist Leben.« (Schriften zur Kunst) »Mit vollen Atemzügen / Saug ich, Natur, aus dir / Ein schmerzliches Vergnügen. / Wie lebt, / Wie bebt, / Wie *strebt* / Das Herz in mir!« (Erwin und Elmire) »... des Mittelalters Kirchen *streben* nach dem Gott in der Höhe.« (Maximen) »Wer sich mit irgendeiner Kunst abgibt, soll nach dem Höchsten *streben*!« (Schriften zur Kunst) »Es irrt der Mensch, solang er *strebt.«* (Faust) »Irrtum verläßt uns nie; doch zieht ein höher Bedürfnis / Immer den *strebenden* Geist leise zur Wahrheit hinan.« (Vier Jahreszeiten) »Kinder, als *strebende* Naturen, wählen sich gewöhnlich im Hause das Beispiel dessen, der am meisten zu leben und zu genießen scheint.« (Unterhaltungen deutscher Ausgewanderter) »Allein ihr [Männer] *strebt* nach fernen Gütern, / Und euer *Streben* muß gewaltsam sein. / Ihr wagt es, für die Ewigkeit zu handeln ...« (Tasso) »... der Beobachter und Denker, der ruhige und *strebende,* jeder findet seine Nahrung [in der Naturlehre].« (An Herzog Karl August) »Die gute Tat, das schöne Wort, / Es *strebt* unsterblich.« (Künstlers Apotheose) »Vergebens werden ungebundne Geister / Nach der Vollendung reiner Höhe *streben.«* (Was wir bringen) »Wer immer *strebend* sich bemüht, / Den können wir erlösen.« (Faust) »Immer *strebe* zum Ganzen ...« (Aus den mit Schiller gemeinsam verfaßten Distichen und Xenien)

Streben ist immer das Auffassen eines Zieles im Räumlichen oder im

Zeitlichen. Das gesamte abendländische Denken ist auf der Raum-Zeit-Beziehung aufgebaut, jeder Gedanke in dieses Koordinatensystem eingespannt. Dabei ist auch der Zeitbegriff verdinglicht, und eine Wendung wie ›Zeit sparen‹ wird exotischen Völkern höchst absonderlich erscheinen. Sie werden ihr Wollen und Wünschen ausdrükken können, kaum aber eine Entsprechung für unser *Streben* besitzen, weil ihnen das Verständnis für die ›Besessenheit‹ fehlt, mit der wir selbstgesteckte Ziele verfolgen.

Der Tatkraft auch in unserer Sprache werden wir erst inne, wenn wir sie mit einer der Eingeborenensprachen vergleichen, die eine ganz andere Vorstellungswelt verraten. Die Hopi-Indianer (und sehr ähnlich viele andere Stämme) trennen ihre Erfahrungswelt in zwei Bereiche: die sinnenhaft erfaßbare Dingwelt einerseits, und andererseits eine zweite, »die das Reich der Erwartung, des Begehrens und des Zieles, alles dessen, was das Leben anregt, der bewirkenden Ursachen, des sich verwirklichenden Gedankens ...« (Benjamin Lee Whorf) darstellt. Der Hopi sieht Raum und Zeit in einem, steht also der Einsteinschen Relativitätstheorie mit ihrer Raum-Zeit-Verquickung besonders nahe. Warum er wohl keine Beiträge zur Naturwissenschaft geleistet hat?

Whorf folgert daraus: »Wir lernen damit ein neues Grundgesetz der Bedingtheit kennen, das besagt, daß nicht alle Menschen durch gleiche sinnenhafte Wahrnehmungen zum gleichen Weltbild gelangen, es sei denn, sie sprechen die gleiche Sprache oder jedenfalls Sprachen, deren Ausdrucksmittel einigermaßen übereinstimmen.«

Ostasien im Zwiespalt

Während der Grieche bewußt Epos vom Logos, also das leichthin vorurteilsbehaftet hingesprochene, erzählende Wort, vom geistigen Begriffssymbol, das philosophisch geläutert und eindeutig war, unterschied, ist das chinesische (und japanische) Wort vieldeutig geblieben, ohne dadurch der ostasiatischen Philosophie, die ja in der gleichnishaften Analogie wurzelt, zu schaden. Auf dieser Mehrdeutigkeit der ›Angelworte‹, die schlichteste Volkssprache und gleichzeitig Ausdruck für kultivierteste Erlebnisse sind, beruht der unübersetzbare Zauber ostasiatischer Lyrik; einfühlsame Nachdichtungen schätzen auch wir.

Das Gespräch mit einem klugen, deutschsprechenden Japaner ist für uns ebensoanregend, wie es die Unterhaltung mit jedem gebildeten Deutschen ist. Schwieriger wird es nur, wenn man sich mit deutschen Begriffen über Eigentümlichkeiten des Japanischen zu verständigen versucht. Ich wollte bestätigt haben, was Hermann Wein behauptet: »In japanischen Sätzen bleibt es nach der Grammatik unbestimmt, wer oder was das Subjekt ist[40].« Mir schien das kaum vorstellbar, und ich fragte den zu Gast weilenden japanischen Gelehrten. »Ja, es stimmt, was der deutschen Sprache so wichtig erscheint, ist es in der unseren nicht. Aber natürlich ist sie nicht ohne Ordnung im Satzbau.« Das stimmt mit Beobachtungen Martin Heideggers überein. Im Zwiegespräch mit einem Japaner fragt er[42]: »Benötigen Sie Begriffe?«
Darauf der Japaner: »Vermutlich ja; denn seit der Begegnung mit dem europäischen Denken kommt ein Unvermögen unserer Sprache an den Tag.«
»Inwiefern?«
»Es fehlt ihr die begrenzende Kraft, Gegenstände in der eindeutigen Zuordnung als wechselweise über- und untergeordnete vorzustellen.«
Frau Saeko-Ito, Lehrerin am Goethe-Institut in Tokio, sagte mir dazu noch folgendes: »Im Japanischen lassen wir das Subjekt weg, wo es nicht zum Verständnis nötig ist. Wir sagen ›hungrig‹, wenn der Europäer sagt: ›Ich bin hungrig.‹ Wir kennen keine Artikel, keine Konjugation, keine Mehrzahlformen: wir sagen ›ein Buch, zwei Buch, viel Buch‹. ›watakushi‹ bedeutet ›ich‹, ›watakushi-tachi‹ bedeutet ›wir‹; Vorsilben kennen wir nur wenige, meist als Höflichkeitsformen. Es gibt allerdings verschiedene Ich-Formen, je nachdem ob unter Männern, Frauen, Freunden oder Fremden gesprochen wird ... Es klingt für uns sehr spaßig, wenn zum Beispiel ein Beamter der österreichischen Botschaft die Mädchen-Sprache spricht, die er von einer japanischen Studentin gelernt hat.
Auch das Japanische nimmt Begriffe aus anderen Sprachen an. Zu den jüngsten Neuerwerbungen aus dem Deutschen gehören Zusammensetzungen mit ›Arbeit‹, etwa ›arbeito-suru‹ = ›Nebenbeschäftigung‹, ›beito-gakusei‹ = ›sein Studium selbst verdienender Student‹ und Verbindungen mit ›Gewalt‹, zum Beispiel ›geba-ru‹ = demonstrieren mit Gewaltanwendung, ›geba-bo‹ = ›Schlagstock‹.« Wir wünschten uns andere Worte als für uns Deutsche charakteristische Exportartikel.

In China sprechen so gut wie alle Naturwissenschaftler von Rang neben ihrer Muttersprache eine westliche Sprache. Sie besitzen damit die Brücke zum westlichen Denken, zur modernen Forschung.

Zwischen nord- und südchinesischen Dialekten ist eine Verständigung nicht möglich, für die Einheitssprache wird geworben, doch hat sie sich noch nicht voll durchgesetzt. Daß es nicht gelang, die Wortzeichenschrift durch eine Lautschrift westlicher Art abzulösen, bleibt ein großes Hindernis für die Ausbreitung einer reicher gegliederten Begriffswelt.

Wesensfremd ist dem Chinesen die westliche Polung der Eigenschaften, der Umgang mit Gegensatzbegriffen wie ›lang/kurz‹, ›schwarz/weiß‹, ›Kapitalismus/Kommunismus‹. Der Chinese denkt mehrwertig und in Abstufungen. Diese Tatsache birgt eine Hoffnung im Hinblick auf eine mögliche Entwicklung des chinesischen Kommunismus. Dessen Führer der ersten Generation hatten die Marx-Lenin-Ideologie in Moskau und mittels der russischen Sprache aufgenommen. Doch vereinfachende Formeln wie ›Ausbeuter : Arbeiter‹ widersprechen zutiefst dem chinesischen Denken. (Wer Gelegenheit hat, rotchinesische Propagandaschriften zu lesen, dem wird in der Übersetzung die Formelhaftigkeit der immer wiederkehrenden Texte auffallen. So heißt es zum Beispiel unzählige Male immer wieder »Die Kleinbauern und kleinen Mittelbauern der Provinz Soundso haben . . .« - wahrscheinlich eine Folge der wörtlichen Übertragung der chinesischen Wortzeichen, die keine Abwandlung gestatten.)

Außerdem hat Mao Tse-tung bisher offenbar mit Erfolg verhindert, daß die revolutionäre Bewegung allzuschnell in eine Herrschaft der aufgestiegenen Funktionäre, Technokraten und Militärs mündet. Einiges spricht dafür, daß die sozialistischen Dogmen in China eine Umformung erfahren, die sie sehr weit von der russischen Ausprägung entfernen. Einmal mehr könnte eine eigenwillige Sprachwelt zur weltgeschichtlichen Kraft werden.

»Solange wir in Europa bleiben, haben wir es mit historisch bewußten Sprachen zu tun, wobei wir freilich das Ungarische und das Baskische ausklammern wollen. Der gemeinsame indo-europäische Ursprung, ein langes Beieinanderwohnen, ein dauernder Austausch und der Einfluß des Lateinischen und des Griechischen geben dem Deutschen, Italienischen, Spanischen, Französischen, Englischen und, wenn auch in geringerem Maße, den slawischen Sprachen eine gewisse Verwandtschaft in ihren grundlegenden Strukturen. Ein Eindruck, der für unsere stillschweigende Annahme verantwortlich ist, daß alle Menschen die Wirklichkeit in der gleichen Weise wahrnehmen, sie mögen nun das gleiche Lebewesen Hund, cane, perro, chien oder dog nennen. Anders aber ist das Bild, sobald wir den großen Sprung wagen, den Atlantischen Ozean überqueren und für einige Zeit, wie Whorf, das Leben der Hopi-Indianer in den Reservaten von Arizona teilen. Schnell wird augenfällig, daß dort nicht allein die Vokale und der Wortschatz, nicht allein die Konjugationsendungen und die Bedeutungen in der Pluralbildung sich von den unseren unterscheiden, sogar die Idee einer Konjugation, die Idee einer Unterscheidung in Singular und Plural, die grundlegendsten Kategorien unserer Grammatik - so grundlegend in der Tat, daß wir sie für weit über aller Grammatik stehend, für eingebettet in ein allgemein gültiges System der Logik erachten -, daß selbst sie verschwinden und Platz machen, wohlgemerkt nicht der dumpfen Fühllosigkeit des Chaos, nicht dem völligen Fehlen aller Kategorien, sondern einem anderen sprachlichen System, das von anderen logischen Gesetzen bestimmt wird, aber in sich so bewußt und komplex ist wie das andere.« (Marcel Muller[43])
Wenn es schon zwischen den verwandten indogermanischen Sprachen Verschiedenheiten und Eigenwilligkeiten gibt - man entsinne sich der Unübersetzbarkeit des griechischen ›logos‹, des lateinischen ›res‹, des deutschen Begriffes ›Gemüt‹ -, dann muß man sich auf noch viel tiefer reichende Wesensunterschiede in den Sprachen der Eingeborenen der Neuen Welt gefaßt machen. So fremd sie uns erscheinen werden und so stolz wir auch auf die mit unseren Denk- und Sprachformen erreichten Leistungen auf naturwissenschaftlichem und philosophischem Gebiet sind, es darf uns nicht daran hindern, die selbstgenügsamen

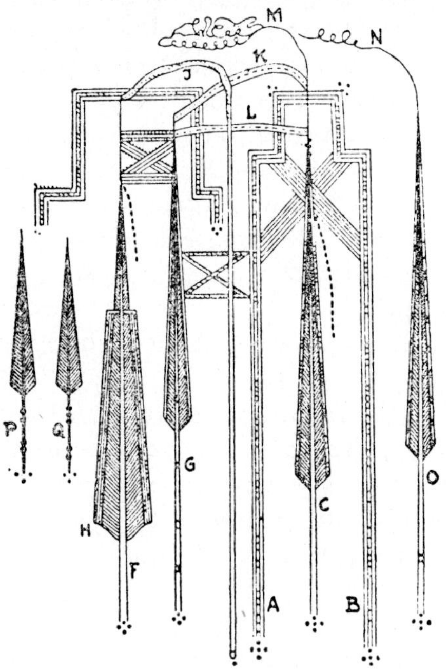

Jukagirischer Liebesbrief (nach Ernst Doblhofer ›Zeichen u. Wunder‹)

Der Brief besagt: »Du gehst fort. Du liebst eine Russin, die Dir den Weg zu mir versperrt. Es werden Kinder kommen, und Du wirst Freude an ihnen haben. Ich aber werde ewig trauern und nur an Dich denken, wenn es auch einen anderen Mann gibt, der mich liebt.«

Der Rahmen A/B ist ein Haus; darin wohnt C, das trauernde Mädchen, gekennzeichnet durch die der jukagirischen Tracht entsprechende schmale, fächerförmige Rocklinie und den Zopf (punktierte Linie). Im Hause kreuzen sich zwei Bündel von Linien; das bedeutet Kummer. Links von ihrem Haus steht ein zweites (der Rahmen, der nicht bis unten ausgezogen ist); das bedeutet, daß dessen Bewohner F und G abwesend sind. F ist eine Russin, wie der weiter abgesetzte Rock H zeigt. Sie ist ihrem Gatten in Liebe eng verbunden (gekreuzte Linien zwischen F und G). Außerdem geht von der Russin F die Linie J aus, welche die Linien K und L durchschneidet. K und L stellen die unerwiderte Liebe der Jukagirin zu dem verheirateten Russen G dar. Das Liniengewirr M zeigt an, daß das Mädchen trotz der Trennlinie J mit seinen Gedanken bei dem Geliebten ist. O ist ein Jukagire, dessen Neigung N dem Mädchen gehört. P und Q sind Kinder von F und G.

Gesittungen jener Völker anzuerkennen, ihr Gemeinschaftsleben, ihre Religionen, ihre Bräuche und Kunstäußerungen.

Einleuchtend ist, daß jedes Volk auf jenen Gebieten eine große Zahl selbständiger Bezeichnungen ausbildet, die ihm am wichtigsten erscheinen müssen. Das reich ausgestattete Viehzüchter-Vokabular der Dinka-Neger zeigt an, auf welchem Feld die Kenntnisse, Neigungen und Unterscheidungsfähigkeiten dieses Stammes liegen. Der Mensch in den westlichen Industrieländern kennt eine große Zahl von Wörtern für Kraftwagen einschließlich ihrer Firmennamen und Sonderformen.

Der Eskimo kennt für fallenden, trockenen, nassen, liegenden, gestampften Schnee und dreißig weitere Schneearten je ein selbständiges Wort, während wir uns mit den Begriffen Schnee, Firn (vorjähriger Schnee), Harsch (krustig gefrorener Schnee) und Matsch (schmelzender Schnee) begnügen und sie gegebenenfalls durch Eigenschaftswörter und Wortverbindungen (Pulverschnee) näher beschreiben. Für die Azteken war dieser Bereich noch weniger wichtig, und sie begnügten sich für die Wiedergabe der Wahrnehmungen ›kalt‹, ›Eis‹ und ›Schnee‹ mit einem einzigen Begriff.

Daß die Sprachen der Wildbeuter-Stämme keine ausgeklügelten Zahlensysteme auszubilden brauchten, ist einzusehen. So kennt das Volk der Bororo im brasilianischen Mato Grosso nur zwei Zahlwörter: eins und zwei. Will ein Bororo drei sagen, dann muß er umschreiben: ›das Paar und das eine, dem der Partner fehlt.‹

Whorf hat bei seinen Forschungen bei den Hopi-Indianern festgestellt, daß man dort die Zahlwörter nicht für sächliche und zeitliche Einheiten in gleicher Weise benützt wie bei uns. Zwar sagt der Hopi ›zehn Mann‹ wie wir auch, weil diese zehn Mann zugleich da sind und abgezählt werden; er wird aber niemals sagen ›der Gast blieb zehn Tage‹, weil er eine so vorgestellte Reihe von Tagen nicht wie wir verdinglicht; er wird in unserem Falle sagen: ›Der Gast ging am elften Tage.‹

Es ist nur folgerichtig, daß die Hopi Ereignisse ohne Dauer, wie Blitz, Welle, Rauchwolke, nicht als Substantive, sondern als Verben verwenden. Unser Brauch, einen Begriff einmal als Tätigkeit (ich *renne*, das Wasser *rauscht*), ein andermal verdinglicht zu verwenden (das *Rennen*, das *Rauschen*), ist manchen der Eingeborenensprachen fremd.

Die Nootka-Indianer auf Vancouver-Island unterscheiden nicht zwischen Substantiven und Verben. Ein Begriff wie ›Haus‹ kann dort durch angehängte Silben nach Zeit und Dauer näher bezeichnet werden wie bei uns das Tätigkeitswort: ›langdauerndes Haus‹, ›vorübergehendes Haus‹, ›künftiges Haus‹, ›Haus, das eines gewesen war‹, ›etwas, das begann ein Haus zu werden‹ ...

An zwei Beispielen wollen wir die uns ungewohnte Art, gedankliche Abläufe sprachlich zu formen, betrachten. Ein Nootka sagt[15]:

inikw-ihl = ›Feuer im Haus‹ oder ›brennt im Haus‹

inikw-ihl-'minih = ›mehrere Feuer im Haus‹ oder ›brennt mehrfach ...‹

inikw-ihl-'minih-'is = ›mehrere Feuerchen brennen im Haus‹ oder ›es brennt mehrfach ein wenig im Haus‹

inikw-ihl-'minih-'is-it = ›mehrere Feuerchen brannten im Haus‹ ...

Die Cahuilla sind der Rest eines Indianerstammes in Südkalifornien. Ihre Sprachbauform wird bestimmt von einer großen Zahl von Vor- und Nachsilben, die auch als selbständige Wörter erscheinen können.

qual = ›daliegen‹

ne-qual = ›ich liege da‹

ne-kuktas-qual = ›ich spreche‹ (eigentlich: ›ich sprechen-daliegen‹)

Wörter helfen unterscheiden

Für den Sprachforscher, der den Wortbestand eines Eingeborenenstammes aufzunehmen bemüht ist, sind neben den Zahlwörtern und den Verwandtschaftsbezeichnungen die Namen der Farben von besonderem Interesse. Durch Vorzeigen verschiedener Farbmuster kann die Skala der vorhandenen Begriffe ermittelt werden. Es stellt sich heraus, daß bei manchen Völkern der Farbkreis anders unterteilt wird als bei uns.

Die Jakuten im Nordosten Sibiriens haben nur ein Wort für Blau und Grün, trennen demnach diese Farbtöne sprachlich nicht. Bereits den Übersetzern der homerischen Epen fiel auf, daß es in ihnen zwar Bezeichnungen für verschiedene Blautöne gibt, dagegen keine Entsprechung für unseren Erlebniseindruck ›Blau‹. Während die Hellenen das Blau auffächerten, machten sie dort keine Unterschiede, wo wir gesonderte Farben sehen: Für die Farbe der Wiesen und des Honigs, also für grüne und gelbbraune Töne, gebrauchten sie ein Wort: chloros.

Diese Beobachtung bot den Forschern eine Möglichkeit, die von gewisser Seite bestrittene Annahme, daß zwischen den Sprachen und dem außersprachlichen Verhalten der zugehörenden Sprachgemeinschaften Zusammenhänge bestehen, mit wissenschaftlich zuverlässigem Verfahren zu entscheiden. E. H. Lenneberg und J. M. Roberts[44] führten diesen Nachweis mit ihren Erhebungen beim Stamm der Zuni. Dieser Zweig der Pueblo-Indianer in Neu-Mexiko zählt heute nur noch rund 2000 Menschen, besitzt indessen eine eigene Sprache. In der Sprache der Zuni gibt es für gelb und orange nur eine Bezeichnung. Wurden nun den Versuchspersonen aus dem Stamm der Zuni Plättchen mit Farbtönen aus dem Gelb-Orange-Bereich gezeigt mit der Weisung, den entsprechenden Farbton auf einer Tafel zu suchen, die 120 Farbmuster enthielt, dann machten sie doppelt so viele Fehler wie englischsprachige Amerikaner, denen die Wörter yellow und orange zur Verfügung stehen.
Die Forscher zogen aus ihrer Untersuchung den Schluß: Was mit einer Bezeichnung verknüpft werden kann, prägt sich besser ein, wird leichter unterschieden und wird weniger schnell vergessen. Auf das Ganze angewendet: Die in der Sprache gespeicherte Leistung wird einer Sprachgemeinschaft als geistiges Vermögen zur Verfügung gestellt, und eine reichgegliederte Sprache verschafft jedem, der sie beherrscht, einen Vorzug im Geistigen.

Die Sprache der Freien

Das Beispiel mit der in den Farbennamen enthaltenen Unterscheidungsfähigkeit soll uns nicht von weit wesentlicheren Beobachtungen ablenken. Vom Tätigen und Ichbezogenen in den indogermanischen Sprachen war schon die Rede. Mit der größten Selbstverständlichkeit sagen wir ›ich sehe‹, ›ich höre‹. Aus dem Munde eines grönländischen Eskimo würden vergleichbare Aussagen - sinngemäß übertragen - etwa lauten: ›mir erscheint‹, ›mir tönt‹; ein passives Verhalten also, immer mit dem Unterton: ›etwas kommt auf mich zu‹; nicht das ›Ich‹ herrscht, sondern das ›Es‹.
»Die Gestalt der *indogermanischen* Sprachen versteht die Welt als Wirkungsfeld tätiger Menschen, als Kampfplatz willensgerichteter Kräfte; die Menschen sind unmittelbar handelnde Akteure auf der

Bühne dieser Welt. Die meisten *asiatischen* und *Eskimosprachen* dagegen erleben dieselbe Welt als Schauplatz unpersönlicher Vollzüge, sehen dem, was sich auf dieser Bühne abspielt, gleichsam wie vom Zuschauerraum her zu, ohne Wunsch und Möglichkeit, unmittelbar einzugreifen, dort oben mitzuhandeln; sie empfinden dies Geschehen wie ein seltsam gedämpftes Schattenspiel, bei dem sie gewiß nicht unbeteiligt, doch durchaus gelassen bleiben. Von daher begreift sich der unaufhaltsame Siegeszug, den die europäische Kultur, von den durch ihre Sprachgestalt zu äußerster Aktivität gespornten indogermanischen Völkern getragen, über die Erde angetreten hat ...« (Fritz Tschirch[45])

Aristoteles, Newton und Kant sind nur über eine westliche Sprache zu erfassen, Leonardo, Shakespeare und Beethoven sind Söhne des Abendlandes. Doch gibt es Zeichen für das Eindringen einer gegensätzlichen Denk- und Sprechweise in unsere Welt: in der Musik durch Abbau der abendländischen Polyphonie zum nur Rhythmischen und Seriellen, in der Malerei, Plastik und Architektur durch die Wucherung des Ornamentes, die Preisgabe des Tiefenraumes, in der Literatur durch die Bevorzugung des Sinnwidrigen.

Die Frage, welcher der beiden Welten der Vorzug einzuräumen ist, stellt sich gar nicht. Unter den Indogermanen gibt es nur Minderheiten, denen die Weltsicht eines Hopi angemessen wäre. Was noch überzeugender sein muß: Das Bemühen um Gerechtigkeit und Menschenwürde in aller Welt, um Verbesserung der Lebensumstände in technisch rückständigen Ländern zwingt dazu, westliches Leistungsdenken auf Völker zu verpflanzen, denen es wesensfremd ist. Die Sowjets versuchen die Passivität der Slawen und Asiaten zu überwinden, sie haben China angesteckt; Südamerika und Afrika werden zu Experimentierfeldern der Wohlfahrtsplaner aus West und Ost.

Exotische Passivität können sich heute in den hochindustrialisierten, liberalistischen Staaten nur jene Sondergruppen gönnen, die von der Leistungsgesellschaft ausgehalten werden. Zivilisationsmüde, unklar schwärmend, dem Rausch zugeneigt, bildet das westliche Hippie- und Gammlervolk die Kehrseite der Medaille, auf deren Vorderseite die Götzenbilder Produktion und Konsum prangen. Frei sind Tagediebe nicht, sie sind abhängig von der Gesellschaft, die für sie arbeitet.

Die Menschheit und mit ihr die Sprachen steigen zur Geistigkeit und

Freiheit nur über die Stufen der Leistungsbereitschaft auf. Wenn das Wort Fortschritt einen Sinn haben soll, dann den, daß der Mensch Ziele ansteuert, die ihn zur Entfaltung der in ihm ruhenden Fähigkeiten führen. Eine der Hilfen, den richtigen Kurs zu bestimmen, ist die Sprache der Zeit. Wer den oberflächlich Fortschrittbegeisterten wie den stets Skeptischen mißtraut, der höre auf die Gegenwartsprache; sie ist - unter anderem - ein Spiegel des Zeitgeistes und damit auch seiner Torheiten.

Die Kultursprachen der Welt lassen uns eine alte Wahrheit wiedererkennen: Freiheit gedeiht nur dort, wo sich geistige Entfaltung mit tätiger Verantwortungsfreude vereint. Wo nicht das ganze Volk freiwillig Pflichten übernimmt, muß es beim Zwang zur Unterordnung bleiben.

Die Sprachen der Eingeborenen spiegeln diesen Zustand notwendiger Rangordnung der frühen Stufe. Das beginnt bei der Zurücksetzung der Frau in der Gemeinschaft. Im Altsumerischen scheint es nach den literarischen Zeugnissen eine besondere Frauensprache gegeben zu haben. In vielen Naturvölkersprachen wird das Geschlecht des Hauptwortes vom Rang des Bezeichneten bestimmt; so haben die Irokesen zwei Hauptwortklassen, die eine, höhere, in der Gott und die männlichen Menschen vereinigt sind, die andere, die alles übrige, Frauen, Kinder und Tiere, ohne Rücksicht auf das natürliche Geschlecht zusammenfaßt.

Bei den Hottentotten steigert die Verwendung des männlichen Geschlechtswortes den Wert der besprochenen Sache, der Zusatz des weiblichen mindert ihn, während eine neutrale Geschlechtsklasse wertfrei wirkt. ›Wasser‹ männlich gebraucht meint demnach ein großes Wasser, den großen Regen, ein Hochwasser; wird es weiblich gebraucht, dann ist schmutziges Wasser gemeint, etwa Waschwasser; ohne Nebensinn wird das Wort Wasser sächlich gebraucht, es ist dann Wasser schlechthin.

Lutz Mackensen[9] verweist ferner darauf, daß in vielen Sprachen nach sozialen Rängen unterschieden wird. Es werden jeweils andere Worte verwendet, wenn man mit dem Fürsten spricht, mit seinesgleichen oder Untergebenen. Mit dem Priester wird anders geredet als mit Frauen oder in der Männerversammlung. Nicht selten richtet sich der Wortgebrauch nach dem Wert der besprochenen Sache, und gewisse

Dinge, denen Vollkommenheit zugesprochen wird, dürfen nur unter hochgestellten Personen behandelt werden. Sicher finden sich auch in unserem Sprachgebrauch noch nachklingende Verhaltensweisen ähnlicher Art, doch nicht mehr im Sinne von Gebot und Verbot, sondern als Anstands- und Höflichkeitsbräuche.
Walter Höllerer[46] bringt ein Beispiel dafür, wie in unseren Tagen (hier durch Ablösung des Dativs durch den Akkusativ) ein Stück in der Sprache bezeugter Freiheit verlorengeht: »einem rufen« = der Ruf wendet sich an den in seiner Entscheidung freien Menschen, während bei der Form »einen rufen« ohne weiteres angenommen wird, daß der Gerufene Folge leistet.
Die Preisgabe unserer Hochsprache, die unsere Entwicklung zur Freiheit begleitet, käme dem Rückfall in frühe Abhängigkeiten gleich.

Der Durchbruch des Wesensgemäßen

Wie stark die Lebensfähigkeit des arteigenen Grundmusters ist, das sich im Sprachlichen kundtut, soll hier nur an einem Beispiel dargestellt werden.
Am Rande des indogermanischen Sprachbereiches bröckelt ein angenommenes Gefüge unter dem Einfluß einer älteren Struktur ab. In Irland begann sich das keltische Element gegen das aufgepropfte germanische durchzusetzen. Hans Hartmann[47] hat dargetan, wie sich die so andersartige altirische Denkweise gegen den Grundriß der indogermanischen Sprachen zur Wehr setzt. Etwas im Gegensatz zum Indogermanischen betont Unpersönliches und Unbestimmtes kennzeichnet die irischen Sprechformen.
An einer Gegenüberstellung von Beispielen wird das Behauptete deutlich. Im Griechischen fragt Telemach, wörtlich übersetzt:
»Wer woher von den Männern *bist du*?«
Darauf antwortet der Fremdling selbstbewußt und geradezu:
»Mentes, des verständigen Anchialos Sohn,
rühme *ich mich* zu sein.«
Im Nibelungenlied fragt König Gunther Siegfried:
»Von wannen, edler Siegfried,
Ihr kamt in dieses Land . . .?«
und Siegfried antwortet darauf ebenso unmittelbar und persönlich:

»Das soll euch unverhohlen sein.
In *meines* Vaters Landen wird euer Hof gelobt ...
darum kam *ich* nach Burgund.«

Ganz anders im Irischen - hier in wörtlicher Übersetzung -, um den fremden Sprachgeist sichtbar zu machen:
»Woher zu dir, meine Tochter?« (Wer bist du, meine Tochter?)
»Etain, die Tochter des Königs Eochraidhe aus dem Sid (ist es), was sich zu mir ereignet hat.« (Ich bin die Tochter des Königs Eochraidhe aus dem Sid.)

Diesem eigenwilligen Sprachbau entspricht eine andersgeartete Gesellschaftsordnung - auch diese dem Germanischen widersprechend: kastenähnliche Rangordnung, mutterrechtliche Erscheinungen (eine Königin als Anführerin im Kampf, Recht der Frau auf Bindungen außerhalb der Einehe), Kopfjagd. In der Dichtung Altirlands finden wir eine für die Epoche ungewöhnliche Natur- und Gefühlsbetonung, in der Religion eine außerordentliche Leidenschaftlichkeit (deren Ausbrüche in der Gegenwart wir mit einer uns befremdenden Heftigkeit wieder erleben), aber kaum das Verständnis für das Schicksal des Einzelwesens, das die germanische Dichtung bestimmt.

Bis in unsere Tage reicht der Zwiespalt im irischen Wesen. Vaterlands- und Freiheitsliebe einerseits und religiöses Eiferertum andererseits; oftmals Verachtung der Lebensnotwendigkeit und aus ihr erwachsend die Armut breiter Schichten; und eine »Schizophrenie zwischen offizieller Moral und Wirklichkeit ist charakteristisch für Irland, das in diesem Punkte zu einem Land von Heiligen und Heuchlern geworden ist[48]«.

Aus allem spricht eine tiefgreifende Übereinstimmung zwischen Herkunft, Sprachform, Fühlen und Denken. Sprachschicksal als Spiegel des Volksschicksals.

Von der Schwierigkeit des Übersetzens

Nur dem, der eine Zweitsprache oberflächlich kennt, fällt das Übersetzen leicht. Je tiefer jemand in den Geist einer anderen Sprache eindringt, desto zögernder wird er übersetzen. Trotz dieser Bedenklichkeit werden wir noch viel von unserer eigenen Betrachtungsweise in das Übersetzte hineintragen. Christian Morgenstern hat mit Recht gemeint: »Es gibt nur schlechte Übersetzungen und weniger schlechte.« Was jedoch nicht ausschließt, daß ein ›übersetzter‹ Text als selbständiges Kunstwerk - eine Nachschöpfung mit Eigenwert der Gestalt, manchmal sogar des Geistes - ebensogut, ja sogar besser sein kann als die Vorlage.

Das Unzulängliche jeglicher Übertragung in eine andere Sprache könnte an beliebig vielen Fällen veranschaulicht werden. Hier nur ein Beispiel.

Übersetzt man das französische ›ami‹ schlechtweg mit ›Freund‹, dann bedeutet das fast immer eine Verschiebung im Bedeutungsgehalt. »Wüßten wir auch von der Art und Weise, wie französische Menschen miteinander verkehren, weiter nichts, als was uns durch ... lexikographische Betrachtungen über den Gebrauch des Wortes ami gelehrt wird, so würden wir doch schon zu dem Schlusse berechtigt sein, daß, wo ein und derselbe Name zur Bezeichnung der innigsten und der losesten Beziehungen dient und wo er gewöhnlich zur Bezeichnung der letzteren gebraucht wird, auf die ersteren nicht soviel Gewicht gelegt werden kann wie in Deutschland. Die Freundschaft kann dort nicht so warm, die gewöhnliche Bekanntschaft nicht so kühl sein wie bei uns. Man wird sich seltener soviel wert werden, aber man wird sich ebenfalls seltener so gleichgültig bleiben ... Wir müssen allerdings das eine Wort mit dem anderen übersetzen, weil es in den betreffenden Sprachen nicht gibt, was sich ähnlicher wäre als ami und Freund; aber das darf uns nicht zu der Annahme verleiten, beide seien dasselbe, drückten genau dasselbe aus. Solange der Deutsche kein Franzose wird und umgekehrt der Franzose kein Deutscher, wird das, kann das nicht der Fall sein.« (C. Abel)

Kann man ›Charme‹ mit Anmut übersetzen? Nicht ohne Verfälschung dieser Begriffe. Darf man eines dieser Wörter dem ›sex appeal‹ gleichsetzen? Gewiß nicht. Immer brauchen wir einen ganzen Satz oder mehrere Sätze, um jede dieser Vokabeln in der anderen Sprache zu umschreiben, und immer werden selbst der langatmigsten Erläuterung noch der wesentliche Bedeutungsgehalt und die Summe der mitschwingenden Empfindungen fehlen.

Selbst Stuart Chase, in dessen Buch ›The Power of Words‹ die Begriffe Volk oder Rasse nicht vorkommen (als Äußerstes das Wort ›Kulturen‹), muß eingestehen: »Die meisten von uns sind in dem

Glauben aufgewachsen, daß die Sprache nur ein Werkzeug ist ... Sprachen wären also nur parallele Methoden, um die universale Logik auszudrücken. Von dieser Voraussetzung ausgehend, müßte sich jede Idee ungeschwächt, ja völlig unverändert in jede Sprache übersetzen lassen. Ein paar Minuten im Glaspalast der Vereinten Nationen in New York belehren uns bald eines besseren. Es kann geschehen, daß selbst ein so universaler Begriff wie ›Demokratie‹ einer Übersetzung nicht standhält.«

Nur andeuten können wir in einer Sprachbetrachtung die Sinnbilder in unserer Vorstellungswelt, die tiefwurzelnden Beziehungen, die zwischen sprachlichen Bildern einerseits und den Überzeugungen und Wertungen andererseits in den Menschengruppen bestehen. Es konnte nicht ausbleiben, daß sich die Verkaufspsychologen diese Tatsache zunutze machen: »Warum ist alles, was gut ist, hell und hoch, und warum malen wir das Übel und den Teufel immer schwarz? Warum gestehen wir einer blonden Frau unbedenklicher moralische Untadeligkeit zu als einer schwarzhaarigen? Warum ist die Sünde ein Morast, der Mut dagegen strahlend? In unserer Sprache, unseren Symbolen, in unserem modernen Leben entdecken wir immer wieder geheimnisvolle Nebendeutungen und Interpretationsmöglichkeiten. Der Mensch braucht also das tiefere Verständnis für die Ordnung der Dinge, wenn er einen Einblick in die Motive und Reaktionen haben will, die das menschliche Handeln bestimmen[49].«

Der Sprachwissenschaftler mag seine Lust daran haben, daß nichts reicher und vollendeter erscheint als die indische Grammatik, daß die griechische den unübertrefflich jugendlichen Wuchs der Sprache zeigt, die lateinische genau und befehlend ist, die deutsche aber eine vielleicht unvollendete Architektur, die auch uns noch Lust macht, in ihr fortzudenken und zu bauen.

Friedrich Georg Jünger

Das jedenfalls ist es, was in dem deutschen Begriff des Volkes enthalten ist: Das Menschheitsgesetz der Sprachgemeinschaft wird als der verbindlichste aller erkennbaren Hinweise auf die Begründung des Gemeinschaftslebens hervorgehoben, und damit ist zugleich der Primat des Geistigen gegenüber Natur und Macht anerkannt ... So stellt sich der geistige Begriff des Volkes dem Naturbegriff der Rasse und dem Staatsbegriff der Nation gegenüber.

Leo Weisgerber[5]

DIE EIGENART DES DEUTSCHEN

Nur im Deutschen ist der Sprachname älter als der Name für das Volk. Aus einem indogermanischen ›teuta‹ entwickeln sich ›duitsch‹ (holländisch), ›thiudisk‹ (im Sinne von ›völkisch‹, ›volkstümlich‹). Letzteres wird in der latinisierten Form ›lingua theodisca‹ im Jahre 786 erstmals urkundlich genannt und bezeichnet die über den fränkischen Stamm hinausreichende Sprache des Volkes.

Vielleicht ist es eine Folge dieser von Anbeginn hervorgehobenen Verknüpfung des Volksbegriffes mit der Sprache, was die deutsche Geschichte bestimmt hat. Einem kaum je zu nationaler Einheit gelangten Volke mußte die Sprache in einer besonderen Weise bewußt sein. Sie wurde zur geschichtlichen Kraft, und daß sie es bleiben wird, ist die Hoffnung unseres geteilten Vaterlandes.

Unserer Glücklosigkeit im Ausbilden der staatlichen Gemeinschaft steht ein Trost gegenüber. Wir Deutschen sind unter den Kulturnationen eine der wenigen, die eine *ursprüngliche Sprache* besitzen. Das heißt, daß wir ein aus eigenem Stamm hergeleitetes, lückenlos vererbtes Wortgut besitzen. Da die Geltung des Deutschen als Muttersprache nicht über das Siedlungsgebiet der Deutschen hinausreicht, konnten sich Sprachgemeinschaft und Volkszugehörigkeit eng verbinden.

Ursprünglich besagt, daß eine niemals unterbrochene Entwicklung vom indogermanischen Wurzelgrund über das Germanische, durch Wechselwirkung verschiedener Stammessprachen und Mundarten (des Fränkischen, des Bairisch-Alemannischen, des Sächsischen), durch Verschmelzungen während der Ostsiedlung (im Thüringisch-Obersächsischen) zur neuhochdeutschen, von Luther sosehr geförderten Schriftsprache stattgefunden hat. Vom 16. Jahrhundert an entwickelt sich aus einer niederdeutschen Mundart die niederländische Hochsprache, die im Afrikaans der Buren eine weitere Abzweigung erfuhr.

Im 16. Jahrhundert erwacht das Sprachbewußtsein. Wohl als erster tritt Johannes Cuspinianus, der Geschichtschreiber Kaiser Maximilians, schon 1512 für die Reinerhaltung der Sprache ein, und Johannes Reuchlin rügt, daß den deutschen Reden und Predigten allzuviel Latein beigemengt werde. C. Güthel, der Augustinermönch und Freund Luthers, schreibt 1522 in einem Gesprächsbüchlein: »Rede deiner Mutter Sprache!« Johann Amos Comenius setzt sich in seinem ›Informatorium der Mutterschul‹ (1628-1631) für den Unterricht in der Muttersprache ein.

Eine der Ursachen für das Erkennen des Wertes der eigenen Sprache und Sitte war die Entdeckung der ›Germania‹ des Tacitus, deren Niederschrift 1455 im Kloster Hersfeld gefunden wurde. Das Lob, das der Römer den Tugenden der Germanen zollt, bestärkte das erwachende völkische Selbstbewußtsein.

In der Zeit des Dreißigjährigen Krieges war es die ›Fruchtbringende Gesellschaft‹, 1617 vom Fürsten Ludwig von Anhalt begründet, die sich um die Pflege deutscher Sprache und Dichtung verdient machte. Ihr gehörten unter anderem Opitz, Logau, Gryphius und der Sprachkundler Schottel an.

Zu der Zeit Goethes - und nicht zuletzt durch ihn selbst - war die deutsche Sprache »auf einen so hohen Grad der Ausbildung gelangt« (Goethe in den Schriften zur Literatur), daß der Meister bekennen konnte: »Mit der Bildung der deutschen Sprache und des Stils in jedem Fache wuchs auch die Urteilsfähigkeit . . .« (Dichtung und Wahrheit) Wenn auch Goethe andernorts bemerkte: »In einer so wunderlichen Sprache, wie die deutsche ist, bleibt freilich immer etwas zu wünschen übrig.« (An Schiller) Und in den Venezianischen Epigrammen spottet er:

Nur ein einzig Talent bracht ich der Meisterschaft nah.
Deutsch zu schreiben. Und so verderb ich unglücklicher Dichter
In dem schlechtesten Stoff leider nun Leben und Kunst.

Letztlich spricht er aber doch durch den Mund Fausts von seinem »geliebten Deutsch«.

Als die Brüder Jacob und Wilhelm Grimm 1839 begannen, den Bestand der deutschen Sprache und ihre Entwicklung seit dem Mittelalter zu erfassen, da ahnten sie nicht, daß 132 Jahre emsiger Arbeit nötig sein würden, das Werk abzuschließen. Statt der geplanten sieben Bände wurden es 32 mit etwa 66 000 Spalten. Längst sind die frühen Bände ergänzungs- und überarbeitungsbedürftig, der Sprachwandel wird die Weiterarbeit erzwingen.

In eigenen Kleidern

»Wie jede Atmosphäre irgendeines Gestirns die Eigenart der Zusammensetzung aus den besonderen Kräften der zugehörigen Erde ableitet und dieser Stern nur in seiner Atmosphäre leben kann, so daß der Schöpfer zugleich sein Werk trägt wie von seinem Werk getragen ist, - so ist auch in jeder Sprache die Sonderart des Volkes ausgeprägt und gleichsam tönender Leib geworden. Wer Rassenseele und Volkstum, Geschichte und Gegenwart im Spiegel anschauen will, der vertiefe sich in die Sprache. Man könnte eine eigentümliche Gestalt der Welt- und Lebenserkenntnis in jeder einzelnen Sprache nachweisen und insbesondere vom ›Weltbild der deutschen Sprache‹ etwa wie Weisgerber handeln.« (Heinrich J. Rechtmann[50])

Dieses Bekenntnis zum unauflöslichen Zusammenhang von Volkscharakter und Sprache erhält besonderes Gewicht dadurch, daß es von einem Manne stammt, der sich mit betontem Eifer für das Heimatrecht des Fremdworts im Deutschen einsetzt. Aber auch er wünscht nicht, daß die Eigenart der im Kern unvermischten Muttersprache verlorengeht.

Es fällt uns Deutschen nicht schwer, Eigenschaften anderer Völker und auch ihrer Sprachen zu rühmen. Das Französische insonderheit gilt uns Deutschen seit je als Inbegriff der Eleganz, als Träger des galloromanischen, leichteren Geistes. Am Spanischen wissen wir den klangvollen Vokalreichtum zu schätzen, am Italienischen überdies das Melodische. Das Englische wurde zum Ausdruck der Weltläufigkeit und des Sportgeistes, und an vielen anderen Sprachen ist es schlicht das Fremdartige, das sie für uns interessant macht.

Vor dem Hintergrund solchen Verständnisses ist es sicher erlaubt, nach dem Wesen des Deutschen zu fragen. »Die deutsche Sprache ist die Orgel unter den Sprachen«, vermerkt Jean Paul. Und so sagt es Logau:

Kann die deutsche Sprache schnauben,
schnarren, poltern, donnern, krachen -
kann sie doch auch spielen,
scherzen, liebeln, gütteln, kürmeln, lachen.

Es lebt so vieles Ursprüngliche, Kraftvolle und Poetische in unserer Sprache. Man denke an den Stabreim, der sich in Wendungen wie: Kind und Kegel, Bausch und Bogen, Gift und Galle, Lust und Leid, mit Haut und Haar, mit Stumpf und Stiel, um Kopf und Kragen, erhalten hat; an Klangschönheit und Sinngehalt der Silben, aus denen sich eine Unzahl Vornamen bilden läßt: traud, lind, mut, hild, mar, fried, hard . . .; erinnert sei auch an die Poesie, die sich oft mit dem Hauptwortgeschlecht verbindet und die viele Sprachen entbehren müssen. Jacob Grimm bringt als Beispiel: *die* Quelle (die Geburt, das Mütterliche = weiblich), *der* Fluß (der entfaltete, mächtige Strom = männlich), *das* Wasser (der Oberbegriff = sächlich).

Walther von der Vogelweide läßt noch die »vische fliessen«; das Wort schwimmen wurde nur für die Bewegungen des Menschen oder des Schiffes verwendet - denn sie durchbrechen die Wasseroberfläche, der Fisch dagegen ›fließt‹ -, eine feine Unterscheidung, für die uns das Gefühl verlorengegangen ist.

Die frühen Sprechweisen betonen stärker die Wesensgrundlage, die neueren stellen die von der Haltung abgeleiteten Eigenschaften in den Vordergrund: ›milt‹ stand damals für freigebig (eine ›milde‹ Gabe), ›getriuwe‹ für verschwiegen.

Noch um 1800 bedeutete ›schlecht‹ im wesentlichen ›schlicht‹ oder ›einfach‹. ›Niederträchtig‹ bedeutet bei Goethe noch ›kleinwüchsig‹: »Stehn die Pappeln dort so prächtig / Um des Nachbars Gartenhaus: / Und bei uns so niederträchtig / Nehmen sich die Zwiebeln aus.«

So herb das Deutsche in seinem ursprünglichen Gefüge auch sein mag, es öffnet sich erstaunlich leicht allem geistig Verwandten. »Überhaupt sehe ich die deutsche Sprache, so wie die Nation, gern von dieser Seite an. Die griechische möchte ich die sinnlich vollkommenste nennen; am ähnlichsten aber mit dieser ist mir die deutsche, und sie könnte vielleicht nicht mit Unrecht die menschlichste heißen. An sinnlicher Vollkommenheit steht sie der griechischen bei weitem nach, aber sie behauptet einen großen Vorzug vor ihr durch zwei recht eigentlich menschliche Eigenschaften: erstens im Ausdruck für den Gedanken (die Philosophie), zweitens im Ausdruck für die Empfindung, insofern sie nicht sowohl ein Werk der Sinne und der Phantasie, als desjenigen ist, was wir Herz nennen.« (Wilhelm von Humboldt in einem Brief an Friedrich August Wolf)

Diesem Wunder - zur weltoffenen Geistigkeit aufzusteigen, ohne den Wurzelgrund ihres Wesens aufzugeben - verdankt die deutsche Sprache zwei Fähigkeiten, die kaum vereinbar scheinen. Sie ist imstande, sich auch heute noch aus den frischen Quellen der Mundarten zu verjüngen - und sie ist wie keine zweite geeignet, Dichtungen anderer Zungen wiederzugeben.

»Die deutsche Sprache ist zum Übersetzen besonders geeignet; sie schließt sich an die Idiome sämtlich mit Leichtigkeit an, sie entsagt allem Eigensinn und fürchtet nicht, daß man ihr Ungewöhnliches, Unzulässiges vorwerfe ...« (Goethe ›Zur Literatur ...‹) »Es liegt in der deutschen Natur, alles Ausländische in seiner Art zu würdigen und sich fremder Eigentümlichkeit zu bequemen. Dieses und die Fügsamkeit unserer Sprache macht denn die deutschen Übersetzungen durchaus treu und vollkommen.« (Gespräche mit Eckermann)

Der Jungborn der Mundarten

Die Dialekte der deutschen Landschaften besitzen noch jene Frische eines frühen Zustandes, welche die Hochsprache opfern muß. Die Mundarten sind oft sinnenhafter, anschaulicher und deutlicher, als es eine geschliffene Schriftsprache sein kann. Daß sie nicht aufgestiegen sind zur Literatursprache, wird ihnen durch einen volksliedhaften Ton vergolten.

»Können wir die Einwirkung fremder Sprachen auf unsere Muttersprache nicht immer und nur bis zu einem gewissen Grade billigen, so

muß dagegen die Einwirkung deutscher Mundarten auf das Schrift- und Schuldeutsch entschieden willkommen geheißen werden. Erweiterung und Bereicherung erwächst daraus sowohl den Formen als auch dem in ihnen ausgedrückten Inhalt.« (Ernst Wasserzieher[16])
Die Vertreibung ganzer deutscher Stämme aus ihren Heimatlandschaften wird auch manchen Zweig der Volkssprachen verklingen lassen. Denn nur wo Menschengruppen gleicher Herkunft zusammenleben, kann sich eine Mundart lebendig erhalten. Auf Schallplatten wurde uns die Eigenart der Landschaftssprachen erhalten[51].
In den Mundarten besitzen wir zugleich eine Verknüpfung mit der Sprache der Vorfahren. Es ist kein Wunder, daß sich etwa die Lieder Walthers von der Vogelweide besser in eine oberösterreichische Mundart als in die deutsche Schriftsprache übersetzen lassen. Hier ein Beispiel nach der Übertragung von Jungmair:

Under der linden	Unta da Lind'n
an der heide,	auf da Wies'n,
da unser zweier bette was,	wo unsa hoamlichs Nesterl war,
da muget ir vinden	da kannst find'n
schone beide	d' Blüah a(b)grissen,
gebrochen blumen unde gras.	d' Graserl z'druckt nuh von uns zwoa.
vor dem walde in einem tal,	Gar so säli hat in' Tal
tandaradei!	Holladari!
schone sanc diu nachtegal.	gsunga ent a Nachtigall.

Es muß uns erstaunen, wie aus der Vielfalt der Stammessprachen ein Gemeinsames herauswächst, aus dem Amorphen das Kristallische Gestalt gewinnt. »Da schleppen wir Wörter aus der Urzeit mit uns herum; andere stammen von vorgestern. Manches ist ›erst‹ in germanischer Zeit geprägt worden; anderes kam aus fremden Sprachen zu uns, und wiederum haben wir davon einiges in seinem Lautbestand erhalten, anderes dem eigenen Lautsystem angenähert. Alle Mundarten haben ihren Teil beigesteuert; dies Wort wurde in Hamburg geformt, jenes in Wien; dies kam von den grünen Höhen des Sudetenlandes, jenes aus den weiten Marschländereien des Nordens, und sie alle stehen dem Rheinländer zur Verfügung. Daß dem so ist, daß alle zum Ganzen beigesteuert haben und alle an allem teilnehmen, das ist die große Arbeitsleistung der deutschen Literatur, der Bücher, die ... in

Josef Weinheber (1892 bis 1945)

»Die ordentliche Sprache des Franzosen, die melosgetragene des Italieners, die handelsherrscherliche des Engländers - sie haben nirgends das entsetzliche Leid in sich, das aus unserer Sprache herauszulesen ist. Unsere Sprache ist in ihren höchsten Bezirken zur Musik geworden, weil die Menschen, die sie formten, tief litten und jenseitig waren. Darin behauptet sie ihre Ehre und erhebt den Anspruch, daß die Sprecher anderer Zungen sich vor ihr beugen.« Josef Weinheber

die Häuser gekommen sind. Der Buchdruck hat den großen Austausch in die Wege geleitet, so bei unserer wie bei den großen Schwestersprachen.« (Lutz Mackensen[9])
Auch Goethe hatte sich nicht gescheut, Wörter aus der Umgangssprache des Volkes in sein Werk aufzunehmen, etwa den Begriff ›aufdröseln‹ (im Sinne von aufspalten, eine Schnur in mehrere Stränge aufdrehen, trennen). Auch wenn das Wort nicht in den allgemeinen Sprachgebrauch überging, so kann es doch geschehen, daß sich ein Gelehrter unserer Zeit - vielleicht aus gleicher landschaftlicher Herkunft - seiner bedient: »... daß mit zunehmendem Lebensalter die holotrope Einstellung der Jugend sich immer mehr in monotrope Wirkungsweisen aufdröselt.« (Willy Hellpach[52])
Die Herren Schulmeister waren nicht immer zufrieden mit solcher selbstherrlichen Bereicherung unserer Sprache. Justus Möser klopft ihnen auf die Finger: »Verschiedene große Genies, welche diesen Mangel [fehlender Begriffe] gefühlt, haben zwar seit einiger Zeit gesucht demselben abzuhelfen; aber kaum wagt ein Lessing das Wort Schnickschnack, oder beschreibt uns stiere, starre Augen, so empören sich diejenigen, welche die Buchsprache allein gebraucht wissen wollen, gegen dergleichen Bemühungen, und maßen sich das Recht an, was die französische Akademie mit so vielem Nachteil über ihre Sprache ausgeübt hat[53].«
Das Plattdeutsche (zu plat = deutlich), die niederdeutsche Mundart, verdient hier eine besondere Erwähnung. Es ist bei der Ausbildung der deutschen Schriftsprache am wenigsten zum Zuge gekommen, hat am stärksten seine Eigenart bewahrt und einen Niederschlag in der Literatur gefunden. Goethe hat für das Niederdeutsche lobende Worte gefunden: »Zu einem liebevollen Studium der Sprache scheint der Niederdeutsche den eigentlichen Anlaß zu finden. Von allem, was undeutsch ist, abgesondert, hört er nur um sich her ein sanftes behagliches Urdeutsch, und seine Nachbarn reden ähnliche Sprachen. Ja, wenn er ans Meer tritt, wenn Schiffer des Auslands ankommen, tönen ihm die Grundsilben seiner Mundart entgegen, und so empfängt er manches Eigene, das er selbst schon aufgegeben, von fremden Lippen zurück, und gewöhnt sich deshalb mehr als der Oberdeutsche, der an Völkerstämme ganz verschiedenen Ursprungs angrenzt, im Leben selbst auf die Abstammung der Worte merken.« (›Zur Literatur ...‹)

Die oberdeutsche Sprache hat gesiegt, aber zahlreiche niederdeutsche Ausdrücke übernommen, die meisten erst nach 1500. Naheliegend ist das bei Begriffen, die ursprünglich nur für die Küste von Bedeutung waren (Deich, Fracht, Stapel, Leck und andere), darunter sonderlich jene mit Doppelkonsonanten (Flagge, Roggen, Ebbe . . .)

Die Geschichtstiefe unserer Sprache

Als Jacob Grimm schrieb: »Kein Volk auf Erden hat eine solche Geschichte für seine Sprache wie das deutsche. Zweitausend Jahre reichen die Quellen zurück in seine Vergangenheit, in diesen zweitausenden ist kein Jahrhundert ohne Zeugnis und Denkmal«, da wußte er noch nicht, daß wir noch weiter zurückblicken können mit den Augen unserer Sprache.

Bis in die Steinzeit führt uns die Wortgechichte - beispielsweise die des ›Messers‹. Westgermanisch ›mati-sahs‹ setzt sich zusammen aus ›Speise‹ (altsächsisch ›mat‹, enthalten in ›die Mast‹, ›Mus‹, ›Mett‹wurst) und ›Schwert‹ (eigentlich ›Steinmesser‹), angelsächsisch ›seax‹, zu dem auch ›Sachsen‹ gehört, urverwandt mit lateinisch ›saxum‹ = Stein. Wörtliche Übersetzung der Frühform des Messers: ›Speise-(Stein)schwert‹. Auch unser Wort ›Hammer‹ bedeutet eigentlich Stein oder Fels, obwohl er längst aus Eisen gefertigt wird, und Hammerfest bedeutet Felssiedlung. Selbst unsere ›Schere‹ gehört zu diesem Steinzeiterbe: Wie die Pflug›schar‹ ist sie mit den ›Schären‹, den skandinavischen Felsinseln, verwandt.

Welche Helligkeit strahlt oft aus der Besinnung auf die Ursprungsbedeutung altvertrauter Wörter! Wenn wir die Sonde an den Begriff ›Wahrheit‹ ansetzen (zu dem Pilatus so wenig zu sagen wußte, der in unserer Zeit so leichtfertig als Zeitungstitel hergenommen wird - ›Prawda‹), dann erkennen wir seinen ursprünglichen Tiefgang. Im Altnordischen ist var die Göttin der Treueschwüre, varar das Treuegelöbnis, vara im Althochdeutschen die Bündnistreue. Diese Bedeutung ›wahr‹ = ›treu‹ ist noch heute im Deutschen lebendig, man denke an Lebensregeln wie »Vor allem sei dir selber treu, das ist das Höchste«.

Wenn Martin Heidegger ›Wahrheit‹ vom griechischen ›aletheia‹ = ›das Unverborgene‹ ableitet, dann mag diese Deutung eine zusätz-

liche, aber sicher nicht die wesentliche sein, denn sie gibt die blassere Ansicht vom Begriff der Wahrheit wieder.
Betrachten wir noch ein geschichtsträchtiges Wort - Heimat. Im Althochdeutschen lautet das Wort heimoti, im Mittelhochdeutschen heimot. Die Silbe heim steht für Haus, die Silbe ot für allod, das wahre Eigentum im Gegensatz zum Lehen. Diese gleiche germanische Silbe lebt noch im Kleinod, in Adel, dem Stand, der über seinen Besitz frei verfügen kann, aber auch in armuot = Armut, dem Zustand der Unfreiheit durch Besitzlosigkeit. Heimat ist demnach das rechtlich gesicherte Eigentum an der umfriedeten Heimstätte.
Die deutsche Sprache ist voll solcher aufhellender, einsichtschenkender Wurzelworte. Enkel, althochdeutsch enikel, ist die Verkleinerungsform von Ahn, bedeutet ›der kleine im Kind wiedergeborene Ahn‹. ›Sinn‹ kommt keineswegs vom lateinischen ›sensus‹, sondern vom althochdeutschen ›sinnan‹ = reisen, gehen, es steht in Verbindung mit ›Gesinde‹, der Reisebegleitung.
Aber auch über unser Volk hinaus in abendländische Zusammenhänge weist die Wortgeschichte. ›Kompagnon‹ - ›Kumpan‹ - ›Kumpel‹ haben gleichen Ursprung: das lateinische ›cum‹ und ›panis‹, sie bedeuten demnach alle ›Brotgenosse‹. In gleicher Weise geht ›Kamerad‹ auf ›camera‹ = ›Kammer‹ zurück, bedeutet also ›Kammergenosse‹. Der ›Bursche‹ ist einer, der mit anderen aus der gleichen ›Börse‹ = ›bursa‹ wirtschaftet.
Ein Stück Kulturgeschichte steckt auch in manchen Münzbezeichnungen. Der Taler, unter Maria Theresia eine Art Weltwährung, hat seinen Namen von Joachimsthal im Erzgebirge und lebt im Dollar weiter; der Heller wurde erstmals 1208 in Schwäbisch Hall geprägt und hat sich in den Nachfolgestaaten der Donaumonarchie im ungarischen ›Fillér‹ und tschechischen ›haléř‹ erhalten.
Bemerkenswert ist die ursprüngliche deutsche Benennung für die slawischen Völker. Sie lautet im Althochdeutschen ›winida‹, neuhochdeutsch ›Wenden‹ (heute noch für die Sorben) und die ›Windische Mark‹ vom illyrischen ›vaeneti‹ = ›Befreundete‹ herkommend. Das Wort ›Slawe‹/›Sklave‹ im Sinne von ›unfrei Dienender‹ kommt aus dem Griechischen über lateinisch ›slavus‹ zu uns.
Das Wissen um die Herkunft unserer Wörter schenkt uns bereichernde Einsichten. Die altvertrauten Begriffe werden manchmal geheimnisvoll

Runenstein mit germanischem Tierornament · Aus Jelling in Dänemark

dunkel und verzaubern, oft erhellen sie bisher nichtgeahnte Zusammenhänge. Es ist, als ob man ein gegliedertes Bauwerk durchschritte, dessen Teile aus verschiedenen Jahrhunderten stammen und doch harmonieren, immer neue Durchblicke freigebend, bis wir überraschend in die offene Landschaft der Ursprünglichkeit treten; manchmal aber auch in einen dunklen Stollen, dessen Anfang wir niemals erreichen werden.

Garten und offene Landschaft

»Den Unterschied zwischen der deutschen und der französischen Sprache empfinde ich in der Art, als ob ich mich in der französischen auf den wohlgepflegten Wegen eines schönen Parks erginge, in der deutschen aber mich in einem herrlichen Wald herumtriebe.«
So sieht der große Weise Albert Schweitzer die Wesensarten der beiden von ihm gleich hervorragend gemeisterten Sprachen. Er fährt in seinem Lebensbericht[54] fort:
»Aus den Mundarten, mit denen die deutsche Schriftsprache Fühlung behalten hat, fließt ihr ständig neues Leben zu. Die französische hat diese Bodenständigkeit verloren. Sie wurzelt in ihrer Literatur. Dadurch ist sie im günstigsten wie im ungünstigsten Sinne etwas Fertiges geworden, während die deutsche in demselben Sinne etwas Unfertiges bleibt.
Wohl spreche ich von Kindheit auf Französisch gleicherweise wie Deutsch. Französisch empfinde ich aber nicht als Muttersprache, obwohl ich mich seit jeher für meine an meine Eltern gerichteten Briefe ausschließlich des Französischen bediente, weil dies so Brauch in der Familie war. Deutsch ist mir die Muttersprache, weil der elsässische Dialekt, in dem ich wurzle, deutsch ist.
Vom Französischen her gewohnt, auf die rhythmische Gestaltung des Satzes bedacht zu sein und Einfachheit des Ausdrucks zu erstreben, ist mir dies auch im Deutschen zum Bedürfnis geworden. Über der Arbeit an dem französischen Buch [über Bachs Orgelkunst] kam ich zur Klarheit über die meiner Natur entsprechende Schreibweise.«
Ein höheres Lob für die Eigenschaften des Deutschen, in dem es Freiheit und Spielraum und wenig Regelwerk gibt, ist kaum denkbar.
Das Französische hatte sich vom keltischen wie vom germanischen Ur-

sprung gelöst und hatte immer nur lateinisches Sprachgut eingeschmolzen. Sein Wortschatz blieb enger begrenzt, da ihm unsere Ableitungen nicht in gleichem Maße möglich sind. Auch der Verteidiger der Fremdwörter in unserer Sprache, Rechtmann, weiß diesen unvergleichlichen Vorzug des Deutschen zu schätzen (den es verlieren würde mit dem wahllosen Aufnehmen von Fremdwörtern):

»Die deutsche ist ... eine *ursprüngliche* Sprache, die zu allen Zeiten aus den Quellen ihrer eigenen, lückenlos vererbten Vergangenheit neue Lebenskräfte schöpfen konnte, während das Französische eine abgeleitete Sprache ist, der die Wurzelsäfte, die aus dem eigenen Ursprung fließen, ein für allemal abgeschnitten sind[50].«

Wilhelm Hausenstein, der Botschafter in Paris war und ausgezeichnet Französisch sprach, zitiert in seinen ›Letzten Aufzeichnungen[55]‹ Goethes Bemerkungen zur französischen Sprache aus dessen Straßburger Zeit:

»Sosehr man nun, wenn es einem Ernst ist, wenn man Selbstverleugnung genug hat, sich für einen Schüler zu geben, hierbei gewinnt und gefördert wird, so fühlt man sich doch immer einigermaßen gedemütigt, und, da man doch auch um der *Sache* willen redet, oft allzusehr unterbrochen, ja abgelenkt, und man läßt ungeduldig das Gespräch fallen. Dies begegnete besonders mir vor andern, indem ich immer etwas Interessantes zu sagen glaubte, dagegen aber auch etwas Bedeutendes vernehmen, *und nicht immer bloß auf den Ausdruck zurückgewiesen sein wollte;* ein Fall, der bei mir öfter eintrat, weil mein Französisch viel buntscheckiger war als das irgendeines andern Fremden.«

Hausenstein fährt dann mit eigenen Worten fort:

»Ich habe in meinen Grenzen ähnliche Erfahrungen gemacht, als ich meine Goethe-Conférence (aus Cannes) einem französischen Literaturhistoriker vom hiesigen Institut Français mit der Bitte gab, sie (wiewohl post festum) auf das Sprachliche hin zu revidieren. Er fand etliche Stellen ›pas assez coulant‹ und einige Ausdrücke vergriffen, unfranzösisch. Sicher des öfteren mit gutem Grunde, - aber ich habe das Gefühl, daß er meinen Text in ebensovielen Fällen trivialisiert hat - auf Kosten des Persönlichen, das in der französischen Sprachkonvention offenbar eben nur einen sehr begrenzten Spielraum hat.«

Unsere Sprache ist nicht ohne Schrullen, die dem lernenden Ausländer

Schwierigkeiten bereiten. So ist zum Beispiel im Deutschen im landläufigen Gebrauch ein ›älterer‹ Herr jünger als ein ›alter‹ Herr, eine ›jüngere‹ Frau älter als eine ›junge‹ Frau.

So wächst der junge Deutsche in eine ungemein vielfältige, reichgegliederte Sprachlandschaft hinein, braucht seine persönlichen Empfindungen, Vorstellungen und Gedanken weniger als jeder andere in karge Sprachformen zu pressen. Wohl ist es mühevoller, sich ein gutes Deutsch anzueignen, doch vergilt unsere Sprache diese Anstrengung mit Formenvielfalt. So kommt es, daß insbesondere in den romanischen Ländern die Volkssprache im Durchschnitt besser, die Hochsprache hingegen weniger farbenreich ist als in Deutschland.

Innerhalb einer Sprachgemeinschaft sprechen noch nicht einmal zwei Menschen die gleiche Sprache. Landschaft, Stand, Bildung, vornehmlich aber die Sonderart eines Einzelmenschen gestalten die Sprache und geben ihr Farbe. Auch die Texte der Schriftsteller unterscheiden sich in mannigfacher Weise. Conrad Ferdinand Meyer läßt seine Personen neunmal häufiger selbst - in direkter Rede - sprechen als Jeremias Gotthelf; Gotthelfs Sätze bestehen im Durchschnitt aus sechs Wörtern, Mörikes aus $8^2/_3$ Wörtern; Viktor von Scheffel schreibt doppelt so häufig in der Gegenwartform wie Gottfried Keller; Scheffel verwendet viermal, Mörike fünfmal so häufig die Zukunft-Form (Futur I) im Vergleich zu Keller; Gotthelf die Befehlsform fünfzigmal, Mörike vierzigmal, Meyer fünfunddreißigmal so häufig wie Keller (nach Walter Scheidt [56]).

Die Sprache finden wir vor, wir sind durch ihr Gefüge und ihre Bilder beeinflußt. Doch der geprägten Persönlichkeit ist es anheimgegeben, durch Auswahl aus dem vorgefundenen Erbe, im Schaffen neuer Bilder ihr Wesen auszudrücken. Die deutsche Sprache ist dazu, wie wir feststellen konnten und wie es uns urteilsfähige Männer bestätigt haben, mehr als die meisten anderen befähigt, denn sie ist am wenigsten zur Formelhaftigkeit erstarrt. Vielleicht ist das einer der Gründe dafür, daß es bei uns vergleichsweise viele eigenwillige Menschen (allerdings auch viele Sonderlinge) gibt. Die Ausländer äußern sich gewöhnlich formelhafter, die Amerikaner geradezu in festgelegter Weise. (Dem Verfasser ist es auf einer Reise durch die Vereinigten Staaten wiederholt geschehen, daß Amerikaner schon nach kurzem Gespräch bemerkten: »Sie sind so köstlich europäisch!« Offenbar widerspricht unser Verhalten den landesüblichen Erwartungen - sogar noch durch die unvollkommene Verständigung mit mangelhaftem Schulenglisch hindurch empfunden.)

Wohin weist die Entwicklung?

Hier soll noch nicht vom Sprachverderb in der Gegenwart die Rede sein, sondern lediglich die Frage nach der vorherrschenden Kraft im Sprachwandel von heute gestellt werden.

Die Entwicklung geht zweifellos in die Richtung einer noch stärkeren Verdinglichung und Verkürzung. Wir sagen heute: »Der Freigebige wird bewundert.« In früherer Zeit hätte man den gleichen Gedanken vielleicht so ausgedrückt: »Wer vom eigenen Besitz gern den Mitmenschen gibt, wird bewundert.« Damit wird zugleich verkürzt (der ›Freigebige‹ als Kurzform für den besitzenden Menschen, der freiwillig anderen abgibt), substantiviert (ein Hauptwort für eine vielgliedrige Aussage) und der Eindruck eines zeitlichen Ablaufs vermindert, nahezu aufgehoben. Auf solche Weise verliert unsere Sprache an innerem Leben und an Spannung, das anschauliche Handeln wird auf eine fast abstrakte Formel verkürzt; das Verharrende, Zeitlose wird gegenüber dem Fließenden betont.

Die Möglichkeit, Dingwörter, Tätigkeitswörter und Eigenschaftswörter voneinander wechselweise abzuleiten, läßt erahnen, wie ungeheuer ausbaufähig unser Wortschatz ist.

Das Dingwort (Hauptwort, Substantiv) kann eine Sache an sich bezeichnen (›der Ball‹), kann von der Tätigkeit herkommen (›der Gehende‹, ›die Nachsicht‹, ›das Gemeinte‹). Auf solche Weise hat sich in den letzten Jahren eine Gruppe neuer Wörter eingebürgert: die Leuchte, die Liege, die Durchreiche, der Treff - für die es indes schon Vorbilder gab: die Anrichte, die Absteige ... Das Hauptwort kann aber auch eine Eigenschaft als Ursprung haben (›die Schönheit‹, ›das Bunte‹, ›die Wärme‹).

Das Tätigkeitswort (Verb) wiederum kann vom Dingwort abgeleitet sein (›auftürmen‹), wie vom Eigenschaftswort (die Sonne ›rötet‹ sich).

Das Eigenschaftswort (Adjektiv) seinerseits kann vom Dingwort kommen (›eisig‹, ›stählern‹, ›sinnig‹), aber auch im Tätigkeitswort seine Herkunft haben (›läufig‹, ›trächtig‹) - So entstehen Wortfamilien, zu denen Wörter aller Arten gehören: Weg, Bewegung, beweglich, sich bewegen ... alles, das All, allmählich, verallgemeinern ...

Wie wir schon feststellen mußten, wird solche Geschmeidigkeit mit einer Einbuße an Anschaulichkeit bezahlt. Hinzu tritt die Überflutung durch eine allmächtige Sachwelt, unter der die Sprache zu ersticken droht. Ganze Sprachschichten - die reichsten - treten in den Hintergrund, das Lebendige, das Gemüthafte und Geheimnisvolle wird vom Mechanistischen und Verstandesmäßigen zurückgedrängt. Unsere Sprachgestalt verarmt am bloßen Beschreiben, Feststellen und Zergliedern.

»Vor 600 Jahren hat jeder gemeine Bauer Vollkommenheiten und Feinheiten der deutschen Sprache gewußt, das heißt täglich ausgeübt, von denen sich die besten heutigen Sprachlehrer nichts mehr träumen lassen ...« (Jacob Grimm[42])

Wenn etwas nicht klingen will - es ist nicht deutsch! sage ich, und stets bietet sich Besseres.
Klopstock an seinen jüngeren Freund Voß

Was sich überhaupt sagen läßt, läßt sich klar sagen; und wovon man nicht reden kann, darüber muß man schweigen.
Ludwig Wittgenstein

DIE ROLLE DES FREMDWORTES

An unserer Sprache arbeiten zwei gegensätzliche Kräfte. Die eine wirkt auf Bereicherung, Unterscheidung und Tönung hin. Für das Fremdwort Nuance zum Beispiel besitzen wir eine Vielzahl treffender, anschaulicher und für den jeweiligen Gebrauchsfall genauerer Bezeichnungen: Abstufung, Tönung, Unterton, Färbung, Farbton, Spur, Hauch, Anflug, Schimmer, Stich, Übergang, Abweichung, Abart und viele andere.

Eine entgegengesetzte Kraft arbeitet an der Verflachung und Vergröberung unserer Ausdrucksmittel. Sie bringt Schwammworte hervor, die nebelhaft wirken und rasch zu hohlen Worthülsen werden: Interesse, Idee, Problem ...

Warum gerade das Fremdwort solcher Aushöhlung und Abnutzung besonders ausgesetzt ist, läßt sich leicht erklären. Das Fremdwort ist in einer anderen Sprachwelt entstanden, es kommt nicht aus dem Erleben der Menschen seines Gastlandes und läßt sich leichter mit verschiedenen Bedeutungen verknüpfen; es stört die Gemeinschaft der Sprechenden und Verstehenden.

Das Wesen der Muttersprache besteht ja nicht nur darin, daß wir an ihr einen Wortschatz besitzen, sondern daß wir auch ein mehr oder minder unbewußtes Empfinden für die wuchshaften Verflechtungen ihres Gefüges haben, daß wir - zum Teil ahnend, zum Teil wissend - ihre Zusammenhänge durchschauen. Selbst der seiner Sprache nicht bewußt Begegnende entnimmt jedem ihrer Begriffe zahlreiche Neben- und Überbedeutungen, wohingegen das Fremdwort meist nur eine vordergründige Bedeutung hat.

Das weiß selbst der Mann, der sich am eifrigsten (und widersprüchlichsten) für das Heimatrecht des Fremdwortes im Deutschen eingesetzt hat. Heinrich J. Rechtmann[50] schreibt über Fremdwörter wie ›objektiv‹, ›Problem‹, ›Idee‹:

»Nur philologisches Wissen, nicht der durchschnittliche Sprachusus reicht zurück bis zu ihrer ursprünglichen, anschaulichen Bedeutung.«

»Freilich ist dagegen beim Fremdwort auch die abstrakte Bedeutung, die bei den einheimischen Worten immer noch aus der anschaulichen Bedeutung her und durch ihre Vermittlung vom einzelnen Sprechenden zu rekonstruieren sein wird, schwerer zu gewinnen.«

Der Gebrauch unnützer Fremdwörter ist - wenn wir von der Oberflächlichkeit und dem mangelnden Formgefühl absehen - immer auch ein Zeichen von Hochmut und dem Wunsch, sich abzusondern.

»Seien wir doch ... stolz, daß unsere Sprache in diesem Maße eigenwüchsig ist und so viel eigenes Wortgut besitzt, daß Fremdworte überhaupt als fremde Worte auffallen können. Unsere westlichen Nachbarn haben das scheinbare Fehlen von Fremdworten in ihrer jetzigen Sprache teuer genug erkaufen müssen, damit nämlich, daß die ihrem Volkstum ursprünglich angestammte Sprache ... fast spurlos untergegangen ist in dem Kauderwelsch der Siegerrassen.« (Rechtmann[50])

Wie recht hat Rechtmann! Aber wie gespalten ist zugleich seine Beweisführung: »Der Kampf gegen das fremde Wortgut ist im Grunde nur ein Ausschnitt aus einer umfassenden geistigen Bewegung der Selbstgenügsamkeit ... die ich den *völkischen Purismus* nenne.« Mit einem so dummen Schlagwort kann man die Leistungen aller sprachbewußten und für Reinheit ihrer Muttersprache seit Karl dem Großen wirkenden Männer nicht abtun. Wo wäre ohne sie die Eigenwüchsigkeit des Deutschen, die Rechtmann anderenorts zu rühmen weiß! Nicht nur, daß Rechtmann das von ihm angeprangerte Wortgut des Dritten Reiches selbst verwendet (etwa ›Zielsetzung‹ auf Seite 11), er hat auch seine Schrift zur Unzeit verfaßt. In einer Zeit, da uns das »Kauderwelsch der Siegerrassen« (Rechtmann) überflutet, bedarf es der Besinnung und Gegenwehr, nicht des bequemen Treibenlassens in der Strömung.

Einhard berichtet im 29. Abschnitt des Lebensberichtes, daß Karl die lateinischen Bezeichnungen der Windrichtungen (Auster, Eurus, Notus, Zephyrus) und der Monatsnamen (Januarius, Februarius ...) durch fränkische Begriffe ersetzt habe. Während sich die mit den germanischen Himmelsrichtungen gebildeten Windnamen (Nordwind, Westwind ...) durchgesetzt haben, bürgerten sich leider die anschaulichen eigenstämmigen Monatsnamen nie recht ein.

An einigen Fällen müssen wir erkennen, daß das Englische germanische Formen besser bewahrt hat als das Deutsche. Während wir uns mit dem nichtssagenden ›Fenster‹, vom etruskisch-lateinischen ›fenestra‹ herkommend, begnügen müssen, haben die Briten das altnordische ›vindauga‹ = ›Windauge‹ zum ›window‹ weiterentwickelt (noch erhalten im ›Bullauge‹ [›bull's eye‹] für Kajütenfenster). Daneben gab es noch das schöne gotische ›augadauro‹, althochdeutsch ›augatora‹ = ›Augentor‹.

Während wir unser Wort ›schreiben‹ vom lateinischen ›scribere‹ (althochdeutsch ›scriban‹) entlehnt haben, besitzen die Engländer noch die bedeutungsvolle Form ›write‹, unser ›ritzen‹, isländisch ›rit‹, immer im Sinne von ›Runen ritzen‹. Dürer sagt ›reißen‹ für zeichnen, und wir verwenden noch Reißfeder und Reißschiene.

Eine erste Schicht der Lehnworte im Deutschen für die Bereiche des Hauses, des Gartens und der Gewerbe dringt schon seit der Zeit der Merowinger aus dem Griechischen und Lateinischen ein: ›Pfeil‹ (lat. ›pilum‹) verdrängt das heimische ›Strahl‹, ›Anker‹ (aus dem Griechischen über lateinisch ›uncus‹ = gekrümmter Haken), ›Estrich‹ (lat. ›astracum‹), ›Kelter‹ (lat. ›calcatorium‹), ›Müller‹ (lat. ›molinarius‹), ›Zöllner‹ (lat. ›tolonarius‹), ›kaufen‹ (lat. ›caupo‹ = Schankwirt, Höker), ähnlich ›Kammer‹, ›Keller‹, ›Mauer‹ und andere.

»Mit der Bekehrung stürmte auf unsere altdeutschen Vorfahren eine fremdartige Geisteswelt ein, die auch sprachlich bewältigt sein wollte; rein deutsche Wörter wie Gott, Heiland und (heiliger) Geist; Glaube, Gnade, Liebe, Sünde, Taufe; Trost, Demut und Gebet; Himmel und Hölle; Ostern und Weihnachten; Karfreitag und Fronleichnam; Erlösung, Auferstehung und Himmelfahrt beweisen, daß die deutsche Sprache schon damals fähig war, das Tiefste und das Höchste menschlicher Vorstellungen, auch das Heiligste, das Göttliche, mit ureigenen Mitteln auszudrücken. Sinngemäß gilt das für alle Lebensbereiche. Die humanistischen Gelehrten, denen wir im Grunde den Fremdwortwulst in aller Wissenschaft auch heute noch zu danken haben, waren dem Wahn verfallen, das Wort Gottes könne nur in die hebräische, griechische oder lateinische Sprache gefaßt sein; Luther belehrte sie mit einer fast fremdwortfreien deutschen Bibel eines Besseren; die neue Verdeutschung der Schrift durch Martin Buber stellt einen kaum überbietbaren Gipfel der Sprachreinheit dar.« (Heinrich Heeger[57])

Es ist vielleicht kein Zufall, daß sich die über die Missionare eingeschleppten Fremdwörter mehr mit dem Kirchenbetrieb als mit dem Religiös-Geistigen befassen: Kleriker, Patriarch, Litanei, Bischof, orthodox, Hostie, Monstranz ...

Im 12. und 13. Jahrhundert, in der höfischen Zeit, und dann wieder im 18. Jahrhundert, während des Rokoko, war die deutsche Sprache mit französischen Wörtern ›gestreifelt‹ worden. Vieles davon wurde inzwischen als ›altmodisch‹ wieder ausgeschieden, groß ist das Erbe nur im Wehrwesen: Militär, Parade, Leutnant, Attaché, Grenadier, Portepee .., der Feld-mar-schalk indessen ist urgermanisch.

Selbst das Morgenland hat Begriffe geliefert, naheliegenderweise vorzüglich solche der Blumenwelt: Rose, Jasmin, Paradies (= Garten), aber auch für Nahrungsmittel und Kleidung: Orange, Limonade, Spinat, Zucker, Kandis, Magazin, Schal, Sandale, Tapete, Tasse ...

Wie verschlungen oft der Weg eines Wortes sein kann, dafür ist die ›Hängematte‹ ein schönes Beispiel. Kolumbus lernte auf Haiti die aufgehängten Schlafstätten der Eingeborenen kennen und brachte die westindische Bezeichnung ›hamaca‹ mit. Im Niederländischen wurde ›hangmak‹, später ›hangmat‹ daraus. Im Neuhochdeutschen tritt erstmals 1627 ›Hengmatten‹ auf - die stufenweise Anpassung eines unverständlichen fremden Ausdrucks an unsere Vorstellungen.

Das deutsche Wort ist sozusagen das leibliche Kind unseres Eigenwesens. Das Lehnwort ist ein angenommenes Kind, und das Fremdwort ist ein Gast, den wir achten werden, aber niemals wie das uns Zugehörende lieben können.

In schwerer Zeit, während des Dreißigjährigen Krieges, erwachte das Gefühl für den Wert einer reinen Sprache erneut. Wallenstein berichtete über das Treffen bei Nürnberg an den Kaiser noch so: »Das *Combat* hat von frühe angefangen und den ganzen Tag *caldissime* gewährt, alle Soldaten Eurer kaiserlichen Armee haben sich tapfer gehalten, als ich's in einiger *occasion* mein lebenlang gesehen, und niemand hat ein *fallo in valor* gezeigt. Der König [Gustav Adolf] hat sein Volk über die Maßen *diskuragiert;* Eurer Majestät Armee aber, indem sie gesehen, wie der König *repussiert* wurde, ist mehr denn zuvor *assekuriert* worden.« Indes die von mancher Seite damals - wie heute - bespöttelte bewußte Förderung des Eigenständigen hatte großen Erfolg. Schon 1638 singt Simon Dach ein Loblied auf den sprachpflegenden Dichter Martin Opitz:

Ja, Herr Opitz, eurer Kunst
Mag es Deutschland einig danken,
Daß der fremden Sprachen Gunst
Merklich schon beginnt zu wanken
Und man nunmehr insgeheim
Lieber deutsch begehrt zu sein.

Auch andere waren an der einfühlsamen Veredelung unserer Sprache beteiligt, darunter der von uns schon mehrfach erwähnte Schottel, desgleichen Harsdörfer und Zesen. Sie hinterließen uns Begriffe wie Wortspiel, Hauch, Unstern, Grundriß, Oberfläche, Vermittlung. Besonders undankbar zeigten sich manche Zeitgenossen Joachim Heinrich Campe[58] (1746 bis 1818) gegenüber. Sogar Goethe spottet:

Sinnreich bist du, die Sprache von fremden Wörtern zu säubern;
Nun, so sage doch, Freund, wie man Pedant uns verdeutscht.

Letztlich verdanken wir Campe doch an die 300 volkstümlich gewordene Wörter, darunter Freistaat (für ›Republik‹), Einzelwesen (›Individuum‹), gefallsüchtig (›kokett‹), Kerbtier (›Insekt‹), Lehrgang (›Kursus‹), Minderheit (›Minorität‹), Stelldichein (›Rendezvous‹), Tageblatt (›Journal‹), Zartgefühl (›Delikatesse‹), ferner Altersgenosse, anspruchsvoll, Ausflug, Bedarf, beteiligen, sich eignen, Einfachheit ... Es kamen noch viele geglückte Neubildungen hinzu: Rundreise (für ›Tournee‹), Festland (›Kontinent‹), Helldunkel (›clairobscur‹), Fallbeil (›Guillotine‹), Einzahl (›Singular‹), Mehrzahl (›Plural‹), Haupt- oder Dingwort (›Substantiv‹), Schriftsteller (›Autor‹), Schriftleitung (›Redaktion‹), empfindsam (›sentimental‹), Sternwarte (›Observatorium‹), ferner: Durchmesser, Geistesgegenwart, Volkstum und noch viele andere.

Große Verdienste um ein verständliches Deutsch hat sich der Generalpostmeister des Deutschen Reiches und Gründer des Weltpostvereins Heinrich von Stephan (1831 bis 1897) erworben. Als einer der fortschrittlichsten Männer seiner Zeit hat er 700 entbehrliche und mißverständliche Fremdwörter ausgemerzt und durch einleuchtende, wie postlagernd, Einschreibebrief, Eilzustellung, ersetzt. Er gab damit auch den Eisenbahnfachleuten und dem Kriegsministerium ein gutes Beispiel.

Lessing hatte uns unter anderem das Wort ›bieder‹ beschert, Wieland ›Elfe‹ und ›Königtum‹, die Shakespeareübersetzer die Wörter ›Heim‹, ›Halle‹, ›Harm‹. Eine Reihe germanischer und altdeutscher Begriffe hat Richard Wagner in seinen Werken wiederbelebt: Walküre, Hort, Minne, Brünne, Walhall, Tarnkappe, danach ›Tarnung‹ seit dem Ersten Weltkrieg statt ›Camouflage‹.

Zweifellos ist ›Auslese‹ klarer als ›Elite‹, eine ›verborgene‹, ›lauernde‹, ›unerkannte‹ oder ›unbewußte‹ Gefahr verständlicher als eine ›latente‹, ›Meinungsbefragung‹ treffender als ›Demoskopie‹ weil ja gar nicht das ganze Volk befragt wird und darum der Begriff, wie jüngste Erfahrungen bestätigt haben, anmaßend ist).

Auch ein so angefeindeter Begriff wie ›entartet‹ hat sehr unverdächtige Eltern. Der Stamm ›art‹ hat in den indogermanischen Sprachen die Bedeutung von ›Fügung‹, ›Bau‹, ›passend‹, ›recht‹, ›Herkunft‹, ›Abstammung‹ und hängt mit lateinisch ›ars - artis‹ = Kunst zusammen. ›artig‹ = ›ertec‹ im Mittelhochdeutschen bedeutet ›von angestammter, guter Beschaffenheit‹, und wir sagen heute noch ›er schlägt aus der Art‹. Den Begriff ›entartet‹ hat der jüdische Arzt und Schriftsteller Max Nordau (= Südfeld) mit seinem Werk ›Entartung‹ (2. Auflage Berlin 1893) volkstümlich gemacht, und der Jude Eduard Engel empfiehlt ihn anstelle von ›dekadent‹.

Was die Halbbildung unserer Tage an Wortungeheuern gebiert, soll an dieser Stelle nur angedeutet werden. Politiker, Werbeleute, Fachleute und Jugendlichkeit Vortäuschende überbieten einander im modisch eingefärbten Sprachverderb.

Die Wirtschaftler schießen derzeit den Vogel ab: Sie ›disqualifizieren‹ den Laien mit ›Rezession‹, ›Inflation‹, ›Restriktion‹, ›bilateral‹, ›multilateral‹, ›Expansion‹, ›Eskalation‹, ›Interdependenz‹, ›Nonproliferation‹ (besonders gräßlich, für Nichtlieferung, Nichtweitergabe).

Ein besonders schlechtes Beispiel gab der ehemalige Bundeswirtschaftsminister Karl Schiller. Statt sich schlichter und eingängiger Sprachbilder, etwa ›Abstimmung‹, ›Gleichklang‹, ›Absprache‹, zu bedienen, ›schmückte‹ er seine Reden mit eitlen Wendungen, wie ›konzertierte Aktion‹, ›Harmonisierungs-Novelle‹, wohl in der seltsamen Erwartung, daß seine Sprache damit mehr Musik bekäme. Auf eine kritische Anfrage eines Oppositions-Abgeordneten gestand er ein, daß er die erstgenannte Phrase dem Sprachgebrauch eines Sachverständigenrates entnommen habe, der sie seinerseits dem Englischen und Französischen entlehnt habe (concerted action - action concertée). So pflanzen sich schlechte Sprachsitten heute fort. Doch, davon später mehr.

Ein Fall für sich ist die Sprache der Werbeleute. Bemüht, ihrer Arbeit den Anhauch von Wissenschaftlichkeit und Weltläufigkeit zu geben, reden und schreiben sie fast alle in einem unerträglichen Kauderwelsch: kreativ, public relations, top-manager, Kontakter, mail order, motivation, good-will-Kampagne; beinahe in sämtlichen Fällen handelt es sich um altbekannte Begriffe in neuer Verpackung. Denn seit je gab es Schöpferische und Einfallslose, wurden menschliche Beziehungen geknüpft, wurde mit Briefen geworben. Wer angibt, hat's nötig. Es ist ein geringer Trost, daß es diese Unart nicht nur im westlichen Teil Deutschlands gibt. Auf die mitteldeutschen Sünden kommen wir in einem anderen Zusammenhang zu sprechen. Auch eine Schweizer Zeitung klagt[59]:

»Ein geistigeres und innigeres Element als die Sprache hat ein Volk nicht. Will also ein Volk nicht verlieren, will es seine Art mit allen Eigentümlichkeiten bewahren, so hat es über nichts so sehr zu wachen, als daß ihm seine Sprache nicht verdorben werde. Was aber tut unsere Landesbehörde? Sie scheut keine Kosten für die militärische Landesverteidigung und läßt dagegen Tür und Tor offen für die sprachlich apokalyptischen Reiter und somit zur Vernichtung unserer Eigenart, also gerade dessen, was sie mit einer milliardenteuren Rüstung zu schützen vorgibt, ja, sie reitet sogar an der Spitze jener Scharen. Es gibt keinen besseren Heimatschutz als den Kampf gegen den Sprachzerfall. Ein Volk, das seine Sprache verlernt, gibt sein Stimmrecht in der Menschheit auf.«

Jean Paul kommt zur Einsicht

Jean Paul Friedrich Richter (1763 bis 1825) hatte während der ›Franzosenzeit‹ »die von beiden Taufpaten zusammengeschlossenen Namen ins Französische übertragen und dadurch zu einem ganzen Namen erhoben« (laut Eduard Engel[60]).

Seine frühen Arbeiten sind voller Fremdwörter, und so spottet er, dem Brauch der Zeit folgend, im »Quintus Fixlein« auch über die Sprachreiniger: »Endlich hatte der Bestallungs-Macher die Unart Campes an sich, daß er alles verdeutschen wollte, was man nach der Verdeutschung nicht mehr verstand, als wenn ein Wort sich um eine bessere Naturalisationsakte zu bewerben hätte ...«

An anderer Stelle rechtfertigt er sein Tun mit der Lebenskraft des Deutschen: »Die deutsche Sprache wird durch die größte Gastfreiheit gegen Fremdlinge niemals verarmen und einkriechen. Denn stets zeugt sie aus ihren immer frischen Stammbäumen hundertmal mehr Kinder und Enkel und Urenkel, als sie fremde Geburten an Kindes Statt annimmt; so daß nach Jahrhunderten die aus unseren forttreibenden Wurzelwörtern aufgegangene Waldung die nur als Flugsame aufgekeimten Fremdwörter ersticken und verschatten muß.«

Entgegen diesem Grundsatz hat schon der ganz junge Jean Paul eine große Zahl deutscher Neubildungen übernommen, darunter mehrere von Campe: beugen (für ›flektieren‹), Bittsteller (von Campe für ›Supplikant‹), Bücherei (für ›Bibliothek‹), Eintagsfliege, Gegenstand, Gemeinplatz, Laufbahn, Menschlichkeit, Rechtschreibung, Staatsbürger, Umwälzung, Tatsache, Weltall, Zeitwort, Zerrbild ...[61]

Richter selbst hat eine ganze Reihe geglückter neuer Wörter hervorgebracht; vervollkommnen (für ›perfektionieren‹), vom Siebzehnjährigen geformt; weinerlich (für ›larmoyant‹), und andere.

Die Begeisterung während der Freiheitskriege ließ Jean Paul des Wertes seiner Muttersprache bewußt werden. Er säuberte seine Bücher von entbehrlichen Fremdwörtern und schrieb bekennerhaft[36]:

»Zuerst habe ich mich häufig ins Deutsche übersetzt, aus dem Griechischen, Lateinischen, Französischen und Italienischen; und zwar überall dort, wo es der Sprachreiniger mit der gehörigen Achtung für die Sache selber verlangte.

Einmal müssen wir Schreiber alle uns der Wörter-Alien-Bill [Wörter-

Fremdengesetz] oder Fremdenvertreibung von Campe, Kolbe und anderen bequemen, und selbst unser geliebter Goethe wird, sosehr er auch ›emergiert und eminiert‹, am Ende in irgendeiner künftigen Auflage zum Beispiel eben beide Wörter, die er in der letzten auf einer Zeile zum Worte kommen läßt, zum Buche hinauswerfen müssen.
Ist es nicht Zeit, den fremden, lange genug in Deutschland gewesenen Völkern endlich auch ihre noch länger dagebliebenen Echo oder Wörter nachzuschicken?«
Ist dieser bekehrte Jean Paul Friedrich Richter nicht von allerhöchster Zeitnähe - auch für uns?
Die Vermeidung des unnützen Fremdwortes ist ein Zeichen fortgeschrittenen Geschmacks. Auch Wieland, Goethe, Schiller, Stifter und Löns haben in Neuauflagen ihrer Werke viele Fremdwörter selber durch deutsche ersetzt.

Das Fremdwort bleibt ein Zitat

Nur Böswillige können unser Bemühen um Wohlgestalt der Sprache - sie ist der Bewahrung ihrer Eigenart gleichzusetzen - als nationalistische Engstirnigkeit mißdeuten. Sprachpflege in unserem Sinne ist nicht beckmesserhafte Verurteilung jedes fremdstämmigen Wortes, sondern ein Bewußtsein der Verantwortung, das die treffende muttersprachliche Bezeichnung gegenüber dem eitlen oder gedankenlosen Fremdwort bevorzugt.
Eine Beobachtung wird uns die Wahl erleichtern. Fast in allen Fällen, in denen wir ursprünglich ein deutsches und ein fremdes Wort von annähernd gleicher Bedeutung zur Verfügung hatten, entwickelte sich der deutsche Begriff zum Höherwertigen, der fremde oft sogar zum ausgesprochen Gemeinen hin. Ein anmutiges Mädchen ist mehr als ein nur charmantes, wer nobel auftritt, ist deshalb noch lange nicht edel; heute, da alle Welt ein Auto besitzt, spricht der Selbstbewußte von seinem Wagen. Man vergleiche in dieser Hinsicht auch: Leichnam - Kadaver, treulos - perfid, Vergnügen - Amüsement, Gesicht, Antlitz - Visage . . .
Bemerkenswert ist außerdem das Entstehen von ›Steigerungsformen‹ bei einigen Begriffen fremder Herkunft im Bereich des Parteienwesens. Aus ›liberal‹ wurde ›liberalistisch‹, aus ›national‹ ›nationali-

stisch‹, aus ›sozial‹ ›sozialistisch‹ abgeleitet. In diesen erweiterten Begriffen ist ein Unterton des Übertreibenden, Verhärteten nicht zu überhören. Ähnlich liegt der Fall bei ›intelligent‹ - ›intellektuell‹. Wenngleich wir nicht verkennen, daß beide Begriffe über verschiedene Zwischenformen entstanden, so wird auch hier der Gegensatz offenbar zwischen etwas Bejahenswertem (Intelligenz als Klugheit, näher dem ›gesunden Menschenverstand‹) und etwas schon mehr abfällig Gemeintem (der Intellektuelle als ein ausschließlich Verstandesbezogener, »ein Mensch, der seinem Verstande nicht gewachsen ist« - so der ›Große Brockhaus‹ 1954).

Das auffällig Altmodische in manchen Dichtungen vergangener Zeit wird nicht zuletzt durch die darin enthaltenen Fremdwörter bestimmt. Sie sind weit mehr als die muttersprachlichen Begriffe der Abnutzung und Vergänglichkeit unterworfen. Bei Goethe heißt es: »Er will noch Dank, daß er mich *ennuyiert*« für langweilt, belästigt; an anderer Stelle: »Wen Helena *paralysiert,* der kommt so leicht nicht zu Verstande.« Uns ist das häßliche Wort nur noch über das medizinische Fachwort ›Paralyse‹ zugänglich, wird so als ›lähmt‹ erschlossen.

Wenn von einem ›honetten‹ Mädchen die Rede ist - im Sinne von anständig, rechtschaffen, redlich -, dann gehört der Text wahrscheinlich ins 19. Jahrhundert; wenn wir lesen, daß ein Minister seine ›Demission‹ erklärt hat, also zurückgetreten ist, abgedankt hat, dann liegt das ebenfalls länger zurück, denn Politiker, die versagt oder sich lächerlich gemacht haben, sind heute nicht mehr so empfindlich; wenn sich in einem Frauenroman die Heldin ›ondulieren‹ (Haarwellen legen) läßt, dann dürfte die Erzählung um 1925 spielen; der Begriff ›Mythos‹ weist auf die Zeit um 1935, das Modewort ›Fan‹ auf die Zeit um 1960; Höhepunkt der ›Konjunktur‹ an ›Frustration‹ und ›Eskalation‹ war das Jahr 1969; heute kann man sich mit diesen Schablonen kaum noch hören lassen - dafür haben wir neu im Augenblick ›Nostalgie‹ für Sehnsucht, Heimweh. So liegen in der verwüsteten Sprachlandschaft abgelegte ›alte Hüte‹ herum.

Wie veraltet wirken auch manche Begriffe, die sich in der Schweiz länger als im übrigen deutschsprachigen Raum erhalten haben: ›Veloziped‹ oder ›Velo‹ für Fahrrad, ›Journal‹ für Zeitung, ›Patisserie‹ für Feingebäck, ›Billett‹ für Fahrkarte und anderes.

Wie das unnütze Fremdwort Eitelkeit verrät, so das falschangewandte die Halbbildung. Eine ganze Gruppe von Witzen zieht ihre Wirkung aus Fehlgriffen im Bereich des nicht Vertrauten. Denn da das Fremdwort ein Zitat aus einer anderen Sprache ist, gerät im Grunde jeder in Gefahr, der diese andere Sprache nicht beherrscht.

Wer nichts von der Mehrzahlbildung im Italienischen weiß, wird mit Fremdwörtern wie ›Porto‹ (Postgeld), ›Kollo‹ (Frachtstück, Ballen), ›Tempo‹ (Taktmaß, Geschwindigkeit, Gangart), ›Motto‹ (Wahlspruch, Leitwort, Losung) falsch umgehen; denn die Mehrzahl lautet nicht - wie man es so oft hört -: ›Tempos‹, ›Mottos‹.., sondern ›Porti‹, ›Kolli‹, ›Tempi‹, ›Motti‹...

Wie wenig schön solche fremden Einsprengsel in einer Sprache sind, das empfinden wir so recht, wenn wir deutschen Wörtern in verballhornter Form in anderen Sprachen begegnen. Besonders die Slawen haben deutsche Begriffe ihren Sprachen einverleibt und ihrer Sprechweise angeglichen: Im Russischen beispielsweise wurde ›Halstuch‹ zu ›galstuk‹, ›Stemmeisen‹ zu ›stemeska‹. Im Tschechischen wurde ›Knopf‹ zu ›knoflik‹, ›Schnur‹ zu ›šnura‹ und so weiter.

In einigen Fällen kamen gute alte deutsche Wörter auf dem Umweg über die Fremde wieder in ihr Herkunftsland zurück, etwa im Falle ›chic‹ = gefällig, nett, anmutig). Seit dem 14. Jahrhundert ist das Wort ›schick‹ im Niederdeutschen bezeugt im Sinne von ›das, was sich schickt‹. Die Franzosen entlehnten es aus dem Deutschen, und um 1870 kam der Begriff in der verfremdeten Form zu uns zurück.

Sowenig uns die verunstalteten deutschen Wörter in anderen Sprachen gefallen, so häßlich finden Ausländer ihre Begriffe in der unseren. Wir könnten Seiten füllen mit abfälligen Stellungnahmen. Hier sollen nur drei stark gekürzte stehen:

»*Disengagement* ist im Munde der deutschen Bundesregierung ein scheußliches Wort... Die Wortführer der deutschen Regierung haben sich im Handumdrehen die Wendung *no comment* zu eigen gemacht, die Politiker reden vom *level* der Außenminister und von einem *working luncheon*, ihre Frauen aber von einer *cocktail party*... Verleger kündigen *paperbacks* an, *fiction* und *nonfiction*. Den Filmschauspielerinnen sagt man *sex appeal* nach, die Kundinnen verlangen *twin sets* und *stretchbare* Strümpfe. *Gangster-Boß* ist nicht minder willkommen wie *cowboy*... In Deutschland scheint der Glaube daran verlorengegangen zu sein, daß Deutsch eine der großen Weltsprachen ist. Auch die deutsche *Sprache* scheint im Jahre 1945 eine Niederlage erlitten zu haben.

Doch ist es durchaus möglich, daß die Entwicklung eines Tages wieder eine andere Richtung nimmt. Vielleicht wird eine gewisse Sorte der minderwertigen Eindringlinge sogar den unterwürfigsten Fremdwortknecht bekehren. Deutsch kann trotz allem, was geschehen, eine sehr schöne Sprache sein ... Einstweilen aber sorgt die deutsche Bundesregierung getreulich dafür, daß die großen Reden ihrer Minister ins Deutsche erst übersetzt werden müssen, und der Ansturm der fremden Wörter hält auf allen Lebensgebieten an. So bleibt nur die Hoffnung, daß sich das Sprichwort vom guten Ende erfüllen möge.« (The Times, London[62])

»Als ... die englische Königin Elizabeth II. bei ihrem Staatsbesuch in Deutschland im Schloß Brühl bei Bonn festlich empfangen wurde, kam ihr Gemahl, Prinz Philipp, auch ins Gespräch mit Vertretern des deutschen Rundfunks und Fernsehens. Mit vollem Recht fragte er bei dieser Gelegenheit: *›Haben Sie ein deutsches Wort für Live-Sendung?‹* Etwas verlegen nannten die Herren die Wörter Direktsendung und Originalübertragung. Ob sie jedoch nicht gemerkt hatten, wie peinlich die ganze Angelegenheit empfunden werden konnte? Nannten sie doch wiederum kein deutsches Wort, sondern zwei fremdsprachige Ausdrücke, die man allerdings deutsch aussprechen kann, was bei dem Wort ›live‹ nicht empfehlenswert sein dürfte.« (Der Sprachdienst[63])

»Deutschland ist ein Land, in dem der Gebrauch von Fremdwörtern das Sozialprestige hebt.« (Der brasilianische Schriftsteller Ferdinand Pereira[64])

Wer hofft, sich mit Fremdwörtern im Ausland besser verständigen zu können, wird oft enttäuscht werden. Wenn er in Frankreich einen ›Friseur‹ sucht, wird er weder mit der Frage noch mit dem Suchen nach einem Firmenschild solchen Wortlautes Glück haben; denn der Haarkünstler heißt dort ›coiffeur‹. Wer ein ›Kuvert‹ verlangt, wird ins Gasthaus geschickt werden, weil ›couvert‹ Gedeck bedeutet, ein Briefumschlag hingegen ›enveloppe‹ heißt. ›Plumeau‹ ist in Frankreich ein Staubwedel, bei uns ein Federbett. ›Plaid‹ bedeutet im Englischen nicht etwa Reisedecke, sondern bezeichnet die Manteltracht der Schotten. ›The spleen‹ bezeichnet im Englischen außer ›Laune‹ auch ›Ärger‹ und - die Milz. ›Control‹ bedeutet im Englischen meist ›Herrschaft‹.

Der selbstsichere und der geschmackvolle Zeitgenosse wird - wo immer nur möglich - dem muttersprachlichen Wort den Vorzug geben, der ungemischten Sprache wie dem unverfälschten Wein. Der vielseitige Leibniz hat uns in seiner Schrift zur Gründung der Berliner Akademie der Wissenschaften auch dazu ein gutes Wort gesagt:

»Wir Deutschen hätten einen sonderbaren Probierstein, der anderen unbekannt; und wenn sie dann begierig gewesen, etwas davon zu wissen, so habe ich ihnen bedeutet, daß es unsere Sprache selbst sei; denn was sich darin ohne entlehnte und ungebräuchliche Worte vernehmlich sagen lasse, das sei wirklich etwas Rechtschaffenes; aber leere Worte, da nichts dahinter, und gleichsam nur ein leichter Schaum müßiger Gedanken, nehme die reine deutsche Sprache nicht an.«

Das Fremdwort ist buchstäblich ›heruntergekommen‹. Hatten sich die Humanisten noch mit ihrem Latein (einschließlich ihrer latinisierten Familiennamen) als Gebildete ausweisen können, hatte einst die ›Hautevolee‹ sich durch Beimischen französischer Vokabeln interessant gemacht, neulich ›highlife‹ und ›sportsmen‹ sich ›fashionable‹ gefühlt, so sind es heute Hinz und Kunz, die mit Modebrocken wie ›Service‹, ›Manager‹, ›Nonstop‹, ›Bestseller‹, ›Call-girl‹, ›Blazer‹, ›Frustration‹, ›Know how‹, ›Establishment‹, ›Comics‹, ›Hearing‹, ›Avantgarde‹, ›Bowling‹, ›Eros Center‹, ›totalitär‹ um sich werfen.

Ein Mensch von Geschmack wird statt ›Service‹ Dienst, Bedienung, Dienstleistung oder Bereitschaft verwenden, wird das Wort ›Toilette‹ aufteilen in Festgewand, Kleidung, Ankleide-, Putz- oder Spiegeltisch, Waschraum und - Toilette.

Ist es nicht schöner, wenn das bei uns unbekümmert-gleichgültig klingende ›Baby‹ ersetzt wird durch Kind, Kindchen, Säugling, Liebling, Liebchen? Was hat das Wort ›Integration‹ dem deutschen ›Einigung‹, ›Eingliederung‹, ›Zusammenschluß‹ denn voraus? Seine Farblosigkeit. Kaum zu übertreffen in ihrer schwammigen Eigenschaft ist etwa ›die Idee‹: Eingebung, Einfall, Gedankenwelt, Grundgedanke, Vorstellung ... Im Deutschen hat es aber noch sehr wunderliche Nebenbedeutungen erhalten; Aufforderung eines Lichtbildners: »Bitte, eine Idee nach links!« (Preisfrage: Wie breit ist eine Idee?) »Der Mensch hat keine blasse Idee« (= keinen blassen Schimmer, keine Ahnung); »keine Idee!« (= nicht im mindesten, überhaupt nicht!); die ›fixe Idee‹ (= Wahnvorstellung) und vielleicht noch manche Sonderbarkeit.

»An dieser Stelle müssen auch noch die sogenannten Modewörter erwähnt werden, das sind Wörter, die eine vorübergehende, aber heftige Beliebtheit dem Umstand verdanken, daß sie, im einzelnen vielleicht ganz zufällig, in tonangebenden Kreisen in Umlauf gekommen sind. Wer *diskriminieren* statt [*herabsetzen* und] *benachteiligen, diffamieren* statt *beschimpfen* oder *verleumden* sagt und das, was seit über hundert Jahren *reaktionär* geheißen hatte, auf einmal *restaurativ* nennt, will einerseits zeigen, daß er auch ›dazugehört‹, und andererseits schon durch die Wahl seiner Wörter den Verdacht vermeiden, er könnte eine eigene Meinung haben.« (Walter Porzig[1])

Und so werden Sie erleben, daß Wert und Würde unserer Ahnherren rein und schön aus der eigenen Sprache hervortreten; denn es ist wahr, was Gott im Koran sagt: Wir haben keinem Volk einen Propheten geschickt als in seiner Sprache. *Goethe im Brief an einen Studenten*

Gleichwohl wäre es ewig Schade und Schande, wenn unsere Haupt- und Helden-Sprache dergestalt durch unsere Fahrlässigkeit zugrunde gehen sollte, so fast nichts Gutes schwanen machen dürfte, weil die Annehmung einer fremden Sprache gemeiniglich den Verlust der Freiheit und ein fremdes Joch mit sich geführet. *Leibniz*[21]

Es gibt gar keine Worte, die bloß Worte wären. Sondern jedes Wort ist von vornherein ein - höchst individuelles - U r t e i l. Die Sprache ist eine ungeheure fortwährende Aufforderung zur Höherentwicklung. Mit jedem Wort wachsen wir. Alles Schwätzen hat zur Grundlage die Unwissenheit um Sinn und Wert des einzelnen Wortes.
Christian Morgenstern[65]

DAS DEUTSCH VON HEUTE ALS SPIEGEL DER TORHEITEN

Wie das Sprechen des einzelnen Menschen Rückschlüsse auf seine Persönlichkeit zuläßt (aber auch nicht mehr, denn jeder von uns ist Erbe der sprachlichen Tradition, und sein Spielraum bleibt begrenzt), so gibt uns die kritische Betrachtung der sprachlichen Gewohnheiten von heute die Möglichkeit, Unarten unseres Zeitalters zu erkennen, zu deuten und ihnen entgegenzuwirken.

Die Bereitschaft zu solcher Selbstprüfung ist nicht groß. Auch die Sprachwissenschaftler belassen es meist bei allgemeinen und schulmäßigen Betrachtungen und scheuen die Anwendung auf die Lebenswirklichkeit. Wesentliche Ursache für solche Haltung - die Gelehrten anderer Epochen befremdlich erschienen wäre - ist die Abneigung des verweichlichten Wohlstandsmenschen gegen alles Unlust und Zweifel Erregende, vielleicht gar Widerstand Auslösende, das ihn in seiner problemlosen Behaglichkeit stören könnte. Konrad Lorenz hat es erst kürzlich mit wohltuender Deutlichkeit ausgesprochen[66].

Im Gegensatz zu wirklichkeitsblinden Ideologen haben Wissenschaftler verschiedener Fachrichtungen die Ursachen unseres unleugbaren geistigen und seelischen Abstiegs erkannt. Der Wiener Neurologe Walter Birkmayer[67] etwa schreibt über die heute übliche Vernachlässigung der Naturgesetze:

»... in der menschlichen Sozietät ist dieser instinktgebundene Zusammenschluß zu Gruppen der Familie, des Staates, der Nation und so weiter vollzogen. Dieser Zusammenschluß zu Gruppen ist zweckmäßig und sinnvoll. Unser rationaler Verstand hat aber aus ökonomischen Motiven diverse Instinktregeln des *Zusammenlebens* überplant. Als eine solche Regel möchte ich die *individuelle Distanz* nennen. Das heißt, alle Lebewesen, die nicht nur neben-, sondern miteinander leben, halten eine biologisch optimale Distanz ein. Das gilt für die Forelle im Gebirgswasser wie für den Steinadler im Gebirge. Die Zusammenballung vieler Menschen auf dem engen Raum einer modernen Großstadt läßt aber diese Forderung der individuellen Distanz außer acht. Die Wohndichte, aber auch die Dichte am Arbeitsplatz ist ein entscheidender Faktor der *biologischen Dekompensation* des Großstädters. Durch die Unsumme der affektiven Reibungsflächen, durch den Überfluß *permanenter Informationen* entsteht eine Überlastung, die mit dem logischen Verstand nicht neutralisiert werden kann, sondern entweder zu aggressiven Emotionen oder zu inaktiven Resignationen führt. Die biologischen Dekompensationen in einer modernen Großstadt, die sich in Form der vegetativen Dystonie, neurotischer Anpassungsstörungen, aber auch in kriminellen Aggressionen äußern, sind durch rationale Verplanung entstanden, weil die Instinktregeln außer acht gelassen wurden ... Der moderne Großstadtmensch fühlt sich im anonymen Kollektiv der Gesellschaft geborgen, schafft aber gegen die Dauerberieselung der Umwelt eine Isolierschicht *affektiver Apathie.* Aus dieser Grundhaltung heraus zieht der typische Großstadtmensch das Bla Bla einer Cocktail-Party einem erfüllenden Gespräch im engen Kreis vor.«

Die lebendige Sprache ist eines der Opfer solcher vom Wesentlichen abgelenkten Menschen. Sie sinkt zum Werkzeug lebensnotwendiger Aussagen, oberflächlicher Reize und - der Manipulation ab. Es klingt wie ein Widerspruch und ist doch Tatsache: Das Geheimnisvolle und Vieldeutige schöpferischer Sprache führt uns näher zur Wahrheit als das Brüske der ideologischen Zwangsglaubenssätze und Schlagworte. Ein trüber Spiegel ist immer noch verläßlicher als ein falsches Signal.

Wir geben uns keiner Selbsttäuschung hin: Die Übel der Zeit werden durch die Verbesserung unserer Sprache allein nicht geheilt; doch wir können durch bewußte Sprachbetrachtung an der Überwindung auch der außersprachlichen Zeitsünden arbeiten. Und andererseits: Sobald wir Torheiten ablegen, wird das auch der Sprache zugutekommen.

Sprachdummheiten

Soviel Lob unsere reiche Muttersprache verdient, als deren Anwalt der sich seiner Unzulänglichkeit bewußte Verfasser aufzutreten wagt, so fordert doch die Wahrheit, auch dies zu bekennen: Wohl in keinem der großen europäischen Völker ist der Abstand zwischen gut und böse, Sprachkunst und Sprachverluderung so groß wie in dem unseren. Insbesondere bei den romanischen Völkern ist die Redeweise einfacher Menschen gepflegter als bei uns. Wir besitzen ein kostbares Instrument, allein nur wenige spielen es in würdiger Weise.
Es ist nicht jedem gegeben, gut zu sprechen und zu schreiben. Von der Verpflichtung, sich anständig und redlich auszudrücken, ist dagegen keiner frei. Angesichts der engen Zusammenhänge zwischen Charakter, Denken und Sprache werden wir gut daran tun, unseren Zeitgenossen ›aufs Maul zu schauen‹. Unaufrichtigkeit, Dummheit und Eitelkeit verraten sich oft genug in falschem Zungenschlag.
Unser Wortschatz wächst stetig, die Zahl und die Güte der benützten Wörter sinken.
»Ich glaube, wir haben heute hauptsächlich drei Quellen, aus denen die Veränderung, das heißt die Verunreinigung, der Mißbrauch, ja die Schändung der Sprache fließen. Eine ist die Presse, die uns in ihren Schlagzeilen mit Wortfetischen, Wortgespenstern überschüttet, die uns die Wirklichkeit verstellen und wegnehmen ...
Eine zweite Quelle der Verunreinigung der deutschen Sprache ist die ... Reklame, die mit den raffiniertesten Methoden der Massenpsychologie arbeitet. Sie erzielt heute, indem sie das Unbewußte im Menschen anspricht, auch noch indirekte Wirkungen ...
Und drittens: Die Verunreinigung der Sprache in den Wissenschaften, ganz besonders in den Geisteswissenschaften, wo sich in den einzelnen Disziplinen - ich denke, um uns hier zu nennen, an die Literaturwissenschaft und dann auch an die Kunstwissenschaft, aber auch an die

Theologie - ein Sprachsumpf entwickelt hat, in dem Gelehrte und ihre Schüler herumwaten ...
Die Sprache, besonders die deutsche Sprache, krankt heute an einer beispiellosen Hypertrophie [Wucherung]. Wir haben einen übersteigerten Verschleiß von Wörtern, von Sätzen, überhaupt von Sprache, der bei unvoreingenommener Analyse doch auf die Feststellung hinausläuft, daß uns die Sprache abhanden gekommen ist. Eine phantastische Abwertung der Sprache, die sie geeignet macht, zum Instrument der Gedankenlosigkeit, der Meinungssteuerung zu werden, für die wir so viele Beispiele bekommen haben.« (Walter Muschg[68])

Wie oft gerade jene, die sich für Sprachpflege zuständig erklären, schlechtes Deutsch verbreiten, mag ein Beispiel zeigen. In der Zeitschrift ›Muttersprache‹[69] war dieses Satzungeheuer zu lesen: »Der Schriftleiter, Herr Prof. Dr. Mackensen, stellte in wichtigen Ausführungen die Gesichtspunkte dar, die er zufolge seiner Beauftragung durch den Vorstand der Gestaltung der ›Muttersprache‹ zugrunde legt, und schilderte die Schwierigkeiten, die aus dem Mangel eines alten Mitarbeiterstammes und aus dem überaus knappen Raum für Veröffentlichungen herrühren, sowie die Spannungen, die sich aus dem neuartigen Versuch einer Zeitschrift ergeben, in der ein Mittelmaß zwischen echter Wissenschaft und breiter Allgemeinverständlichkeit gefunden werden muß.«

Gebessert haben sich die Sprachgewohnheiten im Geschäftsleben. Man will nicht rückständig erscheinen und schneidet manchen alten Zopf ab. Allerdings haben sich statt dessen neue Unarten breitgemacht. So gibt es Unternehmer, die ihren ›Service andienen‹, die ›werblich‹ Neues bringen wollen, die ›in etwa‹ schreiben und ›ungefähr‹ meinen, die ins Filmgeschäft ›einsteigen‹ und hoffen, daß ihre Masche ›ankommt‹; die vorzugsweise Floskeln einstreuen, die den Sprechenden oder Schreibenden jugendlich-forsch erscheinen lassen sollen: eine ›satte‹ Leistung, ein ›stolzer‹ Preis ...

So hat jede Zeit ihre kurzlebigen Modeworte. Dazu gehörte bis vor kurzem das ›Anliegen‹, möglichst das ›echte Anliegen‹. Diese Beteuerung sagt alles über die Ernsthaftigkeit des Redners. In gleicher Weise fügen Halbwüchsige ihrer Behauptung ein »ehrlich wahr!« an.

Wörter, die in seine Rede oder Schreibe einfließen lassen sollte, wer intellektuell zu erscheinen wünscht, sind unter anderem ›Verfrem-

dung‹, ›Problemstellung‹ und ›Selbstverständnis‹. Sie schmücken ungemein und haben den Vorzug, fast wahllos anwendbar zu sein.
Der Gesetzgeber und der Jurist müssen nach eindeutiger und versachlichter Aussage streben. Das läßt ihre Sprache dem Laien kalt und unpersönlich erscheinen und macht sie für ihn auch oft schwer verständlich. Zuweilen wird dieses Bemühen um Genauigkeit zur Albernheit. So, wenn es in einem österreichischen Bundesgesetz heißt: »Nadelholz mit Rinde ist Holz im Sinne des Absatzes 2, wenn es von Nadelhölzern stammt und noch mit Rinde ist.«
Manche Begriffe - etwa Besitz, Besitzer - bedeuten in der Sprache des Rechtskundigen etwas anderes (in diesem Falle weniger) als im allgemeinen Sprachgebrauch. Zur Verständigung mit dem Laien sollte sich der Richter oder Anwalt die Mühe machen, die Begriffe umschreibend zu erklären.
Sonderbare Blüten treiben zeitgemäße Bestrebungen, Rang- und Amtsbezeichnungen einzuebnen, sie durch umständliche Umschreibungen zu ersetzen. So hat das Land Hessen den ›Amtsgerichtsdirektor‹ abgeschafft und läßt ihn neuerdings so unterzeichnen: ›Richter als aufsichtsführender Richter eines Amtsgerichts‹. Der ›Senatspräsident‹ wurde zum ›Richter am Oberlandesgericht als ständiger Vorsitzender eines Senats‹. Man ist geneigt, die Verantwortlichen Schildbürger zu nennen, aber das wäre wohl zu kurz und zu deutlich; mögen sie sich diesen Titel selber in das Ministerialbürokratische übersetzen.
Schwülstiger *Langatmigkeit* ist stets das Schlichte und Unmittelbare vorzuziehen: ›bald‹ statt ›in Bälde‹, ›Ansicht‹ statt ›Dafürhalten‹, ›Lob‹ statt ›Belobigung‹, ›einnehmen‹ statt ›vereinnahmen‹, ›Verbraucher‹ statt ›Endverbraucher‹, ›zum Schlachten‹ statt ›für Schlachtzwecke‹, ›heizen‹ statt ›beheizen‹, ›von der Regierung‹ statt ›von Regierungsseite‹ und ähnliches.
Oft genügt ein Wort anstelle eines ganzen Satzteiles: ›mitteilen‹ statt ›zur Kenntnis bringen‹, ›vortragen‹ statt ›zu Gehör bringen‹, ›überlassen‹ statt ›zur Verfügung stellen‹, ›anrechnen‹ statt ›in Anrechnung bringen‹, ›schädigen‹ statt ›Schaden zufügen‹, ›einleiten‹ statt ›in die Wege leiten‹, ›vorsprechen‹ statt ›vorstellig werden‹, ›verzichten‹ statt ›von der Anschaffung absehen‹.
Eine lange Geschichte hat die *Abkürzung.* Die Römer kannten sie (SPQR = Senatus Populusque Romanus), ebenso das alte Österreich

(k. u. k.). Zu wuchern begann sie in der Sowjetunion (SSSR, GPU, NKWD), bei uns in Verwaltung und Wirtschaft (BGB, AEG, Hapag, DKW), im Dritten Reich (NSDAP, NSKK, NSV); heute nimmt die Abkürzungssucht überhand in den Vereinigten Staaten (NASA, USAF, SEATO), in Mittel- und Westdeutschland (HO, FDJ, VEB - CVJM, OB, AGROB). Was im Fachbuch erträglich sein mag, wirkt als mit Kürzeln gespickte Rede oder Schrift unschön.

In einer kurzen Zusammenfassung sei auf einige unerfreuliche Entwicklungen hingewiesen. Wenn wir sie erkennen, können wir sie zu vermeiden trachten.

Verzicht auf den Genitiv: ›Die Ära Adenauer‹ statt ›Die Ära Adenauers‹, ›bis Oberkante Kellergeschoß‹ statt ›bis zur Oberkante des Kellergeschosses‹.

Weglassen des Artikels, neuerdings nicht nur in Schlagzeilen: ›Gemeinderat beschließt Umlage‹ statt ›Der Gemeinderat beschließt eine Umlage‹. ›Bedenklich wird Absinken der Temperatur nahe Gefrierpunkt‹ statt ›Bedenklich wird das Absinken der Temperatur nahe dem Gefrierpunkt‹.

Starre Wortformen in Anführungszeichen: »Mitteilungen des ›Deutscher Werkbund‹« statt »Mitteilungen des ›Deutschen Werkbundes‹«, »ehemaliger Schriftleiter des ›Westfalen-Blatt‹« statt »... ›Westfalen-Blattes‹« oder »... am ›Westfalen-Blatt‹«.

Zusammenziehungen wie ›ich anerkenne bereitwillig‹ statt ›ich erkenne bereitwillig an‹; dagegen ist richtig: ›Die Kunstformen widerspiegeln Völkereigenarten‹.

Verlust weiblicher Endungen: ›Frau Dr. Hilde Neumann, wissenschaftlicher Assistent‹ statt ›... wissenschaftliche Assistentin‹.

Das zusammengesetzte Hauptwort, ein Merkmal der deutschen Sprache, wird oft in einer verflachenden Weise gebildet: ›Italienreise‹ ist schwächer als ›Reise nach Italien‹ oder Goethes ›italienische Reise‹.

Überhandnehmende *Zusammensetzungen mit Eigenschaftswörtern:* Kleinkind, Buntmetall, Schönwetter.., und mit *Umstandswörtern:* Sofortmaßnahme, Vorausbescheid.

Die *Aneinanderkettung von Dingwörtern* ist eine für das Deutsch von heute bezeichnende Unsitte; Friedrich Luft bringt das Beispiel aus einer Ansprache: »Gerade in der Sinngebung letzter Menschlichkeit, in seiner immanenten Sorge um des Menschen Bildnis überhaupt, in dem echten Anliegen seiner künstlerischen Potenz und dazu in seiner seelischen Wachsamkeit für die Kräfte des Chthonischen einerseits und die Verpflichtungen der metaphysisch in unser Dasein hineinwachsenden Imponderabilien andererseits, bleibt uns dieser Verdichter des Sprachlichen Vorbild und letzte Verpflichtung.«

Doch nicht nur die Form wird allzuoft vernachlässigt, auch die Denkrichtigkeit und Schlüssigkeit wie auch die guten Sitten lassen häufig zu wünschen übrig. Dazu gehören unter anderem:

Verdopplungen: Rückerinnern, Rückantwort, gemeinsames Zusammenwirken, Eigenpersönlichkeit ...

Widersprüche: meistens immer, die größere Hälfte, so gut wie nie ...

Übertreibungen: bestmöglichst, weitestgehendst, optimalste Lösung, in keinster Weise, einmalig, unvorstellbar, unvergleichlich, vollinhaltlich, selten schön, voll und ganz, restlos, genau (für ›ja‹).

Unserer Betrachtung wert ist auch die Erscheinung des *Beschönigens,* der Häufung von Begriffen, die der *Verflachung* und der *Unentschiedenheit* Vorschub leisten. Aus dem Bordell wird ein Eroscenter, aus dem Verbrecher ein Straffälliger. Der Vater verblaßt zum Haushaltungsvorstand, der Arbeiter zum Arbeitnehmer und Werksangehörigen, der Soldat zum Wehrpflichtigen, der Lehrling zum Auszubildenden.

Zu denken sollte uns geben, wie oft heute namentlich Politiker - Willy Brandt vor allem - ihre Antworten mit der Formel einleiten: »Ich würde sagen ...«. Sind sie vom Ausgesagten selber so wenig überzeugt, daß sie nicht wagen, sich festzulegen?

Zuletzt noch zwei Beispiele für die Schnoddrigkeit im Umgang mit der Sprache. Die Forderung ›Trimm dich durch Sport‹ wendet einen seemännischen Begriff, der noch die Bedeutung ›einen Hund scheren‹ hat, in hemdsärmeliger Weise auf den Menschen an - ein Fall mehr, in dem der Mensch zur Sache gemacht wird. Und in einer Zeitschrift für den Umweltschutz[70] steht dieser witzig sein sollende Satz: »Auf längere Sicht hilft aber sicher nur eine Kreislaufwirtschaft, die nach dem ›ex‹ sich um ein sinnvolles ›hopp‹ der Rückstände bemüht.« Falls Sie nicht erraten, was gemeint ist, hier die Übersetzung: Um die Flut der nichtverrottenden Rückstände einzudämmen, wird man sich Gedanken machen müssen, wie Leergut wiederverwendet werden kann.

Viele ›intellektuelle‹ Zeitgenossen beklagen unentwegt das Mißverstehen im Gespräch zwischen Menschen verschiedener Herkunft. Sie selbst fördern indes diesen Mißstand, da sie keine Rücksicht darauf nehmen, ob ihre Sprachformeln ausreichend verstanden werden. Sie scheuen die Anstrengung, ihre Aussagen zu übersetzen.

Eine Untersuchung Walter Kadens, veröffentlicht im ›Sprachpfleger‹, Leipzig[71], ergab, daß weit weniger Fremdwörter verstanden werden, als man gemeinhin annimmt. Vielen ist es peinlich, ihre Unkenntnis einzugestehen, oder sie überlesen unbekannte Begriffe aus Oberflächlichkeit. Von 100 Befragten deuteten im Durchschnitt 41 ein Fremdwort aus der Zeitung richtig, 21 falsch, und 38 wußten keine Erklärung. Kaden rät den Zeitungsmachern, weithin unbekannte Fremdwörter zu vermeiden und dadurch eine noch ›stabilere‹ Brücke der Verständigung zum Leser zu schlagen.

Eben jene ›Progressiven‹, welche vorgeben, Klassen- und Bildungsunterschiede abbauen zu wollen, bedienen sich selber eines eitlen, ›elitär‹ sein wollenden Sprachgemenges. Der Intellektuelle mit revolutionärem Drang sondert sich durch seine Ausdrucksweise schärfstens von denjenigen ab, die er als Mittel zum Umsturz nutzt - von den törichten Halbwüchsigen und Unreifen, von den Unbefriedigten, Enttäuschten einerseits und den materiell Übersättigten andererseits.

Es liegt eine Bevorzugung durch das Schicksal darin, eine Muttersprache zu haben, die Volkssprache und Sprache höchster Geistigkeit zugleich ist. Allein die Gewißheit, daß jeder Angehörige einer solchen Sprachgemeinschaft die Möglichkeit hat - ob er sie nützt, ist eine andere Sache -, mit Hilfe seiner ›gebildeten‹ Sprache hohe Grade der Bewußtheit zu erreichen, bedeutet schon Freiheit, Chancengleichheit. Daß wir Deutschen dieses Glück nicht immer in gleichem Maße genießen konnten, lehrt ein Blick in die Geschichte. Solange Latein die Sprache der Wissenschaft und der Theologie war, ging eine folgenschwere Trennung durch das Volk. Leibniz hat schon die Überwindung des Gegensatzes durch das Aufsteigen des Deutschen in die höchsten Bezirke des Geistigen gerühmt - wozu er selbst bedeutsame Beiträge geleistet hat: »In Deutschland aber hat man annoch dem Latein und der Kunst zuviel, der Muttersprache und der Natur zuwe-

nig zugeschrieben, welches denn sowohl bei den Gelehrten als bei der Nation selbst eine schädliche Wirkung gehabt. Denn die Gelehrten, indem sie fast nur Gelehrten schreiben, sich oft zu sehr in unbrauchbaren Dingen aufhalten; bei der großen Nation aber ist geschehen, daß diejenigen, so kein Latein gelernt, von der Wissenschaft gleichsam ausgeschlossen worden ...« (›Ermahnung an die Deutschen‹)
Wir haben allen Grund, diese Mahnung zu beherzigen. Denn täglich wird unserer so bildsamen und gebrauchstüchtigen Sprache Unrecht angetan. Ein beträchtlicher Teil unserer Gelehrtenschaft gibt sich keine Mühe, das zu Sagende in einer verständlichen Sprache darzubieten. Hier treffen mehrere Unzulänglichkeiten zusammen: akademische Eitelkeit, mangelnde Sprachfähigkeit oder fehlender guter Wille, Flucht ins Nebelhafte.
In keinem Falle kann uns ein Computer die Aufgabe abnehmen, auch schwierige Zusammenhänge sprachlich zu fassen. »Künstliche ›Sprachen‹ liefern der Wissenschaft zweckmäßige Werkzeuge. Doch diese Werkzeuge sind spezifisch allein auf Teilbereiche anzuwenden. Sie können die natürliche Sprache in diesen Teilbezirken an Exaktheit übertreffen, aber sie nicht ganz ersetzen. Hilfskrücken bieten zwar dem Gehbehinderten Stützen, aber sie bewegen sich nicht von selbst.« (Hans Lenk[72])
Es gibt nicht nur dumme Fremdwörter, sondern auch dumme deutsche Fachwörter. Zum Beispiel den Begriff ›Absatzwirtschaft‹. Ihm fiel jener biedere Schuhmachermeister zum Opfer, der sich als Teilnehmer für ein ›Absatzwirtschafts-Seminar‹ gemeldet hatte mit der Begründung, er habe täglich mit Absätzen zu tun.
Die Versuchung, sich durch kühne Wortschöpfungen, gewagte neue Verwendungen und Zusammensetzungen als eigenwilliger Geist auszuweisen, ist für einen Gelehrten groß. Hans Driesch hatte in seiner ›Ordnungslehre‹ von 1912 dieser Leidenschaft gefrönt. Er wird in den Schatten gestellt von Martin Heidegger. Einige der von ihm geprägten Begriffe (etwa ›das Geworfensein‹) sind in die philosophische Fachsprache eingegangen. Die Häufung von gesuchten Wendungen und Wortspielen fördert keineswegs die Verständigung mit den Hörenden und Lesenden. Hier eine Probe aus einer Rede Heideggers über die Sprache aus den fünfziger Jahren:
»Das Ereignis ereignet in seinem Er-äugen des Menschenwesens die

Sterblichen dadurch, daß es sie dem vereignet, was sich dem Menschen in der Sage von überall her auf Verborgenes hin zusagt. Die Vereinigung des Menschen als des Hörenden in der Sage hat dadurch ihr Auszeichnendes, daß sie das Menschenwesen in sein Eigentum entläßt, aber nur, damit der Mensch als der Sprechende, das heißt Sagende, der Sage entgeht, und zwar aus dem ihm Eigenen.«

Nicht zuletzt haben die Soziologen unseren Wortschatz um manche gespreizte Eitelkeit vermehrt. Als Beispiel mag eine Probe von Helmut Schelsky[73] dienen: »Während die aktiven sozialen Kräfte in einer von kleingruppenhaft engen und starren Ordnungen gehaltenen und festgefügten Gesellschaft die auflockernden Prozesse der sozialen Mobilität und Horizonterweiterung unter den verschiedenen Bedürfnissen nach ›Freiheit‹ begrüßen und sie optimistisch als ›Fortschritt‹ werten konnten, setzen sich für die soziale Aktivität in einer hochdynamischen Sozialverfassung voller erzwungener sozialer Mobilitäten und radikaler Umbrüche natürlicherweise entgegengesetzte Bedürfnisse nach Stabilität, Sicherheit und Ordnung der sozialen Verhältnisse als vorwiegende Motive des sozialen Handelns wieder durch.«

Sicher ist, daß bevorzugt das fremde Wort dazu dient, Wissen und Vornehmheit vorzutäuschen. Wie einstmals das Latein, später französische Modeworte, so spielen heute die Begriffe der angelsächsischen Handelswelt und des amerikanischen Konsumdenkens bei uns die Rolle einer Sondersprache aller Modebeflissenen. Seit dem Ende des Zweiten Weltkrieges prägen diese Begriffe des Profitstrebens in Westdeutschland durch die Sprache auch den Geist. Der amerikanische ›way of life‹ als eine Art Ersatzreligion mit seinem bezeichnenden Wortschatz (job, manager, make-up, sex-appeal) hat alle ›Smarten‹ und ›Cleveren‹ auf den neuen ›Trend‹ einschwenken lassen. Das ebensowenig erfreuliche Gegenstück in die Produktionsvergötzung, die sich in der harten und militanten Sprache Mitteldeutschlands niederschlägt (Kollektiv, Plansoll, Agitprop, Aktivistenbrigade).

Eine Beobachtung läßt uns hoffen: Die ›schicken‹ Vokabeln kommen im Zeitalter des Massengeschwätzes schnell wieder aus der Mode. Wer heute noch die Schlagworte von 1970/71 - etwa ›Frustration‹, ›Eskalation‹, ›unreflektiert‹ - gebraucht, tut es mit spürbarer Verlegenheit, denn er ist sich wohl insgeheim bewußt, nicht mehr ganz ›in‹ zu sein.

Wie könnte es in unserer kommerzialisierten Welt und Zeit anders sein - auch die Begriffe sind Handelsware geworden, sozusagen geistiges ›Leasing‹. Insbesondere die Werbeleute, bemüht, ihren meist nicht neuen ›Gags‹ einen wissenschaftlichen Anstrich zu geben, haben sich einen Fachjargon zugelegt, der ein eigenes Kapitel fordert. In ihre Fußstapfen treten die Politiker, denn manche psychologischen Erfahrungen und daraus abgeleiteten Tricks kommen auch ihnen zustatten. Befremdend und lächerlich wirken sprachliche Verstiegenheiten im Zusammenhang mit Kunstfragen. Hier entlarvt sich hochgestochener Sprachschwulst am deutlichsten; etwa wenn Max Bense[74] schreibt: »Das Explikat muß sich in bezug auf einen Kontext ähnlich dem Explikandum verhalten. Wir sprechen von Kontextäquivalenz. Das Explikat soll fruchtbar sein, das heißt die Formulierung möglichst vieler Aussagen gestatten ... Kontexte können ... als maximale komplexe Komponenten eines texttopologischen Raumes ... aufgefaßt werden ... Sofern nur ein Kontext im Sinne eines Konnexes abgeschlossen ist, kann man auch in Analogie zu den gestuften topologischen Räumen ... von gestuften Kontexträumen sprechen. Der unterste aller Kontexträume ist ein Textraum, in dem alle Worte isolierbar, alle Teilmengen abgeschlossen und einwortig sind, der also nur in einwortige Konnexe zerlegbar ist; er ist der total diskrete Textraum ... Das Präzise eines Textes als Kategorie seiner semantischen Dimension bleibt als Kategorie der Kommunikation eine solche der menschlichen Sicherheit und Arbeit; aber das Preziöse eines Textes als Kategorie seiner ästhetischen Dimension bleibt als Kategorie der Realisation eine solche der Zerstreuung und des Spiels ...«
Es ist das scheinwissenschaftliche Gehabe eines Mannes, der die Wortmagie zu Hilfe nehmen muß, weil ihm das Einleuchtende nicht zur Verfügung steht. Im Grunde sind Benses poetische Ideen (um solche geht es nämlich im angeführten Beispiel) ebenso altmodisch wie seine Sprache. Schon 1904 spottete Rudolf Wilke über dozierende Professoren: »Erst durch die Zusammensetzung des tetrastylen Tempels A plus dem pyknostylen Tempel B erfand der hellenische Geist jene herrliche Spirale, welche wir mit rg bezeichnen.«
Die dunkle, geheimnisschwangere Sprache ist jedoch einer Scheinkunst angemessen, die der Mystifikation dringend bedarf. Je weniger ein modisches Bildwerk aussagt, desto dichter ist der sprachliche Weihrauch:

»die gemälde sind entstanden aus einem individuellen, subjektiven umgehen mit der farbe. dabei enthüllt sich eine sehr komplexe struktur von individueller malerei. beherrschend sind großflächige farbfelder, in denen das individuelle übereinandermalen von farben umschlägt in anonymität, nämlich in die wirkung einer amorphen, transparent-pastosen materialschicht von farben: man könnte sprechen von einer peinture, die bestimmt ist durch die konstitution der farbe als einer amorphen stofflichkeit durch einen individuellen akt[75].«

So abgeschmackt wie die besprochenen Machwerke ist die Art, wie über sie geschrieben wird. »Der Eat-Art-Dirigent und sein Orchester ... einige neue Objekte ... durch ein Konzept direkte Anregungen ... wird hier in origineller Weise praktiziert ... diese Impulse in Bewegung gesetzt ... geradezu ein Signum für diesen Prozeß spielerischer Inspiration ... scharf durchdacht und mit einem langen Text literarisch motiviert ... die Quintessenz - eine Mischung von vier Komponenten ... Aber aus der Quadratur der Essenzen [!] kann keiner ausbrechen ...[76]«

Gelegentlich ist die Grenze zwischen dummdreister Ernsthaftigkeit und Selbstverspottung nicht mehr erkennbar; so, wenn eine Zeitschrift für Kirchenkunst[77] berichtet: »Bleibt abzuwarten, ob alle mitspielen. Die Besucher, denen man die ›kognitiven, psychomotorischen und sozioemotionalen Voraussetzungen für eine angemessene Rezeption des Themas‹ schon beibringen wird; einer eventuell aufmüpfigen Neigung, ›allgemein gesellschaftliche‹ Lernziele zu verschlafen, wird man wohl zu begegnen wissen. Es bleibt aber auch abzuwarten, ob die, die man in adorneske Rubriken setzen will, mitspielen. Und es bleibt abzuwarten, ob wir alle, Kunstkonsumenten und -produzenten, in den Übrigen das ›Abbild‹ vom Thema, das ›abgebildete Thema‹ oder die ›Identität‹ der beiden vorfinden. Aber vielleicht hilft das gigantische kunsttheoretische Seminar im Medienverbund aller Realitätsebenen, genannt documenta 5, zu neuen Weltbildern, mit denen zu kämpfen lohnte - aber auch dies bleibt abzuwarten.« Hier hat sich der Kritisierende bereits den schlechten Bräuchen der Kritisierten angepaßt.

Im folgenden geht es um Musik, genauer gesagt um ein ›Psychodelic concert‹, dargeboten vom ›Ensemble Raditschnig‹ in der Salzburger Residenz[78]: »So entwickeln die jungen Leute Formen der ›mixed media‹, die nicht mehr an abgegrenzte Einzelsinne des Rezipienten appellieren, sondern seine gesamte Sensibilität steigern und aus ihrer Passivität befreien wollen ... Mit sehr simplen technischen Mitteln gelang eine erstaunlich große Variation der optischen Effekte, deren Abstimmung auf Musik ebenfalls gut gelang. Für die akustischen und optischen Arrangements war gleichermaßen das Nacheinander assoziativ verknüpfter, in sich relativ autonomer Sequenzen konstitutiv. Zum Hauptkriterium des Gelingens werden dabei die ›verdammten zum Sterben schönen‹ Überleitungen zwischen den Sequenzen. Dabei entsteht der schöne Schein psychodelischer Innerlichkeit, resultierend aus ungezügelter Aggressivität gegen den schönen Schein des etablierten Kulturbetriebes ...«

Wie im Künstlerischen widerstrebt auch im Religiösen ein okkultes Bla Bla dem Geiste des Besprochenen. Das modische Mäntelchen wird hier als fadenscheinig, das wissenschaftliche Gehabe im Theologendeutsch als Verschleierung der Schwächen erkannt: »Das ›Volk Gottes‹ ist als christologische Größe verstanden und seine Struktur vorentschieden durch die Hierarchie nachapostolischer Tradition. Nach Erfahrungen der ersten Nationalsynoden oder Pastoralkonzile wird die Aufgabe dringlich, eine ergänzende Durchstrukturierung des Volkes Gottes (auch Laien) aus den Evangelien zu reflektieren. Die Reformationskirchen haben das wegen defekter Hierarchien tun müssen. Je näher die Kirchen einander kommen, ... desto dringlicher wird das Problem einer Strukturierung des Volkes Gottes in Ergänzung zur Hierarchie mittelalterlicher Prägung[79].«

Jeder Lehrende ist zugleich ein Mitgestalter seiner Sprache. Nicht alle Erzieher empfinden diese Verpflichtung, die sie als Prägende haben. Selbst im besonneneren Österreich sagt ein Universitätsprofessor vor der Schulrechtskommission, die Schule müsse zum »innovativen Denken«, zur Fähigkeit, das Wissen auf seine »gesellschaftliche Relevanz zu reflektieren«, zur »Kreativität« als Ausdruck der »produktiven menschlichen Vernunft« erziehen[80].

Selbst Klagen über Verständigungsschwierigkeiten werden in einer mit unnötigen Fremdwörtern gespickten Sprache vorgebracht: »Mannigfaltige Sprachbarrieren erschweren das Verständnis eines nur verbal dargebotenen Sachverhaltes oft erheblich. Deshalb sollte sich der Sprechende in seiner Diktion dem vermuteten Sprachniveau der Adressaten anpassen. Das gelingt bei Gruppen im allgemeinen um so weniger, je heterogener sie zusammengesetzt sind. Dann empfiehlt sich ein mittleres Anspruchsniveau[81].«

Die Frage nach dem Wesen der deutschen Sprache, der auch wir hier nachgehen, hat ein Wortgewaltiger im ›Fischer-Lexikon‹ so beantwortet: »Das Deutsche ist eine präponierend-flektierende, stark inkorporierende (oder polysynthetische) Sprache mit einem konstanten wurzelflektierenden (›inneres Morphem‹) und einem sich erweiternden agglutinierenden Anteil (›Suffix-Infix-t-‹).« Jetzt wissen wir es.

Auch im volkstümlichen Bereich, etwa in dem einer Volkshochschule, gibt es heutzutage sprachliche Hochstapelei: »... ist das BIZ (Bildungs- und Informations-Zentrum) eine der progressivsten Einrichtungen ... Den Effekt Ihrer Anzeige schätzen wir optimal ein ... gehört zu den ganz jungen, dynamischen Städten, die Bevölkerungsstruktur ... von bisher nicht bekannten Dimensionen ... Die Struktur des Bildungsangebotes ...[82]«

Es scheint eines höheren geistigen Ranges zu bedürfen, um das Auszusagende für einen breiten Menschenkreis begreifbar zu machen. Der Einfluß schlechter Sprachgewohnheiten ist am wirksamsten im Fernsehen. Das Auge des ›Großen Bruders‹ im Sinne Orwells stiert heute in so gut wie jede Stube; die mit dem Bild gekoppelten Behauptungen seines Lautsprechers ›funktionieren‹ mehr oder minder jeden Zeitgenossen ›um‹. Zwar lernen viele Jugendliche vor dem Bildschirm eine Menge neuer Begriffe, aber leider nicht immer die notwendigsten. Einerseits haben die ›Manager‹ der ›Television‹ eine Reihe unschöner Wörter in Schwang gebracht: Moderator, moderieren, Live-Sendung, Quiz-Master, Show-Man, Hitparade und ähnliches. Andererseits tragen sie, weil ihnen das Sprachbewußtsein meist fehlt, zur Verbreitung entbehrlicher Fremdwörter bei; denn ob sich ›Verpflanzung‹ oder ›Transplantation‹ durchsetzt, ›Raumfahrer‹ statt ›Astronaut‹ oder ›Kosmonaut‹ gebraucht wird, hängt nicht zuletzt vom Fernsehsprecher ab, für viele Zeitgenossen so etwas wie ›His Master's Voice‹.

Ein progressiver Jargon ist heute Ausweis dafür, ›daß man dazugehört‹, ›in‹ ist. Mit Unsinn Tiefsinn vortäuschen, ›Quatsch in schöner Gestalt‹ (Friedrich Luft) bieten, Kalauer aus dem ›Spiegel‹ einflechten, das genügt, dem geistigen Mittelstand um Frau Dr. Lieschen Müller, der heute skeptizistisch-zynischen Schickeria zugerechnet zu werden.

Neuerdings kann Ehrgeizigen, welche die Spielregeln der Halbgebildeten noch nicht beherrschen, geholfen werden. Jahrelang schlug sich Philip Broughton, Beamter im Gesundheitsdienst der Vereinigten Staaten, durch das Sprachdickicht, bis er auf ein sicheres Verfahren stieß, ›Frustration‹ in Befriedigung (formuliermäßig) zu verwandeln. In ›Das Beste aus Readers Digest‹ veröffentlichte er sein ›automatisches Schnellformuliersystem‹, das sich auf dreißig sorgfältig ausgewählte Schlüsselworte stützt:

Spalte 1		Spalte 2		Spalte 3	
0	konzentrierte	0	Führungs-	0	-struktur
1	integrierte	1	Organisations-	1	-flexibilität
2	permanente	2	Identifikations-	2	-ebene
3	systematisierte	3	Drittgenerations-	3	-tendenz
4	progressive	4	Koalitions-	4	-programmierung
5	funktionelle	5	Fluktuations-	5	-konzeption
6	orientierte	6	Übergangs-	6	-phase
7	synchrone	7	Wachstums-	7	-potenz
8	qualifizierte	8	Aktions-	8	-problematik
9	ambivalente	9	Interpretations-	9	-kontingent

Die Anwendung ist einfach. Denken Sie sich eine beliebige dreistellige Zahl aus und ordnen Sie ihr die entsprechenden Wörter zu. Zum Beispiel: 523 ergibt ›funktionelle Identifikationstendenz‹. Wenn Sie diesen Begriff ins Gespräch einfließen lassen, wird Ihnen das eine entschiedene, von Fachwissen überstrahlte Autorität verleihen. Man wird vielleicht nicht wissen, wovon Sie reden, aber Sie werden dennoch mit diesem Wortschatz unschlagbar sein.

Viele haben das Heil von der Versachlichung und einer neuen Nüchternheit der Sprache erwartet. Die versachlichte und ernüchterte Sprache haben wir mittlerweile bekommen. Hat sich etwas gebessert im geistigen Raum? »Mit der Tiefe des Irrationalismus ist es vorbei. Heute spricht und schreibt man anders. Eine arrogante Hochschwätzerei ist in der Philosophie und in der gehobenen Publizistik im Begriffe, uns zu vergewaltigen. Sie ist nicht raunend, sondern schneidend. Sie gibt sich progressiv bis progressistisch ... Wir sprechen vom Jargon der modernen Philosophie, namentlich und ausdrücklich aber einer bestimmten, vom Jargon der Dialektik.« (Jean Améry[83])

Ein erfahrener Werbemann[84] erzählte nachstehende Geschichte: »Es war einmal ein Farmer, der beschloß, seine Farm zu verkaufen. Die Jahre voller Arbeit auf dieser Farm waren lang und anstrengend gewesen, und seine Frau hatte ihr halbes Leben mit der Unterhaltung der Farm verbracht. Er inserierte einige Wochen lang in der Ortszeitung, aber keiner schrieb darauf. Schließlich stornierte er seine Anzeige.

Da der Werbeleiter der Zeitung wußte, daß die Farm nicht verkauft worden war, besuchte er den Farmer in der Hoffnung, weitere Insertionen erhalten zu können. Der Farmer erklärte ihm höflich, daß er keinen Grund sehe, das Inserat weiter einzusetzen, weil niemand darauf geschrieben hatte. ›Vielleicht lassen Sie mich ein Inserat für Sie schreiben‹, sagte der Werbeleiter. ›Führen Sie mich über die Farm. Erzählen Sie mir davon bei unserem Rundgang.‹

Zwei Tage später kam der Werbeleiter wieder, um seinen Text vorzulesen. Der Farmer rief seine Frau dazu, damit sie ihn auch hören konnte, und der Werbeleiter begann. Er sprach von den Hügeln, die sich in der Ferne verloren, von gesunden, fetten Kühen, die geruhsam weideten; von einem Fluß, der die Wiesen durchfloß, den Boden feucht und grün hielt, und von der Sonne, die die Schatten der Bäume friedlich über das Land warf. Er sprach von dem sauberen weißen Farmerhaus und der liebenden Fürsorge, die die Frau ihm hatte zukommen lassen.

Als er mit Lesen aufhörte, saßen alle drei einen Moment schweigend da. Dann wandte sich die Frau des Farmers ihrem Mann mit Tränen in den Augen zu und sagte: ›John, wir können diese Farm nicht verkaufen. Sie ist genau das, was wir gesucht haben.‹«

Die Macht gefühlsbetonter, suggestiver Sprache könnte nicht besser bewiesen werden. Daß die Wirtschaftswerbung sich ihrer bedient, liegt nahe. So könnte der Spruch ›Milch von glücklichen Kühen‹ auf jene poetische Schilderung zurückgehen. Allein, diese Werbelyrik ist mittlerweile durch andere Tonarten ergänzt worden.

Lange galt der Beginn eines Werbetextes aus der Feder des Gründers der National-Registriercassen-Werke als vorbildlich: »Wollen Sie die Söhne Ihrer Freunde zu Dieben werden lassen?« Das war noch der puritanisch-erzieherische Tonfall des neunzehnten Jahrhunderts. Einleitungsfragen in Werbetexten verfangen indes auch heute noch; wer merkt nicht auf, wenn er liest: »Wollen Sie Ihre Haare verlieren?« Später kamen dann die Befehlsformen hinzu, die bei uns so klangen: »Man geht nicht ohne Hut!« - »Rauche - staune - gute Laune« - »Öfter mal was Neues« und letztlich »Wirb oder stirb!«

Rückblickend müssen wir feststellen: Es war eine harmlose Epoche. Denn, ob die Werber mit Flöten oder Pauken tönten, man konnte notfalls weghören oder sich widersetzen. Bei uns in Europa hat die Werbung bis in die fünfziger Jahre hinein fast ausschließlich nach Erfahrungsgrundsätzen gearbeitet. Sie hat den erhofften Käufer mehr oder minder sachbezogen angesprochen und zum Kauf zu bewegen versucht. Nach 1948 jedoch kamen aus den Vereinigten Staaten die ›geheimen Verführer‹, die sich auf die Einsichten der Psychologen und Verhaltensforscher stützen. Unser Un- und Unterbewußtes wurde erforscht, bislang verborgene Seelenregungen wurden in den Dienst der Reklame gestellt. Naheliegenderweise waren manche pseudowissenschaftliche Quacksalberei, viel überzogener Freudianismus dabei - insgesamt aber war die Wirkung durchaus im Sinne der Auftraggeber: Die Menschen im von der Überproduktion bestimmten Westen wurden gefügig gemacht, wurden ›konsumkonform manipuliert‹. Sie tanzten und kauften nach der Pfeife der Psychomagier und werden es aller Voraussicht nach in steigendem Maße weiter tun. Denn das einmal in Gang gesetzte Schwungrad darf nicht abgebremst werden; die Folge einer Verlangsamung, ja schon der ausbleibenden Beschleunigung wäre ein weltweiter Zusammenbruch der Wirtschaft.

Nur ein Beispiel für die Schlauheit der Werbeleute soll hier Platz finden. Da es auch heute noch die Mehrzahl der deutschen Hausfrauen unter ihrer Würde findet, Fertiggerichte einfach durch Übergießen mit heißem Wasser herzustellen, schreibt ihnen die Gebrauchsanweisung einige im Grunde entbehrliche Handgriffe vor: »Verfeinern Sie die Mahlzeit mit dem Gewürz X oder der Mayonnaise Y, garnieren Sie mit Z...«. Die Hausfrau, die solchen zusätzlichen Kaufanreizen nachgibt, wird mit dem Gefühl belohnt, selber gekocht zu haben.

Es ist kaum noch Widerstand möglich gegen die unterschwelligen Werbeanrufe, gegen die »werbliche Wirkung ... über den Gefühlsbereich mit Appellen an die Primitivperson[85]«. Diese kaum noch wahrgenommenen Werbeanrufe bewirken, daß wir tun, was wir nicht wollten, daß wir kaufen, was wir nicht brauchen. Selbst jene ›oppositionelle‹, ›kritische‹ und ›progressive‹ Gruppe von Jugendlichen, die sich gegen den ›Konsumzwang‹ auflehnt, unterliegt ihm. Sie kauft in ihren ›Boutiquen‹, ›Shops‹ und ›Bazars‹ ihre Uniformteile in ›popigen‹ Farben und Mustern, ihre Zotteljacken, Nietenhosen, Nickelbrillen, ihre ›Posters‹ und Umhängeklunker.

Da wir Orwells ›Großen Bruder‹ in Gestalt von Rundfunk- und Fernsehgeräten längst in jedem Hause haben, ist neben der geistigen und politischen Einebnung die Beeinflussung durch Reklame in vollem Gange. Was durch Anzeigen, Plakate und Prospekte vorbereitet wurde, wird durch Rundfunk- und Fernseh-›Spots‹ endgültig ins Bewußtsein des Volkes gehämmert. Erst durch das Zusammenspiel aller Werbemittel werden neue Bedürfnisse geweckt, wird das ›Prestige‹ einer Warenmarke ›aufgebaut‹, werden Kaufentscheidungen erzwungen. Ich entsinne mich, aus dem Munde eines meiner Kinder, das eben erst sprechen gelernt hatte, den Begriff ›Bioluzil‹, ein Phantasiewort aus der Waschmittelwerbung, gehört zu haben, ohne daß es damit eine Vorstellung verknüpft hätte. - Als Beweis höchster Wirksamkeit wird gewertet, wenn ein Werbespruch zur Redensart wird: ›Darauf einen Dujardin‹ oder ›Keine Feier ohne Meyer‹.

Aus der Vielzahl der Verfahren, mit denen Werbeleute Psychologie in die Praxis umsetzen, seien drei Beispiele gebracht.

Da ist zunächst der Appell an Hochstapler-Instinkte: ›Der Duft der großen weiten Welt‹ kostet den kleinen Mann nur einen Zigarettengroschen; ›Für harte Männer‹ zieht offenbar sogar in einer Zeit, da ›feminin‹ Trumpf ist; ›Mit Schirm ein Herr‹ - kann man mit weniger Aufwand zur Auslese gehören?

Ebenso wird der Herdentrieb in den Dienst der Reklame gestellt. Wie wäre es sonst möglich, daß Bücher nach fragwürdigen ›Bestsellerlisten‹ gekauft werden, der ›Film des Monats‹ herausgestellt (als ob jeden Monat ein bemerkenswerter Film gedreht würde) oder dem ›bestgekleideten Mann des Jahres‹ nachgeeifert wird? Auch hier sind wir die Erben geschmacklicher Unbedenklichkeit vieler Amerikaner. In einer Zeit, da Vorbilder verpönt sind, beschert uns die Werbung kurzlebige Idole als unzulänglichen Ersatz.

Die Beschimpfung jener, die sich dem Verbrauchszwang und dem

Werbediktat nicht unterwerfen wollen, gehört heute gleichfalls zur Reklame. Wer die Mode nicht mitmacht, wird zum ›Krawattenmuffel‹ gestempelt. Abwertung liegt außerdem mittelbar in Parteiparolen wie ›Wir schaffen das moderne Deutschland‹ oder ›Wir schneiden die Zöpfe ab‹; ob das ›Moderne‹ auch das Bessere ist, bleibt natürlich unerörtert, und ob an der Stelle der abgeschnittenen Zöpfe nicht neue wachsen, bleibt ungeprüft.

So spannen die Werbeleute ein Netz aus Begehren weckenden Begriffen und lobenden Eigenschaftswörtern, in dem sich die Zeitgenossen, nicht zuletzt die Frauen, verfangen. Eine amerikanische Werbezeitschrift hat die zwölf nach ihrer Meinung werbewirksamsten Wörter ermittelt: neu - leicht - Sie - Geld - Sicherheit - einsparen - Liebe - Entdeckung - Ergebnisse - bewiesen - Gesundheit - Garantie.

›Mit Eva fing die Werbung an‹ - das ist hübsch gesagt und nicht zu widerlegen. Die Frauen spielen in der Reklame eine Hauptrolle, als Werbende und Umworbene. Vorzugsweise den Frauen wird von der Werbung eine Welt ohne Probleme, ohne Leid und ohne Altern vorgegaukelt. Eitelkeit, Jugendheuchelei und der Wettbewerb mit den Geschlechtsgenossinnen sind die Triebfedern eines Bedarfes, von dem große Unternehmenszweige leben. Aus der von der Werbung geschaffenen Traumwelt wird alles ferngehalten, was die Trugbilder zerstören könnte. Runzeln werden vom ›Make-up‹ verdeckt, ein ›Desodorans‹ oder die ›Intimpflege‹ halten ›körperfrisch‹, aus der Perücke ist eine ›Zweitfrisur‹ geworden, und damit ist wieder ein negativer Begriff in einen positiven verwandelt worden. Bis eines Tages die Künste der Kosmetik versagen, der trügerische Schein nicht länger aufrechtzuerhalten ist - dann kommt der große Katzenjammer, wenn nicht gar ein Zusammenbruch. Die einst schöne Hülle erweist sich als leer, es wurde keine Ernte eingebracht, mit der sich sinnvoll weiterleben ließe.

Wir müssen vielen Werbeleuten auch vorhalten, daß sie einfältig und vielfach auch einfallslos auf der ›Sexwelle‹ mitgeschwommen sind. Oft haben sie dem Weiblichen fernliegende Warenangebote (›Die Beine Ihres Autos . . .‹ von Veith-Pirelli) mit dümmlicher Fleischbeschau verknüpft; der einen bestimmten Tabak rauchende oder Weinbrand trinkende Mann wird in Haremshalterpose abgebildet. Es muß als widersinnig gelten, daß die Frau in einer Zeit, da man von ihrer ›Emanzipation‹ schwätzt, zum Reizgegenstand kommerzialisiert und ernied-

rigt wird. Dem entsprechen jene Werbetexte, deren Witz in der Zweideutigkeit liegt: ›Bauknecht weiß, was Frauen wünschen‹.
Nicht nur die Werbeaussagen wirken auf unsere Gegenwartsprache ein; auch die *Fachsprache der Werbesparte* hat uns eine Unzahl meist entbehrlicher und unerfreulicher Neuwörter beschert. In gleichem Maße, wie die Reklamemacher sich den ›Appeal‹ der Wissenschaftlichkeit zu geben trachten, steigern sie ihre forsche Fremdwörterei:
»Hinzu kommen noch die speziellen Hürden für die Intensität werblicher Suggestionen: unterschiedliche Suggestibilität der Zielgruppen, Rivalität der Suggestoren. Distanz in der Massenwerbung zwischen Suggestor und Suggerundus (Initiator und Empfänger von Suggestionen). Kurze Expositionszeiten. Mangel an suggestiver Einleitung und Fraktionierung. Affektive Wirkungsüberlagerungen[86].« Wußten Sie, daß ein ›Apperzeptionsquotient‹ der Merkwert eines Begriffes, einer Warenmarke ist?
Das Stellenangebot eines Werbeunternehmens lautet heute so: »Wir suchen: Art-Direktoren, deren Erfahrung das Knowhow garantiert, deren Kreativität aber mehr ist als nur Erfahrung, durch neue visuelle Lösungen zu überraschen[87].«
Ob dieser Firma mit einfallsreichen oder gar schöpferischen Mitarbeitern geholfen wäre? Wahrscheinlich nicht, denn sie würde solche schlichte Ausdrucksweise als nicht standesgemäßes ›Understatement‹ empfinden. Andere Werbegesellschaften suchen einen ›Traffic Manager‹, einen ›Kontakter‹ und einen ›Copy Direktor‹. In dieser Zunft wird zwar einleuchtend Marktforschung getrieben, aber sie schickt nicht etwa Befrager aus, sondern ›Interviewer‹, sie treibt manchmal Verkäuferschulung, meist indes ›Sales Training‹, begnügt sich oft nicht mit Briefwerbung und Wurfsendungen, sondern setzt ›Mail Order‹ und ›Leaflets‹ ein, beschäftigt meist nicht Vorführdamen, sondern ›Mannequins‹ (aus dem Niederländischen und Französischen gemengt, stand früher für Gliederpuppe); man wirbt nicht um Vertrauen in der Öffentlichkeit, sondern pflegt ›Public Relations‹, nicht Ansehen, sondern ›Image‹ ist wichtig. Wir dürfen hoffen, daß das meiste davon den Weg alles Modischen gehen wird; wie zopfig klingt für uns der einst so gängige Begriff des ›Annoncen-Akquisiteurs‹!
Das im Werbedeutsch sich äußernde ›Imponiergehabe‹ paßt in mancher Hinsicht in die Geschäftswelt. Mehr Geschmack sollte man in je-

nen ihrer Bereiche erwarten, die Bezug zum Geistigen haben. Zwar haben Verlagswesen und Buchhandel ihre überlieferten ›Usancen‹, etwa ›a part‹ für eine gesonderte, einzelne Lieferung, oder ›standing order‹ für Dauerauftrag, jedoch ungleich alberner sind die schnoddrigen Pidgin-English Neuschöpfungen:

»Dem Trend der allgemeinen Inflation teuren Vokabelschatzes konnte sich der Fachreport Buchinformation aus dem Deutschen Bucharchiv München nun doch nicht mehr entziehen: Nun wartet auch dieses Blatt mit einer Bestseller-Liste auf. Um sich jedoch von ähnlichen Publikationen zu unterscheiden, wählte man den ausdruckstarken Titel: Buchinfo-Super-Seller. Angeboten werden die Top-Five auf den Sektoren Sachbuch und Belletristik[88].« Aus einem anderen Buchhändler-Blatt: »... für die Boulevard-Buchhandlung einschließlich highbrow-[-Literatur][89]«. Welch geschickte Umschreibung für ›Pornographie-Abteilung‹! Fast so schön wie der Begriff ›non-books‹ für Schallplatten, Diapositive, Spiele und ähnliches in der Buchhandlung.

Werbung verdirbt nicht zwangsläufig die Sprache, denn ein wirkungsvoller Werbetext muß klar, eingängig, bildhaft sein - alles gute Eigenschaften jeglicher Sprache. Da sie beim erhofften Kunden Aufgeschlossenheit und Wohlwollen hervorrufen will, sollte sie sich durch Ehrlichkeit, Sachlichkeit und guten Stil auszeichnen. Es gibt allerdings Werbefachleute, die sich von der Unzulänglichkeit der Umgangssprache größere Werbewirkung versprechen:

»Ich kenne die Regeln der Grammatik nicht. Ich höre die Leute andauernd darüber sprechen, der Satz ›Die Winston schmeckt besser wie eine normale Zigarette‹ wäre grammatikalisch falsch. Ich weiß aber nicht warum. Mir erscheint er vollkommen richtig. Es kommt mir vielmehr so vor, als seien die Leute, die an diesem Satz etwas auszusetzen haben, unerträgliche Pedanten. Vielleicht sollte ich aber nur sagen, daß sie die Grammatik kennen und ich eben nicht. - Will man die Leute überreden, etwas Bestimmtes zu tun oder etwas zu kaufen, dann soll man meiner Meinung nach auch ihre Sprache sprechen; die Sprache, die sie jeden Tag gebrauchen, und die Begriffe, in denen sie denken. Wir versuchen, in der Werbung die Umgangssprache zu benutzen[90].«

Dagegen wäre nichts zu sagen, wenn hier nicht das ›Einfache‹ mit dem ›Fehlerhaften‹ gleichgesetzt würde. So wird lediglich dem schlechten

Sprachgebrauch Vorschub geleistet. Überdies bleibt der Erfolg zweifelhaft, denn auch auf den schlecht Sprechenden macht eine gediegene Aussage Eindruck - allerdings nicht eine hochgestochene.
In einer neueren Untersuchung[91] wird dargestellt, nach welchen Grundsätzen Reklametexter verfahren. Hier nur einige Beispiele:
Steigernde Zusammenfügungen: Doppelrahm, röstfrisch, tiefgekühlt, Markenmilch.
Anspruchsvolle Neubenennung: ›Diplona - die wirksame Haarnährpflege‹ statt Haarwasser.
Ansehensteigernde Modell-Bezeichnungen, zum Beispiel für Kraftfahrzeuge: ›Kapitän‹, ›Admiral‹, ›Diplomat‹.
Poetische Wörter, etwa für modische Farben: ›lind‹ für ein Grün, ›cognac‹ für ein Hellbraun.
Werbefeldzüge werden heute zwischen Ländern (›Lecker, lecker, aus Dänemark‹ - ›Aus deutschen Landen frisch auf den Tisch‹) und Unternehmenszweigen geführt; man denke an den Zweikampf zwischen Butter und Margarine. Nachdem es lange Zeit mehr oder minder sachlich um die ungesättigten Fettsäuren und deren Wirkung auf die Blutgefäße ging, erfuhren wir eines Tages: ›Markenbutter hat den hmm-Geschmack!‹, und eine Schweizer Zeitung spottete: »Nach schweren inneren Kämpfen um die Geschmacksrichtung hat sich die Hausfrau zu einem neuen Käsebewußtsein auf halbfetter Basis durchgerungen.«
Es konnte wohl nicht ausbleiben, daß auch die Torheiten der Gegenwart ihren Niederschlag in der Werbung finden. Voran die angeberische Schnoddrigkeit:
»Unser täglich. Werbeleute täglich. Täglich Brot. Ist das Suchen. Nach Leuten. Die wir brauchen. Wie das täglich. Brot. Die wir finden. Im Buch der Bücher. Das heißt: RED BOX.
Im Buch der Bücher findet jeder jeden. Die Art Buyer die 13 Fotografen, die er kennt und just den jungen, neuen ›deutschen‹ billigen und dazu noch nicht ausgebuchten. Den er noch nicht kennt. Hier finden Fotografen nicht nur ihre oder Ihre Agenturen. Sondern auch freie Stylisten ihre Adressen für Requisiten. Hier finden Werbeleiter Agenturen und freie Teams. Freie Texter und Designer. Und die richtige Filmproduktion. Und den richtigen Sprecher. Und das richtige Tonstudio. Und das richtige Tonmilieu für den Diskothekenspot. Unter

der Rubrik: Bars ...« (Aus dem Prospekt für ein Werbeleiter-Adreßbuch) - Ein anderes Beispiel aus neuerer Zeit:
»Die Macher dringen vor in der Wirtschaft in der Politik man muß sehen, was sie rauchen. Dann weiß man, was sie schaffen. [Sicher ist, sie machen uns blauen Dunst vor.] Sie rauchen die R André neues braunes Raucherlebnis schlank + kühl für Macher gemacht.«
»Art-Dirigenten laßt eure Ideen auf Chromolux swingen art-arte-artissimo Chromolux gibt euren Art-Hits den besonderen Drive 26 hochglänzende Farbklänge in Vario, Color und Metallic stehen für eure Walzer, Dixies, Symphonies in Art, Cool-Meditationen und Sphären-Klänge zur Verfügung ...« (Aus einem Druckpapier-Prospekt)
Sind das nicht ›irr schicke‹ Werbetexte? Das Nachäffen der Ausdrucksweise der Unreifen macht Schule:
»Rock & Blues aus roten Rillen. Hier ist ein Superding für 10 Mark mit 12 heißen Hits von 12 hochaktuellen Gruppen. Schnell anhören. Ihr erkennt die Platte an dem Tiger. Mit dem Tiger kommen 12 action-action-action-Platten. ›The Who‹. Sie haben von Tommy gehört. Hier ist sie, die Rock-Oper. Ein neues Kapitel in der Popmusik. ›Ashton, Gardner & Dyke‹. Das progressive Trio mit der schwarzen Stimme Tony Ashtons. ›Area Code 615‹. Noch nicht gehört? Schande. ›Jack Bruce‹. Der große Cream-Baßgittarist mit seiner ersten Solo-L.P. Nur für ›In‹-Sider! ...« (Aus einer Polydor-Anzeige)
Wie spaßig sich Protest und Profit, Progreß und Kommerz mischen, davon kurze Proben:
»go ... go go shopping in Drug Store number I. Bye, bye, Ihr mittelmäßigen Klamotten! Jetzt jagen wir den Mode-Muffel aus dem Land. Swinging London ist mit von der Partie. 8 Seiten heiße Shopping-Tips für Teens und Twens-›in‹. An alles ist gedacht: Party, Weekend, Strand und - last not least - vernünftige Preise. Die geh'n auch mit der Mode - also supermini! Order-card ausfüllen und einschicken ist alles, was moderne Shopper heute noch tun. So come in - shop in!« (Aus der Werbung eines Versandhauses[92])
»Teens, Twens & Fans finden durchaus nicht alles okey. Deswegen protestieren sie wenn ihnen etwas nicht behagt. Wie Kurt und seine Freunde. Claudia, Kurts Freundin, ist davon nicht immer begeistert. Kurt geizt nicht mit seinem feeling für Claudia. Hin und wieder hat er auch mal eine besondere Überraschung parat. Wie an ihrem letzten

Geburtstag: Eine echte Goldmünze, hübsch eingefaßt mit Kettchen. Den Tip hat er übrigens von seiner Bank. COMMERZBANK, versteht sich.« (Anzeige in der Zeitschrift ›Bravo‹)
Die Firma Mackintosh preist allen »Teens, Twens & Fans, die mal eben protestieren gehen«, ihre Rolo-Schokolade an. Was ›Aktualität‹ betrifft, schießen Benzin- und Getränkefirmen den Vogel ab. Während eine in vergleichsweise harmloser Doppeldeutigkeit aufforderte ›Tanken Sie einen - ARAL mit Alkohol‹, spielte ESSO eindeutig auf Rauschgift-Begriffe an - in großen Lettern bot man ›STOFF - mehr Schub aus Ihrem Zylinder‹ an. Die geschäftstüchtigen Hersteller eines braunen Saftes versprachen gar ›Alle im Afri-Cola-Rausch‹.

Deutsch? Alter Bart!
Sprecht englisch, Leute!
Uptodate, clever, smart:
Jugend von heute! *Werner Schriefer*

Der Wortschatz der Unreifen

Schon Wernher der Gärtner spottet in seiner Erzählung ›Meier Helmbrecht‹ über den angeberischen Bauernsohn des 13. Jahrhunderts, der sich mit Modefremdwörtern brüstet.
Ich entsinne mich eines Erlebnisses, als ich in einer südwestdeutschen Stadt über den Verfall der bildenden Künste sprach. Unter den Zuhörern war eine größere Gruppe von Studierenden der örtlichen pädagogischen Hochschule mit ihrem Kunsterzieher. Mittelpunkt des Haufens war indes ein langaufgeschossener, rothaariger Bursche, der seine Häuptlingswürde sichtlich genoß. Während es mir gelungen war, die Hörer mehr oder minder für das Besprochene zu erwärmen, trug er verachtungsvolles Gelangweiltsein zur Schau. Am Ende des Vortrags faßte ich meine Behauptungen noch einmal kurz zusammen, bediente mich dabei bewußt der Fremdwörter und blickte dabei den ›Wikinger‹ an. Ich sprach unter anderem vom ›Substanz- und Dimensionsverlust‹ in der ›forcierten, teils dekorativen, teils miserabilistischen, teils absurden‹ Bildnerei, von der ›Kommentar- und Interpretationsbedürftigkeit‹ einer falschen Moderne, die sich nicht selber verständlich zu machen vermag.
In der Aussprache meldete sich der Häuptling als erster, bekannte sich

trotzig als Verehrer der modernen Kunst, fügte aber an, daß ihn das Argument vom Dimensionsverlust und von der Kommentarbedürftigkeit beeindruckt hätte (die vorausgegangenen gleichen Aussagen in deutsch hatte er wegen ihrer ›uninteressanten Diktion‹ überhört). Er gehörte dann zu denen, die bei einem Glas Wein die Fragen weiter erörterten - vorwiegend in deutsch.

Sondersprachen jugendlicher Gruppen gibt es schon seit Jahrhunderten, man denke an jene der Studenten. Doch erst in unserer Zeit gibt es die tiefe Entfremdung der Generationen - nicht zuletzt eine Folge der Umerziehungsversuche und der Würdelosigkeit vieler, die gute Beispiele vorzuleben verpflichtet wären. Als Zeichen dieser Entfremdung wird ein Jargon ausgebildet, mit dem sich ein Teil des Nachwuchses gegen die Erwachsenen abgrenzt; für die Verbreitung allerdings sorgt eine skrupellose Geschäftswelt.

»Tatsächlich haftet der Halbstarkensprache bei aller Unbekümmertheit etwas Infantiles an; daß sie darüber hinaus ruppig und pöbelhaft klingt, ist unüberhörbar.

Die Frage, wer nun eigentlich diese Sprache geschaffen hat und wer ihr neue Impulse gibt, ist damit nicht beantwortet. Es läge nahe zu sagen: wer sonst als die Halbstarken? Aber so einfach liegen die Dinge nicht! Der Schlagertext ... ist nur ein Beispiel dafür, daß auch andere Leute ihre Hand im Spiel haben. Verworfenheit steht hoch im Kurs; es ernähren sich ganze Industrien davon. Das Halbstarkenidiom ist eine Art sprachlicher Folklore, und da die Zivilisationsgesellschaft zutiefst unschöpferisch ist, lechzt sie nach Folklore, um ihre eigene Langweile damit zu vertreiben. Den Schaden davon hat - unter anderem - auch die Sprache!« (Joachim Stave[93])

Der eigentliche Teenager-Wortschatz erweist sich bei näherer Betrachtung als dürftig. ›Steiler Zahn‹ und ›Macke‹, ›Schaffe‹ und ›Timpe‹ sind noch leidlich originell, vieles ist nicht neu, sondern nur in einem ungewöhnlichen Zusammenhang gebraucht, manches aus dem Rotwelschen entnommen (›Kies‹, ›Zaster‹, ›Moos‹, ›Piepen‹ für Geld), anderes stammt aus dem Wortschatz des Volksmundes, vorzugsweise des berlinischen (›Flamme‹ für Freundin, ›Kumpel‹ für Kamerad).

»Unter den Synonymen für *Mädchen* (20 außer *Zahn*) gibt es einige fremdartig klingende Wörter, die etwas lümmelhaft-Dumpfes an sich haben: *Ische, Brieze, Irze, Mosse, Schramme, Kante, Brumme.* Sollten diese Wörter tatsächlich in Umlauf sein (was wir bisher nicht mit Sicherheit feststellen konnten), so sind es treffende Metaphern für eine grobschlächtige Einstellung zum anderen Geschlecht, wie man sie den Halbstarken zutraut. Ihre etymologische Herkunft ist zum Teil in der Gauner- und Landstreichersprache zu suchen: *Ische* und *Mosse* sind bei S. A. Wolf, Wörterbuch des Rotwelschen, belegt[93].«

Joachim Stave hat recht, wenn er die geschäftstüchtigen Nachschwätzer und Übertreiber dieser Jugendtorheiten die wahren Sprachverderber nennt. Reklame- und Schlager-Texter, Twen-Zeitschriften-Macher und Drehbuchautoren sorgen für die Verbreitung dieser Sprachdummheiten. Wir sollten diese modischen Albernheiten möglichst rasch vergessen; aber zunächst müssen wir uns ihrer bewußt werden:

»Hallo, ist das kein schauer Anblick? Da schnallste glattweg ab: Der NSU-Prinz 4, ein Klasse-Brummer, für alle Typen die ganz große Bediene. Wer seinen Stammzahn schnell und sicher in die Gammeltimpe oder den Jazzladen schaffen will, der sitzt genau auf dem richtigen Hobel. Wie dieser Schemel in der Kurve liegt! Kein Leukoplastbomber, sondern ein richtig rasches Sofa, mit einem äußerst bopmäßigen Motor und edelduftem Komfort. Aus Neckarsulm kommt diese Asphalt-Blase. Und dort in Schwaben sitzen die Macker, die etwas von schnellen Hirschen verstehen. Wer kein Zickendraht, klammer Unhahn oder eine sonstige trübe Tasse ist, wer ein geschaffter, dufter Star ist, der wird auf diesem Untersatz stehen wie eine Eins im Quadrat[94].«

Von der Wiege an will ›man‹ (das sind einige Meinungsmacher im Fernsehen, Rundfunk, Film und in den Massenblättern) uns die guten Sitten, auch in Sprache und Schrift, austreiben. Denn Ordnungen können nur zerstört werden, wenn man die Begriffe und deren sprachliche Gestalt verfälscht.

»Wir schreiben alles klein auch die wörter zum anfassen. Kommas sind für uns kleine striche die man, überall wo es schön aussieht oder wo geatmet werden kann hinsetzt. Wir wollen keine neue ortografie schaffen. Wir wollen den kindern nur klarmachen, daß das rechtschreiben mit dem sprachverständnis nichts zu tun hat.

Falsch schreiben und schlechte grammatik ist kein privileg der dichter. - Gedanken die nicht in die grammatik passen können nicht formuliert werden. Die fantasie der kindersprache kann darum leicht kaputt ge-

macht werden, wenn die kinder in den büchern die sie zu lesen beginnen keine unterstützung finden.«
»... Deshalb ist es unser programm, realitätsbezogene kinderbücher zu machen, die den ausbeuterischen charakter der kapitalistischen gesellschaft zeigen, ein materialistisches weltbild vermitteln und als lösung das bild einer zukünftigen sozialistischen gesellschaft anbieten, in der es ausbeutung und kinderunterdrückung nicht mehr gibt.
Die bücher sollen sich der fantasie und dem bewußtsein der kinder anpassen, wir verwenden den aktiven kindlichen wortschatz, um den politischen inhalt unserer bücher nicht durch die unkindliche, lehrbuchhafte ausdrucksform zu verschleiern.«
Diese Pläne und Ziele verkündete das ›Sozialistische Kinderbuchkollektiv‹ auf der Frankfurter Buchmesse 1971[95].
Offensichtlich haben die Ungeistigen inzwischen auch jene Lebensbereiche weitgehend besetzt, die bisher von Menschen mit Kulturbewußtsein und Geschmack vertreten wurden:
»›Leseaas‹ statt ›Bücherwurm‹. Bibliothekare der Bremer Jugendbibliothek geben sich mit der althergebrachten Bezeichnung von Lesebesessenen nicht mehr zufrieden. Denn ›Bücherwurm‹ und ›Leseratte‹ seien ›antiquierte Symbole einer Zeit, in der literarische Erziehung ihren Platz im Schulunterricht einnehmen soll und über das Lesen hinaus der Umgang mit Büchern immerhin auch ein erlernbares Mittel zur Existenzbewältigung wird‹. 500 Vorschläge waren das Ergebnis eines Wettbewerbs, den die Bremer Bibliothek ausgeschrieben hatte, darunter so kuriose Sprachschöpfungen wie ›Buchstabeninjeniör‹, ›Buchmörder‹, ›Letternhäschen‹ und ›Leseaas‹. Preisgekrönt wurde jedoch der ›Hobbyleser‹, gefolgt vom ›Leseprofi‹. Ob diese modernisierten Symbole die ›antiquierten‹ verdrängen können[96]?«
Es kann uns kaum trösten, daß auch im anderen Teil Deutschlands ungeachtet aller positivistischen Ausrichtung sprachliche Unarten durchbrechen. Wenn etwa die Zeitung ›Freiheit‹ anzeigt: »1. 10. 1971: Konzert der Jugend mit Beat, Jazz, Soul, Andergraun.« Versuch der Eindeutschung, Ironie oder Torheit?
»Als vor einigen Jahren unter dem Motto ›Schlagt die blaue blume tot - macht die germanistik rot‹ ein Kongreß ›fortschrittlicher Kräfte‹ unseres Fachgebietes stattfand, erregte dies Aufsehen. Inzwischen handelt es sich heute bei solchen Vorgängen keineswegs mehr um lästige

Randerscheinungen, die gerade von den Fachleuten (des betreffenden Fachgebietes) wahrgenommen und gedeutet werden. Sondern die seinerzeit vorpreschenden Kräfte sind inzwischen weit in die Stellungen und Arbeiten des Bildungswesens (Kultusministerien, Leitungen der Schulbuchverlage, Feuilletons bedeutender Zeitungen) eingedrungen und üben hier langfristig außerordentlich wirksame Einflüsse aus[97].«
Im gleichen Aufsatz werden Auszüge aus Werbeschriften bekannter Schulbuchverlage wiedergegeben, die bereits im scheinprogressiven Kauderwelsch gehalten sind:
»Von der Erarbeitung formaler Techniken zur Anwendung dieser Techniken als Mittel sprachlicher Interpretation und kritischer Reflexion überschaubarer Kommunikationsmodelle.« (Schwann-Verlag)
»Berliner Didaktik-Kollektiv. Kritische Anmerkungen zur Integration soziolinguistischer Fragestellungen in die traditionelle Deutschdidaktik.« (Diesterweg-Verlag)
In der Bundesrepublik Deutschland werden in zunehmendem Maße die schweigende Mehrheit und die große Zahl der Furchtsamen von einer frechen Minderheit ›verunsichert‹. Die Gruppe der Unreifen und Unerfahrenen, zwar zum Konsum, aber zugleich zur geistigen Bedürfnislosigkeit erzogen und so der ›Oben-ohne‹ (Hirn)-Mode huldigend, wird zum Mitläufer des Radikalismus.
Wer der Selbsttäuschung entsagt und hinter die Fassade unserer technischen Zivilisation blickt, erkennt die Ausverkauf-Situation: Einfallslose Komponisten leben von der Verfremdung der Klassiker, Pseudoliteraten vom Verspotten der Dichtung, Sprachunfähige vom Verhunzen der Sprache. Der vermeintliche Fortschritt besteht im Abbau aller Werte. Noch einige Jahre weiter auf diesem Wege, und ein schnoddriges Modewort wird zum Schlüsselwort: ›Sense!‹

»Sag! Wie könnten wir das Wahre,
- Denn es ist uns ungelegen -
Niederlegen auf die Bahre,
Daß es nie sich möchte regen?«

Diese Mühe wird nicht groß sein
Kultivierten deutschen Orten;
Wollt ihr es auf ewig los sein,
So erstickt es nur mit Worten.

Goethe ›Zahme Xenien‹

... offen die Fenster des Himmels
Und freigelassen der Nachtgeist,
Der himmelstürmende, der hat unser Land
Beschwätzet, mit Sprachen viel, unbändigen, und
Den Schutt gewälzet
Bis diese Stunde. *Friedrich Hölderlin*

Das ist des Warners felsenschweres Amt,
Daß ihn die Zeit, in der er lebt, verdammt,
Daß ihn die Vielheit, der sein Wirken gilt,
In Haßgesängen einen Narren schilt,
Daß ihn das Volk, das liebend er umfängt,
Gleich einer Pest aus seiner Mitte drängt,
Und dennoch warnt der Warner unentwegt
Und trägt die Last, die er sich auferlegt.
Erich Limpach

UNMENSCHLICHE SPRACHE

Die Sprachverluderung ist nicht nur eine Geschmacksfrage. Es ist zwar schlimm genug, wenn das Empfinden jener, für die Schönheit ein Wert ist, täglich, ja stündlich verletzt wird, wenn die Jugend im sprachlichen Ungeist aufwächst, mit Schlagworten und Rüpelhaftigkeiten aus dem Munde derer überschüttet wird, die ihre Erzieher sein sollten. Schlimmer noch sind die im Sprachgebrauch zutage tretende Unwahrhaftigkeit, Sittenlosigkeit, Verantwortungslosigkeit und der unverhohlene Zynismus. So unerfreulich die Auswüchse der Werbung sein mögen - der Mißbrauch der Sprache zur geistigen und politischen Verführung des Volkes ist ungleich verwerflicher.
Seit Jahrtausenden ist der Zusammenhang zwischen der Begriffswelt und den sprachlichen Bezeichnungen ein Gegenstand philosophischer Betrachtung. Auch Kungfutse schreibt: »Wenn die Begriffe nicht richtig sind, so stimmen die Worte nicht, wenn die Worte falsch sind, kommen die Werke nicht zustande. Darum sorge der Edle, daß er seine Begriffe zu Taten machen kann. Der Edle duldet nicht, daß in seinen Worten Unordnung ist. Das ist es, worauf es ankommt.«
Dort ist bereits erkannt, daß die Verformungen auf verschiedenen Gebieten stattfinden: in der Welt der Begriffe, im Bereich der Wörter, letztlich im Geistigen insgesamt. »Kein Wort steht still, sondern es rückt immer durch seinen Gebrauch von seinem Platz, eher hinab als

hinauf, eher ins Schlechtere als ins Bessere ... und an der Wandelbarkeit des Wortes läßt sich die Wandelbarkeit der Begriffe erkennen.« (Goethe) Die Richtung der Entwicklung bestimmt der sprechende Mensch: »Es ist keine größere Gewalt, denn der Worte Gewalt; nichts Besseres, wo sie recht, nichts Böseres, wo sie unrecht ist. Es ist über eine böse Zunge kein schärferes Schwert. Mit Gesetz und Worten beherrscht man die Welt, leitet, führt man die Herzen, heilt die Gewissen. Wiederum bezaubert, verwundet, ketzert und tötet man die Herzen mit Worten.« (Luther)

Die Neuzeit ist lediglich bewußter und berechnender geworden, jetzt hat die sprachliche Bosheit erst Methode. Hermann Wein[40] untertreibt mit seiner Aussage: »Die *Ausnahmen* der ›Sprachregelungen‹ und der politisch lancierten ›Neusprachen‹ bestätigen die *Regel* des ›ungeführten‹ Sprachwandels.« In Wahrheit lenken gezielte ideologische Machenschaften die Sprachentwicklung mehr als nur modische Strömungen. »Es läßt sich kein Hehl daraus machen, daß uns gegenüber der Form unserer Sprache in unserer Zeit ein Unbehagen erfüllt. Zunächst bewegt uns das Gefühl, daß mit unserer Sprache etwas Ungutes vor sich gehe ... Eine Umformung vollzieht sich, die mehr eine Mißformung als neues Wachstum, Entfaltung oder Bereicherung bedeutet, eine Überfremdung und Verfremdung ...« (Josef Mühlberger[98])

Man wird erst rückblickend beurteilen können, wie groß der Anteil der Literaten am gleichlaufenden Niedergang von Sprache und Geist ist. Emil Staiger hat in seiner aufsehenerregenden Rede am 17. Dezember 1966 dazu gesagt[99]:

»Der Mensch ist nicht ein Tatbestand, von dem man ohne weiteres Falsches oder Wahres behaupten kann. Vielmehr wirkt jedes Bild, das sich ein menschlicher Geist vom Menschen macht, auch wieder auf den Menschen zurück. Vertrauende Liebe fördert, was Vertrauenswürdiges in ihm wohnt. Mißtrauen und Verachtung wecken den häßlichen Adam auf. Wenn aber dem so ist, wie steht es dann mit der heutigen Literatur? Soweit sie der uns nur zu wohlbekannte sinistre Geist beherrscht, verbreitet sie das Übel, das sie um der Wahrheit willen hervorzuziehen und bloßzustellen vorgibt. Sie wirkt entmutigend und verführt zu jener Niedertracht aus Trotz, zu jener provokatorischen Lust am Gemeinen, die ohnehin dem Unbehagen in der Kultur nicht fernliegt. Wie wäre es, wenn auch unser Geschlecht sich wieder darauf

Schlagworte auf den Lippen, drohende Gesten und Spruchbänder. Düsseldorfer Kunstprofessor führt seine Anhänger auf die Straße.

besinnen würde, daß es vor Zeiten Dichter gab, die ihre ganze Kraft im Erfinden vorbildlicher Gestalten bewährten, die sich zutrauten, ihr Gepräge nicht von der zufälligen Wirklichkeit, in der sie lebten, zu erhalten, sondern vielmehr einer künftigen Wirklichkeit das Gepräge des eigenen souveränen Geistes zu geben und so zum Schöpfer nicht nur von Dichtung, sondern prometheisch, von leibhaftig wandelnden Menschen, ihrer Sinnesart, ihres Herzens zu werden? Ein keineswegs übertriebenes Wort! Die Macht ist unberechenbar, die ein Genius auf die Welt ausübt. Wilhelm Dilthey hat sich noch zu diesem Gedanken aufgerafft, als er von Schiller zu behaupten wagte, er habe die sittlichen Energien auf unserer Erde vermehrt.«

Eine so wörter- und bilderreiche Sprache wie die deutsche hält dem Denker, dem sprechenden und dichtenden Menschen schier unerschöpfliche Ausdrucksmöglichkeiten bereit; indes: »Verschiedene Arten der Sprachlenkung oder Sprachbeeinflussung grenzen unseren tatsächlichen Gebrauch der theoretisch zur Verfügung stehenden Sprachmittel weiter ein[100].« Das bedeutet, daß die ideologische Einengung zugleich auch Verlust an sprachlicher und geistiger Vielfalt und Weite bedeutet und daß jeder Generation stets nur eine Auswahl aus der Fülle der Begriffswelten dargeboten wird.

Die Sprache einer Nation angreifen heißt ihr Herz angreifen. *Heinrich Laube in ›Struensee‹*

Besetzer-Slang

Bewußt steht hier nicht ›Besatzer‹ - wie im Begriff ›Besatzungsmacht‹ verbreitet; denn Caspar von Schrenck-Notzing hat dieses Stück Sprachregelung bloßgestellt: Ein Schiff hat in der eigenen Mannschaft seine Besatzung, ein erobertes Land erleidet die Besetzung durch die fremde Macht.

Es gibt geschichtliche Beispiele, wie der militärischen oder politischen Niederlage die sprachliche folgt. Leibniz hatte in seiner ›Verbesserung der deutschen Sprache‹ geschrieben: ». . . nach dem Münsterschen und Pyrenäischen Frieden hat sowohl die französische Macht als Sprache bei uns überhand genommen. Man hat Frankreich gleichsam zum Muster aller Zierlichkeit aufgeworfen, und unsere jungen Leute, auch wohl jungen Herren selbst, so ihre eigene Heimat nicht gekennt und deswegen alles bei den Franzosen bewundert, haben ihr Vaterland nicht nur bei den Fremden in Verachtung gesetzt, sondern auch selbst verachten helfen, und einen Ekel der deutschen Sprach und Sitten aus Ohnerfahrenheit angenommen, der auch an ihnen bei zuwachsenden Jahren und Verstand behangen blieben.«

Wie groß ist die Gefahr einer Zerstörung der deutschen Spracheinheit heute, im Zustand der staatlichen Spaltung? Wird es lediglich zur Ausbildung einiger landschaftlich gebundener Sonderformen kommen, wie wir sie auch im österreichischen und Schweizer Deutsch finden? Wird es einem Ausschuß gelingen, den gemeinsamen Nenner zu wahren?

Als einer der ersten hat 1955 der inzwischen verstorbene Viktor Klemperer, Romanist in Berlin-Ost, Stellung genommen[101]. Noch im Geiste Jahns, Wilhelm von Humboldts und Jacob Grimms nennt er die Nationalsprache »das innigste Band, das ein Volk in der Mannigfaltigkeit seiner Gruppen und Klassen zusammenhält«. Er sieht die Gefahr für die gemeinsame Sprache nicht in der Überfremdung durch die Einflüsse der Großmacht-Ideologien, sondern in der Möglichkeit einer »Zerreißung einer längst in großartigen Literaturwerken begründeten und bestätigten deutschen Spracheinheit« durch die gegensätzlichen Denkweisen in den Volksteilen selbst. Er sollte nur hinzufügen, daß eben jene gegensätzlichen Denkweisen in Deutschland letztlich nur Ausläufer der in ihren Machtbereichen durchgesetzten fremden Weltanschauungen sind.

Angesichts der eher härter als durchlässiger werdenden Abriegelung entlang einer widernatürlichen Grenze haben wir allen Grund zu den schlimmsten Befürchtungen. So nötig es wäre, wir werden hier den geistig-weltanschaulichen Hintergrund der binnendeutschen Sprachentfremdung nicht ausreichend behandeln können; wir können nur die Symptome aufzeigen.

Im westlichen Teil Deutschlands waren es die ›Stimme Amerikas‹ (dreimal täglich in allen Rundfunksendern) und die von Amerikanern herausgegebene ›Neue Zeitung‹, die nach 1945 so gut wie ausschließlich die Meinungsbildung beherrschten und uns zugleich mit ihrem Wortschatz impften. Während sie das Geschäft der Selbstbesudelung und der Verächtlichmachung der Anpassungsunwilligen einigen rasch umerzogenen Deutschen überließen, priesen sie uns unentwegt den amerikanischen Weg zur Glückseligkeit. So schluckte das Volk, das so lange Entbehrungen getragen und Opfer gebracht hatte, mit dem Köder des Wohllebens auch die neue Begriffswelt.

Wer heute durch die *City* einer westdeutschen Stadt geht und die Augen offenhält, begegnet auf Schritt und Tritt den Einfuhren entbehrlicher Anglizismen. Er hat fast nur noch die Wahl zwischen *Supermarkt, Discount-Center* und *C+C*-Laden (cash and carry = barzahlen und abholen), er kann dort sein *shopping* sogar im *drive in* erledigen und findet alles vom *Toast, Ketchup,* den *Corn flakes* und dem *Grapefruit-juice* bis zur *American-blend*-Zigarette im *Kingssize*-Format.

Falls er sich nicht von Plakaten verführen läßt, die ihm einen *rasanten Western ›Billy the Kid‹*, einen *Thriller ›Gangster killen Ladies‹*, ein *Musical ›Annie get your Gun‹* oder *›Holidays on Ice‹* zur Wahl stellen, kann er in einem Laden mit der Aufschrift *›pocket books‹* eine *Science-fiction-story* als *Paperback* erwerben.

Aus dem Schaufenster des Reisebüros strahlt ihm das *Keep-smiling* einer *Stewardeß* entgegen und verspricht ihm *Non-stop*-Flüge in der *Economy*-Klasse mit *First-class-Service.* Der Spaziergänger erwägt, ob er sich dem *Jet-Set* zugesellen soll, um die *Folklore* auf den Bahamas oder das *Festival* in Edinburgh zu genießen. Dann lenkt ihn jedoch ein greller *Poster* ab, auf dem ein *Bandleader,* umgeben von verzückten *Fans,* seinen *sound* produziert. Vor einem *Do-it-yourself*-Geschäft kommt ihm der Gedanke, sich ein neues *Hobby* zuzulegen, denn man verspricht ihm, das ganze *Know-how* mitzuliefern, gleich ob er sich einen *Swimming pool* oder sein eigenes *Bowling* zu bauen vornimmt. Ermüdet von solcher geistigen Weltreise, gönnt er sich an einem Stand, der früher bescheiden Würstlbude hieß, *Hot dogs* und trinkt ein *Coke.*

Der westdeutsche Sprachverfall wird von vielen beklagt, und mancher hat durch übertriebene und spöttische Texte den Zeitgenossen einen Spiegel vorgehalten. So hat Josef Mühlberger[98] in einem erfundenen Brief das Neudeutsch der Halbgebildeten bloßgestellt:

»Darling! Unser Theater startete unlängst ein Stück, das einmal mehr [once more!] bewies, wie wenig unser Haus up-to-date ist. Die Hauptdarsteller erwiesen sich als alles andere denn als Stars. Das Happy-End ist fad. Das Beste bei den Damen waren die sichtbar zur

Schau gestellten Petticoats... Es gibt zwar einige nette Gags, ein Comeback wird es aber kaum erleben, ein Evergreen niemals werden...«

Die ›Deutsche Tagespost‹ in Würzburg machte sich über das Geplapper von zwei Backfischen vor einem Kleiderladen lustig: »›Kiki‹, sagte die eine, ›schau dir die Tinätschers-Dresses an! Die würden gut zu unseren Släcks passen und unseren Sixapiel unterstreichen.‹ ›O keh‹, sagte die andere, ›aber ich würde mir jetzt lieber Schorts kaufen, wenn ich Monneh hätte.‹ ›Aber mit Schorts kannst du doch zu keiner Paathie gehen‹, warf Kiki ein. ›Warum nicht? Der Nju Luk mit Schorts wird bestimmt ap du dejt mit dem richtigen Mejk ap dazu, wenn ein paar smarte Mänätscher die Sache in die Finger kriegen. Last not list ist auch Kämpingszeit.‹ ›Hm, ich kann mir aber nix Neues leisten, ich will mir erst einen neuen Tschob suchen. Mit dem Tiemwörk in meinem Offis klappt es nicht. Der Boß ist kein Tschäntlmän: denk dir, sein Hoppi ist Schopäng. Wenn ich dem was von der neuen Stardärst-Bänd in der Texas-Bar erzählte, guckt er bloß doof. Von Bipob, Bluus und überhaupt von Tschääs hat der altmodische Boy keine Ahnung, obwohl er Telewischen daheim hat. Er kaut keinen Tschuing Gam, liest keine Bestseller, nicht mal Rieders Daitschest, kauft keine Komick Bucks - und das will ein gebildeter *Deutscher* sein...‹«

Es kann uns nicht entschuldigen, daß selbst die ›antikapitalistischen‹ Machthaber in Mitteldeutschland sich amerikanischer Einflüsse erwehren müssen. Hier zwei Meldungen der ›Deutschen Presse-Agentur‹: »Das Journalistenblatt kritisierte außerdem den zunehmenden Gebrauch englischer Sprachbrocken, der als besonders weltmännisch, weltoffen und modern gelte. Es sei eigenartig, wenn ein Bezirksorgan auf der ersten Seite über sozialistische Lebensweise schreibt und auf der anderen Seite Anzeigen veröffentlicht, die einladen zum Kauf eines Party-Grills, die Hobby-Sets anbieten oder Zelte verkaufen möchten, die wohl anziehender scheinen, wenn sie ›Party‹, ›Weekend‹, ›Sunshine‹ und ›Tramp‹ heißen.« »Es ›fietscht‹ in Radio DDR. Bitter hat sich jetzt ein Journalist im Organ des DDR-›Verbandes der Deutschen Journalisten‹ beklagt, daß es auch im Rundfunk wohl nicht ohne Amerikanismen gehe: ›Radio DDR‹ sende neuerdings nach neun Uhr ein sogenanntes Feature. Der Journalist machte auf eigene Faust die Probe aufs Exempel und wollte in einer Umfrage feststellen, was unter diesem ›Feature‹ verstanden wird. Eine Verkäuferin antwortete ihm: ›Fietscher? Sind heute nicht mitgekommen. Fragen Sie morgen nochmal. Da ist neue Lieferung.‹ Die Fernsprechvermittlung von ›Radio DDR‹ sagte: ›Sie haben einen Fietscher im Radio? Für Rundfunkstörungen ist die Post zuständig.‹ Und ein Fußballspieler meinte: ›Die Sorte von Zuschauern gibt es überall, aber mich können die nicht irremachen.‹«

Ein Schweizer hat seinen Unmut über das Pidgin-Deutsch in die Form eines Zwiegespräches zwischen Tell und seinem Sohn Walter gekleidet[103]:

Walter: Vater, ist's wahr, daß unter allen Sprachen,
Die auf weitem Erdenrund erklingen,
Just unser liebes Deutsch die dürftigste
Und allerärmste ist?
Tell: Wer sagt das, Knabe?
Walter: Ich stieß von selber mit der Nase drauf.
Tell: Im ›Urnerboten‹?
Walter: Mehr noch auf der Gasse!
Seit langem ist mir nämlich aufgefallen,
Daß uns für einen Haufen nöt'ger Dinge,
Die wir im simplen Alltag oft verwenden,
Die deutschen Namen und Begriffe fehlen.
Tell: Du sprichst in Rätseln. Laß ein Beispiel hören!
Walter: Mit einem? Ich kann mit einem Dutzend dienen.
Als allererstes nenn ich dir den Tea-Room,
In dem die Frauen, stolz auf feines Make-up,
In Rudeln manchen Nachmittag verbringen
Und plaudernd ihren Five o'clock genießen.
Tell: Nicht schlecht, mein Sohn ...
Walter: Die Männer treiben's ähnlich.
Sie suchen scharenweis die Snackbar auf
Und lassen sich von Barmaid oder Mixer
Den Gin, den Whisky oder Cocktail reichen.
Beliebt sind auch die Garden-Parties,
Wo Sandwich, Ale und Toast den Lunch ersetzen.
Tell: Mein Sohn, ich staune, du bist up-to-date!
Walter: Im weiteren muß ich von der Mode sprechen,

Mit Slacks und Shorts die Damenwelt begeistern,
Verschämt von Slips und andrer Wäsche flüstern
Und über Pumps und Slippers diskutieren.
Ich muß die schlanken Glamour-Girls erwähnen,
Die platinblonden Vamps aus Bar und Dancing:
Sie sind okay und haben Sex-appeal ...
Der Mann, falls er nicht hoffnungslos verbauert,
Ist heut mit einem Trenchcoat ausgerüstet,
Und trägt er nicht den neuen blauen Blazer,
So hüllt er sich in einen Overall ...
Ins Weekend fährt der Bursche heut per Scooter
Und teilt das Camping mit dem Sweetheart -
Falls nicht der Trainer oder Coach der Young Boys,
Der Blue Stars, Young Fellows oder Hundwil-Kickers
Zu Match und Massenmeeting ihn verurteilt.
Im Finale um den Cup wird es sich weisen,
Ob nun der Centerforward wirklich fit ist ...

Tell: Halt ein, mein Sohn, ich bin k. o.!

Walter: Dagegen hilft ein Drink, ein guter Brandy,
Versuch ihn, Daddy!

Tell: Thank you, Sonny-boy ...
Ein düster Bild hast du gezeichnet, Knabe,
Und heiße Scham will mir die Stirne röten,
Wenn ich bedenke, was aus purer Faulheit,
Wir Tag für Tag die Muttersprache schänden ...
So wünsch ich mir zum Bundesfeiertage,
Daß jeder Bürger sich daran erinnre:
Ich bin kein Butler, Grocer oder Trader -
Ich bin ein Schweizer,
Und ich spreche deutsch.

Die Flut des Modischen, Eitlen und Unnützen in unserer Sprache schwillt täglich an, und wir haben uns an allzuvieles schon gewöhnt. Das Ausmaß der Überfremdung wird uns erst bewußt, wenn Auslandsdeutsche die Bundesrepublik besuchen und fast immer beklagen, wieviel Undeutsches sie hier vorfinden. Schon 1955 verwies auch ein in Ostberlin erschienenes Buch[102] auf Beobachtungen der Düsseldorfer Schriftstellerin Katharina Fuchs, die sie in ihrer Arbeit ›Kosmopolitis-

mus und Nationalbewußtsein‹ veröffentlicht hatte: »Der Entnationalisierungsfeldzug gegen unsere nationale Kultur geht bereits über die Amerikanisierung der Theaterspielpläne und des Buchhandels, über die Niederwalzung unserer Filmproduktion ... hinaus. Der Einfluß reicht schon in eine Tiefe, in der auch die Substanz unserer Kultur, nämlich unserer Muttersprache, der Zersetzung ausgesetzt scheint.«
Ist das Bemühen um die Erhaltung der sprachlichen Eigenart eine Ausgeburt des Nationalismus? Die Franzosen läßt eine solche Verdächtigung offenbar kalt, sie haben sich zu Anfang des Jahres 1972 zur Gegenwehr entschlossen[104]: »Chaban-Delmas ächtet das ›Franglais‹. Franzosen sollen wieder französisch sprechen - und die Staatsverwaltung wird ihnen mit gutem Beispiel vorangehen. Frankreichs Premierminister Chaban-Delmas unterzeichnete jetzt ein Dekret, das nun in allen Ministerien ›Sprachreinigungs-Kommissionen‹ einführt. Sprachexperten werden sich bemühen, fremde Worteindringlinge auszumerzen und entsprechende französische Ausdrücke zu finden. Alle Beamten werden sich daran halten müssen.
Paris macht jetzt mit seinem Bemühen um die Reinhaltung des Französischen ernst. Den Anleihen aus dem Englischen - den Mischworten des ›Franglais‹ - wird der offene Kampf angesagt. Der Finanzminister darf dann nicht mehr von ›Hot money‹, der Sportminister nicht mehr von ›Football‹ sprechen und Chaban-Delmas nicht mehr hinnehmen, als ›Leader‹ der Gaullisten bezeichnet zu werden.
Das so gereinigte Französisch soll damit seine weltweite Ausstrahlung erhalten, Kern einer Völker- und Sprachgemeinschaft ... bleiben, dem englisch-amerikanischen Block standhalten, vor allem in Europa seine Vorherrschaft sichern ...«
Niemand erwartet von unseren Verantwortlichen solchen kämpferischen Stolz - nur ein wenig Kulturbewußtsein. Doch da hoffen wir vergeblich, denn in unseren Amtsstuben herrscht stumpfe Gleichgültigkeit und Komplexbeladenheit. Wie sollte es auch anders sein, wenn höchste Beamte als Sprachsünder schlechte Beispiele geben? Nur einmal, im Sommer 1973, erhob Gustav Heinemann die Stimme gegen die Überfremdung im Deutschen; Wirkungen wurden nicht beobachtet. Es wird also bleiben, was Jean Paul verächtlich fand: »Da aber wir Deutschen gern Bücklinge nach allen zweiunddreißig Kompaßecken und den Zwischenwinden hin machen, um sowohl alle Völker zu

gewinnen als etwas von ihnen: so haben wir oft recht sehr gewünscht, unsere Sprache möchte englischer, französischer, regelmäßiger ..., überhaupt mehr zu jener von den Philosophen gesuchten allgemeinen Sprache zu machen sein, damit man uns auswärts leichter erlernte.«
Was dem deutschen Wohlstandsbürger, dessen Persönlichkeitsschwerpunkt sich längst vom Kopf in den Bauch verlagert hat, so gleichgültig wurde, ist für manchen Ausländer noch ein Ärgernis. So schrieb die Londoner ›Times‹ bereits vor Jahren über die »sprachliche Invasion Deutschlands«, zählte eine lange Reihe angloamerikanischer Wörter auf, die seit dem Kriegsende in die deutsche Sprache eingedrungen sind. Sie nannte auch die Ursache: *»Sprachliche Unterwürfigkeit«* (»linguistic submissiveness«) und unsere »Hochachtung für alles, was aus Amerika kommt«. »Es ist kaum glaubhaft, daß das Deutsche eine der großen Weltsprachen ist. Auch die Sprache scheint 1945 eine Niederlage erlitten zu haben[105].«
Wie wird unsere deutsche Sprache in nicht allzuferner Zukunft klingen? Vielleicht wie jene der deutschen Auswanderer, die 1950 nach Australien gingen und zwanzig Jahre danach so redeten[106]: »Zur Zeit bin ich am Schalter on the relieving staff, das heißt, ich relieve Leute, die krank sind, auf unseren Branchen.« »Die scenery is nicht wie in einer typischen Großstadt of zwei Million Einwohnern; it shows mehr content people; it shows den großen Unterschied zwischen einer richtigen Großstadt und einer real typischen australischen conservative city.« »Der Einwanderer fährt sonntags mit seinem car an die beach. Dort surfen die Leute und sonnenbaden. Vor seiner Abfahrt von zu Hause hat er einen shower und sein breakfast aus cornflakes und bacon and eggs. Abends watcht er immer television ...« Es sind Tonbandaufnahmen des Germanistischen Seminars der Monash University in Melbourne.
Es steht zu befürchten, daß unsere Enkel auf die Frage eines Engländers »Do you speak German?« antworten werden: »Ja, ich tue; ich bin ein Deutsch. In Schule ich lernte Deutsch zwei Jahre. Ich sprechen sehr gut, tu ich nicht?«

Im Munde der Linken werden die Wörter zu ideologischen Mumien. *›Christ und Welt‹ Oktober 1969*

Wie dünn deckt der ideologische Firnis die natürliche Sache der Völker! Atmet die Erde, springt die Lasur.
Hans Kasper

Die Sprache, die aus der Kälte kam

Gemeinsames Schicksal aller Deutschen ist seit 1945 die geistige und damit auch die sprachlich-begriffliche Bevormundung durch von außen kommende Kräfte. »... nicht zuletzt sind da die Sieger der Geschichte, die jeweils ihren Ideenvorrat, der mitgesiegt hat, durchdrücken und deren Handlanger jeden verbellen, der unerwünschte Dinge sagt.« (Arnold Gehlen[107])

Wesentliche Unterschiede bestehen in der Bewegungsfreiheit, die Ost und West den von ihnen vereinnahmten Deutschen gewähren. Während der Westen eine vornehmlich auf vordergründige Wunschbefriedigung ausgerichtete Lebensform predigte und, als er sah, daß die Rechnung mit dem Egoismus, dem materiellen Leistungsanreiz und der Zerstreuung als Kulturersatz zunächst aufging, dem Spiel weitgehend freien Lauf ließ - behielt der große Bruder der Ostdeutschen die Zügel fest in der Hand.

Wir haben die sprachlichen Verformungen durch die Auswüchse des Liberalismus, die Wirkungen der Hemmungslosigkeit, eines oberflächlichen Glückstrebens, der Verachtung überkommener Werte nicht beschönigt. »Zynismus, die stagnierende Zerstreutheit, der alberne Unernst oder die Rebarbarisierung in Kriminalität und Pornokratie[107]« sind nicht zu bestreitende Bestandteile der westlichen, nicht zuletzt der westdeutschen Wirklichkeit. Zu wenige, die bei uns diese Zustände beklagen, nützen die ihnen gegebenen Möglichkeiten, ihren Beitrag zur Besserung der Verhältnisse zu leisten; eine leidlich funktionierende parlamentarische Regierungsform würde es gestatten.

Unsere Allerweltsliebe sollte uns nicht hindern zu erkennen, daß nicht überall geistige (und damit eng verknüpft die politische) Freiheit in gleichem Maße als Wert anerkannt, angestrebt und verwirklicht wurde und wird. Vielen Menschengruppen erscheint es als kleineres Übel, das individuelle Denken, Urteilen, Planen und Handeln einem (scheinbar in sich geschlossenen) System unterzuordnen. Gestützt auf eine Glaubenslehre, eine ›heilige‹ Schrift dieser oder jener Religion oder Ideologie, ist es leichter, etwas zu behaupten und zu vertreten; schwerer ist es, allein mit den Kräften der Erkenntnisfähigkeit, Wahrheitsliebe, Logik und kritischen Wertung zu Einsichten, Aussagen und zu einer Richtschnur im Handeln zu gelangen.

In Europa hat die Geistesfreiheit allen Gefährdungen zum Trotz stets eine Heimstatt besessen - in Hellas, Rom, Germanien, England, Frankreich und Deutschland. Die Wissenschaft - voraussetzungslos arbeitend und um Schlüssigkeit und Allgemeingültigkeit bemüht - ist ein Kind dieser freiheitlichen Haltung. Selbst das Christentum wurde im Abendland gegen seine Natur umgeformt.

Mit den von freiheitlichem Geist beseelten Menschen - Entdeckern, Siedlern, Wissenschaftlern - drang diese Denk- und Lebensart in Räume, denen sie fremd war. Dort übernahm man oft nur äußere Merkmale (etwa Technik und eine nur scheinbar demokratische Wahlzeremonie), im Wesen blieb vielen Völkern das Freiheitsideal fremd. Während sich Europa immer wieder aus den Fesseln despotischer Herrschaft und kirchlicher Zwangsglaubenssätze zu befreien vermochte, blieb in seinen Randzonen die Neigung zu autoritären Ordnungen bestimmend. Thron und Altar wurden unter ideologischen Gewalthabern vereinigt.

Der überorganisierte, vollmechanisierte Massenstaat, auf den auch wir uns zubewegen, engt den Freiheitsraum des Menschen stetig ein. Keiner entgeht mehr den Lautsprechern und Flimmerscheiben, die ihm vorgefertigte Meinungen ins Haus liefern. Bald wird jeder Bürger als Nummer im großen Computer gespeichert sein und sozusagen auf Abruf zur Verfügung stehen.

Geradezu seherisch hat George Orwell[108] in seinem Roman ›1984‹ die Entwicklung beschrieben, zu einer Zeit, als erst die Anfänge erkennbar waren. Bei ihm ist die ›neue Gesellschaft‹ schon abgebildet: Die Kaste der Bevorrechteten, vergleichbar den Staatspartei-Mitgliedern, ist auf unbedingte Linientreue vergattert, ihre Mitglieder werden unablässig überwacht, ›Abweichler‹ seelisch und körperlich vernichtet; daneben die ›Proles‹, die Sklavenarbeit leisten und mit billiger Zerstreuung versorgt werden (eine Abteilung des ›Wahrheitsministeriums‹ druckt für sie eine Flut von Pornoliteratur!).

»George Orwell ... hat nicht nur das Modell eines bis in die kleinste

Lebensregung kontrollierten Superstaates in düsteren Farben karikiert, sondern auch die Rezepte angegeben, nach denen diese Maschine funktioniert. Das wichtigste und zugleich tückischste Instrument der fiktiven Machthaber von ›Oceania‹ zur Kontrolle der Geister ihrer Untertanen ist hier die Sprache. Sie ist es aber in diesem Staat nicht mehr nur, indem sie als Demagogie und Propaganda ein Werkzeug der Meinungslenkung wird, sondern indem sie nun durch ihre Beschaffenheit selbst nur noch bestimmtes, dem Regime günstiges oder ungefährliches Denken erlaubt. In Orwells Roman läßt eine totalitär regierende Partei eine neue englische Sprache entwerfen und verbreiten, die auf die geistige Beschränkung und Normierung des Menschen abzielt und ihn quasi zur Verblödung und zum Kadavergehorsam zwingt. Die genauen Charakteristika des ›Newspeak‹ hat Orwell im Anhang zu seinem Roman dargestellt.
Orwells Grundgedanke, daß eine veränderte Grammatik veränderte Denk*strukturen* zur Folge haben, daß ein eingeschränktes und modifiziertes Vokabular andere Denk*inhalte* mit sich bringen würde, ist zweifellos richtig. Orwell ist als politischer Schriftsteller durch die Beobachtung sprachlicher Tatsachen schon früh zu dieser Erkenntnis gelangt, wie sich aus vor 1939 verfaßten Aufsätzen entnehmen läßt. Ohne von moderner Sprachwissenschaft gehört zu haben, zog er aus seinen Beobachtungen die gleichen Schlüsse, die jene auf Grund ihrer Forschungen gezogen hat: Es läßt sich kein wirkungsvolleres Mittel denken, den Menschen seiner individuellen Handlungsfähigkeit und Urteilskraft zu berauben, ohne ihm zugleich physisch Gewalt anzutun, als ihn zur Benutzung einer entsprechend präparierten Sprache zu bringen.« (Erasmus Schöfer[100])
Die von Orwell entworfenen schaurigen Zukunftbilder beginnen sich zu verwirklichen. Dafür nur ein Beispiel. Der Verfasser schildert das Wirken des ›Wahrheitsministeriums‹, in dem ein Heer von Beamten damit beschäftigt ist, laufend Urkunden zu fälschen, um sie der gerade gültigen Parteilinie anzupassen. Dort wie in modernen totalitären Staaten wird sowohl die Enzyklopädie als auch die gesamte Geschichtsschreibung ständig überarbeitet, um die Bewertung von Personen und Ereignissen den sich wandelnden obrigkeitlichen Forderungen anzugleichen. Leider hat auch Deutschland, das die um Objektivität bemühte Geschichtswissenschaft mitbegründet hat, neuerdings diese

Neigung zur Geschichtsklitterung angenommen; die deutsche Besonderheit daran: Die Wahrheit wird nicht zu unseren Gunsten, sondern zu unserem Nachteil gebeugt.

Im Jahre 1951 hatte das offizielle Organ der SED, ›Neues Deutschland‹, geschrieben: »Um richtig zu sprechen, bedarf es keiner Sprachtüfteleien, sondern des richtigen Denkens. Die Gesetze vom richtigen Denken vermittelt die kämpferische Wissenschaft des Marxismus-Leninismus. Das richtige Denken und somit das richtige Sprechen ist daher kämpferisch auf die Änderung der Welt im Interesse der Menschen gerichtet.« Gustav Korlén nahm dazu vor dem ›Berliner Colloquium‹ des ›Kulturkreises im Bundesverband der deutschen Industrie‹ Stellung[109]: »Das ist nun eine Aussage, die, wenn sie richtig wäre, sprachwissenschaftlich gesehen eine Umwertung aller Werte bedeuten würde. Wenn uns nämlich die moderne Sprachwissenschaft, nicht zuletzt die heutige deutsche Sprachtheorie in der Nachfolge von Wilhelm von Humboldt, irgend etwas gelehrt hat, so ist es die These vom Primat der Sprache über das Denken ... Was wir in Ostdeutschland seit über einem Jahrzehnt verfolgen können, ist ja im Grunde ... ein großangelegter Versuch der Sprachlenkung und Sprachregelung. Es wäre daher gewiß richtiger, die These des SED-Organs umzukehren: Um richtig zu denken, bedarf es der richtigen Sprache, und es ist sehr die Frage, ob diese aus der ostzonalen Perspektive immer ohne Sprachtüfteleien zu erreichen ist ...«

Schmerzlich erkennen wir die Kluft, die im Verlauf der politischen Auseinandersetzungen aufgeworfen wurde. Begriffe wie ›Demokratie‹, ›national‹, ›christlich‹ und ›Sozialismus‹ können wir heutzutage nicht bewerten, wenn wir nicht wissen, von wem und in welchem Zusammenhang sie ausgesprochen wurden. »›Richtiges‹, das heißt Sprechen nach dem Willen der Partei im Sinne des dialektischen Materialismus (›Diamat‹), ändert die Welt, ist ein Organ des Klassenkampfes. Darum muß die Sprache des Diamat die Begriffe der Zukunft zeigen und die der Vergangenheit auslöschen, und da sich der Wortschatz eines Volkes nicht von heute auf morgen auswechseln läßt, muß er in allen wesentlichen Einzelheiten umgemünzt werden. Dabei werden Zustände oft zu Vorgängen umgedeutet und umgekehrt. ›Freiheit‹ ist zum Beispiel ›Einsicht in die Notwendigkeit‹ (F. Engels), ›Gleichheit‹ ›die Befestigung der Klassen‹ (Lenin); auch ›Koexistenz‹ ist ›eine Form

des Klassenkampfes, die Fortführung des Kampfes, aber mit friedlichen Mitteln‹ (Chruschtschow). ›Aufbau‹ ist kein Vorgang, sondern die dem Übergang zwischen dem revolutionären Sturz des Kapitalismus und der Vollendung des sozialistischen Systems, einer Zeit der ›antifaschistisch-demokratischen Ordnung‹ geziemende Verhaltensweise. Andererseits ist ›Plan‹ kein abänderbarer Vorschlag, sondern das ›Gesetz des Aufbaus‹, das ›erfüllen‹ muß, wer nicht das Verbrechen der ›Planschuld‹ begehen will (und das ›Planziel‹ ist nicht die Erzielung, sondern die Übererfüllung des Solls).
Da entsteht eine fremde Sprache, die zwar mit den Lauten der unseren arbeitet, aber ihre Klänge in einem andern, oft entgegengesetzten Sinn verstanden wissen will: ›Kultur‹ ist eine durch Arbeit herstellbare ›geistige Konsumware‹. ›Imperialismus‹ ist ein Synonym für ›Kapitalismus‹, neuerdings auch für ›Kolonialismus‹, Verhaltensweisen, die den ›Aggressoren‹, den Anzettlern ›ungerechter Kriege‹ eignen. Sie ›versklaven‹, die (nur der Defensive fähigen) Kommunisten, ›befreien‹ die Völker, bei denen es künftig keine Arbeitslosen, sondern ›Bettler und asoziale Elemente‹ geben wird. Da im Strafrecht dieselbe Ummünzung vor sich geht, kann praktisch das Gericht immer bestrafen, wenn es ihm zweckmäßig erscheint: Ungehorsam gegen eine Behördenverordnung zum Beispiel ist ›Sabotage‹, Fluchthilfe ist ›Abwerbung‹, ›die Übermittlung jeder wahren oder falschen Nachricht aus allen Gebieten des öffentlichen Lebens‹ ist ›Spionage‹ und so weiter.
An der Sprachspaltung Deutschlands wird deutlich, wie erzwungene Sprachregelungen das Denken der Sprecher zur Umwertung ihrer bisherigen Wertungen nötigt.« (Lutz Mackensen[9])
Die Beeinflussung der Geister durch Auswahl und Einengung der Begriffe im mitteldeutschen Sprachgebiet wird neuerdings auch auf dem Gebiet des sachbezogenen Wörterbuches geübt. In den Leipziger Duden wurden einerseits Vokabeln wie ›Kowaljowmethode‹ und ›Franikbewegung‹ aufgenommen, andererseits fehlen so gängige Begriffe wie Mitbestimmung, Meinungsfreiheit, Kindergeld oder Weltreise. Die Abgrenzung wurde schon 1957 betrieben, als die Neubearbeitung des Aussprachewörterbuches von Theodor Siebs zwar in Österreich und in der Schweiz anerkannt wurde, nicht aber in Mitteldeutschland. Dort wurde eine Kommission mit der Arbeit an einem eigenen Aussprache-

wörterbuch beauftragt. Und heute, da manche bei uns auf innerdeutsche Verständigung hoffen, tut Ostberlin selbst im Sprachlichen alles, um die Spaltung zu erreichen: »Es sei das Recht eines souveränen Staates wie der DDR, über die Rechtschreibung seiner Staatssprache zu bestimmen und sie den Erfordernissen der Gegenwart anzupassen ... Auf die Bundesrepublik und die anderen deutschsprachigen Länder brauche man, so Liebsch, keinerlei Rücksicht zu nehmen, da die Einheit der deutschen Sprache, sofern man überhaupt davon reden könne, gewahrt bliebe[110].«

Worin liegt die tiefe innere Widersprüchlichkeit der östlichen deutschen Sondersprache, dieser Mischung aus Drohung und Schönfärberei, aus Kriegerischem und Hoffnungsfreude, begründet? Sicher in der Unvereinbarkeit von Traum und Wirklichkeit, zwischen Schalmei und Stacheldraht. Selbst unter Marxisten herrscht Unklarheit darüber, ob und wo Kommunismus und Sozialismus verwirklicht wurden. In einem Gespräch mit dem ›Spiegel[111]‹ wurde zwei Schriftleitern der ›Praxis‹, einer in Jugoslawien erscheinenden marxistischen, für die ›reine Lehre‹ eintretenden Zeitschrift, Gelegenheit gegeben, ihre Hoffnungen auszusprechen. Ihr Kollege Svetozar Stojanovic hatte beispielsweise geschrieben, »der Sowjetkommunismus sei hinter den Kapitalismus in den Feudalismus zurückgefallen - in einen neuen ›primitiven Etatismus‹«. Milan Kangrga war ebenfalls voller Bedenken: »Die wichtigste Frage, die hier gestellt werden muß, ist nämlich, welche Tendenzen überhaupt zum Sozialismus führen oder führen können. Erst wenn wir auf diese Frage geantwortet haben, können wir über den Sozialismus sprechen. Wenn ich das sage, möchte ich das Problem aufwerfen, ob wir zum Beispiel Sowjetrußland und die anderen, ich sage: sogenannten sozialistischen Länder überhaupt noch oder schon sozialistisch nennen könnten.«

Den ›rechtgläubigen‹ wie den ›erneuerungswilligen‹ Marxisten ist die Neigung gemeinsam, die Unzulänglichkeiten ihrer Gegenwartwelt mit dem Hinweis auf künftige Idealzustände zu rechtfertigen. Wie beim Goldenen Zeitalter oder dem paradiesischen Jenseits des Christentums wird alles in die Zukunft verlagert und vertagt. »Im Kulturbetrieb des Ostens sind der stilistische Rahmen und auch das Vokabular weitgehend vorgegeben ... Auffällig ist das Vokabular der teleologischen, organologischen Entwicklung, das in dieser Sprache des Kulturbetriebs festgelegt ist: Aufschwung, Höhen erklimmen, Entfaltung, Entwicklung, Umwandlungsprozeß, Drang nach, sind Schlüsselworte.« (Walter Höllerer[112]) Und Wilhelm Emrich[23] spricht von der Berufung auf die in sich widersprüchliche, aber einer göttlichen gleichenden Weisung, die ein widersprüchliches Handeln auf Grund höherer Vorsehung befiehlt und damit rechtfertigt: »Das gilt für den tugendhaften Robespierre und seine demokratische Revolution, die wie im alten mythischen Orakel ›ihre eigenen Kinder zu verschlingen‹ hat, wie für die rationalistische ›Dialektik‹ der russischen Revolution, die ihre Weisung aus der prophetischen Vorhersehung eines zukünftigen klassenlosen Paradieses erfährt.«

In einem entsprechenden »militanten, in einem pseudosakralen Stil, in einem aufgekratzt lebensbejahenden und aufbaufreudigen Stil« (Volker Klotz[112]) wird heute auch in der DDR offiziell gesprochen und geschrieben. Das geht so weit, daß eine Ostberliner Zeitung »aufbauliche« Schlagertexte fordert.

Der Wortschatz, den dieses System hervorgebracht hat, ist verschiedenartigen Ursprungs. Da ist zunächst jene Gruppe von Begriffen, die den Oststaaten gemeinsam ist: Aktiv, Kollektiv, Pionier, Kolchose, Kader, Brigade, Diversant, Terrorist, Kombinat. Auffallend sind die zahlreichen Entlehnungen aus dem militärischen Bereich. Für unsere Ohren klingen Zusammenstellungen wie ›Kaderabteilung der Medizinischen Fakultät an der [Humboldt!-] Universität Berlin‹ befremdend.

Auch deutsche Wörter trommeln zur Produktions-Schlacht: Soll, Plan, Plansoll, Held der Arbeit, Betriebskampfgruppe ...

Nicht vergessen sei der reiche Vorrat an Schimpfwörtern: Abweichler, Aufweichler, Versöhnler, Abwerber, Klassenfeind, Volksfeind, Republikflüchtiger ...

Die ständige Wiederholung des Wortes ›wissenschaftlich‹ in Zusammensetzungen wie ›der wissenschaftliche Marxismus-Leninismus‹ soll die Vorstellung festigen helfen, es handle sich bei diesem Dogma um objektiv richtige Einsichten und schlüssig verknüpfte, widerspruchsfreie Erkenntnisse. Martin Gregor-Dellin[113] hat in einer von ihm analysierten Rede Honeckers die Vokabeln ›wissenschaftlich‹ und ›Wissenschaft‹ 45mal gefunden: »Der hohe Anteil von ›wissenschaftlich‹ weckt übrigens schon den Verdacht, hier werde etwas vorgetäuscht, denn schließlich sprach Honecker vor Parteifunktionären, nicht vor Wissenschaftlern.«

So klingt es, wenn ein etablierter Marxist des Westens ›wissenschaftlich‹ im Sinne des Marxismus-Leninismus über Kunst und Künstler redet: »In Kunst und Künstler haben sich nun solche historisch frühen Formen der individuellen Produktion erhalten und gegen alle Versuche einer manufakturmäßigen oder industriellen Serienproduktion immer wieder durchgesetzt. Und zwar ist das ganz offensichtlich so wegen der von Marx anhand des geschichtlich frühen Produkts analysierten, selbstschöpferischen Möglichkeiten der Arbeit, die desto schärfer als Vorzug hervortreten, desto brutaler die Entfremdung, die Entmenschlichung und Degradierung der Arbeit in der Klassengesellschaft hervortritt. Das heißt, gerade in den Künsten mit ihrer individuellen Produktionsform wird die Illusion oder Utopie der möglichen menschlichen Selbstverwirklichung genährt (natürlich auch in anderen privilegierten Berufen wie Arzt, Forscher, Wissenschaftler, sogar Manager, aber auf die Unterschiede zur individuellen Kunstproduktion kann hier nicht eingegangen werden).« (Richard Hiepe[114])

An diesem Beispiel sind die Wirkungen sinnentleerter Begriffs- und Wortklischees ablesbar: Eine Binsenwahrheit (die Besonderheit schöpferischen Tuns) wird so gebogen, daß sie in die Denk- und Worthülse des Dogmatikers (Produktion) paßt. Die vorgeformte Begriffswelt verhindert oder verbietet, Wesensverschiedenheiten zu erkennen, das Schreiben und Reden wird zum mechanisierten Geklapper, die Webmuster sind durch Marxens Lehre vorbestimmt.

Häufig sind die Fälle sprachlicher Beschönigung von Tatbeständen, man denke an ›Brudervolk‹, ›Völkerfreundschaft‹ und ähnliches.

Das Wort Freundschaft meint eine Beziehung, die über das Unverbindlich-Zufällige hinausgeht. Auch der schlichte Mensch hat ein Empfinden für den Unterschied zwischen Kameradschaft (im Sinne von Schicksalsgenossenschaft) und Freundschaft (als einer glückhaften Begegnung gleichgestimmter, sich ergänzender Wesenheiten). Durch einen Parteiritus wird dieser Begriff für etwas Seltenes und Kostbares zur gedankenlosen Floskel. Ähnlich ist es mit dem pathetischen Wort ›Bruder‹. Sein politischer Gebrauch hat seinen Ursprung in der Revolutionsparole ›Freiheit - Gleichheit - Brüderlichkeit‹. 1848 sang man: »Und willst du nicht mein Bruder sein, dann schlag ich dir den

Schädel ein.« Die von Sowjetdiplomaten gepflegten Gesten der Bruderküsse und Umarmungen sind so fragwürdig wie jeder zur Formel gewordene Brauch. Das Volk durchschaut die Unaufrichtigkeit. Als im August 1968 ein westlicher Pressemann angesichts der russischen Panzer zu einem Prager sagte: »Ihr habt sonderbare Freunde«, antwortete der Tscheche: »Das sind nicht unsere Freunde, das sind unsere Brüder. Freunde kann man sich aussuchen.«

»Ob zum Beispiel der Ausdruck *volkseigener Betrieb* den durch die Vergesellschaftung privater Unternehmen herbeigeführten neuen Sachverhalt am besten wiedergibt, mag zweifelhaft sein ...« »Sicherlich liegt eine Sprachfälschung vor, wenn bestimmte Sachverhalte, z. B. Flucht oder Vertreibung, nicht beim wahren Namen genannt werden dürfen ...« (Carl Hermann Ule[115]) »Daneben bleiben immer politische und soziale Widersprüche kaschierende Begriffe bestehen: *Volkssolidarität, Friedenslager, Friedensgrenze, Friedensmauer* und so weiter.« (Jürgen Strutz[116])

In einer Zeit der offen zur Schau getragenen Selbstsucht und der bewußt geschürten Entfremdung der Generationen erscheint auch uns die Förderung der ›Volkssolidarität‹ (im Dritten Reich ›Volksgemeinschaft‹ genannt) durchaus wünschenswert. Springers Nachkriegsmotto ›Seid nett zueinander‹ und eine kaum wahrgenommene ›Aktion Gemeinsinn‹ richteten nichts aus. Hier müßte erst ein Wandel in der Gesinnung eintreten, dann würden die sichtbaren Zeichen folgen. So hat in den Oststaaten der Wegfall des ›Herr‹ bei dienstlichen Anreden keineswegs zur Aufhebung der Rangunterschiede geführt. In der Anrede ›Genosse General‹ hat ›Genosse‹ als Formelwort kaum Gewicht, der ›General‹ um so mehr. Die westdeutschen Sozialdemokraten haben ihre liebe kleine Not mit dem traditionellen ›Du‹ und ›Genosse‹ im Zustand ihres Etabliertseins. Denn, aus dem Munde eines Ministers ›nach unten‹ gesprochen, bekommt dieses ›Du‹ einen Beiklang von Herablassung oder Anbiederung, vom kleinen Parteimitglied ›nach oben‹ verwendet, den Beigeschmack von Anmaßung oder Herausforderung.

Das Wesentliche an der ostdeutschen Sprachentwicklung ist jedoch nicht die Entlehnung von Vokabeln aus der sowjetrussischen Begriffswelt, sondern der gelenkte Bedeutungswandel altvertrauter und allgemeinverbreiteter Wörter und damit die Sinnverschiebung bei den dahinterstehenden Vorstellungen. »Insofern ist die Grenze wirklich mitten durch unser Herz gezogen: In entscheidenden Fragen formt schon heute verschiedene Sprachdeutung verschiedene Weltbilder. Wenn zwei Gesprächspartner aufhören, unter Begriffen wie Gerechtigkeit, Freiheit, Treue, Ehre dasselbe zu verstehen, dann nützt ihnen der gleiche Lautklang auch nicht mehr weiter: Sie verstehen einander nicht. Wie weit sich diese Gefahr schon verdichtet hat, zeigt nicht nur ein Vergleich von west- und ostdeutschem Duden, sondern jeder Blick in eine Zeitung der Zone und jedes Lauschen in ein west-ost-deutsches Gespräch.« (Lutz Mackensen[117])

An welchem Beispiel könnte die vom weltanschaulichen und politischen Gebot bestimmte neue Auslegung besser dargetan werden als am Begriff Freiheit? Fragt man den Zeitgenossen mit gesundem Menschenverstand, den ›Mann auf der Straße‹, was er unter Freiheit versteht, dann wird er mit Sicherheit vom uneingeschränkten Recht auf Berufs- und Arbeitsplatzwahl, vom Tarif- und Streikrecht, vom ungehinderten Reisen, von unabhängigen Richtern sprechen und davon, daß man freiheitliche Ordnungen daran erkennt, daß sie auch jenen Gruppen, die der an der Regierung befindlichen Partei widersprechen, die Möglichkeit zur vollen Information wie zum Zusammenschluß und zum öffentlichen Wirken geben.

Was in der Praxis so leicht zu erkennen und zu beschreiben ist, wird von Ideologen in geradezu gegensätzlicher Weise definiert. Unter dem Stichwort ›Freiheit‹ führt ein deutsches Lexikon von 1937 an: »*Freiheit* (zu frei) 1) Zustand der Unabhängigkeit, des Fehlens von Zwang, die Möglichkeit zu persönlicher Selbstbestimmung: die F., zu tun, was man will. Beiw. freiheitlich. Eine unbedingte F. des Einzelwesens gibt es nicht. Ihr sind durch die sittliche Bindung an Rasse, Volk und Staat Grenzen gesetzt. Der individualistische Freiheitsbegriff stellt das Recht des einzelnen über die Pflichten gegenüber der Gemeinschaft. Diese Auffassung führt zum Verfall der Gemeinschaft, zur Anarchie. Frei ist im Sinne der nationalsozialistischen Weltanschauung, wer die sittlichen Bindungen an die Gemeinschaft anerkennt und als Persönlichkeit für die Gemeinschaft und im Einklang mit ihr handelt.«

Ein Lexikon von 1962 aus Leipzig bringt unter dem Stichwort ›Freiheit‹: »In der kapitalistischen Welt wird der Begriff F. heute demago-

gisch mißbraucht (›freie Welt‹). Unter F. wird Willkür der kapitalistischen Ausbeutung, Unterdrückung anderer Völker, ungehemmte Kriegspropaganda u. a. verstanden. - Wirkliche F. im gesellschaftlichen Maßstab kann erst im Sozialismus errungen werden, wo die entsprechenden gesellschaftlichen Grundlagen, vor allem das gesellschaftliche Eigentum an den Produktionsmitteln und die politische Macht der Arbeiterklasse vorhanden sind[9].«
Die Wortbedeutung klafft dort am weitesten auseinander, wo es im Hinblick auf die Verständigung zwischen den Völkern und die Duldung der unterschiedlichen Weltanschauungen am verhängnisvollsten ist. Ost und West geben vor, den Frieden zu ersehnen. Versteht man indes in beiden Lagern das gleiche unter dem Begriff ›Frieden‹? Der in der Sowjetunion einflußreiche Völkerrechtslehrer M. Rapoport verneint es in seinem Buch ›Vom Wesen des modernen Völkerrechts‹: »Der Kampf für den Frieden des sozialistischen Staates ist grundsätzlich verschieden vom bourgeoisen Pazifismus. Unser Kampf um den Frieden ist untergeordnet dem revolutionären Kampf für den Sozialismus und auf diese Art eine revolutionäre Politik des Friedens. Der Kampf der UdSSR um den Frieden ist nicht ein Kampf um den Frieden um jeden Preis. Er verbindet sich organisch mit dem Kampf um die Vergrößerung der Macht, Selbständigkeit und Unabhängigkeit des sozialistischen Staates - des Vaterlandes des Weltproletariats - für die Beseitigung jeder Bedrohung seiner Sicherheit.«
Die ›Prawda‹ schrieb am 10. Oktober 1970: »Die Politik der friedlichen Koexistenz trägt zur Entwicklung des Klassenkampfes im nationalen Maßstab bei ... Die bürgerlichen Liberalen und Pazifisten haben eine andere Vorstellung vom Wesen der Koexistenz (zum Beispiel Versöhnung der Ideologien, ganz falsche Vorstellungen vom Charakter des Krieges und des Friedens und so weiter) ... Wir anerkennen die Berechtigung und Notwendigkeit von Bürgerkriegen voll und ganz, von Kriegen der unterdrückten Klasse gegen die unterdrückende Klasse ... Der marxistisch-leninistische Begriff der friedlichen Koexistenz enthält keineswegs die pazifistische Propagierung des Friedens ... Die friedliche Koexistenz setzt die Mobilisierung für den aktiven Kampf ... und die ganze Macht des Sozialismus ... voraus.«
In einer Untersuchung aus jüngster Zeit stellt Fritz J. Raddatz[118] das

zunehmend stärker werdende Auseinanderklaffen west- und ostdeutschen Sprachgebrauches fest - eine besorgniserregende Tatsache auch angesichts der politischen Gespräche zwischen BRD und DDR. »Wie die zitierte Angabe zu Imperialismus im DDR-Duden einen möglichen Begriff wie ›sowjetischer Imperialismus‹ undenkbar macht, so ist auch die Definition von Aggression nicht mehr als ›militärischer Überfall‹, sondern als ›imperialistischer Überfall‹, damit politisch statt begrifflich klassifiziert; Budapest 1956 oder Prag 1968 können so nicht mehr mitgedacht werden.«

Vor 1945 hatte das Wort Friede nur eine fragwürdige Nebenbedeutung: Aufsässige oder lediglich unbequeme Völker und Stämme wurden ›pazifiziert‹. Die Engländer stifteten auf diese Weise Frieden in Indien, die Yankees unter den Indianern (ein Revolvermodell hieß bezeichnenderweise ›peace-maker‹ = Friedensstifter). ›Friedliche Durchdringung‹ (Pénétration pacifique) wurde zum Fachbegriff für die Unterwerfung und Machtübernahme, etwa durch die Franzosen in Marokko zwischen 1900 und 1911.

So recht zu wuchern begann der falsche Friede indes erst nach 1945. Friedensgesellschaften und -parteien wurden gegründet, Weltfriedenskongresse abgehalten, die jeweils auf einem Auge blind zu sein pflegten. Wer sich den Machtansprüchen der ›Friedensfreunde‹ widersetzt und seine noch so begründeten Rechte verteidigt, wird zum ›Friedensstörer‹ erklärt.

Bis ins Gegenteil seiner eigentlichen Bedeutung verkehrt worden ist inzwischen der Begriff Demokratie. Was in den griechischen Stadtstaaten, im germanischen Stammesverband oder in der schweizerischen Eidgenossenschaft noch unmittelbar als Volksherrschaft erlebt und geübt wurde, ruhte auf zwei Pfeilern: auf dem Überwiegen der freien und verantwortungsbewußten Mitglieder in natürlicher Gemeinschaft und der überschaubaren Zahl der Stammesangehörigen. In der neuzeitlichen Massengesellschaft, in der eine Willensbildung nur über mehrfache Mittler möglich ist, droht immer die Gefahr parteiischer Unterrichtung, Ablenkung ins Unwesentliche, Beeinflussung durch leichtfertige Versprechungen (und spätere Flucht ins anonyme Kollektiv), die Umdeutung und Verbiegung des politischen Auftrages der Wähler durch die Gewählten.

Während der Westen Europas zwar wachsend dem fragwürdigen ame-

rikanischen Brauch der Wahlfeldzüge mit ihren sachfremden Kniffen der Massenpsychologie folgt (wenn etwa Leinwandhelden und Fernsehspaßmacher ihre Neigung für eine Partei verkünden und so zu Leitbildern der Gedankenlosen werden), aber an der geheimen Wahl und dem Mehrparteiensystem festhält - wurde im Osten durch Einheitsliste (›Nationale Front‹) und öffentliche Zustimmungskundgebungen das Parlament seines Sinnes beraubt. »*Wahl* heißt hier, zwischen etwas wählen, dort für etwas wählen.« (Raddatz[118])
»Als die Russen 1950 in Berlin eine Wahl veranstalteten, gaben sie der Welt ein prächtiges Beispiel, wie man unvernünftig redet. Sie begannen damit, daß sie ›freie Wahl‹ definierten als ›eine Abstimmung, die frei ist von jedem Wahlkampf‹. Die sowjetische Armeezeitung ›Tägliche Rundschau‹ schrieb: ›Diese Wahlen werden die freiesten sein, die je in Deutschland stattgefunden haben: frei von antisowjetischer Agitation, frei von der Demagogie der Oppositionsparteien, von jeder Bestechung durch das monokapitalistische Kapital, von jedem Druck und Terror fremder Aufseher.‹ Die Zeitung vergaß zu erwähnen: Wozu unter diesen Umständen ›wählen‹, es gibt keine ›Wahl‹.« (Stuart Chase[27])
Durch Worthülsen wie ›Deutsche Demokratische Republik‹ wird der Entleerung des Begriffes Vorschub geleistet. Die Linke in der Bundesrepublik trägt das Ihre dazu bei, denn Schlagworte wie ›Mehr Demokratie‹ erweisen sich in der Wirklichkeit oft als ein Streben nach dem Abbau des freien Spiels der Kräfte zugunsten entschlossener Minderheiten. Eine ›Aktion demokratischer Fortschritt‹ kann heute durchaus im Dienste der Abschaffung demokratischer Grundrechte stehen. Als Trojanisches Pferd in unserer politischen Landschaft darf der Begriff ›Demokratisierung‹ gelten. Wer ihn nicht gedankenlos als Modewort hinnimmt, sondern wägt, in welcher Weise und in welchen Zusammenhängen er benutzt wird, stellt fest: Es ist weit weniger an die Förderung der freien Willensbildung gedacht und weit mehr an eine Umschichtung der Macht - besonders in den außerparlamentarischen Raum, bis hin zum Rätesystem. Deutlich hörbar schwingt in der Floskel ›Demokratisierung‹ - wie sie im demokratischen Westen gebraucht wird - ein Denunzieren des Parlamentarismus mit und eine jakobinerhafte Drohung im Sinne »Und willst du nicht mein Bruder sein . . .!« Caspar von Schrenck-Notzing hat der mehrdeutigen Flos-

kel ›Demokratisierung‹ eine tiefschürfende und erhellende Betrachtung gewidmet[119], noch gegenwartbezogener Wilhelm Hennis[120].
Ein anderes Wort, das durch mißbräuchliche Verwendung zur Zeit entwertet ist, heißt ›Humanismus‹. Die Entfaltung des geistigen und sittlichen Menschen meinend und geschichtlich für die Ausbreitung des antiken Erbes im Abendland stehend, dient dieser Begriff neuerdings zum Maskieren durchaus unmenschlicher Absichten. »Dieser ›Humanismus‹ ist heute zu einer Ideologie im Sinne eines Glaubenssatzes geworden, im Sinne eines abstrakten, phraseologischen, dabei höchst selektiven, weil alle ›Progressiven‹ ebenso verherrlichenden wie alle ›Konservativen‹ hassenden Allerweltsmoralismus, ohne echte sittliche Grundlage, die sich nur im konkreten Verhalten von Mensch zu Mensch äußern kann, mit viel Unehrlichkeit, Pharisäismus, Selbst- und Fremdtäuschung. Er ist eine der vorherrschenden Formen, in denen heute die durch die systematische Zerstörung des Numinosen geschaffene Leere in der Seele des Menschen als eines Homo religiosus ausgefüllt wird, aber vielleicht die gefährlichste, weil sie die Lebenskraft unserer Kultur Faser für Faser zerstört. Dieser ›falsche‹ Humanismus ist daher nichts anderes als Nihilismus selber. Ich glaube, daß das nicht entschieden genug gesagt werden kann, weil er heute im Westen allherrschend ist und überall, wohin man sich auch wendet, vorausgesetzt zu werden scheint.« (Wilhelm Röpke[121])
In den ersten Nachkriegsjahren war auch im östlichen Teil Deutschlands bei manchen Zeitgenossen das Ohr noch geschärft, und gelegentlich fand ihre Sorge Eingang in sprachkritische Äußerungen. So schrieb Franz Carl Weiskopf 1955 in seiner ›Verteidigung der deutschen Sprache‹ noch einsichtig und gerecht: »Anders steht es um solche Prozesse wie die Verarmung, Barbarisierung und Überfremdung, durch die unsere gegenwärtige Sprachmisere gekennzeichnet ist, - eine Misere, an der beide Seiten schuld sind und nicht, wie wir bequemer- und schädlicherweise oft annehmen, nur die andere, die westliche. Freilich sind die Sünden wider die Sprache (abgesehen von gewissen ›gesamtdeutschen Schlampereien‹: die grammatischen Gesetze werden immer häufiger und unbedenklicher gebrochen, und das Sprachempfinden stumpft sich in erschreckendem Maße ab) hüben und drüben verschieden an Art und Gewicht.« Weiskopf verurteilt das »Überwuchern des Spruchbänder-, Behörden- und Parteijargons« (›Schließt

euch der 100-Watt-Bewegung an!‹, ›der *übererfüllte* Plan, das *vorangetriebene Kollektiv,* die *ausgewertete* Jugendbuchlektüre, der *eingestufte* Angestellte, die *operative* Arbeit . . .‹), wendet sich gegen »Slawismen, durch mechanische Übersetzung (zumeist auf dem Weg über die Presse) ins Deutsche eingedrungen«, und meint, sie stellten »eine weitere Art der Sprachverwilderung dar, die - weil nur bei uns, nicht auch drüben anzutreffen - dem Prozeß der sprachlichen Entfremdung zwischen beiden Teilen Deutschlands Vorschub leistet«. Er lehnt die »alberne Übernahme von Fremdwörtern aus zweiter Hand« ab (zum Beispiel ›Exponat‹). »Die Gefahr einer Sprachspaltung ist durchaus real; ihre Symptome - tagtäglich und überall schwarz auf weiß vor uns erscheinend - sind Legion.«

Inzwischen ist es auch dem systemtreuen Fachmann drüben kaum möglich, den politischen und ideologischen Wurzeln der ostdeutschen Sondersprache prüfend nachzugehen; er darf nur noch die äußeren Erscheinungsformen des Sprachverfalls verurteilen. So bleibt uns Westdeutschen die unschöne Aufgabe, neben den eigenen Sünden auch jene der im russischen Machtbereich lebenden Landsleute zu bekennen. Eine treffende Beschreibung der ostdeutschen Spielart der Gegenwartsprache hat Fritz J. Raddatz[118] gegeben:

». . . die Mischung aus militärischer und wirtschaftlicher Kommandosprache scheint vom Russischen übernommen - die *Aneignung des Kulturerbes,* die *künstlerische Bewältigung der Gegenwart,* der Zentralbegriff *Brigade* oder das von Ulbricht auf der ersten Bitterfelder Konferenz geprägte *Erstürmen der Höhen der Kultur.* Das sogar in der Verfassung der DDR verankerte Neuwort *Errungenschaften* faßt die Begriffe ›Erringen‹ und ›Erreichen‹ zusammen.

Eine sonderbarerweise dem Romanischen ähnliche Wortlust, ein Wort- und Weltvertrauen zeigt sich im Russischen; zu Schwulst und Manierismus - übrigens den Elementen des Barockstils - degeneriert sich das der DDR. Freude am Superlativ, Vokalreichtum, möglichst häufige Anwendung von *groß* und *schön,* von *kühn* (russisch ›smelyi‹) und *schöpferisch* (russisch ›tvorceskij‹), von *einst* und *zukünftig,* von *gewiß* oder *ohne Frage* prätendiert Sicherheit und Macht über die Welt.«

»Als fester Bestandteil der DDR-Sprache findet sich das Überredungsritual, ein didaktisches Element, eine gelegentliche Degradierung zur Unmündigkeit des Adressaten. Eine Mischung aus Schmähen und Lok-

ken. Denunziation und Werbung - Kennzeichen zahlreicher Funk- und Fernsehsendungen der DDR - ist die Entsprechung einer zweifelsfreien, adversativen Denk- und Moralhaltung.«
Damit ist zugleich der wesentliche Unterschied zwischen Linken in der DDR und Linken in der BRD beschrieben: Dort ist man patriotisch, militant, bejahend und aufbaubesessen, hier verunsichert, kulturmüde, zwiespältig und zweiflerisch.

> *Alle sind Fachleute in einem kleinen Bereich und erwarten das, was sie bedürfen, von anderen Fachleuten. Alle leben, als ob von einem Ort her das Ganze geführt würde. Aber an diesem Ort steht kein Fachmann. Dort finden sie nichts. In unaufhebbarer Daseinsnot erzeugt daher der Wissenschaftsaberglaube das typisch moderne Bewußtsein des totalen Betrogenseins, die Verzweiflung oder die sterbensmüde Gleichgültigkeit.* *Karl Jaspers*

Das Reden der Politiker

Weil es so ist, wie Jaspers sagt, daß nämlich in den entscheidenden Augenblicken unseres Schicksals die Inhaber der Macht nicht sosehr nach Fachkenntnissen als vielmehr nach dem Maß oder Mangel an Charakterstärke, Weisheit und Willenskraft entscheiden, sollten wir die Sprache unserer Politiker beim Wort nehmen, um etwas über die Persönlichkeit der öffentlich Sprechenden zu erfahren. Wenn sich der Staatsmann auch des Rates von Sachkennern bedienen und Statistiken auswerten wird, den verantwortungsvollen Entschluß kann ihm kein ›Egghead‹, kein ›Braintrust‹ und kein Computer abnehmen.
Lenin soll gesagt haben, ein Wort sei so gut wie hundert Regimenter, und die Weltgeschichte kennt Beispiele, wie durch mitreißende Rede Entscheidungen herbeigeführt wurden. Cato hat mit der Wiederholung seines »Ceterum censeo Carthaginem esse delendam« (Übrigens bin ich der Meinung, daß Karthago zerstört werden muß) mit die Voraussetzungen für den Krieg geschaffen, und im »Vae victis!« (Wehe dem Besiegten!), mit dem der Gallier Brennus sein Schwert in die Waagschale geworfen haben soll, ist der Siegerhochmut in verdichteter Gestalt ausgesprochen. Sprachliche Prägungen, die zum geflügelten Wort wurden, reichen bis zu Bismarcks »Nach Canossa ge-

hen wir nicht« und Churchills »Schweiß, Blut und Tränen«, die er seinem Volke im Krieg voraussagte.
Die Zeit der großen Redner scheint vorbei zu sein. Die Rhetorik lebt von der Augenblickseingebung, setzt demnach beim Redner Geist, Mut und Flinkheit voraus. Die Massenmedien fördern die Entfaltung politischer Redekunst offenbar nicht besonders. Es fehlt die unmittelbare Beziehung zwischen Sprecher und Zuhörer, und nur im Streitgespräch kommt noch etwas von der Spannung durch rasches sprachliches Handeln zur Geltung. Den Fernseh- und Rundfunkreden hingegen haftet immer etwas spürbar Vorbereitetes, Berechnendes und Papierenes an. Bei der abgelesenen Rede empfindet der Hörer und Zuschauer oft ein Unbeteiligtsein, manchmal geradezu die Unaufrichtigkeit des ›Deklamierenden‹. In vielen Fällen vermutet der so Angesprochene mit Recht, daß der Text von einem Hintermann (›Ghostwriter‹) verfaßt wurde. Die freie Rede, unmittelbar miterlebt, läßt uns unvergleichlich mehr über den Sprechenden erfahren und damit vielleicht auch etwas über seine wahre Gesinnung und seine Absichten.
Die Werbe›gags‹ amerikanischer Agenturen wurden auch auf die Politik übertragen. Martin Mayer hat in seinem Buch ›Madison Avenue‹ Beispiele für das zwar geistig kümmerliche, aber bei der Masse wirkungsvolle Verfahren solcher politischer Werbefeldzüge gegeben. So wurden Fernsehsendungen durch kurze Einschaltungen unterbrochen. »Alle Kurzsendungen sollten in gleicher Weise von einem Ansager eingeleitet werden, der mit unterdrückter Erregung zu verkünden hatte: ›Eisenhower antwortet der Nation!‹ Nun stellte die Stimme eines ›gewöhnlichen Bürgers‹ eine Frage, etwa ›Mr. Eisenhower, wie steht es mit den hohen Lebenshaltungskosten?‹ Darauf die Antwort des Generals: ›Mamie, meine Frau, macht sich auch große Sorgen darüber, und ich habe ihr gesagt, daß es unsere Sache ist, das alles am 4. November zu ändern.‹ Dann ging es im normalen Programm weiter.
Für das Make-up war das firmeneigene Atelier der Bates-Agentur zuständig. Reeves hatte dem General das Benützen der Brille verboten; da er aber ohne Brille den Text nicht lesen konnte, griff der Rundfunk- und Fernsehleiter selbst zum Pinsel und malte die Texte groß auf riesige Tafeln. Zwischen den Sendungen hockte Eisenhower,

den Kopf in die Hände gestützt, auf einem Holzschemel und murmelte vor sich hin: ›Man sollte nicht glauben, was einem alten Soldaten alles zustoßen kann!‹«

Man erinnere sich, wie die Bürger der bedrängten deutschen Hauptstadt dem zum jugendlichen Helden ›aufgebauten‹ John F. Kennedy zujubelten, als er ihnen »Ich bin ein Bärliner!« zurief - nachdem es ihm sein ›Texter‹ Sorensen eingeübt hatte; und wie wenig Kennedy in Wahrheit für Berlin getan hat. Die stets Leichtgläubigen in unserem Lande sollten aus solchen Vorgängen Erfahrungen ziehen. Der Schriftleiter der in Toronto erscheinenden jüdischen Zeitschrift ›Le Nouveau Monde‹ schrieb: »Die Deutschen sind politisch dieselben kleinen Kinder geblieben, die sie seit eh und je waren. Sie sind so naiv, daß sie noch immer glauben, daß andere um die Wiedervereinigung und Westberlin kämpfen werden. Ebenso glauben sie noch immer, Kennedy habe es ehrlich gemeint, als er vor Jahren in Berlin sagte: ›Ich bin ein Berliner.‹ Dabei hatte Kennedy mit diesem Ausspruch lediglich an die zwanzig Millionen Wähler deutschen Ursprungs in Amerika gedacht.«

Emanuel Geibel stellt in seinem Werk einmal die Frage, wann wohl der Verfall beginne. Und er antwortet darauf: »Wenn die Zeit die geschwollene Phrase von des empfundenen Wortes Fülle zu scheiden verlernt.« Und 1892 äußert Max Nordau in seinem zeitkritischen Werk ›Die Entartung‹ sein Mißtrauen gegen die anschwellende Flut leichtfertiger Floskeln: »Man darf sich durch gewisse Schlagworte nicht täuschen lassen, die in den Werken dieser angeblichen Neuerer häufig ausgesprochen werden. Sie reden von Sozialismus, von Geistesbefreiung und so weiter und erwecken dadurch den Anschein, daß sie mit den Gedanken und Bestrebungen der Zeit durchtränkt sind. Das ist aber eitel Schein. Die Mode-Schlagworte sind ohne inneren Zusammenhang in das Werk gestreut, die Zeitbestrebungen sind ihm äußerlich aufgepinselt.«

Es ist ein folgenschwerer Irrtum, anzunehmen, alles Eingängige und Formelhafte sei zugleich treffend und genau. In Wahrheit sind die zur Floskel zusammengezogenen politischen Programme zwar bequem für Denkfaule, zugleich aber Verzerrungen, oft sogar Umkehrungen der Wirklichkeit. Man betrachte als Beispiel das Nachkriegsschlagwort ›One World‹. Als in Washington einige Weltfremde hofften, mit

dieser Formel die Weltlage zu ändern, ging in Wirklichkeit die Spaltung des Erdkreises in zwei unversöhnliche Lager vor sich. Heute, da die Weltkarte erneut mehrere Machtzentren aufweist, ist das Miteinandersprechen wieder leichter geworden, wir sind im bescheideneren, aber ehrlicheren Sinne der ›einen Welt‹ nähergekommen.
Bei uns begann die große Zeit der hohlen Schlagworte, als man dem Volk das welt- und staatspolitische Denken weitgehend abgewöhnt hatte. ›Keine Experimente‹, ›Wir haben die besseren Männer‹, ›Wir schaffen das moderne Deutschland‹, ›Mehr Lebensqualität‹ sind vorerst Phrasen. Wo geistige Leere und Unordnung herrschen, wuchert eine Sprache, die es sich zu leicht macht. Die ihr vertrauen, nehmen den Klang für das Wesen, den Begriff für die Sache selbst. Die Formeln werden aus der Begrenztheit ihrer zeitlichen Bedeutung in die Höhen absoluter Werte und zu einer Art Religionsersatz erhoben. Die katholische Kirche, wie die evangelische keineswegs stets von politischer Weisheit erfüllt, hat immerhin diese Gefahr des moralisierenden Schlagwortkultes erkannt, und der Politische Beirat des Zentralkomitees der Deutschen Katholiken hat im Sommer 1971 eine Entschließung gegen Begriffsverfälschungen veröffentlicht; darin heißt es unter anderem: »Wir erleben mit großer Sorge, wie sich in unserem Land Mißdeutungen und eine schleichende Verfälschung des Begriffs Demokratie ausbreiten und die im Grundgesetz verankerte freiheitlich-demokratische, rechtsstaatliche Ordnung gefährden ... Demokratie ist kein Religionsersatz. Jede pseudoreligiöse Verfälschung des Demokratiebegriffs gefährdet den demokratischen Staat ... Heute sehen wir die Gefahr heraufziehen, daß man im Namen eines pseudoreligiös übersteigerten Demokratismus den konkreten demokratischen Staat mitsamt seinen politischen Freiheiten zugrunde richtet. Die Demokratie-Ideologen bilden für den demokratischen Staat eine größere Gefahr als seine offenen Feinde. Denn diese sind an der Verneinung der Demokratie sofort kenntlich. Ideologie dagegen erscheint bei oberflächlichem Hinsehen immer als eine besonders konsequente Bejahung dessen, was sie in Wirklichkeit ruiniert.«
Damit haben wir eine verbreitete Unart politischer Rhetorik unserer Tage erkannt: die Beschönigung. Wie es Geistliche gab und gibt, die mit verklärenden Worten über die Sorgen und Nöte ihrer Gläubigen hinweggehen, so gibt es eine vergleichbare Gattung oberflächlicher

Politiker, und mit ihnen »steigt die Neigung zu moralisierenden Argumenten, um den Verständigungsprozeß abzukürzen. Diese Verarmung der Sprache erfolgt aus mehreren Gründen: Die Massenbildung bewirkt selbst schon eine Simplifizierung des Denkens, die Massenmedien arbeiten in dieselbe Richtung, und die Politik setzt oft ganze Bedeutungsfelder unter Druck. In dieser Hinsicht gibt es heute Beutebegriffe wie ›Diskussion‹, ›Demokratisierung‹ oder ›autoritär‹, die sofort jeden Sachwiderspruch zum Schweigen bringen ... [Nach George Steiner steht heute] dem Halbgebildeten der Zugang zur wirtschaftlichen und politischen Macht offen, das habe eine drastische Minderung des Reichtums und der Würde des sprachlichen Ausdrucks mit sich gebracht.« (Arnold Gehlen[107])

Alle Potemkinschen Wörter gründen auf einer durch keine Tatsachen zu erschütternden Heilserwartung: der ›neue‹ Mensch, der ›mündige‹ Zeitgenosse, die ›neue‹ Gesellschaft und ähnliches. Solchem schwärmerischen Wunschdenken liegt der Glaube an die kurzfristige Veränderbarkeit menschlichen Wesens und Verhaltens zugrunde, das Dogma, der Mensch wäre im wesentlichen ein Ergebnis der Umweltbedingungen, und mit den Verhältnissen würde auch er sich wandeln. Es hätte nicht erst der Verhaltensforschung bedurft, um zu erfahren, daß der ›alte Adam‹ in uns erstaunlich beständig ist, sich der Umwelt zwar zunächst anpaßt, sie aber allmählich umformt. Nach einem chinesischen Sprichwort ist nichts beständiger als das sich äußerlich Verändernde.

Je mehr sich die Redeweise vom unmittelbaren und gradlinigen Denken entfernt, desto mehr wächst die Gefahr der Unaufrichtigkeit. Je weniger die geschichtliche Erfahrung in Rechnung gestellt wird, je mehr statt dessen anzweifelbare gesellschaftliche Theorien ins Spiel gebracht werden, desto unzuverlässiger und kurzlebiger werden die Aussagen.

Gegen die Aufrichtigkeit im politischen Sprachgebrauch wird im Westen wie im Osten gesündigt; im Westen hat der um Einsicht bemühte Bürger allerdings einen Vorteil: Wenn er die Vielfalt der Aussagen vergleicht, mag es ihm gelingen, einen Zipfel der Wahrheit zu erfassen.

Einige Beispiele mögen daran erinnern, was von 1945 bis heute an Neuwörtern auf uns eindrang. Ein pharisäerhaftes Sendungsbewußtsein steckte in der Floskel ›Kreuzzug in Europa‹ (Crusade in Europe), mit der Eisenhower seine Kriegserinnerungen überschrieb. Zu den ersten Vokabeln, die wir nach 1945 zu lernen hatten, gehörten ›Demontage‹ (wobei sich die geistige als verhängnisvoller denn die industrielle erwies), ›Umerziehung‹ (Reeducation) - ein in der Weltgeschichte einmaliges Unternehmen -, ›Vergangenheitsbewältigung‹ und der von Golo Mann geprägte Begriff ›volkspädagogisch erwünscht‹, mit dessen Hilfe geschichtliche Tatsachen und Bewertungen gesichtet und uns nur zugänglich gemacht werden, wenn sie den Auslesenden zweckdienlich erscheinen. Ein Verfahren, das in Orwells gespenstische Visionen paßt.

Zu den unglücklichen Nachkriegs-Wortschöpfungen gehört auch das ›Wirtschaftswunder‹, das, alles andere als ein Wunder, das Ergebnis des Leistungswillens eines Volkes war, das ungeachtet hoher Blut- und Sachverluste seine Not zu überwinden verstand. Zuwenig wurde beachtet, daß sich Gleiches im anderen Teil Deutschlands vollzog, lediglich gebremst durch eine dogmatische und darum schwerfällige Bürokratie. Wie die Westdeutschen den Neid ihrer Besieger herausforderten, so die Ostdeutschen den des Ostblockes.

Zur Maskierung von Absichten dienen Formeln wie jene, man müsse ›Realitäten anerkennen‹. Wenn einer dieses Schlagwort gebraucht, dürfen wir vermuten, daß er durch Machtanwendung geschaffene Unrechtstatbestände für rechtens und bindend erklären will. Bei solchen Gelegenheiten wird deutlich, daß manche Politiker ihren Widerstand gegen Gewaltherrschaft nur auf vergangene, nicht auf zeitgenössische Fälle angewandt sehen wollen.

Nachdenkenswert ist auch die Tatsache, daß im Begriff ›Stalinismus‹ die Schuld an einer Unzahl von Opfern auf einen toten Diktator abgewälzt und damit das von ihm vertretene System weitgehend freigesprochen wurde; demgegenüber wurde dem ganzen deutschen Volke nach 1945 mit Begriffen wie ›Alleinschuld‹, ›Kollektivschuld‹ und der Forderung nach ›Vergangenheitsbewältigung‹ eine Verantwortlichkeit aufgebürdet, die es offenbar für unbegrenzte Zeit tributpflichtig halten soll.

Reich ist die Farbskala, mit der manche Politiker und Zeitungsleute Vorgänge und Tatsachen - je nach Interessenlage - in dem gewünschten Licht erscheinen lassen. Mit einigem Geschick lassen sich so parlamentarische Niederlagen zu moralischen Triumphen umstilisieren. Klassisch ist bereits das Beispiel, das Friedrich Sieburg in seiner Napoleon-Biographie bringt. Nachdem der Korse 1815 seinen ersten Verbannungsort verlassen hatte, berichteten französische Zeitungen, insbesondere der ›Moniteur‹, mit sich steigernder Unterwürfigkeit:

26. Februar: »Der *Korse* ist von der Insel Elba abgereist.«
29. Februar: »*Bonaparte* ist bei Cannes gelandet.«
4. März: »Der *General Bonaparte* hat sich der Stadt Grenoble bemächtigt.«
11. März: »*Napoleon* ist in Lyon eingezogen.«
18. März: »Der *Kaiser* wurde in Auxerre von den Behörden feierlich empfangen.«
20. März: »Seine *Kaiserliche Majestät* wird heute, am Geburtstag des Königs von Rom, von den Spitzen des Staates und seinem Hof in den Tuilerien erwartet.«

Je nach Parteinahme des Sprechenden oder Schreibenden kann der gleiche Mensch heute entweder ›Terrorist‹ oder ›Freiheitskämpfer‹ genannt werden; oder ein seiner Heimat Beraubter kann als ›Vertriebener‹, ›Flüchtling‹, ›Aussiedler‹ oder ›Umsiedler‹ bezeichnet werden, und es wird damit ein Sachverhalt entweder ausgesprochen, beschönigt oder verschleiert. Je nach Parteirichtung kann ein Politiker, das Fernsehen oder eine Zeitung von ›Okkupation‹, ›Annektion‹, ›Invasion‹, ›Besetzung‹, ›Einmarsch‹, ›Polizeiaktion‹, ›Befriedungsaktion‹, ›Befreiung‹ oder ›brüderlicher Hilfe‹ sprechen.

Ein unrühmliches Beispiel, wie schicksalhafte Ereignisse mit sprachlichen Mitteln nach Zweckmäßigkeit umgedeutet werden, erlebten wir während des ›Prager Frühlings‹ und danach. Allein diese Blüte einer politischen Lyrik ist schon bezeichnend. Welche Hymnen hat die Linke in der Bundesrepublik angestimmt, um den ›humanen Kommunismus‹ Dubčeks und Smrkovskys zu rühmen, und selbst die zwielichtigen Svoboda und Černik wurden zu ihren Heroen. Fernsehen und Massenpresse steigerten sich in eine ›Reformer‹-Verehrung, die sie alle Klugheit und Zurückhaltung vergessen ließ. Westdeutsche Berichterstatter verführten von Begeisterung ergriffene Tschechen und Slowaken zu unbedachten Aussagen und lieferten damit den Russen Namen und Bildbeweise. Jedem Einsichtigen - nicht aber dem damaligen Außenminister Brandt - mußte klar sein, daß die Sowjets sich niemals den mitteleuropäischen Stützpunkt Böhmen aus ihrem Machtgefüge brechen lassen würden. Der 21. August 1968 hat nur Dummköpfe überrascht. Ganz unnütz hatte sich unsere Regierung den Vorwurf eines Aufwieglers eingehandelt.

Bezeichnend bleibt, wie schnell unsere schicke Linke ihr tschechoslowakisches ›Engagement‹ vergaß. Am Wandel der Zeitungsüberschriften konnte man ablesen, wie rasch das Strohfeuer erloschen war und wie man sich beeilte, die Erinnerung daran loszuwerden. Das ›Aufputschen‹ beherrschen die Massenmedien ebensogut wie das ›Herunterspielen‹.

Es liegt nahe, daß sich der eitle wie der um Verschleierung seiner Absichten bemühte Politiker bevorzugt des hochgestochenen und zugleich verblasenen Fremdwortes bedient. Zwar gibt es auch Schwammwörter im Deutschen, man denke etwa an den entwerteten Begriff ›das Anliegen‹ (es klingt nach Anteilnahme und Verantwortungsbewußtsein und verpflichtet letztlich doch zu nichts) oder an das Politiker-Modewort ›ausklammern‹: Wovor man sich drücken will, weil es schwierig oder unbequem ist, das wird ›ausgeklammert‹. Das Fremdwort steht indes ungleich öfter zur gedankenlosen Verwendung bereit. Das weiß selbst Rechtmann[50]: »... kein Fremdwort ist so abstrakt und äquivok [mehrdeutig], so beladen mit historischen und systematischen Voraussetzungen gewesen, daß nicht eine seichte Mode es in die alltägliche Umgangssprache eingeschleppt hätte. Zunächst verfällt es einmal dem verflachenden Schulbetrieb, der statt der Anstrengung des Begriffs nur die fertigen bequemen Resultate des Denkens zu vermitteln imstande ist, und am Ende der Journalistik, dem Parlamentarismus und der Biertischkonversation.«

Dem Halbgebildeten klingt das Fremdwort schlechtweg wissenschaftlich und anspruchsvoll. Er wird es vorziehen, ›Prinzipien‹ zu haben und nicht etwa schlicht Grundsätze, seine ›besondere Spezialität‹ jedoch werden ›Grundprinzipien‹ sein.

Es ist sicher kein Zufall, daß die Häufung von Fremdwörtern kennzeichnend ist für die Bereiche der Geheimlehren, der Astrologie, der Parapsychologie. Das Okkulte bedarf der Stütze durch die Wortmagie mit dunklen, vieldeutigen und darum hintergründig erscheinenden Vokabeln.

Schon bei der Sprache der Fachleute haben wir darauf hingewiesen, welcher Einflußmöglichkeiten sich jene Sprechenden und Schreibenden begeben, die unnütze Wortbarrieren errichten. Insbesondere die sich ›progressiv‹ nennenden Kreise bauen solche Sperren, verschärfen den Gegensatz zwischen Intellektuellen und der von ihnen ›diskreditierten‹ ›Unterschicht‹. Auch manche Politiker, denen von den Massenmedien ein so großer Einfluß auf die Sprachentwicklung eingeräumt wird, verachten ganz offenbar die von ihnen Regierten; anders ist ihr hochmütiges Über-sie-Hinwegreden nicht zu deuten.

Wer da meint, die ›schicken‹ (übrigens ein deutsches Wort!) Modeworte der neuen ›Elite‹ wären originäre Schöpfungen, ist auf dem Holzweg. Fast immer handelt es sich um Übernahmen aus fremdsprachigem Bestand, um Abfälle des internationalen Konferenz-Palavers, mit denen man dann den weniger weltläufigen Landsleuten zu imponieren hofft. ›Konzertierte Aktion‹, ›soziale Symmetrie‹, ›konjunkturelle Zielprojektion‹ sind einige solcher eitlen Floskeln. »In bilateralen Konsultationen werden wir Details um die Probleme einer europäischen Konferenz zu harmonisieren versuchen. Dabei wird das Problem des Timing eine exorbitante Rolle spielen.« »Der militärische Status wurde nicht präjudiziert.«

Eine Flut wichtigtuerischer Neuwörter ergießt sich aus dem Munde der Politiker, Ansager und Zeitungsleute über uns: global, Floating, Boom, Hearing, Lobby, Nonproliferation, Disengagement, Appeasement, Modellcharakter, Diskussionspapier, Basisarbeit, Junktim, Integration, Assoziierung, multilateral, Interessenkollision ...

Helmuth Fechner[122] hat einen besonders dichten Text zusammengestellt, in dem einige der üppigsten Blüten des ›Verbalismus‹ unserer Tage sprießen:

»Die Sprachfrustration der pluralistischen Gesellschaft erlebt eine determinierte Eskalation, die oft mit dunklen Emotionen und nur noch im Kollektiv einen partiell unterbrochenen Kommunikationsprozeß reaktivieren kann. Man sollte die sich hier profilierende parasitäre Subkultur durch systemimmanente Analysen evident machen, indem man zunächst kreativ tätig wird. Diese koordinative Arbeit muß natürlich zunächst alle Sprachbarrieren durch curriculum-Forschung als Mittel kompensatorischer Sozialisation abbauen.

Dazu muß aber durch Reflektion ein Primäreffekt relevant werden, indem man die Abwehrmechanismen der Mikrozelle aktiviert und

Zwänge beseitigt, denn die moderne Leistungsgesellschaft mit ihren emanzipativen Ansätzen postuliert ja den Abbau traditioneller Abhängigkeiten, patriarchalischer Herrschaftsverhältnisse, irrationaler Institutionen und repressiver Leistungsnachweise.
Sie verlangt nicht nur eine Intensivpflege deformierter Gehalte der politischen Repräsentanz, sondern ein progressives Engagement, damit ihr Image an Effizienz gewinnt. Das Management bleibt aber irrelevant, weil man durch komplexbeladene Aggressionen des Establishments und den Systemzwang in der Artikulierung libidinöser Profitinteressen zu einer affektbedingten Bewußtseinsenge frustriert wird.
Daher erfordern eine kritische Rationalität, ein neues gesellschaftliches Bewußtsein und ein produktives Selbstverständnis die Transformation hierarchischer Strukturen in die Integration sozio-ökonomischer Verhaltensweisen, ohne in die Absurdität der Produktion von Fachidioten zu verfallen.
Die Motivation hierzu wird dem kritischen Bewußtsein durch Reflexion transparent, wenngleich die Ambivalenz dieser Reproduktion von Klischees manipuliert erscheint, ohne eine Innovation erfahren zu müssen.
Jedenfalls, wenn die sich permanent wandelnde Gesellschaft nicht endlich differenziert und auf Tabuierung autoritärer Dominanz verzichtet, muß sie verunsichert werden, damit sie demokratisiert werden kann und ihre Psychostruktur infolge ihrer kapitalhörigen Unterdrückungsmaßnahmen durch Basis- oder ad-hoc-Gruppen zur revolutionären Aktion der unterprivilegierten Schichten umfunktioniert werden kann.
Wer sich etwa durch solche Brisanz des negativen Denkens oder derartige Perspektiven verunklart oder in eine ausweglose Grenzsituation geworfen fühlt, ist natürlich sexuell verklemmt.«
Die Skala der Redeweisen deutscher Politiker unserer Tage reicht vom humanistisch ausgeschmückten Vortrag eines Schöngeistes wie Kurt Georg Kiesinger bis zum polternden Stakkato des Cholerikers Herbert Wehner. In einer Zeit, da man die Zugehörigkeit zur Linken oder Rechten nicht ohne weiteres am Anzug, am Lebensstil oder an den Umgangsformen ablesen kann, kommt es auch zu Verschränkungen der Sprachstile. Carlo Schmid gehört dem Flügel der Schöngeister

an, Franz Josef Strauß dem der urwüchsigen und angriffslustigen Temperamente; dazwischen liegen der beherrschte und glatt-verbindliche Rainer Barzel, die in die Form nachdenklicher verantwortungsbewußter Bedächtigkeit gekleidete Unsicherheit beim freien Reden Willy Brandts (der Zuhörer wird in eine etwas beklemmende Spannung versetzt: Schafft er's? Man ertappt sich dabei, schiebend nachhelfen zu wollen). Allzuoft flicht Brandt Floskeln der Unentschiedenheit ein: »Wenn man so will ...« »Ich würde sagen ...«
Auch sein Freund Wolfgang Weyrauch[113] war mit dem redenden (damaligen Außenminister) Brandt nicht zufrieden: »Sehr geehrter Herr Bundesaußenminister, könnte ich auch schreiben, ich habe Sie gewählt, immer wieder, eher Sie als Ihre Partei, die nicht die meine ist, und gerade darum sind Sie mir, einem Mann der Sprache, das Äußerste an Formulierung schuldig. Aber, bitte, durchaus nicht mir allein ... Das Äußerste? Wie, ist es etwa der Mangel an Äußerstem, der meine Freunde und mich enttäuscht? ... Desto mehr sollten Sie sich, so rate ich Ihnen, um die Sätze kümmern, die Sie reden, um die Sätze und um die Wörter, die, sobald Sie sie aussprechen, Ihre Wörter und Sätze sind. Sie reden:
phraseologisch ...: wir dürfen hoffen ... die Weichen stellen ... echt; bis zu einem gewissen Grade; weiche Welle; verankert; mir will scheinen; Ordnungsprinzipien; Berlin, so, wie es sich darstellt; vorangetrieben ... Aktivbürger ... wenn man so will; ein neues Blatt der Geschichte aufschlagen; global; Führungsrolle ...
militärisch (auch wenn es seltener vorkommt, ist doch sein Vorhandensein desto rätselhafter, grade bei Ihnen, WB): Fronten; Standort; ideologischer Grabenkrieg; mobilisieren; Generalstabsarbeit für den Frieden; eingesetzt; ausgerichtet; Exerzierfeld; Einsatzbereitschaft ...
naiv (da sind Sie wie ein Henri Rousseau der Politik): hinter dem Berg halten; damit wir nicht auf dem falschen Bein Hurra rufen ... wir dürfen keinen toten Käfer machen ...«
Dagegen ist Herbert Wehner ein Mann, der sich erst im Streitgespräch entfaltet - nein, entlädt. Er steht dann unter Hochdruck; die Erregung staut sich im Brustraum, durchbricht die Kontrollschranke, und die willkürlich unterteilten Sätze strömen nicht, sie werden ausgestoßen. Das hat in der freien Rede als persönliche Merkwürdigkeit einen gewissen Reiz, im abgelesenen Text ist es schwer zu ertragen. »Wehners

Versuch, durch eigenwillige und falsche Betonung - niemand kommt ihm darin gleich - die tote Materie zum Leben zu erwecken, mißglückt.« Am originellsten ist Wehner zweifellos als Grobian, »uneitel, polternd und cholerisch, verkörpert er am ehesten die Genossen aus der unteren Mittelklasse, wiewohl er sie an politischer Intelligenz und Schlauheit hoch überragt[123]«.

Andere Wesensmerkmale glaubt Gerhard Zwerenz aus einem Text Wehners abzulesen. Zu einem Aufsatz im ›Vorwärts‹ schreibt er: »Einen Politiker an seiner Sprache zu messen kann aufschlußreich sein; vorausgesetzt, er hat Sprache. Herbert Wehner hat keine. Sein natürlicher Ausdruck ist die Rede; eine Abart der Sprache, wenn nicht gar, im Extrem, ihr verdecktes Gegenteil. Die Rede Herbert Wehners ist alles andere als klar, offen, stringent [bündig, zwingend, logisch], evident. Seine Rede ist gesprochene Sprache und also untrennbar von der Person, ihrer Vergangenheit und Gegenwart, ihren heimlichen Ängsten und Zielen, taktischen Raffinessen, Manövern und Erfolgen. Niemand weiß, was Wehner wirklich will; er selbst weiß es wohl auch nicht. Möglicherweise muß aber ein Politiker gar nicht wissen, was er will, mit Ausnahme des einen - der Macht. Wehner will die Macht, denn sie entspricht ihm und er ihr. Er hat es *denen* zu zeigen. Den Genossen von früher. Den Bürgern von heute. Sich selbst.

Das ist durchaus in Ordnung. Die Macht zu wollen ist kein Makel für einen Politiker, sondern Voraussetzung. Die Gefahr ist nur, daß der die Macht erstrebende Wehner auch so denkt, wie er redet. Dieser exzessive Mann mußte sich immerzu tarnen, abdecken, absichern, er mußte soviel taktieren, daß er bald selbst nur noch Taktik war; ein Produzent von Winkelzügen und immer auf dem Niveau seiner Winkelzüge. Nicht, daß er taktisch vorgeht, spricht gegen Wehner; wohl aber die Beschaffenheit seiner Taktik, die Reduktion auf sie.«

Die Frage sprachlicher Aufrichtigkeit war seit der linksliberalen Regierungsübernahme mehrfach Anlaß scharfer Auseinandersetzung. Sprach Bruno Heck Anfang Juli 1971 von einer »raffinierten Vielfalt sprachlicher Tricks« und erklärte wörtlich: »Diese Regierung manipuliert die Sachverhalte durch die Sprache«, so wurde von der Regierung mehrfach der Vorwurf der »Brunnenvergiftung« erhoben. Das Schlagwort von der »politischen Brunnenvergiftung« machte Bismarck 1882 in einer Reichstagsrede volkstümlich. Es hat überdauert.

»Wer aber dieses hätte: ein gelassenes Verhältnis zur Macht und zu den eigenen Möglichkeiten, Demut und Humor in einem, illusionslose Liebe zum Nächsten und den Willen und die Kraft zum strengen, entsagungsvollen Dienst am Ganzen, den dürfen wir für berufen halten[113].« Das ist der ganze Kiesinger: humanistisch gebildet, mit Formvermögen und abwägend, zugleich die Behäbigkeit des schwäbischen Landesvaters darbietend; zu weich und zu kränkbar für einen Staatsmann in unserer Lage, Entscheidungen meidend, viel Form, wenig Zugriff. Die Witzworte vom ›alternden Burgschauspieler‹ und ›König Silberzunge‹ trafen durchaus einen Teil von Kiesingers Wesen.
Mit der Mehrzahl westdeutscher Politiker verglichen, war Walter Ulbricht ein Staatsmann von hohen Graden. Er hatte ein klares Ziel und holte aus der jeweiligen Lage heraus, was nur irgend möglich war. In der Schlichtheit seines geistigen Gefüges war er Konrad Adenauer nicht unähnlich, beide verfügten über einen mäßigen Wortschatz. Als Redner war Ulbricht allerdings geradezu parteischädigend: schulmeisterndes Parteichinesisch und einfältiger Bildungsdünkel (»Unsere Shakespeare-Forschung genießt einen guten Ruf[118]«), dazu die Unart der Bekräftigung durch ›echt‹, ›wirklich‹, ›wahr‹. Mit diesen Beifügungen kann man jeden Begriff - das hat Robert Musil im ›Mann ohne Eigenschaften‹ vorgeführt - seiner Eigenart entkleiden, ihn ausweiten, idealisieren und im nichtssagenden Abstrakten verenden lassen. Zugleich zeigt das Vorsetzen solcher Eigenschaftswörter an, daß es der nachfolgende Begriff (das ›echte Christentum‹, der ›wahre Sozialismus‹) nötig hat, gegen offenbar vorherrschende Entartungen in Schutz genommen zu werden.
Johann Kleinstück[124] zitiert eine Rede Walter Ulbrichts, nach welcher der Mensch in der DDR »die *echte* Möglichkeit habe, sein Leben, seine Welt mitzubestimmen ...«, denn unter dem Banner des Marxismus-Leninismus »wurde die Losung ›Plane mit, arbeite mit, regiere mit‹ zur *realen Wirklichkeit* ...«
»Ist am Beispiel solcher Schulungsmuster Stilkritik noch möglich? Honecker als Modell, eine totale Entpersonalisierung der Sprache ..
Man könnte dieses Wortmaterial, kombiniert mit anderen Wortgruppen, einem Computer ›füttern‹ - der durch einfache Einschaltungen von *ist, sind, hat, haben* und von Verben wie *entwickeln* und *verwirklichen* ein Referat herzustellen in der Lage wäre, das sich von der

Rede Honeckers in nichts unterscheiden würde...« (Gregor-Dellin[113]) - Weniger als je zuvor ist die Betrachtung der Politikersprache heute eine ästhetische Frage. Die Zuverlässigkeit des Sprachgebrauches im zwischenstaatlichen Verkehr kann von schicksalhafter Bedeutung sein. Sind die Verträge der derzeitigen Bundesregierung ausreichend klar und unzweideutig, sind alle wesentlichen Absprachen in ihnen enthalten? Sind die Beteuerungen der Verantwortlichen nicht allzusehr auf die Beschwichtigung des Volkes bedacht?

Wenn die Menschheit keine Phrasen hätte, brauchte sie auch keine Waffen. *Karl Kraus*

Verherrlichung der Gewalt

Als der Kriegslärm der zweiten europäischen Katastrophe dieses Jahrhunderts verklungen war, erfüllte die Menschen der Wille zum ewigen Frieden. Die Realitäten in Korea, am Suez-Kanal, vor Kuba und manche andere weckten sie aus ihren Träumen.
Für den nüchtern Beobachtenden war es keine Überraschung, daß mit den Erscheinungen menschlicher Unzulänglichkeit auch die zugehörigen Begriffe und Wörter zurückkehrten. Was man einst dem Dritten Reich als ›heldischen‹ Wortschatz angekreidet hatte, etwa ›Blitzkrieg‹ und ›Wehrdorf‹, das erlebte jetzt seine Wiederauferstehung - ausgerechnet in Israel. Selbst die kriegerische Betätigung von Frauen fand publizistische Rechtfertigung, und wir verdanken dieser Art Heroismus Erlebnisbücher wie jenes mit dem Titel ›Ich schlafe mit meinem Gewehr‹ (während man unserer Jugend empfiehlt ›Make love not war‹) und Großsprechereien und Gemeinplätze eines Majors der Reserve Yigel Lev[125], der unter dem heuchlerischen Titel ›Ich hasse den Krieg‹ von der »Musik explodierender Granaten« schwärmt, abfällig von »müden Zivilisten« spricht und sich beim Granatenwerfen fühlt »wie Zeus, der Vater der Götter« (darin ein literarisch unzulänglicher Nachfolger des Faschisten Marinetti). Es ist schwer verständlich, warum sich der einst so angesehene Insel-Verlag zum Druck dieses Manuskripts entschloß.
Es blieb der Epoche der Vereinten Nationen, des Weltsicherheitsrates und der Friedenskonferenzen vorbehalten, eine schlechterdings unbeschränkte, nicht zu fliehende und nicht ausdenkbare Bedrohung der

ganzen Menschheit aufgerichtet zu haben, gegen die sich der einst von Goebbels ausgerufene ›totale Krieg‹ geradezu harmlos ausnimmt. Die in ›Megatonnen herkömmlichen Sprengstoffs‹ gemessene Vernichtungskraft einer einzigen Bombe entzieht sich menschlicher Vorstellungsfähigkeit; Begriffe wie Orbitalbombe und Orbitalstrategie beziehen kaltschnäuzig den Weltraum als Plattform und Ausgangspunkt für irdische Gesamtkatastrophen ein, und mit dem gräßlichen angelsächsischen Wort ›overkill‹ bezeichnen die Vernichtungsplaner aller Atommächte jenes Vielfache, um das die Reichweite und Zerstörungskraft ihrer Bomben die Gesamtbevölkerung übertrifft.

Die Verherrlichung des Krieges ist jedoch nur die eine - unmittelbare und offenherzige - Form des Gewaltkults unserer Tage. Gerade jene, die vorgeben, für eine bessere Welt zu kämpfen, entmenschlichen das irdische Leben im Namen eines falschverstandenen Humanitarismus. »... die Radikalisierung jeder Ethosform setzt Aggressionen frei, auch natürlich die Radikalisierung des Pazifismus.« (Arnold Gehlen[107])

Am Beispiel des Stuttgarter Philosophieprofessors Max Bense können wir das ins Verbrecherische Reichende einer ›Moral der Gewalttätigkeit‹ erkennen. Anläßlich des Anschlags auf Papst Paul VI. in Manila befragte ihn eine Zeitung[126]: »In welcher Form sind Sie ein politischer Mensch?« »In der Gesinnung stärker als im direkten politischen Handeln. Aber da es der Art meiner Gesinnung entspricht, würde ich den Attentäter von Manila verteidigen, weil auch ich zu jeder Zeit gegen Heuchelei und Aberglauben kämpfe.« »Wären Sie selber auch fähig, das Messer zu ziehen, zum Beispiel gegen den Papst?« »Nein, ich töte nicht.« »Sie töten nicht, Sie haben aber nichts dagegen, wenn andere es tun?« »Gar nichts. Wenn das einer tut, kann es meine Bewunderung hervorrufen. Ich persönlich tue das nicht.«

Die CDU-Fraktion im baden-württembergischen Landtag sprach in einer Erklärung von einem »Freibrief für politischen Mord«, die der SPD sogar von einem »Schreibtischtäter«. Mehrere Anzeigen forderten Bestrafung nach § 140 des Strafgesetzbuches: »Wer eine der in § 138 Abs. 1 genannten mit Strafe bedrohten Handlungen [an erster Stelle: Mord] belohnt oder öffentlich billigt, nachdem sie begangen oder ihre Begehung versucht worden ist, wird, soweit nicht in anderen Vorschriften eine schwerere Strafe angedroht ist, mit Gefängnis bestraft ...« Die Staatsanwaltschaft beim Landgericht Stuttgart ordnete

die Einstellung des Ermittlungsverfahrens ein mit der Begründung, der von Bense bewunderte Mörder - sei Ausländer.
Nun, Bense macht sich die Hände - wie die Baader-Meinhof-Banden-Helfer aus professoralen Kreisen und deren literarische Verteidiger vom Schlage Heinrich Bölls - nicht selber schmutzig. Das tut die in ihrem Geist erzogene, aber zugleich von ihrer Sattheit und Feigheit enttäuschte, extremistische Jugend. Sie setzt die Ideen und Schlagworte der Schreibtischrevolutionäre in die Tat um. So mußte es Theodor W. Adorno in Frankfurt erleben, daß sich die von ihm geschürten Aufsässigkeiten zuletzt gegen ihn selbst wandten, daß seine Hörer von der Theorie zur Praxis übergingen und er eines der Opfer wurde.
So klingt die Sprache derer, die mit Terror und Gewalt angeblich eine bessere Welt und den neuen Menschen schaffen wollen; aus der Dienstanweisung der ›Roten Armee Fraktion - Das Konzept Stadtguerilla[127]‹: »Wir behaupten, daß die Organisierung von bewaffneten Widerstandsgruppen zu diesem Zeitpunkt in der Bundesrepublik und West-Berlin richtig ist, möglich ist, gerechtfertigt ist. Daß es richtig, möglich und gerechtfertigt ist, hier und jetzt Stadtguerilla zu machen. Daß der bewaffnete Kampf als ›die höchste Form des Marxismus-Leninismus‹ (Mao) jetzt begonnen werden kann und muß ... Die große Öffentlichkeit, die uns die Herren Genscher, Zimmermann & Co verschafft haben, läßt es uns aber propagandistisch opportun erscheinen, schon jetzt einiges zu bedenken zu geben. ›Wenn ihr allerdings wissen wollt, was die Kommunisten denken, dann seht auf ihre Hände und nicht auf ihren Mund‹ ... Stadtguerilla zielt darauf, den staatlichen Herrschaftsapparat an einzelnen Punkten zu destruieren, stellenweise außer Kraft zu setzen, den Mythos von der Allgegenwart des Systems und seiner Unverletzlichkeit zu zerstören ... Stadtguerilla heißt trotz der Schwäche der revolutionären Kräfte in der Bundesrepublik und West-Berlin hier und jetzt revolutionär intervenieren!«
Die ›revolutionäre Praxis‹ ist inzwischen blutig erprobt worden. Fast in jedem Falle waren jene Menschen die Opfer, die keineswegs bevorrechtigten Gruppen angehören: Druckereiarbeiter, Bankangestellte, Polizisten; im Frühjahr 1967 starben zahlreiche Menschen im Brüsseler Kaufhaus, das von ideologisch Irregeleiteten in Brand gesteckt wurde.

Die Zeitschrift ›Sprache im technischen Zeitalter[128]‹, auf die wir uns wiederholt bezogen haben, untersuchte Texte, die von der ›Kommune I‹ in Berlin am 24. Mai 1967 veröffentlicht worden waren. In diesen Flugblättern wurde - für jeden Klardenkenden zweifelsfrei - zur Nachahmung des Brüsseler Beispiels, zur Brandstiftung in deutschen Kaufhäusern, aufgefordert. Hier einige Auszüge:
»In einem Großhappening stellten Vietnamdemonstranten für einen halben Tag kriegsähnliche Zustände in der Brüsseler Innenstadt her... Das Kaufhaus glich einem Flammen- und Rauchmeer; unter den Menschen brach eine Panik aus, bei der viele zertrampelt wurden; einige fielen wie brennende Fackeln aus den Fenstern; andere sprangen kopflos auf die Straße und schlugen zerschmettert auf; Augenzeugen berichteten: ›Es war ein Bild der Apokalypse‹; viele erstickten schreiend... Maurice L.: ›In der vorigen Woche hatten wir eine anonyme Bombendrohung an das Kaufhaus durchgegeben, um festzustellen, welche Maßnahmen die Polizei und welche Sicherungsmaßnahmen das Kaufhaus ergreifen würden‹...«
»Neu! Unkonventionell! Neu! Unkonventionell!
Warum brennst du, Konsument?...
Mit einem neuen gag in der vielseitigen Geschichte amerikanischer Werbemethoden wurde jetzt in Brüssel eine amerikanische Woche eröffnet: ein ungewöhnliches Schauspiel bot sich am Montag den Einwohnern der belgischen Metropole: Ein brennendes Kaufhaus mit brennenden Menschen vermittelte zum erstenmal in einer europäischen Großstadt jenes knisternde Vietnamgefühl (dabeizusein und mitzubrennen), das wir bislang in Berlin noch missen müssen... Sosehr wir den Schmerz der Hinterbliebenen in Brüssel empfinden: Wir, die wir dem Neuen aufgeschlossen sind, können, solange das rechte Maß nicht überschritten wird, dem Kühnen und Unkonventionellen, das, bei aller menschlichen Tragik, im Brüsseler Kaufhausbrand steckt, unsere Bewunderung nicht versagen... [welch widerliche Mitgefühlsheuchelei in Nebensätzen!] Unsere belgischen Freunde haben endlich den Dreh heraus, die Bevölkerung am lustigen Treiben in Vietnam wirklich zu beteiligen: Sie zünden ein Kaufhaus an, dreihundert saturierte Bürger beenden ihr aufregendes Leben, und Brüssel wird Hanoi. Keiner von uns braucht mehr Tränen über das arme vietnamesische Volk bei der Frühstückszeitung zu vergießen. Ab heute geht er

in die Konfektionsabteilung von DeKaWe, Hertie, Woolworth, Bilka oder Neckermann und zündet sich diskret eine Zigarette in der Ankleidekabine an. Dabei ist nicht unbedingt erforderlich, daß das betreffende Kaufhaus eine Werbekampagne für amerikanische Produkte gestartet hat, denn wer glaubt noch an das ›made in Germany‹?
Wenn es irgendwo brennt in der nächsten Zeit, wenn irgendwo eine Kaserne in die Luft geht, wenn irgendwo in einem Stadion die Tribüne einstürzt, seid bitte nicht überrascht. Genausowenig wie beim Überschreiten der Demarkationslinie durch die Amis, der Bombardierung des Stadtzentrums von Hanoi, dem Einmarsch der Marines nach China.
Brüssel hat uns die einzige Antwort darauf gegeben: burn, warehouse, burn!«
Als die Angeklagten Langhans und Teufel ihre Brandstiftungsaufrufe als nur ironisch gemeinte Texte gewertet wissen wollten, wurden sie von der ›Kommune II‹ der Feigheit und des Verrats beschuldigt:
»Als uns Eure Brand-Flugschriften hochgeheizt hatten, wollten wir endlich aufhören, so billig mit Eiern und Tomaten zu provozieren, und im Geiste Maos zur Aktion übergehen. Wir konnten kaum noch richtig schlafen: wir haben unverdächtige Lagerräume organisiert, Vorräte an Zündhölzern, Petroleumlampen, Wunderkerzen, Nitrostoffen, Brenngläsern und Benzineimern rangeschafft, Napalm aus Vietnam bestellt, in Kellern Zündschnüre gelegt, Archive und rote Listen mit allen Brennpunkten Berlins angelegt.
Das soll jetzt alles umsonst sein?
Auf einmal wollt Ihr gar nicht zur Brandstiftung aufgefordert haben; wer soll Euch glauben, daß Ihr nur unschuldig Satire gespielt habt?
Ihr sagt, nur Idioten hätten Euch ernst genommen. Wir als ehemalige Demonstranten und Feuer-Fans fragen: Warum seid Ihr umgefallen?
Unser Verdacht ist - und den sprechen wir offen aus -, daß Ihr Euch mit Fachidioten und Sesselscheißern verbündet, weil Ihr von dem ganzen kapitalistischen Rummel der letzten Zeit, Interviews, Fotos, Broschüren und so weiter, verdorben seid. Hat Euch Geld prostituiert? Wollt Ihr wie die spießbürgerlichen Feuerbremser Euren Glimmstengel wieder *vor* dem Warenhaus austreten?
Ihr Bohnenquarktiger, Hampelmänner und Scheißhausbrummer! Wir fordern eine Erklärung Eures Verhaltens, wenn Ihr überhaupt noch

reden könnt! Wenn Ihr Euch nicht bis Donnerstag vor Prozeßbeginn eindeutig auf den Boden Eurer Flugblätter stellt, werden wir nicht zögern, der Welt weitere jämmerliche Arschkriechereien und Winseleien von Euch zu ersparen!
Wie alle Papiertiger werdet Ihr die gerechte Strafe erleiden! Es hat bei uns gezündet! Vor Gericht werdet Ihr Klartext sprechen vom prickelnden Vietnam-Gefühl am eigenen Leibe. Dann wird sich herausstellen, ob Ihr das seid: Künstler!«
Eines der Sprach-Gutachten, mit denen die Ernsthaftigkeit und Wirksamkeit der zum Verbrechen anstiftenden Flugschriften bestritten werden sollte, stammt von Eberhard Lämmert. Er nannte die Blätter »satirische Meinungsäußerungen« und schrieb unter anderem:
»Für den literarischen Ausdruck dieses Protestes sind Traditionen in anderen Gutachten bereits angezeigt worden. Dem Hohen Gericht können unschwer nicht nur Einzelstücke, sondern ganze Traditionszusammenhänge dokumentiert werden, die erweisen, daß die Verfasser nicht so wirksam schreiben, wie sie selbst vermuten. Ich beschränke mich hier auf zwei Zitate, die als Manifeste ganzer Kunstrichtungen ausgegeben wurden und die deshalb paradigmatisch für zahlreiche von ihnen ausgehende Texte gelten dürfen.
Aus dem Zweiten surrealistischen Manifest von André Breton: ›Die simpelste Tat der Surrealisten ist, mit Revolvern in den Händen auf die Straße zu gehen und wahllos wie wild in die Passanten zu ballern.‹ Als Aufforderung zu konkreter Handlung, also Mord oder Totschlag, ist dies von Zeitgenossen nicht aufgefaßt noch geahndet worden ...
Aus dem Manifest der Futuristen von Marinetti: ›Laßt sie doch kommen, die guten Brandstifter mit den karbolduftenden Fingern ... Da sind sie! Da sind sie ja ...! Steckt doch die Bibliotheken in Brand! Leitet die Kanäle ab, um die Museen zu überschwemmen ...! Ha! Laßt sie dahintreiben, die glorreichen Bilder. Nehmt Spitzhacken und Hammer! Untergrabt die Grundmauern der ehrwürdigen Städte.‹ ...
Zynismen wie diese waren bereits in den zwanziger Jahren selbst eine literarische Fachsprache von sehr hoher Reizbasis ...
Gesamtbeurteilung der Flugblätter. Zur *Intention* der Verfasser ergibt die Analyse:
Mit dem Schock abstruser und lügenhafter Einzelmitteilungen ver-

suchen sie, die Aufmerksamkeit der Leser auf die korrumpierte Sprache der von ihnen angegriffenen Gegner und schließlich der gesamten Öffentlichkeit zu lenken. Nach resignierender Erkenntnis ihrer mangelnden Resonanz unternehmen sie es, sich selbst schreibend der Festlegung und damit Erstarrung ihrer eigenen Denkfreiheit zu entziehen. Sie benutzen dabei ein von ihnen selbst für unkonventionell gehaltenes literarisches Genre als Handlungsersatz[128].«
Der pseudoakademische Rechtfertigungsversuch Lämmerts ist durch die Ereignisse - insbesondere die Baader-Meinhof-Bande - als Selbsttäuschung entlarvt worden.
In ähnlichen Verharmlosungen erging sich der Gutachter Peter Wapnewski. Immerhin folgt bei ihm eine »Nachbemerkung, anderthalb Jahre später«: »... ich würde es heute mit einem größeren Grad an Befangenheit tun, nachdem die radikale Partei das Prinzip der Gewaltlosigkeit preisgegeben und die ›Ebene der Militanz‹ betreten hat ...«
Dem Thema angemessen erscheint allein die Haltung Dieter E. Zimmers; er lehnte die Einladung zum Mitdiskutieren mit deutlichen Worten ab: »Werden Sie es mir dauerhaft verübeln, wenn ich Ihrem freundlichen Ansuchen nicht nachkomme? ... Als in der Berliner TU vor einiger Zeit ein Film vorgeführt wurde, der eine Gebrauchsanleitung für die Herstellung von Anti-Springer-Molotowcocktails lieferte, da faßten die liberalen Journalisten das als einen satirischen Spaß eher platonischer Natur auf. Sie wurden inzwischen eines anderen belehrt. Inzwischen haben auch Kaufhäuser gebrannt, wenn auch nicht toll, und die Urheber der Flammen sind zu drakonischen Strafen verurteilt. Egal, welches die subjektiven Intentionen der Flugblattautoren aus der K I waren: andere sind jedenfalls zur Tat geschritten. Es schiene mir unter diesen Umständen naiv, gutartig naiv, weiterhin so zu tun, als wären jene Flugblätter nichts anderes als ein Fall mehr oder weniger klassischer Satire, ein nichts als literarisches Phänomen. Daß es Leute gibt, die in desparater politischer Ohnmacht Kaufhäuser anzünden, entrückt, so will es mir wenigstens vorkommen, die Flugblätter der K I ein wenig dem Zuständigkeitsbereich einer Sprachzeitschrift.«
Am anfälligsten für die sprachlichen Formen der zeitgemäßen Gewaltverherrlichung erweist sich die zunehmende Unterschicht verkrachter

scheinintellektueller Existenzen, die, zum Brotberuf unfähig, sich als Antreiber der Gedankenlosen und der Übersättigten betätigen. Ein akademisches Proletariat vorzugsweise aus den Modefachgebieten Soziologie, Psychologie und Politologie, häufig genug zu sachbezogener Arbeit ungeeignet und zu Leistungsbeweisen unwillig, nützt die Freiheiten eines liberalen Systems zu auf totalitäre ›Systemveränderung‹ gerichteten Aktionen. Spitzfindige Rechtfertigungen für die intellektuellen Schreibtischtäter, Humanitätsduselei den Inhumanen gegenüber, halbherzige Distanzierungen der Verantwortlichen und die Verketzerung der Warnenden - das alles hat ein Zwielicht geschaffen, in dem jene ›Problemtypen‹ gedeihen und sich geborgen fühlen können. Meist aus saturierten, mit der linken Schickeria liebäugelnden Familien stammend, intellektuell und ungebildet zugleich, verachten die jungen Radikalen das Maulheldentum der Vätergeneration und schreiten zur kriminellen Tat.
Auch ein Zweig der zeitgenössischen Literatur leistet Beiträge zur Verwischung von Recht und Unrecht im Sprachlichen. Karlheinz Deschner und Hans Mathias Kepplinger haben am Beispiel Hans Magnus Enzensberger ein unlauteres Verfahren dargestellt: In unsachlicher Weise werden mit agitatorischer Absicht wesensfremde Kategorien verknüpft und damit gleichgestellt; hier verdeutlicht am Beispiel von Enzensbergers ›Anatomie einer Wochenschau‹:
»›In Los Angeles sahen mehr als 40 000 Zuschauer die Rekorde der Leichtathleten purzeln. 100-Meter-Sieger Bobby Morrow, Sensation im Memorial Colliseum, 400 Meter Hürden: Glenn Davis aus Ohio läuft 49,5 Sekunden. Der Texaner Eddi Sansan 49,7. Damit wurde der Weltrekord in einem Lauf zweimal gebrochen. Und nun sehen Sie das Phantastische: 2 Meter 14,6 springt Charles Djunnes.‹ Und so weiter. Dann schreibt der Autor: ›Weitere Titel *vom selben Typus . . .*‹, und beendet diese Aufzählung mit der Mitteilung: ›8000 Schuß in der Minute: Neue Schnellfeuerwaffe der US-Armee.‹ Die neue Schnellfeuerwaffe ist vom selben Typus wie die olympischen Ausscheidungskämpfe? Man greift sich an den Kopf . . .«
». . . Geschäft = Verbrechen: ›Abgesehen von den zwölf Morden, die man [Jim Colosimo] zuschreibt, beschränkte er sich auf die herkömmlichen Geschäftszweige.‹ . . . ›Der Vergleich des Gangster-Chefs mit einem Wirtschaftskapitän ist keine bloße Metapher.‹ ›Der Ban-

denkrieg von Chicago ist weiter nichts als die Fortsetzung des Geschäfts mit anderen Mitteln[129].‹«

Professor Helmut Schöck, Ordinarius für Soziologie an der Mainzer Universität, darf zu jenen Gelehrten gezählt werden, die aus ihren Erkenntnissen auch Folgerungen für die Lebenswirklichkeit ziehen. Er hat das in seinem Buch ›Der Neid‹ getan und tut es in der eben erschienenen Schrift ›Die Lust am schlechten Gewissen‹ (Freiburg 1973). Er schreibt unter anderem:

»Wer den Willen eines anderen brechen möchte, fährt am besten, wenn er sein Opfer zwingen kann, eine neue Sprache zu lernen: Die Pseudosprache des Angreifers, die dem zu Unterjochenden die Begriffe raubt, mit denen er bis dahin Recht und Unrecht, Sinn und Unsinn zu scheiden wußte. Alle totalitären Systeme in unserem Jahrhundert, tatsächliche und erdachte, haben deshalb ihren eigenen Jargon entwickelt. Den des Hitler-Reiches fanden wir nach dem Kriege im ›Wörterbuch des Unmenschen‹ analysiert. George Orwell beschrieb in ›1984‹ - dem Roman, den die Neue Linke wütend eine ›Utopieverleumdung‹ nennt -, wie die totale Diktatur durch fortwährend neue, sinnverdrehende Worte die Bevölkerung im Joch hält.

Diesem Vorbild entsprechend findet bei uns seit etwa 1967 eine sprachliche Unterwanderung, eine Lähmung unserer freiheitlichen Gesellschaft und ihrer verfassungsmäßigen staatlichen Organe statt. Es ist ein Modellfall linguistischer Guerillataktik. Ebenso wie die Trojaner zu ihrem Verderben das hölzerne Pferd der Griechen nicht zuletzt aus Neugier in die Stadt zogen, haben wir uns aus eitler Novitätengier schon viel zuviel vom linken Jargon zu eigen gemacht. Wir gingen so leicht in die Falle, weil Jahre vorher die Anglisierung der deutschen Sprache begonnen hatte. Wer gewöhnt ist, clever, creativ, layout und marketing zu sagen und zu schreiben, findet zunächst nichts dabei, wenn junge Leute ›go-ins‹, ›sit-ins‹ und ›teach-ins‹ veranstalten. So genoß die Linke von Anfang an Narrenfreiheit, weil niemand wußte, ob Gewaltakte, die mit einem amerikanischen Neologismus angekündigt wurden, überhaupt mit dem Strafgesetzbuch kollidieren können. Wer wollte schon so unmodern sein und ein ›go-in‹, ein ›sit-in‹ als Hausfriedensbruch oder Nötigung bezeichnen?

Sobald die Linksradikalen herausgefunden hatten, wie weit sie im Zeichen des ›go-in‹ gehen konnten, ohne sich die Finger zu verbren-

nen, tauchten deutsche Wortneubildungen zum selben Zweck auf. Das Wort ›umfunktionieren‹ deckt zum Beispiel verschiedene Tatbestände, die man früher ohne Scheu sofort und scharf geahndet hätte. Für die Lähmung unserer Justiz kommt man sogar schon ohne Fremdwort aus: Man nennt es ›Verunsicherung‹. Wie soll man einer Gruppe das Handwerk legen, die ›Verunsicherung‹ übt? Das Strafgesetzbuch schweigt dazu.
Wenn unsere staatlichen Organe sich aber weiterhin so düpieren lassen, könnten in einigen Jahren kleine Mädchen von Banden unter dem entwaffnenden Slogan ›Emanzipation von Libido-Repressionen der spätkapitalistischen Gesellschaft‹ auf dem Schulweg mißbraucht werden ... Man sollte sich nicht darüber täuschen, wie kurz der Weg von den jetzigen Provokationen zu wesentlich Schlimmerem ist. Der Staat, der seine Verzagtheit beim Schutze des Eigentums und der Menschenwürde seiner Bürger zeigte, bringt kaum mehr die Resolutheit auf, ihre physische Person zu schützen ...
Als 1968 an einer Universität der Anti-Notstandsgesetz-Streik kläglich zusammengebrochen war, beklagten sich die Linken danach in einem Flugblatt bitter über jene ›reaktionären‹ Studenten, die auf die stolze Erklärung, dies sei ein ›teach-in‹, fragten: ›titsch-in? Was ist denn das? Könnt ihr nicht mehr deutsch reden?‹ Vor solch tapfer gemimten Hinterwäldlertum schrumpfte das linke Pathos zusammen wie ein angestochener Luftballon.«

Nicht jeder kann alles ertragen:
Der weicht diesem, der jenem aus ...
Nichts schrecklicher kann dem Menschen geschehn,
Als das Absurde verkörpert zu sehn.
Goethe ›Zahme Xenien II‹

Der Verderb der Sprache ist der Verderb des Menschen.
Seien wir auf der Hut! *Dolf Sternberger*

Ausdruck des Gemeinen

Seit den sechziger Jahren ist öffentlich und literarisch sagbar geworden, was bisher dem Gassendeutsch vorbehalten war. Dazu haben Schriftsteller (Grass, Zwerenz, die Elsner und andere), Politiker (Wehner) ebenso wie manche Werbeleute beigetragen. Da bekanntlich schlechte Beispiele mehr Nachahmer finden als gute, wurde das Ordinäre in manchen Kreisen schnell ›schick‹. Da der Widerwille gegen Schönes und Erhabenes Bestandteil einer heute in Mode stehenden Weltanschauung ist, fanden sich auch Rechtfertiger in der Publizistik. So schrieb schon Rechtmann: »... der Begriff des Schönen, des ästhetisch Wertvollen hat sich erweitert; er hat nicht nur das Edle, Liebliche, Erhabene unter seinen möglichen Modifikationen, sondern er umfaßt auch das Herbe, Häßliche, Gemeine und Böse[50].«

Das ist natürlich Sophisterei. Zwar ist es eine Binsenwahrheit, daß auch das Herbe, das Tragische und das Nachtseitige künstlerischen Wert haben können - man denke an die Graphiken der Käthe Kollwitz oder die Lyrik von Heinrich Lersch -; Schönheit wird indes erst vor dem Hintergrund des Nichtschönen erkennbar. Wenn wir alles zur Schönheit zählen wollten, hätte der Begriff jegliche Bedeutung und Berechtigung verloren. Widersprüchlichkeit macht sich auch in der zeitgenössischen Sprachkritik breit. Der Nur-Verstandesmensch schafft das Feststellen und Zergliedern zwar noch leidlich, so wenn Fritz Usinger schreibt:

»Es ist auffallend, wie in den letzten Jahren das ›Ordinäre‹ auch in die Literatur eindringt, als Stoff wie auch als Sprache, und zwar in die Literatur der ganzen westlichen Hemisphäre. Auch hier vollzieht sich diese Senkung der Werte, die sich in doppelter Form ausspricht: durch Minderung oder Verlust der früheren Gehalte und durch Abwertung des Sprachniveaus. Diese Veränderung des Sprachniveaus zeigt sich in einer Ausschaltung alles dessen, was man in eine Beziehung zu dem Begriff des Schönen bringen könnte. Dabei ist es nicht so, daß man nur gewissen Erscheinungen des Schönen einfach aus dem Wege ginge. Es ist vielmehr so, daß keine Erscheinungen des Schönen mehr gesehen werden, weder im Bereich des Menschen noch in dem der Natur[130].«

Zur Schlußfolgerung aus dieser Beobachtung jedoch reicht es nicht. Usinger flüchtet sich in Verharmlosung und unbegründbare Erwartungen: »Und dennoch hat die Dichtung oder sagen wir besser die Literatur auch in einer solchen Weltansicht noch eine Aufgabe ... gibt ... wenn auch keine Lösungen und Rettungen, doch etwas Wichtiges, was wir sonst kaum finden: nämlich die Andeutung von Zusammenhängen ... man zeigt, wie das Rohe, das Ordinäre mit dem Menschlichen zusammenhängt, wie es aus ihm hervorgeht ... In der Literatur beginnt auch das ungezügeltste Wort wieder umzukehren und sich eines möglichen Aufstiegs zu erinnern.« Sollte es demnächst zur Ablösung des Gemeinen in der Sprache kommen, wie auch wir hoffen, dann vor allem deshalb, weil das Ordinäre zwar Schlacke, aber niemals Kern des Geistigen und Künstlerischen sein kann. Wenn es zur dichterischen Darstellung der Lebenswirklichkeit beiträgt, hat auch das hemdsärmelige Wort, der rohe und krasse Ausdruck seine Berechtigung; was uns anwidert, ist das genüßliche Waten im sprachlichen Schmutz.

Die Gauner und die Landfahrer haben seit Jahrhunderten eine - zum Teil über Grenzen hinweg verstandene - Fachsprache. Das Rotwelsch hat seit dem 13. Jahrhundert Begriffe aus dem Jiddischen und aus der Zigeunersprache aufgenommen. ›Blechen‹ und ›berappen‹ für zahlen, ›ausbaldowern‹ für auskundschaften, ›betucht‹ für wohlhabend, ›mogeln‹ für betrügen, ›Pleite‹, ›Schmiere stehen‹, ›Klunker‹, ›Tinnef‹, ›Schmus‹, ›Kohldampf‹ werden auch heute noch verstanden.

Neu sind im Bereich des Verbrechens neben technischen Errungenschaften und der sogenannten Wirtschaftskriminalität insbesondere die ideologische Verbrämung und die journalistische Verniedlichung. Das nimmt sich im Zeitungsbericht dann so aus: »Bereits im Jahr 1969 war er straffällig geworden, damals aus *politischem Idealismus,* als er mit seinen Genossen Lehrlinge aus Erziehungsheimen herausholte und in Kaufhäusern stahl ...« *»Unangenehm aktiv«* nannte die Würzburger Kriminalpolizei die farbigen US-Soldaten, die einen Medizinstudenten niederschlugen, beraubten und fesselten, seine Begleiterin zu dritt vergewaltigten; ein anderer eine Deutsche verfolgte, zu vergewaltigen versuchte und erst von ihr abließ, als ihre Hilferufe von Vorbeigehenden bemerkt wurden[131]. Die sprachlich verharmlosende Berichterstattung führt dazu, daß immer mehr Menschen sich mit der bedrohlichen Zunahme der Verbrechen als mit etwas offenbar Unabwendbarem abzufinden beginnen.

Mit Worthülsen wie ›progressiv‹ und ›konservativ‹ ist Wesentliches heute nicht mehr auszusagen. Weit mehr unterscheiden sich die Zeitgenossen durch das Maß ihres Verantwortungsbewußtseins. Ein Beitrag der Gräfin Dönhoff in der ›Zeit[132]‹ war für den Direktor des Karlsruher Instituts für Nachrichtenverarbeitung, Professor Karl W.

Steinbuch, Anlaß zu einer grundsätzlichen Erwiderung. Die Dönhoff hatte geschrieben: »Es vergeht kaum eine Woche, in der nicht irgendein Ereignis gemeldet wird, das anscheinend Krankheitssymptome der Gesellschaft aufdeckt: Vor vierzehn Tagen war es die Großrazzia nach Mitgliedern einer bis zum Schwerstverbrechen verschworenen linken politischen Gruppe. In der letzten Woche ging es darum, daß eine Fernsehanstalt und verschiedene Zeitungen, die der Rechten nahestehen, geheime Dokumente auf dunkle Weise an sich gebracht und dann veröffentlicht haben, ... daß immer wieder Anschläge auf öffentliche Verkehrsmittel, auf Altersheime und andere schonungswürdige Institutionen verübt werden ...

Es gibt Fragen, deren Beantwortung, je nach der Perspektive, aus der sie anvisiert werden, ganz verschieden ausfällt. Zur Verdeutlichung: Wenn man von Europa kommt, ist man überzeugt, in Istambul dem Orient zu begegnen, besucht man die Stadt am Bosporus auf der Heimreise von Ostasien, ist man dagegen erstaunt, wie europäisch sie wirkt. Vom Standpunkt einer bürgerlichen Norm, wie sie lange Zeit galt, gibt das, was heute geschieht, zu außerordentlicher Besorgnis Anlaß. Aber ist die vergangene Ordnung wirklich das adäquate Bezugssystem, an dem das Heute gemessen werden sollte und zu dem es unter allen Umständen zurückzukehren gilt? Beurteilt man die Geschehen von dieser Basis aus - also nicht aus der Sicht der überkommenen Norm, sondern im Vergleich zu anderen Revolutionen - dann kann man sehr zufrieden sein, daß nicht mehr Gewalt geschieht ...«

Von so viel Schnoddrigkeit im Umgang mit Werten, die uns erst zur Menschenwürde geführt haben, fühlte sich Steinbuch herausgefordert.

»Dieser Zukunftsvision möchte ich entschieden widersprechen: Es geht hier nicht um ›anscheinende Krankheitssymptome‹ und nicht um die Konservierung einer veralteten bürgerlichen Norm, vielmehr um ein Minimum an Verhaltensregeln, die ein menschliches Zusammenleben ermöglichen. Selbst das Zusammenleben von Tieren ist durch strenge Regeln eingeschränkt. Aber wir wollen ja kein tierisches Zusammenleben, sondern ein menschliches. Die Kulturhöhe, die der Mensch in annähernd einer Million Jahren erreicht hat, setzt ein noch höheres und komplexeres System von Verhaltensmaßregeln voraus.

Das, was uns Gräfin Dönhoff als Morgenröte zukünftiger Lebensformen darstellt, sind tatsächlich die Merkmale einer unzulänglichen

Verhaltensregulierung, welche das menschliche Zusammenleben hinter das von Tieren zurückweist. Hier wird unreflektiert und fahrlässig eine ungeheure kulturelle Entwicklung verludert ... Realiter wird es auch in Zukunft kein menschliches Zusammenleben geben ohne rechtliche und polizeiliche Ordnung und Begrenzung der subjektiven Lust und Befriedigung mit Rücksicht auf die anderen.
›Progressivität‹ wurde bei uns zum krankhaften psychosozialen Syndrom. Da kamen zusammen
weltfremde politische Zielsetzungen
Verachtung der Erfahrung
rücksichtslose Zerstörung bewährter Verhaltensformen (zum Beispiel Rauschgift, Pornographie)
obskure konkrete Prognosen (›Adhocratie‹)
Hemmungslosigkeit bei der Durchsetzung politischer Absichten.
Mit einer solchen pathologischen Progressivität extrapoliert man dann leichtfertig auch die Zunahme der Barbarei in die Zukunft hinein und meint, die sei der Lebensstil der Zukunft. Hier sind nicht die Künder der Zukunft am Werk, sondern die Irrlichter der Gegenwart.
Früher waren Kriminelle nur so auf eigene Faust kriminell. Heute bekommen sie ihre Rechtfertigung schwarz auf weiß ins Haus geliefert. ›Die Gesellschaft dient nur der Aufrechterhaltung bestehender Machtverhältnisse. Es ist erlaubt, gegen diese Gesellschaft zu kämpfen.‹ So verteidigte der Lebach-Mörder seine Mordtaten. Es ist nicht wahrscheinlich, daß er diese Ansicht selbst erfunden hat, sondern wahrscheinlich, daß er Publikationen ähnlich der von Gräfin Dönhoff gelesen hat.
Die gegenwärtige Rauschgiftsucht unserer Jugend ist publizistisch angereizt worden: Man ironisierte die Warnungen vor den Folgen des Rauschgiftkonsums als repressive Machenschaften und animierte die Emanzipation in Richtung auf Haschisch und Heroin. Manche Redaktion dieser Zeit möchte nun, wo die Verantwortungslosigkeit dieses Tuns offenkundig ist, sich von ihrem einstigen Standpunkt hinwegschleichen. Wir sollten aber nicht so schnell und leicht vergessen ...[133]«
Damit ist ein weiteres Gebiet berührt, auf dem im Westen unerfreuliche sprachliche Neuzüchtungen wuchern: der Ausdrucksbereich der Rauschgiftsüchtigen. Welche Schuld hier manche deutschen Presseerzeugnisse auf sich geladen haben, wird erst einer vorurteilsfrei wer-

tenden Zukunft so recht klar werden. Durch verantwortungsloses Streben nach Aktualität und Sensation wurde das Drogen-Vokabular so recht volkstümlich gemacht und damit die Sache selbst. ›Der Spiegel‹ und ›konkret‹ marschierten wieder einmal an der Spitze. Ganze Listen von Fachbegriffen und Umschreibungen wurden zusammengestellt, und bald wußte der letzte Hinterwäldler, daß unter ›Gras‹, ›Heu‹ oder ›tea‹ Haschisch zu verstehen ist, ›Säureköpfe‹ LSD zu nehmen pflegen, um einen ›trip‹, eine Reise in die Wahnwelt zu machen. Händlertreffpunkte und Gebrauchsanweisungen wurden den zurückgebliebenen Zeitgenossen dargeboten. War man erst vom ›joint‹, der Haschischzigarette, zum ›Fixen‹, dem Spritzen von ›hard stuff‹ (etwa Heroin) ›umgestiegen‹, dann war man bald ›ausgeflippt‹ und ›down‹, das heißt fast hoffnungslos aus der Bahn geworfen.
Als die Anheizer der Drogenmode ihr Werk begannen, warnten die Sachkenner, insbesondere die Ärzte, vor solcher Leichtfertigkeit. So schrieb die Ärztezeitschrift ›selecta[134]‹ über Rauschgift-Beiträge der Illustrierten ›Stern‹: »Schließlich versäumt die Illustrierte völlig, das eigentliche Wesen der Sucht nach Opiaten zu beschreiben. Sie preist in Sirenentönen ›Visionen, himmlische Stimmen ... Empfindungen, die wahnsinnig aufregend sind, schöner als ein Orgasmus‹ - und verschweigt, daß nur die ersten paar Injektionen so wirken, während später der Süchtige das Opiat nicht nimmt, um euphorisch zu werden, sondern weil er sonst in die Hölle der Entzugssymptome fällt.«
»Genossen, wir haben Scheiße gebaut!« So formte Klaus Röhl, bestimmender Ungeist bei ›konkret‹, seine verspätete Einsicht in das Problem Rauschgift. Dieser Aufsatz des mit seinen Visionen an der Realität gescheiterten Röhl ist es wert, hier als eine Urkunde der Zeittorheit auszugsweise abgedruckt zu werden[135]:
»Wir alle haben den verantwortungslosen Unsinn mitgemacht: Kaum ein Mitglied der Neuen Linken, das nicht von der großen Leistungsverweigerung gesprochen hat, die sich nun mal im Drogenkonsum ausdrücke, von der neuen Sensibilität, die durch bewußtseinserweiternde Mittel gestiftet würde, von dem Recht der Jugend auf die Einnahme solcher Mittel. Wir haben alle gesprochen und geschrieben von dem *nicht süchtig machenden Haschisch*, haben es verharmlost bis in die Slogans, die uns allen gefielen (Haschu Haschisch inne Taschen ...). Wir haben laut verkündet, daß Haschisch nicht gefährlicher sei als

Am Ende der Sprachfähigkeit. Der in seine Wahnwelt Entrückte hat die Beziehung zum Mitmenschen, zur irdischen Wirklichkeit verloren.

Alkohol und Nikotin (als wenn Alkohol und Nikotin ungefährlich seien), haben vom kontrollierten Drogenkonsum gesprochen, haben Kampagnen wie *Legalize pot!* Raum gegeben, Späße gemacht über die Spießer, die nicht haschen wollten, über die Polizisten, die die Händler nicht kriegen, über die ganze Generation der Väter, die das Neue nicht verstehen wollten. Auch in dieser Zeitung ist während eines gewissen redaktionellen Interregnums in den Jahren 1968 und 1969 eine solche Politik der Verharmlosung betrieben worden.
Hervorgegangen aus der großen linken Jugendbewegung, versprachen uns die Drogenpropheten ein geschärftes Bewußtsein, eine gegen die Tücken der Leistungsgesellschaft stabil machende neue Sensibilität. Der Flash war kurz. Die Folgen sind verheerend. Die Sensibilität ist ausgeblieben, geblieben ist bewußtlose Besoffenheit.
Das sind die Tatsachen: Der Konsum von *weichen* Rauschmitteln und Tabletten hat massenhaften Charakter angenommen, zumal unter Jugendlichen. Da nur die Behörden, die Eltern und die Polizisten den Genuß verfemten, ihre politischen Leitbilder nichts dabei fanden und beflissene Liberale wie Rudolf Walter Leonhardt und andere ›Zeit‹-Autoren den Haschkonsum geradezu empfahlen, galt es schnell als schick, sich täglich mit Shit oder LSD zu besaufen.
Dazu kam der gesellschaftliche Normzwang: An bestimmten großstädtischen Oberschulen, vornehmlich in sogenannten guten Wohngegenden, gehört heute mehr Zivilcourage dazu, *nicht* zu haschen und *nicht* die dazugehörige Uniform (Boots, schulterlanges Haar, Parka) zu tragen, als ›bürgerlich‹ zu leben. Erbarmungslos schließt die Subkulturgesellschaft den Abweichler von Ansehen, Freundschaft und Gemeinschaft aus.«
Wer die Zusammenhänge zwischen Sucht, Verbrechen und geistiger Verwahrlosung nicht glauben will, der achte auf den dazugehörenden Begriffs- und Sprachkreis. Dieses Vokabular wird im Untergrund wie in der Unterwelt gleich gut verstanden.
Im Gegensatz zu der geradezu puritanischen Lebensform in den kommunistischen Ländern des Ostens (an der Spitze China) wird im Westen (und hier am stärksten in der Bundesrepublik Deutschland) die sittliche Enthemmung zum politischen Glaubenssatz erhoben. Bezeichnend für diese Entwicklung ist, daß der Apostel der ›sexuellen Befreiung‹, Wilhelm Reich, 1932 aus der kommunistischen Partei aus-

geschlossen und seine ›Sex-Pool-Bewegung‹ gebrandmarkt wurde, während seine Heilslehre heute im Westen eine späte Nachblüte erlebt, ausgerechnet bei der ›neuen Linken‹.

»Ein großer Teil der in der Bundesrepublik hergestellten Sex- und Porno-Presse ist politisch extrem links ausgerichtet. Nicht nur die Auffassungen der Mitte- und Rechtsparteien werden scharf angegriffen. Bedenklich ist, daß in dieser Presse versucht wird, jegliche Autorität systematisch abzubauen.

In keinem Land, das nicht eine ernste Sozialschädigung der Bevölkerung in Kauf nehmen will, hat ein solch totaler Autoritätsabbau zu irgendwelchem Nutzen für das Volk selbst geführt. Längst geht die Sex- und Pornopresse weit über die zumutbaren Grenzen hinaus[136].«

Was an Geschmacklosigkeit bei uns inzwischen möglich geworden ist, mag der Leser daran erkennen, daß die niederländische Zeitschrift ›Candy‹ im Dezember 1968 als Preis für das Lösen eines Rätsels ein gemeinsames Wochenende mit einem Fotomodell anbot, dessen Aktbilder sie veröffentlicht hatte. Bezeichnungen wie ›Party-Girl‹, ›Gogo-Girl‹ haben die Geradezubegriffe wie Hure, Dirne, Freudenmädchen abgelöst. Waren früher Berufsbezeichnungen wie Grisette oder Kellnerin mit dem Makel der Unsolidität behaftet, so sind es heute Mannequins, Bardamen, Masseusen und Fotomodelle.

Längst sind die Reize derber Sinnlichkeit, ja selbst die der kultivierten Erotik der Plattheit oder Brutalität einer industrialisierten Pornographie gewichen. Bewußt wird die schräge Begriffswelt der Instinktlosen in die Jugend, ja in die Kindergärten getragen. So etwa, wenn bei Kundgebungen des Sozialistischen Frauenbundes und der Humanistischen Union 1971 gegen einen Ärztekongreß (»Mediziner sind Handlanger einer reaktionären Sexualmoral[137]«) Schulmädchen der ersten Volksschulklassen mit Plakaten auf die Straße geschickt wurden, auf denen das Bekenntnis zu lesen war: »Mein Bauch gehört mir!«

Selten nur findet sich im Reden und Schreiben der ›Progressiven‹ Heiterkeit. Ein Fall kam uns immerhin zur Kenntnis. Die Frankfurter Jungsozialisten beschlossen auf einer Delegiertenkonferenz des SPD-Unterbezirks, Schul- und Sportamt aufzufordern, »in den Schulen das gemeinsame nackte Duschen von Schülern und Schülerinnen zu ermöglichen, sowie noch in diesem Sommer alle öffentlichen Hallen- und Freibäder mindestens einen Tag in der Woche zum Nacktbaden für jedermann ohne Unterschied des Alters und Geschlechts freizugeben«. Das Nacktbaden könne dabei helfen, »das lustfeindliche Tabu der Nacktheit zu brechen und eben damit gegen die kapitalistische Reklame zu immunisieren, die nur deshalb Nacktheit zur Profitmaximierung mißbrauchen kann, weil sie tabuiert ist[138]«.

Die Moral als Mäntelchen, das ein Unrecht verdecken soll, ist ärger als das nackte Unrecht.

Bernt von Heiseler

Die anständigen Menschen sind immer dazu da, sich von den Snobs die Meinung sagen und sich aus der Fassung bringen zu lassen.

Bernhard Shaw

Papier ist geduldig

Daß der emsigste Hervorbringer von Wörtern, die Presse, nicht ohne Einfluß auf die Gegenwartsprache ist, bedarf kaum eines Beweises. Zu fragen bleibt, von welcher Art diese Wirkungen sind. Es steht fest, daß der Zeitungleser in seinem Blatt keine literarische Hochsprache erwartet, ja, sie würde ihm dort unangebracht erscheinen und ihm das Aufnehmen der Nachrichten erschweren. So liegt die Verantwortung der Presse darin, bei der Herausbildung und Festigung eines anständigen Deutschs zu helfen. Wir erwähnten an anderer Stelle, daß in unserem Volke eine breitere Kluft zwischen Hochsprache und alltäglichem Sprechen besteht als bei anderen Kulturnationen.
Der Wunsch mancher Zeitungschreiber, sich hervorzutun, sich von anderen zu unterscheiden, kann sich nach dem Gesagten nicht sosehr auf das Höhere als auf das Originellere richten. So kommt es, daß wir den Zeitungsleuten in erster Linie die ›Masche‹, das ›Mätzchen‹, neuerdings den ›Gag‹ als Beitrag zur Gegenwartsprache anlasten müssen. Zu den schlechten Gewohnheiten dieser Art aus den letzten Jahren gehören die der Werbung abgelauschten Hauptwort-Eigenschaftswort-Verbindungen wie ›regennasse‹ (Fahrbahn), ›reaktionsschnell‹, ›verlagsintern‹, ›hautnah‹ (in der Werbung für Wäsche verwendet, im Zeitungsdeutsch übertragen für die Unmittelbarkeit eines Erlebens).
Nicht auf die Presse beschränkt, von ihr jedoch gefördert und verbreitet ist die Unart, Satzteile in einem Wort zusammenzuziehen: ›wetter-

bestimmend‹, ›gefäßwandschädigend‹, ›karieshemmend‹, ›gasvergiftet‹, ›zweckgebunden‹ und so weiter.
Das Bemühen mancher Journalisten um eine erneuerte Bildhaftigkeit der Sprache ist bejahenswert - leider sind die Ergebnisse oft unzulänglich. Allzu unbedenklich zieht man die Vergleiche heran. So werden beispielsweise Begriffe der Landwirtschaft in Anspruch genommen: ein Vorhaben ›zur Reife führen‹, eine politische ›Flurbereinigung‹ einleiten; oder aus der Wetterkunde: sich der internationalen ›Klimalage‹ anpassen; oder aus der Heilkunde: ›Wechselbad‹ von Lockung und Drohung; aus dem Kriegswesen: in die ›Schußlinie‹ der Massenmedien geraten; aus der Mode: der ›New Look‹ der Partei und ähnliches.
Das Ausstreuen modischer und meist entbehrlicher Fremdwörter gehört für allzuviele Zeitungsleute zum täglichen Handwerk. An verschiedenen Stellen dieses Buches wurden dafür Beispiele angeführt; hier nur noch eines aus der Wiener ›Presse‹[139]: »Der Beweis gelingt, daß die Arbeiten dieser beiden Pop-Pioniere nichts von ihrer soziologischen Relevanz eingebüßt haben - ja, der kritische Impakt ihrer surrealistischen Monumentalisierungen des Banalen liegt heute noch eindeutiger auf der Hand, da eine junge Generation eben gegen die verbalisierten elterlichen Werte rebelliert, da also die Konsequenzen der von der Popart in übersteigerter Verzerrung plakatierten Massennormen und -illusionen bereits eingetroffen sind.«
Die Unabhängigkeit der Presse ist eines der Merkmale freiheitlicher Staatswesen. Wenn Publizisten sich zu Gouvernanten der Nation aufspielen, dann fühlen wir uns gedrängt, das bevormundete Volk gegen solche Anmaßung in Schutz zu nehmen. ›Der Spiegel‹ ist in mancher Hinsicht ein Sonderfall in der deutschen Nachkriegspresse. Schulmeisterlich im moralischen Anspruch (›publizistisches Gewissen der Nation‹), gibt er sich im Stil schnoddrig-skeptizistisch. Viel ist über ›Das deutsche Nachrichtenmagazin‹ schon geschrieben worden, und auch wir können nicht umhin, ihm die Ehre einer kurzen kritischen Betrachtung anzutun.
Begünstigt durch Besetzer-Lizenz der ersten Stunde, angelsächsische Vorbilder (insbesondere ›Time‹) nachahmend, paßte Rudolf Augstein sein Blatt in geschickter Weise den Bedürfnissen einer bestimmten Schicht an: den nachrichtenhungrigen, sich in ihrem besserwisserischen

Skeptizismus ›elitär‹ empfindenden Halbgebildeten. Gestützt auf ein umfangreiches Archiv und die Mitarbeit eines großen Stabes freier Mitarbeiter, geschieht das Eigentliche, Spiegelgemäße durch die hauseigenen stilistischen Köche: die Aufbereitung des Rohmaterials zur Spiegel-Geschichte, »vom Grundnahrungsmittel der einfachen Nachricht zur Reiznahrung der ›interessanten story‹«. (Joachim Stave[140])
Um das Interesse ihrer Leser nicht erlahmen zu lassen, ist diesen Textaufbereitern jeder Wortwitz, bis hin zum Kalauer, recht. »Sprache mit ironischem Durchschuß« nennt Stave den Spiegel-Stil, »über diesen Leisten schlägt der Spiegel fast alles«; er spricht mit Enzensberger vom »Ungeist einer ›skeptischen Allwissenheit‹«. Die amerikanische Zeitschrift ›The Reporter‹[141] bezeichnete den Spiegel sehr deutlich als »Standartenträger der wirrköpfigen deutschen Nachkriegsintellektuellen«. Am schärfsten urteilte die ›Neue Zürcher Zeitung‹[142]: »Der ›Spiegel‹, obwohl von physisch Erwachsenen geschrieben, huldigt einem generellen pubertären Nihilismus ... Mit so blasierter Überheblichkeit, so angeekelt von einer Welt, wo außer dem ›Spiegel‹ selber nur Dilettanten und Korrumpierte am Werk sind ... so wertfrei kann nur schreiben, wer sich am blanken Nichts orientiert und nichts als Abbruch im Sinn hat.«
Im Spiegel erwähnt worden zu sein bedeutet für manchen Zeitgenossen, zur Prominenz zu gehören, sich dann ›besser zu verkaufen‹. Indessen auch in einem schlimmen Sinne kann der ›Spiegel‹ Schicksal spielen. Hans Dieter Jaene zitiert in seiner Arbeit Augstein: »Es kommt vor, daß in einem Artikel, ohne daß darauf gezielt wird, fast beiläufig jemand in einem Zusammenhang erwähnt wird, der für ihn höchst peinlich ist, ohne daß man es beabsichtigt hat. Und daß dann irgendwelche Kurzschlüsse Platz greifen, vielleicht ein Selbstmord, weil die Steuerfahndung kommt, oder dergleichen. Das macht alles betroffen, aber man kann es ja nicht vermeiden.«
Welch traurige Rolle ›bürgerliche‹, ›gemäßigte‹ Persönlichkeiten in Spiegel-Gesprächen bevorzugt spielen - und das nicht nur durch die Schuld der Fragensteller -, war am Beispiel des Intendanten des Zweiten Deutschen Fernsehens, Holzamer, abzulesen. Es ging um eine gerechtere Würdigung der soldatischen Dienstpflicht in den Massenmedien[107]. Spiegel: »Sie meinen einen gewissen vaterländischen ...« Holzamer: »Die Vokabeln sind natürlich etwas schwieriger gewor-

den ...« Spiegel: »Das ist ganz ohne Unterton gesagt.« Holzamer: »... etwas schwieriger geworden, weil sie eben belastet sind. Insofern würde ich meinen [!], sollte von solchen Dokumentationen, oder was es sei, doch etwas ausgehen, was in diesem positiven Sinne stärkt und ermutigt.« Spiegel: »Wehrertüchtigung?« Holzamer: »Die Vokabel würde ich ablehnen ...« Hier weicht ein Überängstlicher vor dem Wort zurück, statt dem übelwollenden Befrager zu zeigen, daß es belastete Wörter nicht gibt, sondern nur Menschen, die sie mißbrauchen oder falsch deuten. Solche mangelnde Zivilcourage bei den Verteidigern unserer freiheitlichen Ordnung läßt wenig Gutes erhoffen.

Unnötig ist es zu betonen, daß die Spiegel-Mannschaft durch Themenwahl, Einfärbung und Kommentierung Partei ergreift, ja, sie ist bereit, ihren Dauerskeptizismus ausnahmsweise zu unterdrücken, wenn es in ihr Weltbild paßt. Der ›Spiegel‹ geht dann sogar so weit, Politiker unserer Tage heiligzusprechen. »Als Brandt in Warschau war, hat darüber der ›Spiegel‹ in einem rekapitulierenden, reflektierenden Bericht den inneren Hergang, den Kniefall, so gedeutet ...: ›Dann bekennt er sich zu einer Schuld, an der er nicht zu tragen hat.‹ Was immer der Schreiber hier gemeint haben mag, er bedient sich einer tausendjährigen, tief ins europäsche Unbewußte gegrabenen Gedanken- und Sprachfigur - die uns andernfalls lächerlich paradox vorkommen müßte. Wenn keine Schuld auf einem lastet und man sich zur Schuld bekennt, sie also damit von den schuldigen Menschen übernimmt, dann handelt man bekanntlich heilandmäßig.« (Paul Stöcklein[143])

Bemerkenswert bleibt das Gespaltensein des Spiegel-Gewissens. Einerseits tritt er für die Veränderung der Gesellschaft ein, gibt sich ›antikapitalistisch‹, andererseits lebt er nicht zuletzt von den Anzeigen, die ihm die privaten Unternehmer zukommen lassen; und die Lebensform des Herausgebers und seines ›Managements‹ entspricht dem Kapitalistenklischee besser als die mancher Wirtschaftsführer. Gelegentlich opfert man allzu unbesonnene Mitarbeiter, wenn der Anzeigenumsatz nachzulassen beginnt.

Im Vergleich zur Wirkung im Politischen und auf den Zeitgeist mögen die Sprachsünden des ›Spiegel‹ weniger bedeutsam erscheinen. Doch besteht hier ein tieferer Zusammenhang. Die gesuchte Schnoddrigkeit, der primitive Satzbau, die oft genug an den Haaren herbeigezogenen Wortspiele - das zusammen macht das Lesefutter für einen Kreis

›konsumierbar‹, der für Anspruchsvolleres keine Zeit zu haben vorgibt. - Selbstverständlich hat die Steuerung der öffentlichen Meinung nicht mit dem ›Spiegel‹ begonnen, und sie wird nicht von ihm allein geübt. Schon im Ersten Weltkrieg wurde die Presse bedenkenlos in den Dienst der Beeinflussung der Masse gestellt, man scheute vor Lügen nicht zurück, um den Volkszorn in Wallung zu bringen. Das Verfahren, wie man aus einer harmlosen Nachricht eine Greuelmeldung für die Völkerverhetzung macht, schilderte der Unterstaatssekretär im britischen Außenamt, Arthur Ponsonby[144]; danach wurde die Meldung der ›Kölnischen Zeitung‹ vom 9. Oktober 1914: »Als der Fall Antwerpens bekannt wurde, läuteten die Kirchenglocken« in der Auslandspresse stufenweise entstellt. Der Pariser ›Matin‹ berichtete: »Laut Kölner Zeitung wurde die Geistlichkeit von Antwerpen gezwungen, nach dem Fall der Festung die Kirchenglocken zu läuten.« Die Londoner ›Times‹: »Die belgischen Geistlichen, die sich weigerten, beim Fall Antwerpens die Glocken läuten zu lassen, wurden aus ihren Ämtern entfernt.« Der ›Corriere della Sera‹: »Gemäß einer Meldung der Times, die sie über Paris und Köln erhalten hat, wurden die unglücklichen belgischen Priester, die sich weigerten, die Glocken zu läuten, als Antwerpen fiel, zu schwerer Arbeit verurteilt.« Abschließend wieder der ›Matin‹: »Gemäß einer Nachricht, die der Corriere della Sera über London aus Köln erhalten hat, ist es tatsächlich wahr, daß die barbarischen Eroberer von Antwerpen die unglücklichen belgischen Priester für ihre heldenmütige Weigerung, die Glocken zu läuten, damit bestraft haben, daß sie sie als lebende Klöppel mit dem Kopf nach unten in die Glocke hängten.«

Nicht nur das Fernsehen, auch die Presse lebt mit von der Oberflächlichkeit und Vergeßlichkeit der Menschen. Kaum gelesen, wird schon die Nachricht ungeprüft in eine Gedächtnisecke verdrängt, in der sie verblassen, wuchern oder sich verformen kann. Der Anteil des gedanklich Verarbeiteten gerät in ein immer ärger werdendes Mißverhältnis zum Angelesenen, Gehörten und Gesehenen.

Hört man die Verlautbarungen der Verwalter und Betreiber sowohl eigennütziger wie gemeinnütziger Angelegenheit am Radio, so möchte man oft genug meinen, die große Unfreiheit sei nicht von allbelebender Freiheit, sondern bloß von vielen kleinen Unfreiheiten abgelöst worden. Ringsum wimmelt es von Erfassern, Betreuern, Durchführern und Gestaltern, und alle strecken sie ihre klapperdürren Finger aus, um uns die Kehle zuzudrükken. Die einzige Neuerung besteht darin, daß sie vielfach Handschuhe übergezogen haben, die aus Flicken von feinerem, sanfterem Stoff gemacht sind ...

Sternberger/Storz/Süskind[145]

Stimme und Auge des Großen Bruders

Schon bald nach dem Zweiten Weltkrieg hat Stuart Chase[27] die Bedrohungen durch die Massenmedien aufgezählt: Rundfunk und Fernsehen sind erstrangige Machtmittel in der Hand von Diktatoren, aber auch Demagogen in freiheitlichen Staatsordnungen bedienen sich ihrer; Funk und Fernsehen können durch irreführende Meldungen und Bilder die Beziehungen zum Ausland stören; sie begünstigen stereotype Verhaltensweisen und vermögen zu Verbrechen und Gewalttaten anzuregen; Zerstreuung und oberflächliche Unterhaltung beginnen das Wissen zu verdrängen; soweit überhaupt Wissen vermittelt wird, ist es in schmackhafte Kapseln verpackt, die man mit einem Schluck hinunterspülen kann; in der Berichterstattung treten Konflikte in den Vordergrund, Friede und Harmonie erregen kein Aufsehen; die Werbung errichtet eine Traumwelt, weckt Wünsche; Popularität wird ein verkaufbares Produkt; insgesamt werden mehr unerfreuliche als gute Charakterzüge des Menschen gefördert.

Was bedeuten Rundfunk und Fernsehen für unsere Sprache? Am auffälligsten ist wohl die Tatsache, daß durch die tagtägliche Berieselung die Wortflut steigt. Unablässig dringen Worte und Begriffe auf uns ein, für die wir oft keinen unmittelbaren Bedarf haben, die bei vielen in einem Vorfeld des Verständnisses verbleiben, mehr zur Ungenauigkeit als zur besseren Ordnung des Denkens beitragen. Da die Speicherfähigkeit jedes Gehirns begrenzt ist, geht das Aufnehmen solcher nicht selbst erfahrener, meist unverdauter Begriffe sichtlich auf Kosten wesentlicher Einsichten.

Da uns die Natur in weiser Voraussicht mit mannigfachen Schutzvorkehrungen ausgestattet hat, besitzen wir auch eine Sicherung gegen ein Übermaß an Reizen. So ist die Unaufmerksamkeit und Zerstreutheit vieler Menschen von heute nichts als Abwehr des Allzuvielen, das auf sie eindringt. Der Mann, der nach einem hektischen Arbeitstag abends im Vortrag einschläft, der Gesellschaftsmensch, dessen Gedanken dem Palaver nicht mehr folgen und abschweifen - sie sind Opfer eines Überangebotes an Worten, Nachrichten, Meinungen. Vielleicht war die Einsamkeit des frühen Menschen eine Voraussetzung für seinen geistigen Aufstieg - wird das Geschwätz zum Ausgangspunkt seines Niederganges werden?

Nun tritt uns das schon von den Schnellpressen massenhaft ausgespieene Bild in noch bedrängenderer Form entgegen. Seit der moderne Mensch das über die Mattscheibe geisternde Bild mit den Augen verschlingt, werden die Eindrücke noch ungenauer, flüchtiger, die Beziehungen zur Weltwirklichkeit noch fragwürdiger. Wenn das so Dargebotene noch so unparteiisch, wahr und gerecht vermittelt würde - kein Mensch vermöchte es aufmerksam zu erfassen, sinnvoll einzuordnen und nach echtem Bedarf zu behalten oder abzustoßen. So verbleiben in den Köpfen nur nebelhafte, weniger als halbbewußte Erinnerungsfetzen. Man muß kein Zivilisationsverächter sein, um zu der Einsicht zu kommen, daß das Fernsehen die Bildung weit mehr behindert als begünstigt.

Auf die Magie des Wortes sei hier nur hingewiesen, denn sie gehört nicht zum Thema dieses Buches. Noch stärker als aus dem Radio tritt uns aus dem Fernseher der Monolog einer anonymen Meinungsmacht, eben jenes ›Großen Bruders‹ Orwells, entgegen, dem zu entrinnen oder wirksam zu widersprechen kaum noch möglich ist. Der Auswahl, die uns vorgesetzt wird, sind wir ausgeliefert. Die Meldungen und Meinungen folgen so dicht aufeinander, daß ihre Nachprüfung, und sei es nur durch Überlegen und Bedenken, nicht mehr gelingt. Unser Urteil wird unterlaufen.

An die Stelle der persönlichen - wenn auch noch so bescheidenen, aber nachprüfbaren - Erfahrung tritt für den Fernsehzuschauer ein in höchstem Maße problematischer Ersatz: das durch viele Instanzen der Redaktion und Technik gelaufene, gesiebte, geformte, gefärbte, subjektiv aufbereitete Bild. Verbunden mit dem Wort, erhält das Schirmbild eine trügerische, suggestive, oft sogar hypnotische Beweiskraft. Unter dem Eindruck der unmittelbareren, gerade schlichte Gemüter einfangenden Bildwirkung schwindet die prüfende Aufmerksamkeit gegenüber dem begleitenden Text. Der auf diese Weise ›nebenbei‹ zuhörende Fernsehzuschauer wird unvergleichlich leichter ein Opfer der Manipulierung.

»Bilder sind unentrinnbar. Im Zwang, sie anzuschauen, bringt uns die angeborene Liebe zur Wahrheit um den Verstand. Der Satz ist wörtlich zu nehmen. Denn nichts anderes als die Gewißheit, daß an einer Fotografie kein Gedanke gearbeitet hat, qualifiziert ihre Glaubwürdigkeit. Zur Fotografie kann man nicht ›nein‹ sagen. Wer sie betrachtet, hat auf das kritische Verständnis ihres Inhalts verzichtet und ist genötigt, Objekt zu sein. Mit der Unfähigkeit, einen Bildgegenstand nicht zu glauben, wird der Betrachter ein Opfer des Bildes, noch ehe er sich entschließen kann, es lieber nicht anzuschauen.« (Helmut Krapp[146])

Während ein aufmerksamer Zeitungleser die Voraussagen der vergangenen Woche noch nachzuprüfen vermöchte, hat der Fernsehmensch die an ihm vorbeihuschenden Bilder und Worte längst vergessen; besten- oder schlimmstenfalls sind Reste davon ins Dunkel des Halbbewußten gefallen, verwirren und beunruhigen ihn von dort her.

»Ein Wirrwarr abweichender Meinungen schärfe keineswegs das ›kritische Bewußtsein‹ des Zuschauers, sondern mache ihn entweder gänzlich apathisch oder zur Beute von Ideologien.« (Liselotte Nückel[147])

Es sind keineswegs nur die älteren Menschen, die alles von Funk und Fernsehen Verkündete für schlechthin wahr und richtig halten, weil in ihren Augen diese Einrichtungen ›amtlichen‹ Charakter haben; diese Schicht der Einfältig-Gutgläubigen gibt es in allen Altersstufen, insbesondere auch in der Jugend. »Stark außengeleitete Menschen mit unsicherem Selbstbild, die wenig Phantasie, wenig Initiative und enge, spezialisierte Interessengebiete haben (Fachidioten), sind am leichtesten zu manipulieren.« (Nückel)

Wie stark wir den Richtstrahlern der Funkhäuser ausgesetzt sind, mag man am Übergang vom betonten Proamerikanismus der fünfziger und sechziger Jahre zum vorherrschenden Antiamerikanismus von heute ablesen. Der wahrhaft mündige Bürger hielt damals die Vereinigten Staaten nicht für das Paradies auf Erden, und er wird sie heute nicht für den Sumpf halten, als den die Schwarzweißmaler sie jetzt zeichnen. Die Bildschirmlehrer der Nation brauchen offenbar immer eine Strömung, von der sie sich tragen lassen können. So trachten sie auch, den Zuschauer von der Existenz einer durch und durch unheilen Welt zu überzeugen, die erstaunlicherweise dort liegt, wo sie sich so bequem eingerichtet haben.

Wie jeder Nachricht durch die sprachliche Einkleidung dieser oder jener Sinn, ein bejahender oder verneinender ›Dreh‹ gegeben werden kann, dafür hier nur ein Beispiel. Am 19. September 1971 um 15.15 Uhr brachte das ZDF einen Bericht über die Sowjetrepublik Lettland und erwähnte, daß die dortigen Kraftwerke in der Lage seien, Energie in andere Sowjetprovinzen zu liefern. Das war eine sachliche, positiv klingende Meldung. Am 21. September 1971 um 21.50 Uhr berichtete das ZDF über die portugiesische Provinz Mozambique sinngemäß so: Obgleich diese Kolonie über genug Energie verfügt, baut sie den Cabora-Bassa-Staudamm; um ihre Handelsbilanz zu verbessern, muß sie Energie exportieren. - Die Absicht, eine positive Tatsache ins ungünstig Klingende zu kehren, ist deutlich spürbar.

Solches Verfahren hat der Fachredakteur Dr. Rainer Merkert[148] treffend charakterisiert: »... daß politische Sendungen Püffe statt Argumente verteilen, permanente Versuche einer Schocktherapie die Austragung gesellschaftlicher Konflikte mehr verhindern als erleichtern.« Und dazu im Fernsehen das mehr oder minder trickreiche Bild: »Und doch kann ein plausibler Schwenk mit der Kamera, ein konzipierter Zwischenschnitt, eine geschickte Kombination von Bild, Originalton und Kommentar eindringlicher aufklären, begründen, dekuvrieren oder polemisieren als die pfiffigste oder ausgeklügeltste Redewendung.« (Wolf Donner[149]) Und nicht zuletzt auch verfälschen.

Wenn wir der vorgenannten Untersuchung, veröffentlicht in der ›Stuttgarter Zeitung‹, folgen, dann gibt es zwischen den Nachrichtensendungen der beiden westdeutschen Fernsehprogramme Unterschiede: Im ZDF werden Nachricht und Kommentar durch die beiden Sprecher deutlich voneinander getrennt, bei der ARD fließen sie ineinander, besonders bei Filmberichten. Im ersten (ARD-)Programm gibt es zuviel Ablenkung durch überflüssige Begleitbilder, oft auch eine Wertung durch vorangestellte Satzteile wie »Einen triumphalen Empfang bereitete ...«, »Ihre Sorge um das ...«, »Ein wichtiger Schritt ...«, »Vor nicht wiedergutzumachenden Schäden warnte ...«

Und ob er's noch so redlich meint,
Er dient der Zeit und ihrem Triebe,
Schenkt dem Verderber seine Liebe
Und nennt den Retter seinen Feind.

Rudolf Alexander Schröder

DIE AUFGEKLÄRTE DUMMHEIT

Der ursprüngliche Mensch mit seinem einfachen Verstand, der von den Erscheinungen der Welt und des Lebens eine eigene Anschauung besaß, war darin ein glückliches Wesen. Der Mensch von heute weiß so viel mehr, ohne es je selbst erfahren zu haben. Er hat fast alles aus zweiter Hand, schleppt ungezählte Begriffe mit sich, die er nicht mit erlebtem Inhalt zu füllen vermag. Ein Quentchen eigene Erfahrung ist allzeit mehr wert als ein Scheffel Fremdmitteilung. Irrtum im einzelnen und Begrenztheit des Gesichtsfeldes sind läßliche Sünden im Vergleich zur perfekten Halbbildung.

Je mehr der moderne Zivilisations-Konsument aufzunehmen vorgibt, desto bildungsloser wird er. Jene Allesfresser, die Giotto und Picasso, Zen-Buddhismus und Popart mit dem gleichen ›Verständnis‹ diskutieren, verstehen in Wahrheit von keiner dieser Erscheinungen Wesentliches. Weil alles so schön an der Oberfläche bleibt, plätschert das seichte Gerede leicht dahin. Weit glaubwürdiger ist es, wenn man eingesteht, daß man mit dem einen oder anderen nichts anzufangen weiß. »Wie der Asphalt- und Benzingeruch über den Städten, so hängt über der Welt eine Wolke des Wortkrams.« (Huizinga)

Wie auf den vorzivilisatorischen Menschen die unmittelbaren Beobachtungen der Natur, des Wetters, des Mitmenschen und des Wildes einwirkten, so beeinflussen den Menschen von heute vorwiegend von anderen vorgeformte Eindrücke: die vom Menschen umgestaltete, städtische Welt, Plakate, Schlagzeilen, Leuchtreklamen, Lautsprecherdurchsagen, Film- und Fernsehbilder, Vorgedachtes, Vorgesagtes, Vorgeschriebenes und Vorgezeichnetes hindern ihn weitgehend am Selbstdenken, Selbstgestalten. Schlechthin alles wird ihm ›vermittelt‹. Was uns als Vielfalt der Unterrichtung erscheint, erweist sich bei Licht besehen allzuoft als zudringliche Beeinflussung. »Von der Wiege bis zum Grab, vom Erwachen bis zum Schlafengehen ist das zeitgenössische Individuum einem unaufhörlichen Sperrfeuer von Zeichen ausgesetzt, durch das andere Personen ihre Ziele vorantreiben wollen. Es wird ihm gesagt, was er glauben soll, was er billigen oder mißbilligen soll, was er tun oder lassen soll. Wenn er nicht aufpaßt, wird er ein wirklicher Roboter, der von Zeichen gesteuert wird, der in seinem Glauben, seinen Wertungen und seinem Tun hinnimmt und erduldet ...« (Charles Morris[150])

Alle Epochen der Aufklärung scheinen nicht verhindern zu können, daß sich der Mensch in immer neue Abhängigkeiten verstrickt. Friedrich von Schiller hat in einem Brief an den Prinzen Friedrich Christian von Dänemark vom 13. Juli 1793 einen prophetischen Satz geschrieben: »Man wird in anderen Erdteilen den Negern die Ketten abnehmen und in Europa den Geistern anlegen.« Erst die Benommenheit, in die uns der tägliche Wortschwall versetzt, macht uns zu lenkbaren Objekten. Der ernsthafteste Klassengegensatz, der unser Volk aufspaltet, ist der von Beeinflussern und Beeinflußten. Die meisten der an der Meinungsbildung Mitwirkenden sind nicht unabhängig. Wenn sie ihren Standort und ihre Ziele offenlegen, verdienen sie unseren Respekt. Allzuviele jedoch sind auch ohne Bekenntnis Hilfswillige dieser oder jener Partei oder Interessengruppe. Die Anziehungskraft der Macht ist so stark, das Anlehnungsbedürfnis der meisten Schreiber und Sprecher so groß, daß die Floskel von der Unabhängigkeit der Massenmedien - und das gilt nicht nur für die Springer-Presse - zu einem schalen Witz wird. Auch noch der Widersetzlichste von uns ist Opfer des Worttrugs.

Die Dummheit in unseren Tagen unterscheidet sich wesenhaft von den Formen geistiger Unzulänglichkeit in früheren Epochen. Den Toren von einst gibt es heutzutage leider nur noch vereinzelt. Es war die Menschenart, welche die Grenzen ihrer Möglichkeiten kannte, ihr redliches Wollen als Rechtfertigung ihres Denkens, Sprechens und Handelns betonte und nur selten Schaden stiftete. Diese lautere Einfalt vermochte ins Geniehafte aufzusteigen, wenn sie von einer Eingebung beglückt, von Begeisterung beflügelt und von Willenskraft getragen wurde. Aus vielen Taten und Werken der Geschichte spricht dieser bei aller Naivität große Geist.

Damit ist die Unintelligenz unserer Tage nicht zu vergleichen. Sie ist eine »umgeklappte Intelligenz mit negativen Vorzeichen« (Heimito von Doderer). Sie mißt sich nicht an vorgefundenen Wertmaßstäben, sie ist viel zu unbescheiden, um sich in eine Leistungsstaffel einordnen zu lassen. Die neue Unintelligenz errichtet wohlweislich ein eigenes Wertsystem, dessen Bezugspunkte auf ihr ideologisches Dogma oder sonst ein abstruses Weltbild gerichtet sind. Diese selbstbewußte Unintelligenz erhebt sich notwendigerweise spöttisch über den gesunden Menschenverstand, verachtet das Volksempfinden. Solche Begriffe stehen bei ihr nur zwischen Anführungszeichen.

Die aufgeklärte Dummheit weigert sich hartnäckig, Grundtatsachen der irdisch-menschlichen Wirklichkeit zur Kenntnis zu nehmen, ist aber stets bereit, die ihr Widersprechenden zu schmähen und mit Haß zu verfolgen. Sie verzichtet darauf, ihre Ideen, Ziele und Erwartungen mit der Lebenswirklichkeit in Beziehung zu setzen, ihre Sinnhaltigkeit, Ausführbarkeit und mögliche Wirkung kritisch zu prüfen. Hirngespinste zu entwickeln vermag auch der Unbedarfte, ja selbst der Gestörte. »Erfahrung macht reaktionär.«

Die aus den Tiefen des Allmenschlichen wie aus unserer Volksseele gewachsene und aus der Weisheit vieler Geschlechter genährte Sprache ist der zeitgemäßen Unintelligenz zuwider. Um der Ungeistigkeit unsere Sprache dienstbar zu machen, muß man sie zunächst ›umfunktionieren‹. Da unsere Sprache Natur und Kultur verkörpert, muß sie zuerst verwandelt werden, um Unnatur und Unkultur spiegeln zu können.

Immer wieder müssen wir uns vor Augen halten, daß das Wort lediglich als Zeichen für etwas steht, das es be-zeichnet. Bezeichnetes und Bezeichnung decken sich dort am besten, wo der lebendige Sprachgeist spürbar ist. Bewußte Sprachlenkung vermag den Sinn eines Wortes bis zum Gegenteil der ursprünglichen Bedeutung zu verkehren. Mephisto selbst hat nicht geahnt, was die Spiegelfechter der Sprache wagen würden.

Stets sind es die hohlen Worte, die das Umsichgreifen der aufgeklärten Dummheit begünstigen. Täglich und stündlich trommeln diese Schlagworte auf uns ein: Fortschritt, der mündige Mensch, die neue Gesellschaft ... Gemeinsam ist ihnen, daß man ihrem hoffnungsvollen Anspruch kaum zu widersprechen wagt, daß sie so leicht von den Lippen gehen, sich zu leichtfertiger Verwendung anbieten. Viele nehmen

solche Begriffe für die Sache selber, nur eine Minderheit bleibt fähig zu nüchterner Betrachtung und Prüfung. »... um Gedanken und Anschauungen ist es den Leuten auch gar nicht zu tun. Sie sind zufrieden, wenn sie nur Worte haben, womit sie verkehren, welches schon mein Mephistopheles gewußt und nicht übel ausgesprochen hat: Vor allem haltet euch an Worte! ... so will ich fortfahren, ferner drucken zu lassen, was ich gegen falsche Lehren und deren Verbreiter auf dem Herzen habe.« So Goethe zu Eckermann am 16. Dezember 1828.
Was aber tut jener unruhige Teil unserer Jugend, der sich kritisch nennt? Er läßt sich durch eben jene Worthülsen vom Wesentlichen ablenken, verfällt dem Rauschgift, nicht nur dem in Tütchen, auch jenem in Traktätchen. Das ist die traurigste Rolle, die unsere Zeit dem Wort zugedacht hat: Das Wort, bisher dem Denken verschwistert, wird zum Denkersatz, zum Rauschmittel für Unreife.

Ein Volk geht nicht zugrunde durch verlorene Kriege, sondern dadurch, daß es von innen entkräftet, seine Sprache, die Hochsprache seiner Dichter und Denker aufgibt, also Hochverrat an sich selbst begeht.

Josef Weinheber

Die Preisgabe der Sprache bedeutet den Verzicht auf Menschenwürde

Das Weinheber-Wort mag manchem als Übertreibung, als pessimistisches Pathos erscheinen. Doch lehrt uns die Geschichte, daß mit einer Sprache auch das Volk starb, das sie gesprochen hatte. Es wurde vom mächtigeren fremden Stamm aufgesogen, als es die Sprachgestalt seiner Wesenheit aufgab. So erloschen mit dem Keltischen in Gallien, dem Iberischen in Spanien und mit dem Etruskischen in Italien auch die Erinnerungen an deren Träger.
Auf die Muttersprache als einen hohen Wert besinnen sich die Völker in schicksalschweren Zeiten, sei es im Triumph oder in der Niederlage. Spanien hat im Scheitelpunkt seiner Weltgeltung die erste Grammatik seiner Sprache herausgegeben. Man empfand die Muttersprache als ›compañera del imperio‹, als Genossin des Reiches! Aber auch in tiefer nationaler Bedrängnis erkennt ein Volk den Kraftquell Sprache. Während des Dreißigjährigen Krieges blühen in Deutschland die Sprachgesellschaften, mit wahrer Inbrunst pflegen sie die Mutter-

sprache als letztes Verbindendes: »Das einzige Band menschlicher Einigkeit, das Mittel zum Guten, zur Tugend und zur Seligkeit, und die höchste Zier des vernünftigen Menschen sind die Sprachen.« (Justus Georg Schottel[20])

Deutschland hat in seiner ganzen Geschichte darunter gelitten, daß es seine Menschen in wechselnden staatlichen Ordnungen eingegliedert sah, daß es fast immer ein Ideal, im besten Falle eine geistige Einheit blieb. Das Beständige der gemeinsamen Sprache war stets größer als die Dauer der dynastischen und nationalstaatlichen Bindungen. Sprachgemeinschaft zu sein hatte für uns Deutsche immer noch mehr Bedeutung als für die meisten anderen europäischen Nationen.

Wir haben es den sprachmächtigen, sprachschöpferischen Männern unserer Kulturgeschichte zu danken, daß wir eine lebensvolle und bildsame Sprache besitzen, die dem Dichter wie dem Physiker, dem Kaufmann wie dem Philosophen zu dienen vermag. Der Reichtum der in deutschen Wörtern gesammelten Erkenntnis ist so groß, daß er noch dem Einfältigen Gedanken und dem Phantasielosen Flügel leiht. Wie üppig die Ausdrucksmöglichkeit des Deutschen geworden ist, können wir an so feingestuften Abwandlungen wie Herzlichkeit, Herzhaftigkeit, Beherztheit, Hochherzigkeit erkennen. Wer ›außer sich‹ ist, kann ›in sich‹ gehen, um ›zu sich‹ zu kommen. Unsere Sprache ist voll solcher kleiner Wunder.

Auch dieser geistige Besitz ist heutigentags nicht ungefährdet. Zweifach droht unserem Sprachgut Verfälschung, vordergründig durch die gedankenlose Übernahme entbehrlicher Fremdwörter aus West und Ost, schlimmer noch durch die Aushöhlung und Umdeutung vertrauter Begriffe. So müssen wir nach der politischen Spaltung des Vaterlandes auch die Trennung in ein merkantilistisch bestimmtes und in ein ideologisch gefärbtes Deutsch befürchten.

In der Bundesrepublik spiegelt sich das Vorherrschen des Wohlstands- und Vergnügungsstrebens im Sprachgebrauch. Wer die Verformung unserer Sprache, die Entwertung unseres Wortschatzes noch nicht wahrgenommen hat, der höre auf die Aussagen der Deutschen, die, aus dem Osten kommend, in Friedland empfangen werden: Wir können euch Westdeutsche kaum noch verstehen - ihr sprecht schon fast eine andere Sprache. Und bereits 1960 schrieb der in den Vereinigten Staaten lebende Germanist Georg Steiner[6]: »Was hier [im deutschen

Wirtschaftswunder] zugrunde gegangen ist, das ist die deutsche Sprache. Wir brauchen nur die Tageszeitungen aufzuschlagen, die Magazine, die Flut der allgemein gelesenen und wissenschaftlichen Bücher ... Wir brauchen uns nur ein modernes deutsches Theaterstück anzusehen ...«

Von anderer Art ist, was der deutschen Sprache in der DDR angetan wird durch ideologische Formelhaftigkeit und Dienstverpflichtung - bei uns beteiligt sich daran eine zunehmend größer werdende Gruppe erfahrungsloser junger Menschen.

Als Halt und Hoffnung bleibt uns zunächst nur der Reichtum der ererbten sprachlichen Überlieferung, jener Leistungen in Vers und Prosa, die noch in unsere Tage hineinwirken. Wenn auch von den Modernen ungeliebt, werden diese Maßstäbe überdauern. Die deutsche Literatur der Gegenwart erkennt nicht mehr in ihrer Gesamtheit die Verpflichtung, die geistigen und sittlichen Kräfte der Menschen zu mehren. Ein Teil der Schriftsteller schwimmt im Strom des Zeitgeistes mit, das heißt, er verneint das Sinnvolle oder stellt es in Frage. Folgerichtig verachtet er auch Form und Würde der Sprache. Andere bedienen sich einer so auf sich selbst bezogenen Zeichensprache, daß sie nicht mehr erwarten können, verstanden zu werden. Die Erlesenheit ihrer Chiffren ist zugleich der Verzicht auf das Miteinander oder Gegenüber.

Wer spüret nicht in den Reichsabschieden den Unterschied der güldenen und eisernen Zeit, wenn er siehet, daß die deutsche Sprache und die deutsche Ruhe zugleich übern Haufen gangen, und auf einmal unser Ruhm und unsere Sprachrichtigkeit von uns gewichen? Von der Zeit an haben deutsche Kriegsheere fremden Befehlshabern gegen ihr Vaterland zu Gebote gestanden, und das deutsche Blut ist denen Ausländern mit falschen Anerbieten übertünchter Landgierigkeit aufgeopfert. Von der Zeit an hat auch unsre Sprache die Zeichen unserer angehenden Dienstbarkeit tragen müssen. Gott wende diese Ahndung in Gnaden ab, damit ja nicht, nachdem es nun fast an dem daß die Sprache zu Grunde gerichtet, es mit der deutschen Freiheit geschehen sein möge.

Gottfried Wilhelm Leibniz
›Ermahnung an die Deutschen

Zeitspannen leichten Lebens, Abschnitte der Volksgeschichte, in denen die großen Schicksalsfragen verdrängt werden, die Bequemen die Augen verschließen vor Bedrohung und lauerndem Unheil, weil sie im Genießen nicht gestört sein wollen - in solchen Epochen häuft sich auch der Sprachmüll. Rede und Schrift spiegeln dann, wie es heute bei uns geschieht, bevorzugt das Belanglose und Kurzlebige. Mahnende Stimmen werden als lästig empfunden.

In solchen Zeiten setzt man Begriffe wie Pflicht, Opfer und Ehre zwischen Anführungszeichen.

Es bedarf keiner Beteuerung, daß uns hohles Pathos zuwider ist. Die anspruchsvollsten Begriffe wurden durch gedankenloses Hersagen herabgewürdigt. Solche Einsicht mahnt uns, die kostbaren Worte sparsam zu verwenden. Aber nicht die Worte und nicht das redlich Gemeinte wurden entwertet, die oberflächlichen Sprecher allein hatten sich bloßgestellt. Phrasen verwehen, die zeitlosen Werte - und die für sie stehenden Wörter - sinken auf den Grund, können immer wieder gehoben werden und strahlen dann in erneutem Glanz.

Charakterlich gefestigte Menschen bewahren auch in verwirrten Zeiten ihr Empfinden für sittliches Verhalten und Handeln. Ethos im Denken, Sprechen und Handeln ist eng mit dem vermittelnden Wort verknüpft. Verhaltensnormen schlagen sich in der Sprache nieder, und die Sprache wiederum prägt unsere Lebensform. Darum ist das Beobachten, Werten und Pflegen der Sprache mehr als nur eine geschmackliche Frage; auch mehr als nur seelische und geistige Hygiene. Jedes Geschlecht wird von der Sprache seiner Zeit getragen oder niedergedrückt. Unter den Kräften, die auf den Einzelmenschen wirken, ist die Sprache des Elternhauses, seiner Lehrer und Vorbilder die geringste nicht. Ist diese Sprache unzulänglich, dann werden sich seine Begabungen nicht voll entfalten; ist sie schief, dann wird auch sein Wesen die Geradheit verlieren; ist sie gar unmenschlich, dann wird sie den Heranwachsenden Menschenverachtung lehren.

Mit jedem Gedanken, dem wir in Worten Ausdruck geben, vermehren wir die Macht des Guten oder des Bösen in der Welt.

QUELLENVERZEICHNIS

1 Walter Porzig ›Das Wunder der Sprache‹ 3. Auflage Bern 1962
2 Johann Gottfried Herder ›Über den Ursprung der Sprache‹ 1770
3 Ludwig Klages ›Die Sprache als Quell der Seelenkunde‹ Zürich 1948
4 Ernst Jünger ›Geheimnisse der Sprache‹ Frankfurt/Main 1963
5 Leo Weisgerber ›Das Menschheitsgesetz der Sprache‹ Heidelberg 1964
6 nach Wilhelm Höck ›Zerriebene Eitelkeiten‹ München 1965
7 Hermann Bahr ›Liebe der Lebenden‹ Breslau 1925
8 Hans Hörmann ›Psychologie der Sprache‹ Berlin 1967
9 Lutz Mackensen ›Auf den Spuren des Wortes‹ Hamburg 1962-64
10 Jean Paul ›Levana oder Erziehlehre‹ 2. Auflage Stuttgart 1814
11 Friedrich Ludwig Jahn ›Werke‹ herausgegeben von Euler, Berlin 1883-87
12 ›Münchner Merkur‹ München 1. September 1970
13 Helen Keller ›Die Geschichte meines Lebens‹ Stuttgart 1904
14 W. Frohn ›Untersuchungen über das Denken der Taubstummen‹ in ›Archiv für die gesamte Psychologie‹ Band 55/1926
15 Hansjakob Seiler ›Sprachsysteme und systematische Sprachbetrachtung‹ in Hermann Wein ›Sprache und Wissenschaft‹ Göttingen 1960
16 Ernst Wasserzieher ›Leben und Weben der Sprache‹ 7. Aufl. Bonn 1953
17 Georg Schmidt-Rohr ›Die Sprache als Bildnerin der Völker‹ Jena 1932
18 Otto Friedrich Bollnow ›Die Macht des Wortes‹ Essen 1964
19 Josef Weinheber ›Vorträge über Sprache‹ Wien 1944
20 Justus Georg Schottel ›Deutsche Sprachkunst‹ 1641
21 Gottfried Wilhelm Leibniz ›Verbesserung der deutschen Sprache‹
22 J. Payne ›Mao Tse-tung‹ Hamburg 1965 nach Wilhelm Gössmann ›Glaubwürdigkeit im Sprachgebrauch‹ München 1970
23 Wilhelm Emrich ›Der Terror des Mythischen im technischen Zeitalter‹ in ›Sprache im technischen Zeitalter‹ Stuttgart 4/1961
24 Josef Nadler ›Josef Weinheber und die Sprache‹ Vortrag, gehalten in Wien am 9. Dezember 1953
25 Noam Chomsky in ›Language‹ Austin/USA Ausgabe 35/1959
26 Georg Klaus ›Die Macht des Wortes‹ Berlin-Ost 1965
27 Stuart Chase ›The Power of Words‹ New York 1953
28 nach den ›Wiener Sprachblättern‹ Wien 1/1970
29 Leo Weisgerber, Vortrag, gehalten beim 12. Kongreß der Deutschen Gesellschaft für Psychologie 1931
30 Benjamin Lee Whorf ›An American Indian Model of the Universe‹ in ›International Journal of American Linguistics‹ April 1950
31 Wilhelm von Humboldt ›Über die Verschiedenheit des menschlichen Sprachbaues und ihren Einfluß auf die geistige Entwicklung des Menschengeschlechts‹ Berlin 1836
32 Josef Weinheber ›Buchstabenmystik und Lautsymbolik‹ 1932

33 Wilhelm von Humboldt ›Über das vergleichende Sprachstudium‹ Berlin 1820
34 Jacob Grimm ›Über den Ursprung der Sprache‹ Berlin 1852
35 nach Ludwig Klages ›Die Sprache als Quell der Seelenkunde‹ Zürich 1948
36 Jean Paul ›Hesperus‹ Vorrede zur dritten Auflage 1819
37 Houston Stewart Chamberlain ›Kriegsaufsätze‹ Bruckmann München 1914
38 Karl Vossler ›Geist und Kultur in der Sprache‹ München 1960
39 Bruno Snell ›Entwicklung einer wissenschaftlichen Sprache in Griechenland‹ in Hermann Wein ›Sprache und Wissenschaft‹ Göttingen 1960
40 Hermann Wein ›Sprache und Wissenschaft‹ Göttingen 1960
41 Erwin Mehl ›Weinheber und die Sprache‹ Wien 1969
42 Martin Heidegger ›Unterwegs zur Sprache‹ Pfullingen 1959
43 Marcel Muller ›Benjamin Lee Whorf und die Krise der Literatur‹ in ›Sprache im technischen Zeitalter‹ Stuttgart 1961
44 E. H. Lenneberg, J. M. Roberts ›The Denotata of color terms‹ 1953
45 Fritz Tschirch in ›Auf den Spuren des Wortes‹ Herausgeber Lutz Makkensen, Hamburg 1962-64
46 ›Sprache im technischen Zeitalter‹ Stuttgart 4/1961
47 Hans Hartmann ›Die Struktur der indogermanischen Sprachen und die Entstehung der Wissenschaft‹ in Hermann Wein ›Sprache und Wissenschaft‹ Göttingen 1960
48 ›euromed‹ München Ausgabe 11/1970
49 Ernest Dichter ›Handbuch der Kaufmotive‹ Econ Düsseldorf 1964
50 Heinrich J. Rechtmann ›Das Fremdwort und der deutsche Geist‹ Nürnberg 1953
51 Ladislaus M. Weifert ›Deutsche Mundarten‹ J. F. Lehmann München 1964/65
52 Willy Hellpach ›Sozialpsychologie‹ Stuttgart 1951
53 Justus Möser ›Über die deutsche Sprache und Literatur‹ 1781
54 Albert Schweitzer ›Aus meinem Leben und Denken‹ Hamburg 1955
55 Wilhelm Hausenstein ›Impressionen und Analysen‹ München 1969
56 Walter Scheidt ›Die Sprachoberfläche der Seele‹ Hamburg 1936
57 Heinrich Heeger ›Von der wortschöpferischen Kraft der deutschen Sprache‹ in ›Der Sprachpfleger‹ Hamburg 1-2/1966
58 Joachim Heinrich Campe ›Wörterbuch zur Erklärung und Verdeutschung der unserer Sprache aufgedrungenen fremden Ausdrücke‹ 1801
59 ›Solothurner Zeitung‹ Solothurn 19. November 1966
60 Eduard Engel ›Geschichte der deutschen Literatur‹ 27.-29. Auflage 1920
61 Wilhelm Pfaff ›Der Kampf um die deutschen Ersatzwörter‹ Gießen 1933
62 ›The Times‹ London 16. Juni 1960
63 Friedrich Depken in ›Der Sprachdienst‹ Mannheim 2/1966

64 ›Kristall‹ Hamburg 15/1966
65 Christian Morgenstern ›Stufen‹ München 1940
66 Konrad Lorenz ›Die acht Todsünden der zivilisierten Menschheit‹ in ›Sozialtheorie und soziale Praxis‹ Meisenheim/Glan 1971
67 Walter Birkmayer ›Neurologie in der Praxis‹ München 1971
68 ›Sprache im technischen Zeitalter‹ Stuttgart Heft 6/1962
69 ›Muttersprache‹ Mannheim 1950, Seite 226, zitiert nach Edith Hallwass ›Gutes Deutsch in allen Lebenslagen‹ Düsseldorf 1967
70 ›Umwelt‹ Düsseldorf, Ausgabe 3/1971
71 ›Der Sprachpfleger‹ Leipzig Heft 10/1971, zitiert nach den ›Wiener Sprachblättern‹
72 Hans Lenk ›Reine Semantik - Probleme und wissenschaftliche Aufgaben‹ in ›Sprache im technischen Zeitalter‹ Stuttgart 16/1965
73 Helmut Schelsky ›Die skeptische Generation‹ 4. Aufl. Düsseldorf 1960
74 Max Bense ›Theorie der Texte‹ . . . zitiert nach Wilhelm Höck
75 Katalog ›Icke Winzer‹ Galerie Thomas Keller Kempfenhausen 1971
76 Yvonne Friedrichs in der ›Rheinischen Post‹ Düsseldorf 23. Januar 1971
77 ›Kunst und Kirche‹ Darmstadt Ausgabe 2/1971
78 ›Salzburger Nachrichten‹ Salzburg 5. Oktober 1970
79 ›Anzeiger für die katholische Geistlichkeit‹ Freiburg August 1970
80 ›Oberösterreichische Nachrichten‹ Linz/Donau 7. September 1969
81 ›Didakta medica‹ München Ausgabe 1/1970
82 Rundschreiben der Volkshochschule Traunreut/Bayern
83 Jean Améry in einem Rundfunkvortrag vom 17. 10. 1967 lt. Gössmann
84 Milton H. Biow ›Werbung aufs Korn genommen‹ Düsseldorf 1966
85 ›Der Spiegel‹ Hamburg 12. Januar 1970
86 Hubert H. Scharl in der ›Graphik‹ München Heft 11/1970
87 ›Die Welt‹ Hamburg 24./25. April 1971
88 ›Börsenblatt für den Deutschen Buchhandel‹ Frankfurt/Main 4/1971
89 ›Informationsdienst der Arbeitsgemeinschaft der Buchhandlungen‹ Hagen, Ausgabe 26/1970
90 David Ogilvy ›Geständnisse eines Werbemannes‹ Düsseldorf 1964
91 Ruth Rönner ›Die Sprache der Anzeigenwerbung‹ Düsseldorf 1968
92 ›Wiener Sprachblätter‹ Wien Ausgabe vom 15. Dezember 1970
93 Joachim Stave in ›Muttersprache‹ Lüneburg 1961 Seite 148
94 Reinhold G. Stecher ›Werbebriefe‹ München 1968
95 ›Sprachwart‹ Hannover, Ausgabe November 1971
96 ›Börsenblatt für den Deutschen Buchhandel‹ Frankfurt/Main 41/1970
97 ›Deutsche Wochenzeitung‹ Hannover 3. September 1971
98 Heimito von Doderer, Herbert Meier, Josef Mühlberger ›Mit der Sprache leben‹ Nürnberg 1967
99 veröffentlicht in der ›Neuen Zürcher Zeitung‹ Zürich 20. Dezember 1966
100 Erasmus Schöfer ›Die Sprache im Dienst des modernen Staates‹ in ›Sprache im technischen Zeitalter‹ Stuttgart 8/1962

101 ›Neue Deutsche Literatur‹ Berlin-Ost, Ausgabe 3/1955
102 Franz Carl Weiskopf ›Verteidigung der deutschen Sprache‹ Berlin-Ost 1955
103 Ernst Balzli in der Zeitschrift ›Garbe‹ Basel, Heft vom 1. August 1953
104 ›Münchner Merkur‹ München, Ausgabe vom 27. Januar 1972
105 zitiert nach ›Der Beamtenbund‹ Bonn Januar 1968
106 ›Globus‹ Zeitschrift des VDA, München Ausgabe 2/1970
107 Arnold Gehlen ›Moral und Hypermoral‹ Frankfurt/Main 1970
108 George Orwell ›1984‹, deutsch 13. Auflage Konstanz 1964
109 Gustav Korlén ›Zur Entwicklung der deutschen Sprache diesseits und jenseits des Eisernen Vorhangs‹ Sprache im technischen Zeitalter 4/1961
110 ›Börsenblatt des deutschen Buchhandels‹ Frankfurt/Main 39/1970
111 ›Der Spiegel‹ Hamburg, Ausgabe 10/1970
112 In ›Sprache im technischen Zeitalter‹ Stuttgart 4/1961
113 In ›Schriftsteller testen Politikertexte‹ herausgegeben von Hans Dieter Baroth, München 1967
114 Richard Hiepe, Vortrag beim ›6. tendenzen-Gespräch‹ Düsseldorf 8. Mai 1970
115 Carl Hermann Ule ›Die Sprache in der Verwaltung‹ in ›Muttersprache‹ Lüneburg 1960
116 Jürgen Strutz ›Innerdeutsche Sprachentfremdung‹ in ›Alternative‹ Berlin, Heft 38/39 Oktober 1964
117 Lutz Mackensen ›Die deutsche Sprache in unserer Zeit‹ Heidelberg 1956
118 Fritz J. Raddatz ›Schwierigkeiten beim Diskutieren‹ in ›Merian‹ Hamburg 1/1972
119 Caspar von Schrenck-Notzing ›Demokratisierung‹ München 1971
120 Wilhelm Hennis ›Demokratisierung‹ Köln 1970
121 Wilhelm Röpke ›Der Mensch zwischen Humanismus und Nihilismus‹ Nürnberg 1965 (Willibald Pirkheimer-Kuratorium)
122 Helmuth Fechner ›Deutscher Wortschatz anno 1972‹ in ›Nation Europa‹ Coburg 1/1972
123 ›Münchner Merkur‹ München 13. Mai 1970
124 Johann Kleinstück ›Wirklichkeit und Realität‹ Stuttgart 1971
125 ›Der Spiegel‹ Hamburg, Ausgabe 43 vom 20. Oktober 1969
126 ›Stuttgarter Nachrichten‹ Stuttgart 14. Dezember 1970
127 zitiert nach ›Die Welt‹ Hamburg 20. Juli 1971
128 ›Sprache im technischen Zeitalter‹ Stuttgart Ausgabe 28/1968
129 Hans Mathias Kepplinger ›Rechte Leute von links‹ Olten 1970
130 Fritz Usinger ›Das Ungeheuer Sprache‹ Darmstadt 1965
131 ›Münchner Merkur‹ München 22. März 1971 und 16. Juni 1970
132 ›Die Zeit‹ Hamburg 6. August 1971
133 ›Die Welt‹ Hamburg 11. August 1971
134 ›selecta‹ München-Planegg, Ausgabe 43 vom 26. Oktober 1970
135 ›konkret‹ Hamburg Ausgabe 20 vom 28. September 1971

136 ›DMI - Modernes Gesundheitswesen‹ München Mai 1971
137 ›Der deutsche Arzt‹ Mainz 13./14. Juni 1971
138 ›Münchner Merkur‹ München 14. Juni 1971
139 ›Presse‹ Wien 12. November 1969
140 Joachim Stave ›Zweierlei Garn - über den Spiegel und seine Sprache‹ in ›Muttersprache‹ Lüneburg 1960
141 ›The Reporter‹ nach Hans Dieter Jaene ›Der Spiegel‹ Fischer-Bücherei Frankfurt/Main 1968
142 zitiert nach ›Report‹ München Ausgabe 3/4 - 1972
143 Paul Stöcklein im ›Münchner Merkur‹ München 18./19. November 1972
144 ›The Nation‹ London 14. September 1925
145 Sternberger/Storz/Süskind ›Aus dem Wörterbuch des Unmenschen‹ Hamburg 1957
146 Helmut Krapp ›Sprache im technischen Zeitalter‹ Stuttgart 1/1961
147 In ›Kultur und Leben‹ Baden-Baden Ausgabe 7/1971
148 Tagung der Katholischen Akademie München, laut ›Münchner Merkur‹ München 5. Oktober 1971
149 ›Stuttgarter Zeitung‹ Stuttgart 27. November 1971
150 Charles Morris ›Signs, Language and Behavior‹ New York 1955

BILDNACHWEIS

Britisches Museum London (25), Deutsche Fotothek Dresden (99), Keystone München (183), Nationalmuseum Kopenhagen (133), Siemens Pressedienst (37), Süddeutscher Verlag München (235), Ullstein Bilderdienst Berlin (87), Bildarchiv des Adam Kraft Verlages München (11, 19, 55, 73, 79, 107, 129), Weltstimmen (Heft 8) (113), Wiener Sprachblätter (27)

Die kunstkritischen Bücher des Schillerpreisträgers

Richard W. Eichler

Könner · Künstler · Scharlatane

6. Aufl., 360 Seiten mit 152 Abbildungen, davon 27 Farbtafeln u. 3 Karten

»Das Werk ist ungemein verdienstvoll, denn es ist pädagogisch in der Gegenüberstellung und weckt Sympathie durch die Sauberkeit der Gesinnung und ein profundes Wissen des Verfassers.« Allgemeine Zeitung Mannheim

Der gesteuerte Kunstverfall

3. Auflage, Ein Prozeß mit 129 Bildbeweisen, 240 Seiten

»In diesem Buch hat der Autor für die Form seiner Aussage eine sehr gegenständliche Darstellungsweise gewählt: den Prozeß! ... Aus solcher Verteidigung — und das ist Eichlers Kunstgriff — wird nun allerdings nicht Rechtfertigung, sondern Abrechnung.« Industriekurier Düsseldorf

Viel Gunst für schlechte Kunst

Kunstförderung nach 1945. 2., erweiterte Auflage, 168 Seiten mit 147 Abbildungen, davon 4 Farbtafeln

»Eichlers Darstellung beginnt mit den Ursachen für unsere kulturelle Verarmung, schildert die Umpolung des Geschmacks, den Hang zur Häßlichkeit und durchleuchtet eine Kunstausbildung ohne Verantwortung.« Luzerner Neueste Nachrichten

Künstler und Werke

Maler, Bildhauer und Graphiker unseres Jahrhunderts im deutschen Sprachraum, 3. Auflage, 192 Seiten und 176 Abbildungen, davon 40 Farbtafeln

»Man kann sich auf den Geschmack von Eichler verlassen. Er erreicht sein Ziel: dem breiten Publikum die Türen der Künstlerateliers zu öffnen; diese Türen wurden geöffnet und man hat große Lust, einzutreten.« Bulletin des Bibliothèques de France, Paris

Die tätowierte Muse

Eine Kunstgeschichte in Karikatur

208 Seiten mit 414 Abbildungen (Neuausgabe in Vorbereitung)

»... ein glänzender Einfall Eichlers, einmal zu sammeln, was die Künstler selbst satirisch und spottend, karikierend und ironisch zu ihren Kollegen und deren Gehaben, zu den Kunstwerken und deren Wirrungen zu sagen haben.« (Badische Neueste Nachrichten)

Sprache ... ist der Ursprung des Geistes oder jedenfalls m
dem Ursprung des Geistes eng verbunden.

Georg Wilhelm Friedrich Heg

Ein Volk ist der Inbegriff von Menschen, welche diesel Sprache reden. Das ist für uns Deutsche die unschuldigste u zugleich stolzeste Erklärung, weil sie mit einmal über d Gitter hinwegspringen und jetzt schon den Blick auf ei näher oder ferner liegende, aber ich darf wohl sagen einm unausbleiblich heranrückende Zukunft lenken darf, wo a Schranken fallen und das natürliche Gesetz anerkannt werd wird, daß nicht Flüsse, nicht Berge Völkerscheide bilden, sc dern daß einem Volk, das über Berge und Ströme gedrung ist, seine eigene Sprache allein die Grenze setzen kann ...
Wie es sich mit dieser Sprache im guten und schlimmen b her angelassen habe, ihr wohnt noch frische und frohe Aussi bei, daß ihre letzten Geschicke lange noch unerfüllt sind u unter den übrigen Mitbewerbern, wir auch eine Braut dav tragen sollen. Dann werden neue Wellen über alten Schad strömen.

Jacob Grin

Was ist unsere Rede anders als eine unsichtbare Hand, wı derbar und vielfach gegliedert, mit welcher wir fahren üb unserer Mitmenschen Gemüter.

Jeremias Gotth

Nichts ist leichter als so zu schreiben, daß kein Mensch es ve steht; wie hingegen nichts schwerer, als bedeutende Gedank so auszudrücken, daß jeder sie verstehen muß.

Arthur Schopenhau

Nehmt eure Sprache ernst! Wer es hier nicht zu dem Gefü einer heiligen Pflicht bringt, in dem ist auch nicht einmal d Keim für eine höhere Bildung vorhanden. Hier kann sich z gen, wie hoch oder gering ihr die Kunst schätzt und wie w ihr verwandt mit der Kunst seid, hier in der Behandlu eurer Muttersprache.

Friedrich Nietzs

Den Unterschied zwischen der deutschen und der französisch Sprache empfinde ich in der Art, als ich mich in der fran sischen auf den wohlgepflegten Wegen eines schönen Parks ginge, in der deutschen aber mich in einem herrlichen W herumtriebe.

Albert Schweit